낯설고 불친절한 상상의 세계를
기꺼이, 열정적으로 즐겨주신 분들께
깊은 감사 드립니다.

2019. 1.

알함브라 궁전의 추억

2

송재정 대본집

알함브라 궁전의 추억 2

초판 1쇄 발행 2019년 1월 21일
초판 2쇄 발행 2019년 1월 24일

지은이 | 송재정
펴낸이 | 金湞珉
펴낸곳 | 북로그컴퍼니
편집부 | 김옥자·서진영·김현영
디자인 | 김승은·송지애
마케팅 | 이예지·김은비
경영기획 | 김형곤
주소 | 서울시 마포구 월드컵북로1길 60(서교동), 5층
전화 | 02-738-0214
팩스 | 02-738-1030
등록 | 제2010-000174호

ISBN 979-11-89166-63-2 04810
ISBN 979-11-89166-61-8 04810(세트)

· 이 도서의 국립중앙도서관 출판예정도서목록(CIP)은 서지정보유통지원시스템 홈페이지(http://seoji.nl.go.kr)와 국가자료공동목록시스템(http://www.nl.go.kr/kolisnet)에서 이용하실 수 있습니다.(CIP제어번호: CIP2019000378)

송재정 대본집

알함브라 궁전의 추억

2

북로그컴퍼니

작가의 말

쓰고 싶은 것을 쓰고,
그 글을 좋아하고 기꺼이 열정을 바쳐주는 동료들을 만나고,
그들이 단조로운 활자를 화려한 영상과 소리로 구현해내고,
나만의 상상을 시청자와 함께 눈으로 확인하는 그 과정이야말로
내게는 마법같이 경이로운 순간이다.
특히나 이번처럼 내내 모든 분들께 감사하는 마음으로
방송을 본 적이 없는 것 같다.
나는 정말로 행운아다.
대본집을 보시는 동안,
단어 하나를 살리기 위한 스태프들과 배우분들의 노력과 천재적 열정이
독자 여러분들께도 생생히 전해졌으면 좋겠다.
함께 고생해준 김윤숙, 장지혜 우리 보조작가들에게도 감사드린다.

일러두기

1. 이 책의 편집은 송재정 작가의 집필 방식을 따랐습니다.

2. 드라마 대사는 글말이 아닌 입말임을 감안하여, 한글맞춤법과 다른 부분이라 해도 그 표현을 살렸습니다. 지문의 경우 한글맞춤법을 최대한 따르되, 어감을 살리기 위해 고치지 않고 그대로 둔 경우도 있습니다.

3. 대사와 지문에 등장하는 말줄임표나 쉼표, 느낌표와 마침표 등의 문장부호 역시 작가의 집필 의도를 살리기 위해 그대로 실었습니다.

4. 게임 속 메시지의 경우 〈 〉 안에 넣되 마침표는 생략했습니다.

5. 이 책은 작가의 최종 대본으로, 방송된 부분과 다를 수 있습니다.

✦ 차례 ✦

씬	장면(Scene)을 의미하며 같은 장소, 같은 시간 내에서 이루어지는 일련의 행동이나 대사가 한 씬을 구성한다.
C#	일반 씬보다 속도감이 높은 짧은 씬을 임의로 지칭한 것.
디졸브	한 화면이 사라지면서 동시에 다른 화면이 점차 나타나는 기법. 짧은 시간의 경과나 가까운 장소의 이동, 씬을 마무리할 때 등에 쓰인다.
(E)	효과음(Effect)을 뜻하며, 보통 등장인물은 보이지 않고 소리만 나는 경우에 사용한다.
(NA)	내레이션(Narration)을 지칭하는 용어로, 장면 밖에서 들려오는 목소리를 나타낸다.
F.O	페이드아웃(Fade-Out). 화면이 점차 어두워지면서 장면이 바뀌는 것을 말한다.
F.I	페이드인(Fade-In). 어두웠던 화면이 점차 밝아지는 상태를 말한다.
인서트	장면과 장면 사이에 삽입한 화면.
줌인	카메라의 위치는 고정한 채 줌 렌즈의 초점 거리를 변화시켜 피사체에 가까이 가는 것처럼 보이게 하는 촬영 기법.
몽타주	따로따로 편집된 장면들을 짧게 끊어 붙여서 하나의 긴밀하고 새로운 장면을 만드는 기법.
(O.L)	하나의 화면이 사라지면서 다른 장면이 겹치는 기법. 장면 전환할 때 많이 쓴다.
프레임 인	촬영 대상이 화면 밖에서 안으로 들어오는 것.

9회

씬/1 공항 전경 (오전)

씬/2 비행기 안 + 진우의 사무실 (오전)

8회 63, 64, 65, 66씬에서 이어지는.
희주, 자기 자리 찾는데 전화가 온다. 〈민주〉 뜨는

희주 (받는) 여보세요. 너 어디야?

민주 (E) 언니 나 아저씨 사무실에 왔다~

희주 누구...?

민주 (E) 유진우 아저씨 사무실. 여기 대따 넓고 좋아~

희주 (너무 황당해) 니가 왜 거기를 가...?!

민주 (주스 마시며) YD 있잖아. 나 내일 거기서 오디션 보는데 아저씨가 그 사장이랑 친하대. 내가 기사에서 봤거든. 그래서 나 추천 좀 해달라고 전화했더니 아저씨가 회사로 오라고 해서

희주 (너무 기가 막혀서, 눈을 질끈) 너 진짜..! 핸드폰 번호는 어떻게 알고..!

민주 언니 핸드폰에 있잖아.

희주 (....!)

이때 진우가 출근 차림으로 휙 들어오는.

민주 어, 아저씨 왔다.

희주 (....!)

진우 언니니? 나 좀 바꿔줄래?

민주 네~ (바로 주더니 작게) 저 나가 있을까요?

희주 잠깐만, 누가 바꾸라고.. (하는데)

진우 여보세요.

희주 (....!)

진우 그라나다에 가요? 민주가 그러던데.

희주 상관 마세요. 그리고 연락하지 말라고 제가 말씀드렸었죠.. 왜 바꿔서

진우 연락도 하지 말라 그래서 안 했는데 민주가 먼저 연락을 했고,
다시는 집에 오지 말라 그래서 안 갔는데 민주가 회사로 찾아왔고,
세주 소식 있으면 정훈이 통해 알린다고 했는데 정훈이가 지금 없어서요.

희주 (?!) 그게... 무슨 뜻이에요..? (가슴이 철렁) 세주 소식이 있어요...?

진우 아직 안 떠났으면 비행기에서 내려요. 거기 갈 필요 없으니까.

희주 (표정)

진우 그라나다에 가도 희주씨는 절대 세주 찾을 수 없어요.
세주는 나만 찾을 수 있거든요.

희주 (표정)

진우 세주는 살아 있을 거라고 했죠?

희주 (....?!)

진우 이제 증명하라면, 증명하죠.

희주 (!! 심장 터질 듯한) 살아 있다는 걸 어떻게.. 알아요?

진우 나한테 연락이 왔으니까.

희주 (...?!!) 어디서요? 지금 어디에 있는데요?

진우 이쪽으로 와요.

희주 전화로 얘기하세요..!

진우 전화로는 설명할 수가 없어요.

희주 지금 비행기 안이라구요

진우 내릴 수 없어요?

희주 (순간 또 속았다는 생각에, 발끈) 이보세요.. 지금 또 무슨 수작이에요? 나한테 사기 친 게 또 있어요? 내가 그라나다에 가면 안 되는 게 또 있나 봐요? 필사적으로 못 가게 하는 거 보니까, 이렇게 나오는 거 보니까 무조건 가야겠네요,

진우 못 가게 하는 게 아니라 갈 필요 없다는 말을 하는 거예요.
희주씨는 거기 가 봤자 고생만 하고 시간 낭비니까..

승객 (희주 좌석의 창쪽 자리인, 희주가 통로 좌석에 서 있자) 저기 잠시만요.

희주 (당황해 돌아보고)

씬/3 진우의 사무실 (오전)

진우 희주씬 여기에 있는 게 세주를 더 빨리 볼 수... (하다 툭 끊어지자) 여보세요?

핸드폰 보면 통화 끊어져 있고.
진우, 표정.

씬/4 진우의 사무실 앞 (오전)

민주, 혼자 한쪽에서 춤 동작해보고 있는데 여비서, 사무실에서 나오며

여비서 들어가봐.

민주 (? 돌아보는)

씬/5 진우의 사무실 (오전)

진우, 책상 의자에 앉으며 민주에게 핸드폰을 주는

진우　잘 썼다.
민주　언니는요? 갔어요?
진우　가지 말라는데도 굳이 가네.
민주　왜요?
진우　언니가 이제 내 말은 안 믿거든. 무조건 반대로 하기로 작정했나 봐.
민주　(혀 차며) 어쩌다 그렇게 되셨어요?
진우　(책상 위의 서류봉투 뜯으며) 괜찮아. 내가 따라가면 돼.
민주　아저씨도 그라나다에 가신다구요?
진우　중요한 일이 있어서.
민주　중요한 일 뭐요?
진우　몰라도 돼.
민주　언니한테 프로포즈하려구요?
진우　(힐끔)
민주　이제 이혼했으니까 정식으로 프로포즈하려는 거 아녜요? 그쵸?
진우　나는 니 머릿속이 세상에서 제일 궁금하다.
도대체 혼자 무슨 생각을 하고 사는 거니?
민주　(진우가 들고 있는 서류봉투를 가리키며) 그거 이혼 서류잖아요.
진우　(멈칫)
민주　(웃으며) 아까 제가 살짝 봤어요.
진우　(기가 막혀)
민주　고유라가 사인한 것도 봤어요. 아저씨만 하면 되잖아요 이제. 잘 하셨어요.
어우 제가 다 속이 시원해요. 기사는 언제 나요? 기사 빨리 났으면 좋겠다.
진우　(잠시 말문이 막혀 쳐다보고)
민주　(?) 왜요?
진우　당황해서
민주　왜요?
진우　(인터폰을 누르는)
여비서　(E) 네 대표님.
진우　들어와요. (끊고) 내가 웬만하면 당황을 안 하는 사람인데 너는 진짜 강적이다.
내가 인정할게.

민주 (?)

이때 여비서가 문을 열고 들여다보는

진우 이 친구 데리고 지금 바로 가요. 내가 얘기해뒀으니까

여비서 YD요? 네 알겠습니다.

민주 (!) 벌써 얘기하셨어요?

진우 추천해달라면서?

민주 (감격) 아저씨 진짜.. 와 전 아저씨가 너무너무 좋아요! 정말 제 스타일이에요!

진우 추천만 해준 거야. 니가 거기 가서 바보같이 춤을 추면 추천한 나도 바보가 되니까 알아서 잘 해.

민주 당연하죠~

진우 얼른 가봐. 그 사장 바쁜 사람이야

여비서 (손짓하는) 가자.

민주 네~ (나가며) 고맙습니다~ 아저씨도 프로포즈 꼭 성공하세요!

여비서 (그 소리에 ?)

진우 (흘끔)

민주 (손 흔들며 나가는)

문 닫히고 나자 진우, 그제야 서류를 보는.
〈협의의혼 의사확인신청서〉 제목으로 간단하게 적혀 있고, 그 뒤에는 첨부서류 잔뜩 딸려 있는.
맨 앞장에 메모지가 붙어 있다.

영준 (빈정대는, E) 법무팀이 보낸 합의서 그대로 날인해 보냅니다.
그런데 유라가 합의한 건 아닙니다. 그건 인지하고 계시길.
노영준 드림.

밑에 유라의 이름 옆에 도장 찍혀 있고, 진우의 쪽에도 도장 찍혀 있다.
진우, 펜을 꺼내 도장 옆에 서명을 적는..

바로 서류를 봉투에 도로 넣는데 이때 문이 벌컥 열리고 선호가 들여다보는

진우 (힐끔)

선호 ...... (한숨부터 나오는)

진우 들어와. 왜 서 있어?

선호 웬일로 출근하셨다는 소식이 들려서. 진짜네.

진우 간만에 할 일이 생겨서.

선호 출장 간다는 게 뭐야? 그라나다에 간다며? 무슨 일로?

진우 출장.. 은 출장이지. 미션이 있으니까.

선호 설마... 게임 하러 가는 거냐?

진우 중요한 퀘스트가 있어.

선호 (....!)

진우 (미소) 웃기게 들리겠지만 진짜 중요한 퀘스트야.

선호 (표정)

씬/6 양주의 사무실 (오전)

양주, 컴퓨터 앞에 앉아서 바쁜데 진우, 문을 벌컥 여는

진우 너 아이템 좀 준비해.

양주 (? 고개 내밀고) 네? 무슨 아이템이요?

진우 특수 아이템. 무기 말고. 그동안 니가 개발한 게 있을 거 아냐?

양주 특수 아이템.. 많죠? 어떤 종류요?

진우 있는 대로 내놔봐.

양주 퀘스트 하시게요? 무슨 퀘스트인데요? 내용을 알아야..

진우 나도 몰라서 그래. 가서 뭐가 나올지.

양주 (?? 일어나며) 지금 막 나온 신상인데 이런 거 있어요, (주머니에서 꺼내는 손짓하자 손에 음료수가 생겨나는) 이건 제휴 제품인데요, 생명의 물약, (따서 마시자)

양주의 머리 위에 생명력이 확 올라가는 표시가 나타나며.
〈생명력이 +1000 늘었습니다〉

양주 생명력 쫙 올라가죠? 근데 비싸요, 금화 1000냥짜리~ 아 그리구 이거 보실래요? (반대편 주머니에서 꺼내는 손짓하자 손에 캔들 라이터가 생겨나는) 이건 캔들 라이턴데요, 키면요, (틱, 켜자)

라이터 구멍에서 갑자기 화염방사기처럼 엄청난 불꽃이..!
방 안에 불길이 솟구쳐 진우 코앞까지 가는 (C.G)
진우, 순간 놀라 뒤로 움찔.
양주, 라이터 끄자 불꽃 순식간에 사라진다.

진우 (표정)
양주 (자랑스러운, 웃으며) 장난 아니죠?
진우 다른 아이템도 다 모아서 나한테 보내 (이때 핸드폰이 울린다)

〈정희주〉 뜨는.

진우 (! 받는) 여보세요..? 내렸어요?

씬/7 공항 청사 일각 (오전)

희주, 기내용 트렁크를 끌고 한쪽에 서서.

희주 (내리는 과정에 이미 진 빠져) 어디로 가면 돼요?

씬/8 양주의 사무실 (오전)

진우, 그 말에 씩 미소 띠우는.

진우 (NA) 모두 기억할 것이다.

씬/9 회상 몽타주

C#1 바르셀로나 / 기차역 앞 (1회 中)

한쪽에서 다급히 공중전화 하는 세주 모습에

진우 (NA) 세주가 나를 찾으며 이 이야기가 시작된 것을.

C#2 그라나다 / 기차 침대칸 (2회 中)

세주의 자리에 배낭만 덩그러니 남아 있는

진우 (NA) 그러나 세주는 기차 안에서 사라졌다.

C#3 CCTV 영상 - 바르셀로나 / 기차역 플랫폼 (밤)

급히 기차에 올라타는 세주의 모습, 흐릿하게 멀리 보이는

진우 (NA) 바르셀로나에서 기차를 타는 세주의 모습은 찍혔으나

C#4 미국 / 병원 입원실 (낮)

진우, 침대에 앉아 정보원이 보내준 서류를 읽는 모습에..
역에서 찍힌 CCTV 사진의 세주 모습에 동그라미를 친 사진이 있고.

진우 (NA) 내리는 영상은 없다. 어느 역에서도.

진우, 서류를 내려놓고.. 혼란에 빠진 모습에..

C#5 바르셀로나 / 기차역 앞 (1회 27씬 C#2 中)

세주 100억 좋죠, 근데 나쁜 사람이에요 너무.. 그래서 안 하려고요 하 씨..

C#6

세주 그 사람한테 팔기 싫은데, 하 씨 근데 내일까지 결정을 해야 돼서, (하다 멀리 뭔가를 보고 깜짝 놀라는)

C#7 CCTV 영상 - 바르셀로나 / 기차역 플랫폼 (밤)

누군가에게 쫓기는 듯, 두리번거리며 뛰어오는 세주의 모습이 반복되며..

진우 (NA) 세주는 누구를 두려워했을까? 형석이 보낸 누군가? 아니면 마르꼬의 조폭 친구들?

C#8 미국 / 병원 입원실 (8회 1씬 C#30 中)

깊은 밤. 침대에 누워 망상에 빠져 있던 진우.
갑자기 천둥 번개가 치며.. 여지없이 형석이 어둠 속에 칼을 들고 나타난다.
진우, 표정에..

진우 (NA) 아무리 생각해도 들어맞는 건 오로지 내 망상밖에 없다.
미친 사람의 미친 망상..

F.O - F.I

C#9 그라나다 / 숲속 (밤)

세주, 어두운 숲속에서 등지고 뭔가 하고 있는.

진우 (NA) 지금부터는 나의 망상이다. 1년 전 그날, 세주에게 일어난 일.

카메라, 가까이 다가가면 피투성이로 죽은 마르꼬 시신 앞에서 다급히 주머니를 뒤지고 있는 세주.
〈Marco님의 시신 : master님이 1시간 전에 해치웠습니다〉
세주, 마르꼬의 주머니에서 진우의 핸드폰 번호와 메일 주소가 적힌 구겨진 메모지를 찾아내고..!

마르꼬 (E) 계속 짜게 굴면 유진우한테도 연락하면 돼~

C#10 그라나다 / 카페 알카사바 (밤)

술 마시고 있는 마르꼬와 세주. 다른 테이블에 취객들 몇몇 있고.
세주는 초조해서 형석이 오나 계속 밖을 쳐다보고..

마르꼬 (메모지 보여주며) 유진우 번호도 따 놨다. 차형석이랑 유진우랑 완전 원수 사이인 거 알지?
세주 (밖을 보고 있다가 ? 보고)
마르꼬 둘이 서로 죽어라 미워하니까 양쪽에 다 걸어놓고 올려보자고. 다른 회사는 만날 필요도 없어. 둘만 갖고 시소 타면 돼. 아마 서로 안 지려고 부르는 대로 콜 할걸? (낄낄거리며) 우리는 걔들 싸움 붙여놓고 떡고물만 챙기면 돼.

C#11 그라나다 / 숲속 (밤)

세주, 메모지를 쥐고 죽은 마르꼬를 두고 급히 산비탈을 뛰어내려가는

C#12 바르셀로나 / 마르꼬의 아파트 복도 (밤)

세주, 완전히 혼이 나간, 겁에 질린 얼굴로 급히 나타나 두리번, 주위를 살피

며 마르꼬 집으로 가는

C#13 바르셀로나 / 마르꼬의 아파트 (밤)

세주, 진우의 이메일로 파일을 전송하고 있다. (1회에 보낸 파일).
옆에 진우의 연락처 적힌 구겨진 메모지가 있고.
급히 하드를 삭제하는.
손은 떨리고 자꾸 눈물이 나오는 이때.
창밖에 번개가 번쩍하더니 요란한 천둥소리.
세주, ...?!!
이어서 〈알함브라 궁전의 추억〉 기타 선율이 들려온다.
세주, 기겁을 하며 벌떡 일어난다, 공포에 질려 두리번거리는데
〈적이 나타났습니다〉
메시지가 눈에 뜨더니 바로 마르꼬가 나타나는. 손에 권총을 들고.
세주, ...!!!

진우 (NA) 세주도 나처럼 미쳤던 거다.

마르꼬의 프로필이 뜬다.
〈Marco : 레벨 92 생명력 9200 공격력 9400 방어력 5000 권총 장착〉

세주 (놀라, 공포, 절규하듯) 뭐야?!! 너 뭐야 왜 자꾸 나타나?! 너 죽었잖아?!!
진우 (NA) 세주는 나보다 더 공포에 질렸을 것이다.
마르꼬는 형석의 레벨보다 훨씬 높고, 총도 갖고 있다.

마르꼬가 권총을 겨누자

세주 (!!!) 왜 이래?!! 쏘지 마!! 꺼져!!

C#14 바르셀로나 / 마르꼬의 아파트 복도 (밤)

안에서 총성이 여러 발이 들리고, 이어서 세주가 튀어나오는
세주의 손에도 권총이 들려 있고 피가 튄 세주, 공포에 질려 도망친다.
세주, 어둠 속으로 미친 듯이 사라지고 바로 마르꼬가 열린 문으로 나온다.
어둠 속으로 사라지는 세주를 향해 총을 겨누고.

C#15　바르셀로나 / 기차역사 (밤)

1회 프롤로그 바로 전 상황.
세주, 두리번거리며 공포에 떨며 티켓을 구입하고 있다.

C#16　바르셀로나 / 기차역사 앞 (밤)

세주, 공중전화 부스에서 전화를 걸고 있다.
신호음이 가더니 희주가 받는다.

희주　(스페인어, E) 여보세요?
세주　누나?
희주　(E) 세주니?
세주　누나, (눈물이 왈칵)
희주　(E) 너 왜 핸드폰을 안 받아? 걱정했잖아?
세주　핸드폰이 깨졌어. (눈물을 닦아내며)
희주　(E) 어쩌다가? 너 어디야 지금?
세주　나 지금 가, 기차 탈 거야, (연신 불안하게 두리번거리는)

C#17　그라나다 / 호스텔 주방 + 바르셀로나 / 기차역사 앞 (밤)

희주, 설거지하며 통화 중이다.

희주　야간열차? 그럼 아침에나 오겠네. 알았어 조심하구 (하는데)
세주　(E) 누나 보고 싶어
희주　(뜬금없는 말에, ?) 어?

세주 (울면서) 끊을게. (얼른 끊고)

희주 여보세요? (하다 중얼) 얘가 왜 이래..? 철들었나..? (황당해하면서도 미소, 설거지하는)

C#18 바르셀로나 / 기차역사 앞 (밤)

세주, 눈물 닦고 진우에게 전화를 건다. 신호음이 한참 가더니

진우 (E) 여보세요?

세주 (! 막상 전화 받자 당황) 저.. 혹시 유진우.. 유진우씨.. 핸드폰 아네요..?

진우 (E) 네 전데요 누구시죠?

세주 (!)

C#19 바르셀로나 / 특급호텔 침실 + 기차역사 앞 (밤)

1회 프롤로그 C#1과 같은 장면, 진우와 세주 통화 중인.

진우 (NA) 세주는 나를 만나 구원을 요청하려고 했다.
내 회사의 전문가들이 이 문제를 해결해주리라 믿었다.

이때 번개가 번쩍 치면서 갑자기 비가 쏟아진다. ....!!!
지나가는 행인들은 비를 의식도 안 하고 그냥 지나가고.
이어서 기타 소리가 들려오는.

세주 (!! 다급히) 그라나다에서 만나요, 보니따 호스텔에서 기다리면 갈게요, 가끔 묵는 곳인데 (!!)

행인들 사이로 피투성이 마르꼬가 나타난다. 권총을 들고.
세주, ...!!!! 눈빛에 공포가, 바로 수화기를 던지고 도망친다.
세주, 지나가려는 차들 사이로 횡단보도를 급히 뛰어가는. 차들 빵빵거리고.
수화기만 덜렁거리고,

진우　(E) 여보세요? 안 들려요? 여보세요.

마르꼬, 사람들 사이로 멀어지는 세주를 겨냥하며 권총을 겨누는.
마르꼬의 시선으로 세주의 머리를 향해 과녁이 생겨나고.
탕..! 쏘는데 지나가는 사람에 가리며 빗나가는.
〈실패〉 〈빗나갔습니다〉

C#20　**바르셀로나 / 기차역사 (밤)**

1회 프롤로그 C#2와 같은 장면.
세주, 행인들을 밀어젖히며 플랫폼을 향해 뛰고, 그 뒤를 따라 들어오는 마르꼬.

C#21　**바르셀로나 / 기차역 플랫폼 (밤)**

1회 프롤로그 C#3과 같은 장면
세주, 급히 뛰어오다가 넘어지고, 사람들이 쳐다보고 괜찮냐고 스페인어로 묻는데 세주, 그대로 일어나 열차를 향해 뛰어간다.
플랫폼에 그라나다행 야간열차가 서 있고 열차 곧 출발하기 직전인.
세주, 뛰어가는데 마르꼬가 어느새 권총이 아닌 총신이 긴 장총을 꺼내 겨누는.
세주를 향해 총을 쏘는데
탕..!! 하고 세주를 아슬아슬 비켜가 바닥을 맞고 튕기고..!
세주, ..!! 이어서 다시 총알이 연속해서 날아오며 바닥에 맞고, 열차에 맞고..!
세주, 혼비백산, 객차로 뛰어 올라타자마자 문이 닫힌다.

C#22　**바르셀로나 / 야간열차 복도 (밤)**

1회 프롤로그 C#4와 같은 장면.
승객들을 지나치며 세주, 빠르게 지나가고

이때 기차가 천천히 출발하자 세주, ...!! 창밖을 본다.

C#23 바르셀로나 / 기차역 플랫폼 (밤)

야간열차 막 출발하는..
기차를 타려고 쫓아온 마르꼬, 기차가 떠나자 장총을 들고 서서 세주를 찾는.
불안한 눈빛으로 창밖을 살피는 세주의 모습을 발견하고...!
마르꼬, 세주를 발견하고 바로 총을 겨누는데,
방아쇠를 당기려는 순간, 마르꼬의 이미지, 갑자기 멈추는.

C#24 바르셀로나 / 야간열차 복도 (밤)

세주의 시선으로. 총을 겨누고 있던 마르꼬의 이미지, 스르륵 사라진다.
〈적과의 거리가 너무 멉니다〉
〈결투가 취소됩니다〉
비와 천둥 번개, 기타 소리도 동시에 멈추고.
세주, ...!! 숨을 몰아쉬며 이마의 땀을 닦아내고

C#25 평원 (밤 - 새벽 - 아침)

1회 프롤로그 C#8과 같은 장면.
기적을 울리며 평원을 가로지르는 열차.

C#26 야간열차 침대칸 (아침)

1회 프롤로그 C#9, 11과 같은 장면
불편한 자세로 웅크린 채 어설프게 잠이 든 세주, 퍼뜩 눈을 뜬다.

안내 (영어, E) 승객 여러분, 이 열차는 약 10분 후에 그라나다에 도착합니다. 그라나다에서 내리실 분은 미리 준비해주시기 바랍니다.

세주 (맞은편의 남자를 깨우는, 스페인어) 일어나요 그라나다 다 왔어요.

남자　(알겠다고 손짓하더니 다시 뒤척거리며 등 돌리고 자고)

세주, 안경을 티셔츠로 닦아 다시 끼고 주섬주섬 배낭을 꺼내는데 이때 갑자기 창밖에 번개가 번쩍하더니 요란한 천둥소리가.. 세주, ...!!!
창밖에 다시 비가 쏟아진다. 세주, 급히 배낭을 꺼내는
이어폰 낀 남자는 요란한 천둥소리에도 미동도 없이 자고.
이때 〈알함브라 궁전의 추억〉 기타 선율이 다시 시작되고..
〈적이 나타났습니다〉
세주, ...??!!!
세주, 공포에 질려 도망가려고 문을 확 여는데 문 앞에 마르꼬 서 있다.
세주, 뒷걸음질 치며 총을 꺼내 드는데 바로 탕!! 권총을 쏘는 마르꼬.
세주, 권총 든 손에 맞고 넘어지면서 총을 쏠 수가 없는..!
이어폰 낀 남자는 총격도 전혀 못 듣고 자고 있고.
세주, 넘어지면서 바로 탕 탕 탕! 여러 번의 불꽃이 총구에서 연달아,
유리창에 피가 튀면서 세주, 쓰러지고
세주의 생명 바 거의 다 바닥난, 세주, ...!!!

C#27　그라나다 / 기차역 플랫폼 (1회 프롤로그 C#14 中)

기차가 서서히 플랫폼에 도착하고.

C#28　그라나다 / 야간열차 침대칸 (아침)

컷 튀어 이어폰 낀 남자, 퍼뜩 잠에서 깨 이어폰 빼며 일어나다 깜짝 놀라는..!
바닥에 눈을 뜬 채 죽은 세주의 시신이 있다. 피는 흔적도 없고.

진우　(NA) 세주가 그 결투에서 패배했다면 시신은 거기 남아 있어야 한다.

C#29　그라나다 / 공원 (3회 엔딩 씬 中)

벤치에 앉아 고개 숙인 채 죽은 형석의 모습에..

진우 (NA) 형석이와

C#30 그라나다 / 숲속 (8회 1씬 C#25 中)

부패한 채 발견된 마르꼬의 모습에..

진우 (NA) 마르꼬처럼

C#31 그라나다 / 야간열차 침대칸 (아침)

C#28과 똑같이. 이어폰 낀 남자 퍼뜩 일어났을 때 세주는 없고 배낭만 있는.

진우 (NA) 그러나 세주는 없다.

C#32 그라나다 / 야간열차 복도 (아침)

피를 흘리며 문을 기어 나와 겨우 문을 닫는 세주.
〈장애물로 인해 결투가 지연되고 있습니다〉
그사이 차가 느리게 역에 서자 세주, 비틀거리며 일어난다.

진우 (NA) 없다는 것은, 그 애가 살아남았다는 뜻이다.

C#33 그라나다 / 기차역 플랫폼 (아침)

세주, 비틀거리며 기차에서 내린다.
내리자마자 바닥에 툭 쓰러지고.
〈그라나다에 오신 것을 환영합니다〉
〈당신은 현재 레벨 94입니다〉

생명 바는 거의 바닥 선만 남아 있는.
세주, 그대로 정신을 잃는다.
컷 튀어 5회 엔딩 씬 C#9와 같은 장면.
진우, 자기 앞에 있는 세주를 못 알아보고 찾는 모습에..

진우 (NA) 세주는 그날 거기에 있었을 수도 있다.
우리가 보지 못했을 뿐.

씬/10 회상 - 폐교 운동장 (새벽)

8회 55, 67씬에서 이어지는
진우, 완전히 탈진해 시신 옆에 드러누워 눈을 감고 있는.
안개 자욱한 운동장은 진우의 숨소리 외엔 적막이 감돌고.
잠시 후, 멀리서 들리는 푸드득 소리에 눈을 뜨는.
진우, 시선에 안개 속에 하늘을 빙빙 도는 새 한 마리가 멀리 언뜻 보이고.
진우, 새라는 걸 확인하고는 다시 눈을 감는다.
잠시 후, 뭔가 이상한 느낌에 다시 눈을 뜬다.
누워 있던 진우, 바닥에서 일어나 앉는.
하늘 위의 새는 계속해서 진우의 머리 위를 빙빙 돌며 움직이지 않고.
진우, ...! 진짜 새가 아니라는 걸 깨닫고 벌떡 일어난다.
진우가 일어서자 안개가 서서히 걷히면서 머리 위를 빙빙 도는 커다란 새가 뚜렷이 보이는,
〈특수 아이템을 발견했습니다〉
〈시타델의 매 : 레벨 90 이상만 볼 수 있는 특수 아이템〉
진우, !!!!
〈당신이 시타델의 매를 가질 자격이 있다면, 팔을 뻗어보세요〉
진우, 오른손을 허공에 조심스레 뻗어보자 갑자기 손에 단단한 가죽으로 만든 보호대가 생겨나고. 진우, ...!
하늘을 날던 매, 갑자기 진우를 향해 수직으로 빠르게 낙하하며...!
바람 뚫는 소리를 내며 무서운 속도로 낙하하던 매, 지면에 가까워오자 커

다란 날개를 퍼덕거리며 진우의 주위를 몇 바퀴 크게 돌아 우회하더니 진우 팔뚝의 가죽 보호대 위에 안착한다.
날카로운 눈빛의 커다란 매, 진우를 응시하며..
한쪽 다리에는 양피지가 감겨 있고. 이어서 메시지가 뜬다.
〈master의 전령이 도착했습니다〉
매는 꿈쩍도 안 하고 진우의 팔에 앉아 진우를 응시하고.
진우, 자기도 모르게 입가에 미소가 떠오르는..
자신이 미친 게 아니라는 안도와 승리감이...!

진우　(NA) 이 망상을 증명하는 데 1년이 걸렸다.

진우, 조심스레 왼손을 뻗어 양피지에 손에 대자
양피지 순식간에 손에 들어오는.
매는 푸드덕거리며 멀리 날아가버리고.
진우, 매가 날아가는 걸 보다가 접힌 양피지를 펼치려는 순간, 메시지 뜬다.
〈master가 그라나다에서 보낸 비밀 퀘스트입니다〉
진우, ...!
〈퀘스트를 확인하시겠습니까?〉
〈퀘스트를 확인하는 즉시, 당신은 이 퀘스트를 수행해야 합니다〉
〈시간이 초과되면 기회는 사라집니다〉
진우, ...!
〈팁 : 당신이 지금 그라나다에 있지 않다면 그라나다에 도착해서 퀘스트를 확인하는 걸 권장합니다〉
〈퀘스트를 확인하시겠습니까?〉
진우, 양피지를 잡지 못하고 망설이는 사이
바로 5, 4, 3, 2, 1 카운트다운 되더니.
손에 있던 양피지, 사라지는.
〈매의 양피지를 보관합니다〉
〈매의 양피지 : 퀘스트 기한 47시간 59분 58초 남았습니다〉
진우, ...!
컷 튀어, 정훈이 운전하는 진우의 세단이 안개가 깔린 운동장으로 들어온다.

진우가 세워둔 스포츠카 옆에 서는.
운동복 차림의 정훈, 차 안에서 하품하며 눈을 감았다 뜨면
〈525번째 로그인 하셨습니다〉
정훈, 이온음료 들고 차에서 내리자 손에 검이 생겨나고.
정훈, 문 닫고 음료수 마시며 걸어오다 멈칫.
안개 속에 흩어진 시신들을 발견하고..

정훈 (놀라며) 어우.. 이게 다 뭐야..?

시신들을 둘러보며 안개 속에 등지고 서 있는 진우에게 가는

정훈 대표님 또 밤새셨어요?
진우 (돌아보는)
정훈 야... 이게 무슨 킬링필드도 아니고..
진우 (말 끊는) 너 지금 레벨 몇이지?
정훈 (??) 저요...? 48레벨... (말이 끝나기도 전에)
진우 (갑자기 뭔가를 허공에 휙 던지는)

권총 한 자루가 날아와 정훈의 손에 턱 잡히고. (동시에 검은 사라지는)
〈zinu님이 권총을 선물하셨습니다〉

정훈 어?

〈권총은 레벨 50부터 허용됩니다 zinu님의 선물을 아직 사용할 수 없습니다〉

정훈 오 땡큡니다~ 근데 저 아직 총 못 쓰는데요?
진우 넌 지금부터 여기서 레벨 50까지 올리는 거야.
최소한 총은 쓸 수 있어야 데리고 가는 의미가 있지.
정훈 (??) 네?
진우 (손목시계 보며) 지금부터 딱 다섯 시간 준다.

정훈　다섯 시간 동안 2레벨을 어떻게 올려요?
진우　시간이 없어. 비행기 타야 되니까 서둘러.
정훈　(계속 영문 몰라) 비행기요?
진우　(차로 가며) 오늘 그라나다로 가는 거야. 우리 둘이.
정훈　(??) 그라나다를.. 왜요?
진우　정세주 찾으러.
정훈　(??!)

씬/11 희주의 집 앞 (낮)

영심이 쓰레기봉투 들고 집에서 나오다가 택시에서 희주가 내리는 걸 보고.

영심　(깜짝 놀라) 아니 얘?

희주, 트렁크를 끌고 오고 택시는 떠나는.

영심　너 왜 도로 와?
희주　(어색하게 웃는) 할머니..
영심　왜 도로 와? 상범이가 너 비행기 탔다고 그랬는데?
희주　내렸어요.
영심　왜?
희주　(둘러대며 들어가는) 그냥 뭐. 안 갈려구요. 너무 시간도 오래 걸리고 힘들고.
영심　아니 이게 무슨 소리야?? 그럼 비행기표는? 환불했어?

씬/12 기타 공방 (낮 - 저녁)

희주, 옷 갈아입고 청소기를 집어 드는데 영심이 따라와 들여다보며

영심　아이구 돈이 썩어난다 썩어나. 아깝게 세상에..

갈 생각 없으면 진작 취소를 했어야지~

희주 　갈려구 했죠.. (아무렇지 않은 듯) 근데 기타 주문받은 거 아무래도 기한 못 맞출 거 같은 거야. 너무 걱정이 돼서. (하고 청소기를 돌리기 시작하는)

영심 　아이구.. 참.. 난 모르겠다. (쳐다보다 문 닫고)

희주 　(영심이 들어가자 힐끔 보고, 청소기 멈추고 그제야 한숨 내쉬는)

진우의 말이 떠오르고.

진우 　(E) 집에 가 있어요. 일이 좀 생겨서. 내가 그리 갈게요.

희주 　(표정)

진우 　(E) 세주는 살아 있을 거라고 했죠?

희주 　(초조한, 동시에 희망이 생기자 심장은 두근거리고)

디졸브로.
희주, 손톱 물어뜯으며 의자에 앉아 기다리고 있는데 소식이 없고.
시계 2시가 넘은.
희주, 답답해서 전화를 걸어본다. 〈유진우〉 뜨는데

안내 　(E) 고객님이 현재 전화를 받을 수 없습니다. 다음에 다시..

희주 　(끊고, 답답해서) ..... (긴 한숨)

디졸브로, 희주, 부러 몰두하려 애쓰며 작업을 하고 있는.
앞치마 두르고 대패질을 하며 시계를 보면 4시가 넘었고.
디졸브로.
희주, 속이 타서 일이 손에 안 잡혀 서성거리고 있다.
시계는 이미 6시가 넘었고.
이때 핸드폰이 울리자, 희주, ...?!!
급히 집어 보면 〈민주〉 뜨고.

희주 　(실망하며 받는) 여보세요.

민주 　(E) 언니 스페인 안 갔다며?

희주　　응. 어디야?

씬/13 거리 + 기타 공방 (저녁)

민주, 학원 앞에 서서 신이 난

민주　　언니 나 아까 YD 사장 만났다! 아저씨가 추천해줘서!

희주　　(표정)

민주　　나보고 싹수 있대~

희주　　너.. 언니한테 진짜 혼난다. 왜 아무 데나 들러붙어서 민폐야? 누구 허락받고 핸드폰 번호 훔쳐서

민주　　(말 끊는) 아저씨 안 만나?

희주　　뭐..?

민주　　아저씨 언니 만나러 스페인 간댔는데? 그럼 아저씨 혼자 간 거야?

희주　　아니.. 여기로 온댔는데

민주　　(다행이라는 듯) 아 진짜?

희주　　너 그건 또 어떻게 알아?

민주　　아저씨가 왜 언니한테 가는지 모르지? 힌트 줄까?

희주　　어..?

민주　　프..

희주　　프..?

민주　　프로 시작해. 네 글자. 안녕. (크크크 웃으며 끊는)

희주　　(황당해서)

희주, 뭔 소린가 하는데 민주의 메시지가 띵 오는.
〈맞춰봐~ 초성 퀴즈 : ㅍㄹㅍㅈ〉
희주, 표정.
민주, 학원으로 들어가려는데 다시 희주에게 전화가 오자, 받는

민주　　(장난스레) 여보세요. 정답~ 은?

희주 너 이게 뭐야?

민주 프로 시작한다니까? 네 글자

희주 (정색하고) 장난치지 말구! 이게 지금 무슨 뜻이냐구?

민주 (움찔) 왜 화내?

희주 (다다다) 언니 지금 심각해. 지금 니가 장난질할 땐지 알아? 아저씨가 지금 왜 나를 만나러 온다는 거야? 너 뭘 들은 게 있어? 이 네 글자가 도대체 뭐냐고?

민주 프로포즈.

희주 뭐..?

민주 아저씨 언니한테 프로포즈하러 가는 걸껄?

희주 (생각지도 못한 소리에) 너 지금 무슨 소릴 하는 거니..?

민주 아 이거 아저씨는 비밀일 텐데.. (즐거운, 속닥속닥) 알아도 모른 척해. 아저씨 이제 진짜 싱글이 됐거든~ 그래서 언니한테 프로포즈하려나 봐. 반지도 샀을지도 몰라.

희주 아니.. (기막혀) 지금 그 사람이 나한테 프로포즈하려고 반지 사 들고 여기 오는 거라고? (하다 앞을 보고 ?!)

진우, 그사이 이미 문을 열고 들어오다 멈칫.

희주 (..?!!)

진우 (표정)

희주 (너무 당황, 그대로 핸드폰 든 채 경직)

진우 반지.. 사 와야 되는 거예요?

희주 (표정)

진우 아 이런, 나는 생각도 못했는데, 설마 그런 기대를 하고 있는 줄은

희주 (!!)

진우 (능청) 지금 가서 사 올까요?

희주 (! 당황, 전화 끊으며) 들어오세요.

진우 아냐, 기다려요, 어디 가서 꽃다발이라도 사 오든지 (도로 나가려는 척)

희주 (벌컥) 들어오시라구요 그냥!

진우 (그제야 웃으며 들어오는)

희주 민주한테 무슨 얘길 하신 거예요? 걔가 왜 헛소리를 하고..

진우 난 아무 말 한 게 없는데.
희주씨가 기대를 품은 것처럼 보인 거 아녜요? 민주 눈에?

희주 (기막혀) 진심으로 그렇게 믿는 거예요?

진우 희망사항이죠.

희주 (그 말에 멈칫, 보자)

진우 (말 돌리는) 미안해요 너무 늦게 와서. 일이 좀 있어서. (손목시계 보며) 오래 얘기할 시간이 없어요. 곧 비행기 타야 돼서.

희주 (...!) 세주는요..?

진우 지금 그라나다로 가는 거예요. 세주 만나러.

희주 (??!) 세주가.. 그라나다에 있다구요?

진우 그건 잘 몰라요. 도착해봐야 알 거 같아요. 일단 그라나다로 나를 불렀으니까 가봐야죠.

희주 (!) 연락이 왔다는 게 진짜예요..? 보여주세요!

진우 보여줄 수가 없어요. 전화나 이메일로 연락한 게 아니라서.

희주 (?) 그럼..

진우 세주가 만든 게임 속에서 나한테 메시지를 보냈어요. 게임 아이디로.

희주 (...?!)

진우 그라나다로 오라고 해서 가요. 무슨 일이 있는지, 어디 있는지는 아직 몰라요. 이런 식으로 연락한 이유가 있겠죠. 세주를 만나게 되면 연락할게요.
희주씨는 여기서 기다려요.

희주 (이해 안 가는, 황당하고) 무슨 그런 말이.. (하다) 증명한다면서요?

진우 지금 여기선 증명 못해요. 희주씨도 렌즈를 껴야 돼서. 회사로 가면 볼 수 있게 내가 얘기해놓고 갈게요. (양주의 명함 꺼내 탁자에 놓으며) 이 친구한테 전화하면 돼요.

희주 (기막혀, 또 속은 기분) 뭐예요? 사람을 비행기에서 내리라고 해놓고 지금 또..

진우 시간이 없어서 그래요. 48시간 내로 퀘스트를 못 끝내면 세주 만날 기회가 사라지는데 (시계 보며) 벌써 12시간 지났어요.

희주 (?) 그게 무슨.. (하다 문 쪽을 보고 깜짝 놀라는)

진우 이 친구가 게임 책임자라서 나보다 설명을 잘.. (하다 희주 시선 따라가 무심코 돌아보는 순간) !!

바로 상범의 주먹이 날아와 진우의 얼굴을 치는...!!
진우, 대응도 못하고 바로 넘어지면서 지팡이도 놓치고 테이블 위의 물건들 쏟아지고..!
희주, 놀라 비명 지르는...!

상범 (열린 문으로 뛰어 들어와) 하 씨..! 너 이 새끼 잘 만났다..!

희주 뭐하는 짓이야?!!

상범 (넘어진 진우에게 다시 가며) 야 너 내가 안 그래도 고소할라 그랬거든?! 아주 작살을 내고 나도 뉴스에 한번 나보자! 재벌 때려눕히면 뉴스에 날 거 아냐?! (일어나기 전에 다시 주먹을 날리는)

희주 (말리는) 그만해..!

상범 (다시 퍽 때리고) 너 내가 그라나다에서부터 아주 마음에 안 들었거든? 돈 몇 푼으로 선심 쓰는 척하면서 희주 부려먹고

희주 (상범 붙잡고 끌어내려 하며) 그만하라고!! 하지 마!!

상범 비켜봐!! (희주 떨쳐내며) 새끼가 또 무슨 사기를 치려고 비행기에서까지 내리게 하고.. (하며 다시 때리려다 멈칫)

진우 (그사이에 지팡이를 집어 들어 상범의 가슴을 밀며)

상범 ....! (힘으로 밀리며 진우 잡은 손 떨어지고)

진우 (숨 몰아쉬며, 일어나는) 그만합시다.

상범 (표정)

희주 (표정)

진우 오랜만에 만나서 이건 아니죠. 그쪽이 나 안 좋아하는 건 잘 아는데, 그만하죠. 내가 지금 공항에 가야 돼서

상범 그건 니 사정이고 (하고 지팡이 밀며 다시 주먹 쥐고 다가가려는데)

진우 (다시 탁 막는)

상범 (움찔)

진우 그만하자고요. 희주씨 가족이나 다름없다고 늘 혼자 주장하시는 분.

상범 하... (비꼬는 말에 분해 오기가, 테이블에 놓인 만들던 중인 기타를 집어 드는)

희주 (!!) 하지 마! 왜 이래 진짜?!
상범 (기타로 위협해 지팡이를 확 쳐내려는데)

순식간에 두 손으로 지팡이를 검처럼 휘두르며 상범의 손을 때리는, 상범, 순식간에 정신 못 차리며 바닥에 넘어지고. 기타를 지팡이에 꽂아 저 멀리 던져버리는. 기타가 날아가 벽에 부딪치며 와장창 부서지고.

희주 (??!!)
진우 내가 요즘 먹고 하는 짓이 칼싸움밖에 없거든. 덤비지 마요. 다치니까. 난 현피는 사양해요.
상범 (완전히 기가 질려)

이때 영심이 국자 들고 요리하다 소리에 나와 내다보고.

영심 아니 이게 다 뭐냐? (놀라) 이게 다 뭐야?! (진우 목에 피가 흐르는 걸 보고) 피 나는 거 아냐?! 아니 왜 집에서 쌈박질이야?!!

씬/14 희주 집 앞 (저녁)

영심, 세워둔 자기 차로 가는 상범을 국자로 때리며

영심 가! 너 집에 가! 왜 남의 집에 온 손님을 패고 지랄이야? 니가 깡패냐? 오냐오냐해줬더니 이눔의 자식이 그냥!!
상범 (아파 피하며) 할머니 그럴 일이 있어요.. 할머니가 모르시는 게 있다구요.
영심 모르긴 뭘 몰라..! 너 가! 얼른 가!!
상범 하... (억울해 화 삭이며 차에 타는)

씬/15 희주 집 거실 (저녁)

희주, 서랍에서 황급히 구급약 상자를 찾고 있다.
여기저기 열다 상자 찾아내고, 약을 뒤지다가 한숨..
답답하고 속상하고..

씬/16 기타 공방 (저녁)

희주, 약상자 들고 들어오는.
진우, 휴지로 흐르는 피를 닦아내며 통화 중이다.

진우 (통화하는) 내 짐 챙겨서 바로 공항으로 가. 호텔에 들를 시간 없어. 좀 늦어져서. (희주가 들어오자 돌아보며) 거기서 만나. 옷? 니가 좀 알아서 챙겨 넣어. (하고 끊는데)

희주 앉으세요.

진우 가봐야겠어요. 늦을 거 같아서

희주 앉으세요. 피 나잖아요.

진우 (휴지 떼며) 괜찮아요 멈췄어요.

희주 (울컥) 좀 앉으라면 앉으세요! 왜 이렇게 남의 말을 안 들어요? 좀 들으라구요! 잘난 척 좀 그만하구! 뭐가 그렇게 잘나셨어요 도대체?!

진우 .....

희주 5분이면 돼요. 안 늦어요.

진우 (결국 희주 앞, 빠 의자에 등지고 앉는)

희주 (한숨 쉬며 구급약 상자에서 약 꺼내는)

진우 그 친구는 갔어요?

희주 갔겠죠..

진우 정체가 뭐예요 그 친구? 가족도 아니면서 가족이나 다름없다고 하고. 결혼 약속이라도 했어요?

희주 (멈칫)

진우 (돌아보며) 설마 그런 거예요?

희주 고개 돌리세요.

진우 (다시 돌리며) 난 그 친구 별론데. 싸움도 못하고.

희주　(기막혀) 칼싸움 잘하는 게 무슨 자랑이에요? 애도 아니고.. 정말 유치하시네요.

진우　어쨌든 난 반대에요. 잘 생각해요.

희주　그런 생각해본 적도 없지만 그 말씀 들으니 지금부터 잘 생각해봐야겠네요.

진우　왜요, 내 말은 무조건 반대로 가려고?

희주　..... (찢어진 부위를 소독하고)

진우　(아파 찡그리며) 결혼은 그렇게 하면 안 돼요. 홧김에 하면 나처럼 돼요.

희주　(대답 없이 약을 바르는)

진우　(바닥에 박살 난 기타가 눈에 들어오는) 저거 희주씨가 만들던 거 아녜요?

희주　.......

진우　가격이 얼마나 해요? (지갑을 꺼내는)

희주　신경 쓰지 마세요.

진우　얼마 받는데요.

희주　(대답 없고)

진우　(지갑 도로 넣으며) 그럼 내가 하나 주문한 걸로 해요. 내가 살 테니까 기타 하나 만들어줘요.

희주　......

진우　내 주문은 안 받아요? 손님 가려서 받아요?

희주, 계속 대답이 없자

진우　(농담) 나는 가망이 없나 이제. 난 기타 살 자격도 없는 거예요?

이때 뜨거운 눈물이 진우의 목덜미에 툭 떨어지고.
진우, ...? 돌아보는.
희주, 눈물 흘리며 상처에 반창고를 붙이고 있다.

진우　(....!)

희주　(쳐다보자 얼른 눈물 닦아내고)

진우　왜 울어요..?

희주　..... 몰라요 나도. (그 말을 함께 다시 눈물이 나는, 미워하려고 애쓰지만 그것

도 쉽지 않고)

진우 (표정)

희주 그러니까.. 세주를 만나려고 그동안 게임만 했다는 거잖아요. 그래서 세주랑 비슷한 레벨이 되니까 진짜로 연락이 왔고, 대표님만 세주를 만날 자격이 있다는 말 아녜요. 나는 거기 가봤자 아무것도 못 보니까 소용없고. 여기서 모니터로 보라는 거 아녜요. 게임 하는 거를. 세주가 무사한지 볼 수 있으니까.. 지금 그 말 아녜요?

진우 내가 아직도 미친 거 같아요?

희주 네. (하고) 근데.., 믿을게요.

진우 (....?)

희주 믿어볼게요. 여기서 연락 올 때까지 기다릴게요.

진우 왜 나를 믿어요..? 사기꾼 말을.

희주 믿지 않는 게 더 괴로워서요..

진우 (....!)

희주 ......

진우 또 나한테 속는 걸 수도 있는데.

희주 속지 않으려고 애쓰는 게 더 괴로워서요.

희주의 고백 같은 말이나 다름없고..

진우 ......

희주 (다시 눈물이 흐르자 닦아내며) 하.. 빌어먹을 진짜..

진우 (표정) 그건 내가 쓰는 말인데

희주 누가 쓰든 무슨 상관이에요, 전세 냈어요? 빌어먹을 진짜...

진우 ......

희주 왜 이렇게 날 괴롭혀요..? 왜 내 인생에 나타났어요 도대체? 왜 미워하는 것도 힘들게.. (하는데)

진우 (손가락으로 희주 눈가의 눈물을 닦아주는)

희주 (.....!)

진우 ......

희주 ......

이때 영심이 집에 들어오며 기침하는 소리가 나자, 진우 손을 떼는.
말없이 위로하듯 서로 잠시 보며..

씬/17 희주 집 앞 (저녁)

진우가 탄 택시, 떠나는.
영심이 잘 가라고 손 흔들며 배웅하고.
희주, 뒤늦게 공방에서 나온다.
희주가 나왔을 때는 이미 차는 골목길을 빠져나가고 있는..
희주, ...
디졸브로..

진우 (NA) 희주와 함께 떠나진 않았지만
이 여정이 희주와 나의 인생에 가장 중요한 순간임은 분명하다.

씬/18 이륙하는 비행기 인서트 (밤)

씬/19 바르셀로나 / 기차역 앞 (밤)

디졸브로.
1회 프롤로그와 같은 분위기.
밤의 부산한 기차역사 앞 풍경들이 지나가고.
자막 - 20시간 후 스페인 바르셀로나

씬/20 바르셀로나 / 기차역사 (밤)

역사의 분주한 풍경들 사이로 정훈, 편의점에서 맥주와 간식거리 고르는 모습이 보이고..

진우 (NA) 우리는 비행기로 바르셀로나에 와서 그라나다까지는 야간열차를 타기로 했다.

씬/21 바르셀로나 / 기차역 플랫폼 (밤)

진우, 벤치에 앉아 야간열차를 기다리고 있다.
이미 늦은 시각, 커다란 배낭을 멘 배낭족들 몇몇 여기저기 흩어져 앉아 있고.
진우, 배낭 하나 메고 옆에 지팡이 기대 둔 채로 캔 맥주 마시고 있다.

진우 (NA) 1년 전, 세주의 동선을 그대로 따라가보기 위해.

진우, 온갖 상념에 잠겨 묵묵히 맥주 마시는데 갑자기 번개가 치는.
진우, 고개 드는.
천둥 번개와 함께 철로에 비가 쏟아지면서 피 묻은 검을 든 형석이 나타난다.

진우 (NA) 물론 이 여정에는 늘 그렇듯 형석이도 함께다.
형석 (비를 맞으며 텅 빈 철로에 서서)
진우 ......

씬/22 회상 몽타주

C#1 진우의 사무실 (오전)

9회 5씬에서 이어지는.

진우 중요한 퀘스트가 있어.

선호 (....!)

진우 (미소) 웃기게 들리겠지만 진짜 중요한 퀘스트야.

선호 ..... 교수님하고 점심 약속 잡았다. (하고) 인사하고 가.

진우 (손목시계 보며) 점심 먹을 시간 없어. 나중에 갔다 와서 찾아뵙든지

선호 (갑자기 문 쾅 닫는)

진우 ....?

선호 (성큼성큼 다가와서 정색하고) 야 이 자식아, 게임 퀘스트는 중요하고 현실은 관심도 없냐? 니가 게임에 미쳐 있는 동안에 뒤에서 무슨 일이 일어나고 있는지 알아?

진우 (정색하며) 모르겠는데. 무슨 일이 일어나고 있는데..?

선호 비행기 취소해라. 지금 게임 하러 거기 갈 때가 아냐.

진우 (표정)

C#2 레스토랑 (낮)

고급 레스토랑. 선호와 진우가 이미 앉아 기다리고 있고..
진우, 핸드폰으로 메시지 보내고 있는데 선호는 옆에서 심각해서.

선호 (낮게 계속 이야기하고) 교수님 믿지 마라. 나도 믿지 마.

진우 늦어도 두 시에는 일어나야 돼.

선호 니가 계속 이러고 있는데 언제까지 니 편 돼줄 거 같냐? 쌓는 건 오래 걸려도 갈라서는 건 한순간이더라. 모르냐? 핏줄도 칼같이 끊어내는 분이다. (하는데)

진우 내가 지금 퇴출될 위기인가 보지?

선호 (움찔)

진우 (그제야 고개 들며) 그렇게 얼굴에 다 드러나서 형 대표 자리 차지하겠어?

선호 ....!

진우 .....

선호 (시선 돌리며) 교수님도 나이 드셨다. 예전 같지 않아. 그동안 얼마나 외롭고 힘드셨겠냐?

진우　......

선호　니가 얼굴만 가끔 보였어도 오해 살 일도 없었어. (하다 뭔가 보고 놀라는) 어?

진우　(? 돌아보고)

수진이 웨이터를 따라 자리로 오고 있는.

웨이터　이쪽입니다. (진우와 선호 앞으로 오는)

수진　(자리로 오다가 둘을 보고 깜짝 놀라고, !)

진우　(....!)

선호　(놀라) 어라? 수진씨?

수진　(놀라) 아버님하고 약속 있으세요?

선호　수진씨도?

수진　(당황해) 아버님이 같이 점심 먹자고 전화하셔서..

진우/선호　(표정, 짧은 시선 교환)

병준　(E) 왜 서 있냐?

병준이 오는. 셋, 보고 동시에 일어나는

수진　아버님.. 전 두 분 계신 줄 모르고..

병준　오랜만에 진우도 온다기에 반가워서 같이 먹자고 불렀다. 불편하냐?

수진　아니..

선호　아니요, 아닙니다. 전 너무 좋네요 오랜만에.

병준　(수진에게) 앉아라. (하고) 앉자. (하고 먼저 앉는)

셋　(의도적으로 만든, 불편한 기운을 느끼며 앉는)

컷 튀어 식사 중인. 웨이터가 와인을 채우고.
수진은 시선 떨군 채 아무 말도 안 하고 식사만 하고 있고.

병준　이혼 절차가 끝났어?

선호　네. 다행이죠. (하고) 발표만 남았습니다. 시기는 조율 중이고요..

병준 간만에 반가운 소식이다. 끝까지 안 떨어져 나갈 줄 알았더니 어떻게 처리했냐?

진우 나중에 말씀드릴게요. 뭐.. 썩 좋은 방식은 아닙니다.

병준 대강 짐작은 간다만. 양아치는 양아치 방식으로 다뤄야지 별수 있냐.

선호 뭐 그렇죠.. 네 맞습니다.

병준 그럼 고유라는 해결됐으니까 (하더니 불쑥) 이건 어떠냐?
너희 둘이 재결합하는 건?

진우 (...?!)

수진 (! 순간 나이프, 접시에 쨍 부딪치는)

선호 (잘못 들은 줄 알고) 네?

병준 내가 너희들 결혼 때 주례도 서지 않았었냐. 백년해로하라고.
내 아들이 화근이었지.

수진 (표정)

진우 (표정)

병준 양쪽에 화근들이 다 없어졌으니 그럼 다시 만나도 되는 거 아니냐..?
갑자기 그 생각이 들어서. (하며 진우와 수진을 번갈아 보는)

진우 (말하는 의도를 모르겠는, 정색하고 병준을 쳐다보고)

수진 (눈 내리깐 채) .....

선호 (진땀이 나는, 어색하게 웃으며) 아하하... 교수님 조크가 참.. 아메리칸 스타일이시네요. 한국에서는 좀.. 버거운 감이 있는데요 아하하.

병준 (피식) 마음이 있다면 난 언제든 축복해줄 수 있다는 말을 한 거다.
나를 부담 갖지는 말라고. (하고 스테이크 써는)

수진 (고개 숙인 채, 포크와 나이프를 쥐고 있는 손이 바들바들 떨리는)

C#3 레스토랑 화장실 (낮)

진우, 손 씻고 있는데 선호가 들어온다.

선호 (난감한) 갑자기 왜 저런 말을 하셔? 수진씨는 왜 부르신 건지.. 나한테 귀띔도 안 하시고.

진우 회사 얘기할 생각 없으신가 보지. 벌써 마음의 결정을 하셨나 본데.

선호　(! 힐끔)
진우　형한테 달린 거네 이제. 내 목숨줄은.
선호　(표정)
진우　(거울로 선호 보며) 형만 믿어야지 뭐.
선호　(양쪽에 끼어서 자기가 더 초조하고 부담스럽고) 불안하면 스페인 가지 마라. 지금 임원들 찾아다니고 발로 뛰어도 모자랄 상황에 게임 한다고
진우　불안하니까 가야지. 난 이제 그거밖엔 안 남았어.
선호　(표정)
진우　세주를 찾아야 돼. 그게 지금 내 인생 목표야.
선호　(표정)

C#4　진우의 스포츠카 안 (낮)

헤어져 호텔로 향하고 있는 진우.
진우, 고민에 빠져 운전하고 있는데 핸드폰이 울린다.
보면 〈수진〉 이름이 뜨고.
진우, 잠시 망설이다가.. 차를 갓길에 세우는

진우　(받는) 여보세요.
수진　(E) 바빠요? 통화 괜찮아요?
진우　말해.

C#5　수진의 진료실 + 진우의 스포츠카 안 (낮)

의사 가운 입고 서성거리며 전화하는 수진.
히스테리로 손은 떨리고. 책상 위에 〈소아과 전문의 이수진〉 명패 있고.

수진　아까 아버님 그 말.. 나를 모욕하려고 하신 말씀이에요. 신경 쓰지 마요. 일부러 모멸감을 주려고, 노리고 한 말이에요.
진우　어째서?
수진　1년 내내 이렇게 당했어요, 내가. 나를 얼마나 미워하시는지 모를 거예요. 손

자도 한번 안아보지도 않아요, 사람들 앞에서만 예뻐하는 척. 뒤에서는 멸시하면서,

진우　(그동안 수진과 병준 생각은 하지도 못했었다) 그동안 무슨 일이 있었어..?

수진　일일이 다 말할 수도 없어요, 다 들을 필요도 없구요, 지옥이었을 거 아녜요 당신두? 각자 지옥인데 누가 누굴 챙겨요? 그냥 사는 거죠. (눈물이 맺히는, 목소리는 떨리고) 그래두, 경고라도 해줘야 될 거 같아서 전화했어요. (하고) 아버님, 당신 아끼는 거 아녜요. 아끼는 척하시는 거죠. 당신을 전혀 믿지 않아요.

진우　(표정)

수진　당신 결백을 믿어서 부검을 덮은 거 같지만, 아녜요. (조소) 본인 자존심 때문이죠. 그분은 그게 제일 중요하거든요, 자존심. 아들을 내치고 당신을 선택한 게 틀렸다는 걸 인정하기 싫어서. 그래서 사건을 덮은 거예요.
아버님은 당신이 자기 아들을 죽였다고 생각해요. 난 그걸 알아요.

진우　(...!)

수진　남편이 왜 그렇게 자기 아버지를 무서워했는지도 알겠어요.
나도 요즘 아버님이 무서워요.

C#6　**진우의 사무실 (낮)**

5회 23씬 C#1 中
병준에게 빰을 맞던 형석의 얼굴이 떠오르면서..

수진　(E) 이제 우리 차례일지도 몰라요. 조심해요.

C#7　**곱창집 (밤)**

몇 년 전. 회사 나가기 전의 상황.
만취한 형석, 엉엉 울면서 테이블에 엎어져 있다.
좀 취한 진우와 선호, 옆에서 보고

형석　(울며 혀 꼬여) 아버지.. 와 진짜.. 우리 아버지.. 난 형도 없고.. 외롭다구..

선호 (혀 꼬여) 아 저 자식 또 울어.. 술만 처먹으면 우냐 짜증나..

진우 (웃으며 보고)

씬/23 바르셀로나 / 기차역 플랫폼 (밤)

회상에서 돌아와..
진우, 맥주를 마시며 형석을 보는.
철로에 비를 맞고 서 있는 형석의 모습, 새삼 슬퍼 보이기도 하고 외로워 보이기도 하고. 진우, ...

진우 (NA) 이 여정이 우리의 마지막 동행이길 간절히 바란다.

정훈이 권총을 들고 헐레벌떡 달려오는데 진우는 멀리 벤치에 앉아 있고.
정훈, 형석이 진우에게 검을 들고 다가가자 정훈, !! 권총으로 조준하는데 바로 탕!! 소리.
어느새 진우가 앉은 채로 권총으로 형석을 쏜.
형석, 그대로 뒤로 넘어진다.
순식간에 비는 그치고 기타 소리도 그치고, 정훈 손의 권총도 사라진다.

정훈 (아쉬워하며 오는) 아.. 권총 개시해볼 타이밍이었는데.. (하고) 계산하다 말고 뛰어왔네요. 다시 갔다 올게요.

이때 기차 도착을 알리는 벨이 울리자

진우 왔다. 기차에서 사. (하며 일어나는)

기차 빠르게 다가오는

씬/24 바르셀로나 / 야간열차 침대칸 (밤)

세주가 썼던 그 4인용 침대칸.

정훈　(배낭 벗으며) 4인석 티켓 다 사버렸거든요. 누구 들어올 사람 없어요.
진우　(침대에 배낭 던져 넣고)
정훈　(공간을 확인하며) 좁으니까 차대표도 여긴 못 나타나겠죠.
아침까지 푹 주무실 수 있어요. 이제 좀 쉬세요.
진우　(침대에 털썩 눕는)
정훈　맥주 더 사 올게요. (나가는)

기차, 천천히 출발하고

씬/25 평원 (밤)

1회 프롤로그 C#8과 같은 풍경.
기적을 울리며 밤의 평원을 가로지르는 열차..

씬/26 야간열차 침대칸 (밤)

피곤해 곯아떨어져 자고 있는 정훈. 가늘게 계속 코를 골고 있고.
진우는 잠이 안 온다. 잠 못 들고 기대 누워 창밖을 보며 생각에 빠져 있고.
비운 맥주 캔이 침대 아래 여러 개 뒹굴고 있는

진우　(NA) 잠이 오질 않는다. 그라나다에 가까워질수록 기대보다 불안이 커져간다.

진우, 일어나 앉아 결국 주머니에서 약을 꺼내 남은 맥주와 함께 털어 넣는.

씬/27 평원 (밤 - 새벽 - 아침)

1회 프롤로그 C#8과 같은 장면.
이른 새벽, 하늘은 희뿌옇게 밝아오고 열차, 계속해서 달리는

진우 (NA) 세주는 지금 어디에서 나를 부른 걸까?
세주가 지금 어떤 모습일지 상상조차 가지 않는다.

디졸브로 어느새 환히 동이 트고.
기차, 광활하게 펼쳐진 청회색의 올리브 나무 숲 사이를 지나간다.

씬/28 야간열차 침대칸 (아침)

그사이 잠이 들었던 진우, 정훈이 살짝 흔들자 눈을 뜬다.

정훈 (낮게) 대표님. 대표님?
진우 (눈을 뜨자)
정훈 다 왔습니다. 일어나세요.

정훈, 이미 진우와 자기 짐 다 챙겨놓고 서 있는

정훈 그라나다 다 왔어요. 5분 내로 도착합니다.
진우 (시계를 보고 ! 일어나는)

씬/29 야간열차 복도 (아침)

진우, 배낭 메고 화장실로 가면서 창밖을 내다보는.
기차, 속도를 늦추며 그라나다역에 천천히 들어가고 있다.
꼭 1년 만에 다시 오는 장소.

바로 렌즈에 불이 들어오며 자동으로 로그인이 되는.
〈3491번째 로그인 하셨습니다〉
〈현재 레벨 90입니다〉
이어서 양피지가 뜨며 메시지 이어지는
〈매의 양피지 : 퀘스트 기한 5시간 58분 56초 남았습니다〉
진우, ...!
그라나다에 다가오자 긴장과 기대가 교차하며 흥분이 온몸을 휘감고...

씬/30 그라나다 / 기차역 플랫폼 (아침)

그라나다역에 천천히 들어오는 기차.
끽 멈추고 잠시 후 문이 열리는

씬/31 그라나다 / 야간열차 화장실 (아침)

진우, 세수하고 있는데 밖에서 노크 소리

정훈 (E) 대표님. 안에 계시죠?
진우 왜.

씬/32 그라나다 / 야간열차 화장실 앞 (아침)

정훈, 화장실 앞에 서서

정훈 기차 도착했습니다. 저 내려가 있을게요. 나오십쇼.

정훈, 얘기하고는 내리는 승객을 따라가는

씬/33 그라나다 / 기차역 플랫폼 (아침)

승객들 하나, 둘 내리고 있고.
정훈, 감회가 새로운 듯 기차역을 둘러보고 있는데
이때, 번갯불이 번쩍하는.
이어서 천둥과 함께 비가 쏟아진다.
〈그라나다에 오신 것을 환영합니다〉
정훈, ...! 기차를 돌아보는

씬/34 그라나다 / 야간열차 화장실 (아침)

진우, 세수하고 수건으로 닦고 있는데 기타 소리와 함께.
〈적이 나타났습니다〉 뜨고.
이어서 노크 소리 들려오는.
진우, 바로 수건 집어넣고 배낭 메고 권총을 꺼내 드는

씬/35 그라나다 / 야간열차 화장실 앞 (아침)

검을 든 형석이 화장실 문 앞에 서 있다.
진우, 문을 열면서 바로 총을 쏴버리는.
형석, 바로 문 앞에 널브러지고.

씬/36 그라나다 / 기차역 플랫폼 (아침)

정훈, 총을 들고 도로 기차로 올라타려는데 이때 메시지가 뜬다.
〈zinu님이 Dr.Cha님을 해치웠습니다〉
정훈, 그 메시지에 안도하며 타려다 말고.

씬/37 그라나다 / 야간열차 화장실 앞 (아침)

진우, 쓰러져 있는 형석의 시신을 지나 문으로 가다가 멈칫.
다시 돌아본다.
형석의 시신은 그대로 있고..
진우, 그제야 기타 소리가 멈추지 않고 있는 걸 깨닫고...
진우, ...?

씬/38 그라나다 / 기차역 플랫폼 (아침)

정훈, 기다리며 서 있다가 똑같이 깨닫는.
플랫폼에는 계속 비가 내리고 있다.

정훈 (중얼, 하늘을 보며) 뭐야..? 왜 계속 비가 와..? 해치웠는데..?

이때 다시 뜨는 메시지.
〈적이 나타났습니다〉
정훈, ...?

씬/39 그라나다 / 야간열차 화장실 앞 (아침)

형석의 시신 앞에 서 있던 진우, 똑같은 메시지를 본다.
〈적이 나타났습니다〉
진우, ...??
이때 철컥하고 총을 장전하는 소리가 들리자 진우, 돌아보는.
복도 끝에 복면을 하고 권총을 든 사내가 서 있다.
〈테러리스트 : 공격력 8500 방어력 8000 사거리 50m〉

진우, 표정.

씬/40 그라나다 / 기차역 플랫폼 (아침)

두리번거리던 정훈의 눈앞에도 메시지가 계속해서 뜨는
〈적이 나타났습니다〉
〈적이 나타났습니다〉

정훈 하 씨 뭐야..? (도로 기차 계단을 올라가는데)

이때 뒤에서 핑!! 소리가 나면서 화살이 한 대 날아와 정훈의 등에 퍽 꽂힌다!!
정훈, ...!!!
정훈, 충격에 그대로 손잡이 잡은 손을 놓치면서 바닥에 넘어지는

씬/41 그라나다 / 야간열차 화장실 앞 (아침)

동시에 탕! 소리와 함께 테러리스트1이 쏜 총탄, 진우의 귓가를 스치고 지나가 벽에 맞는다.
진우, 움찔하는..
〈적의 총탄에 맞았습니다 -100〉
진우, 뜨거운 통증을 느끼고 손을 귓가에 대본다.
피가 흘러내리고 있다. 진우, 표정.
진짜라는 걸 깨달은 순간, 맞은편에서 다른 테러리스트2가 나타나고.
〈적이 나타났습니다〉
진우, 표정.

씬/42 그라나다 / 야간열차 화장실 (아침)

탕탕탕탕!! 요란한 총격 소리와 함께 진우가 몸을 날려 튀어 들어오는.
불꽃이 튀기면서 총탄이 안쪽까지 들어오는데 진우, 겨우 발을 뻗어 문을 닫는데 권총 하나가 틈으로 쓱 끼어든다. 진우, ...!!
총을 탕 탕! 쏘자 좁은 화장실에 불꽃과 파편이 튀면서 아수라장이 되고..!
필사적으로 문 앞에 서서 버티는 진우.

씬/43 그라나다 / 기차역 플랫폼 (아침)

화살을 맞고 바닥에 넘어진 정훈, 너무 아파서 어쩔 줄 몰라하며 두리번거리면
역사 지붕 위에 스페인 궁병 부대가 여럿 보인다.
진우가 3회에 만났던 그 궁병 부대.
〈아라곤 왕국의 궁병 부대 : 공격력 500 방어력 100 사거리 130m〉
정훈, 표정.

정훈　뭐야...? 하 씨 뭐야..?

궁사들, 다시 화살을 겨누자 정훈, 급히 일어나 도로 기차로 올라타려는데
이때 기차 문이 닫힌다. 정훈, ...!!!
화살을 쏘려는 순간, 정훈 비틀거리며 기둥 뒤로 필사적으로 뛰어가는
기둥에 숨는 정훈. 화살들이 그 옆으로 쏟아지고.
궁사들에게 권총을 무작정 탕탕탕! 쏴보는 정훈.
〈사정거리가 닿지 않습니다 장거리 무기를 이용하세요〉
정훈, ...!
정훈, 급히 메뉴를 열어 장총을 찾는데 이때 정훈의 앞에 검을 든 전사가 나타난다.
정훈, ...!! 반사적으로 총을 탕! 쏘자 전사가 쓰러진다.
이때 바로 다른 전사가 다시 나타난다.
정훈, 다시 총을 쏘려는데 탄환이 안 나가는

〈탄환이 없습니다〉
정훈, ...!!
〈무기를 교체합니다 집시의 검〉
손에 권총이 사라지고 저절로 검이 쥐어지고.
다시 전사 하나가 더 나타난다. 다시 전사 하나가 더 나타나고.
정훈, 표정.

씬/44 그라나다 / 야간열차 화장실 앞 (아침)

테러리스트2는 문 앞에 서 있고, 테러리스트1은 권총을 문 사이에 끼운 채 총을 간헐적으로 쏘며 계속 문을 열려고 하는

씬/45 야간열차 화장실 (아침)

진우, 나가지도 문을 닫지도 못한 채 총을 쥐고 버티고 있는데 이때 핸드폰이 울린다. 진우, ...!! 겨우 꺼내 보면 〈서정훈〉 뜨고

진우 (!) 여보세요!
정훈 (E) 대표님 어디세요!! 살려주세요!
진우 (?!)
정훈 (E) 저 화살에 맞았습니다..! 진짜로 맞았어요!
진우 (..!!)

씬/46 기차역 플랫폼 (아침)

정훈, 등에 화살이 꽂히고 검을 든 채 눈앞에 다가오는 전사 여럿을 보며 공포에 질려

정훈 (울부짖듯) 여기 미쳤어요 NPC들이 다 몰려와요, 전부 다요! 살려주세요!

씬/47 야간열차 화장실 (아침)

진우 너 지금 어디야?! (하다 통화 끊기자) 여보세요? 여보세요!

진우, 바로 전화 끊고 바로 문을 확 열어젖히는.
계속 권총을 쏘던 테러리스트1이 바로 뛰어 들어오자 기다리고 있다 뒤통수에 총을 쏘고...!
이어서 테러리스트2가 들어오자 다시 총격을 날리는, 서로 몇 방을 쏘는데 테러리스트2, 결국 쓰러지고.

씬/48 야간열차 화장실 앞 (아침)

진우, 바로 뛰어나와 내려가려는데 문이 닫혀 있다.
비상 버튼을 찾는데 열차, 그대로 출발한다.
진우, 마음 급해 창밖을 내다보면 플랫폼에 전사들에게 둘러싸인 정훈이 보인다. 진우, ...!!
검을 든 채 공포에 질린 정훈의 표정이 보이는가 싶더니 이내 둘러싼 전사들에 가려 더 이상 안 보이고..

씬/49 기차역을 빠져나가는 기차 인서트 (아침)

씬/50 야간열차 화장실 앞 (아침)

창밖으로는 아무것도 보이지 않고.
진우, 정훈에게 전화를 거는.

그러나 신호음만 가고 정훈은 받지 않는다.
애가 타는데 이때 갑자기 눈앞에 메시지가 뜬다.
〈동맹을 잃었습니다〉
진우, 표정.
신호음만 가고 받지 않는 핸드폰을 든 채 진우, 순간 멍한데 이때 눈앞에 테러리스트가 또 나타난다.
〈적이 나타났습니다〉
진우, 그러나 대응할 생각도 못한 채 그대로 보며 멍하니 서서..
테러리스트, 진우를 향해 총을 겨누고.
테러리스트 탕! 총을 쏘는 순간, 이미지 갑자기 멈추는.
다시 메시지가 뜬다.
〈그라나다를 벗어났습니다〉
〈게임 반경을 벗어나 전투가 취소됩니다〉
테러리스트의 이미지 사라지고..
동시에 형석의 시신도 사라지고.. 기타 소리 멈추는.
진우, 표정에..

씬/51 달리는 기차 인서트 (아침)

빗속을 달리던 기차. 갑자기 비가 그치면서 먹구름도 사라지고.
그라나다를 빠져나가는 기차, 멀어지며.

- 제9회 끝 -

10회

씬/1 스페인 / 평원 (밤)

평원을 가로지르는 야간열차.

씬/2 스페인 / 야간열차 침대칸 (밤)

9회 26씬 이전 상황.
각자 침대에 기대앉아 있는 진우와 정훈.
진우는 맥주를 마시고 있고 정훈은 맨손으로 권총 쏘는 연습해보며..

정훈 (중얼) 근데 정세주는 레벨이 그렇게 높잖아요?
진우 (힐끔)
정훈 최고 레벨인데 설마 마르꼬가 무서워서 숨었을까요? 그건 아니겠죠?
진우 ......
정훈 왜 안 나타나고 우리를 부른 걸까요? 이유가 뭘까?
진우 (똑같은 의문이다, 그 부분이 불안한, 맥주만 마시고)
정훈 뭐 다른 문제가 있는 거겠죠? 되게 궁금하네..
진우 가보면 알겠지.

정훈 그초.. 가보면 알겠죠.. (하품하며 벌렁 드러눕는)
진우 ......

탕..!! 총소리 울려 퍼지며

씬/3 그라나다 / 야간열차 화장실 앞 (아침)

9회 41씬 中
테러리스트가 쏜 총탄, 진우의 귓가를 스치고 지나간다.
진우, 뜨거운 통증을 느끼고 손을 귓가에 대보면 피가 흘러내리고 있다.
진우, ...!!
진짜라는 걸 깨달은 순간, 맞은편에서 다른 테러리스트가 나타나고.

씬/4 그라나다 / 야간열차 화장실 (아침)

9회 42씬 中
탕탕탕탕! 요란한 총격 소리와 함께 진우가 몸을 날려 튀어 들어오는
불꽃이 튀기면서 총탄이 안쪽까지 들어오고

씬/5 그라나다 / 기차역 플랫폼 (아침)

9회 40씬 中
기차 계단을 올라가던 정훈, 뒤에서 핑 소리와 함께 날아온 화살에 등을 맞는다..!! 정훈, 충격에 그대로 손잡이 잡은 손을 놓치면서 바닥에 넘어지는

씬/6 그라나다 / 야간열차 화장실 (아침)

9회 45씬 中
좁은 화장실, 불꽃과 파편이 튀면서 아수라장이 되고, 진우, 나가지도 문을 닫지도 못한 채 총을 쥐고 필사적으로 버티며 서 있는데 핸드폰이 울린다.
진우, ...!! 겨우 꺼내 보면 〈서정훈〉 뜨고.

진우 (!) 여보세요!
정훈 (E) (!!) 대표님 어디세요!! 살려주세요!!
진우 (?!)

씬/7 그라나다 / 기차역 플랫폼 (아침)

9회 46, 47씬으로 이어지는
정훈, 등에 화살이 꽂히고 검을 든 채 눈앞에 다가오는 전사 여럿을 보며 공포에 질려

정훈 저 화살에 맞았습니다..! 진짜로 맞았어요!!
(울부짖듯) 여기 미쳤어요 NPC들이 다 몰려와요, 전부 다요! 살려주세요!
진우 (E) 너 지금 어디야?
정훈 (이때 다가오던 전사 하나가 달려오자) ...!!! (핸드폰을 주머니에 넣으며 검을 두 손으로 쥐는)
진우 (E) 여보세요? 여보세요!

전사가 확 검으로 긋자 정훈, ...!! 막으며 공격하고..! 피가 퍽 튀는..!
바로 다음 전사가 정훈을 향해 달려드는..!! 필사적으로 검을 휘두른다. 전사, 쓰러지고.. 정훈의 얼굴에 피가 튀는데 새로 속속 다른 전사들이 나타나는.
〈적이 나타났습니다〉
〈적이 나타났습니다〉
〈적이 나타났습니다〉
〈적이 나타났습니다〉
정훈, ...!!!

퍼뜩 뒤늦게 생각나, 급히 손으로 눈에 낀 렌즈를 잡아 빼는,
양쪽의 렌즈를 모두 빼서 바닥에 던지지만, 전사들은 여전히 그대로 보이고..

정훈 (!!! 절망하며, 뱉는) 말도 안 돼.. 이런 씨...

전사들, 정훈을 향해 다가온다..
절망적인 정훈, 표정에..

씬/8 그라나다 / 야간열차 화장실 앞 (아침)

9회 48, 50씬 中
진우, 뛰어나와 내려가려는데 문이 닫혀 있다.
비상 버튼을 찾는데 열차, 그대로 출발한다.
진우, 마음 급해 창밖을 내다보면 플랫폼에 전사들에게 둘러싸인 정훈이 보이고.. 진우, !!!
검을 든 채 공포에 질린 표정이 보이는가 싶더니 이내 둘러싼 전사들에 가려 더 이상 안 보이고.. 진우, 표정에..

씬/9 달리는 기차 인서트 (아침)

9회 51씬 中
빗속을 달리던 기차. 갑자기 비가 그치면서 먹구름도 사라지고.
디졸브로..
화창한 평원을 가로지르는 열차.

씬/10 야간열차 화장실 앞 (아침)

진우, 복도에 서서 핸드폰 걸고 있다.

〈서정훈〉 뜨고 신호음이 가는데 안 받는

진우　(애타는, 중얼중얼) 받아.. 받아 이 자식아..

신호음만 계속 가고 안 받고..
진우, 표정.

씬/11 양주의 사무실 (낮) + 스페인 / 야간열차 화장실 앞 (아침)

핸드폰이 울리자 양주, 바로 받는.

양주　대표님 도착하셨어요? 안 그래도 기다리고 있었..
진우　정훈이 좀 찾아줘.
양주　(?) 서비서요?
진우　게임 속 위치 좀 찾아봐. 지금 어디에 있는지.
양주　(?) 대표님이랑 같이 있는 거 아녜요?
진우　.... 잃어버렸어.
양주　(?) 잠시만요.. (컴퓨터로 가며) 서비서 아이디가 시티헌터죠?

진우, 핸드폰 귀에 댄 채 초조하게 기다리고 있는데 잠시 후.

양주　(E) 여보세요.
진우　(!) 찾았어?
양주　(E) 아니요. 로그아웃 했는데요.
진우　(!) 언제..?
양주　(E) 한.. 5분 전에요.
진우　(점점 더 절망적인) 어디서..?

씬/12 스페인 소도시 / 기차역 플랫폼 (아침)

그라나다를 지나온 기차가 그다음 작은 역 플랫폼에 서서히 다가온다.
기차가 와서 서고, 문이 열리자마자 진우, 바로 내리는.

양주 (E) 기차역 같은데요. 그라나다 기차역에서 로그아웃 했어요.

씬/13 스페인 소도시 / 기차역사 (아침)

진우, 매표소 직원에게 이야기 중이다.

매표소 (영어) 그라나다역이요?
진우 (영어) 플랫폼에 있을 겁니다, 야간열차 타고 내렸어요, 근처 어디 쓰러져 있을 거예요 분명히, 좀 찾아봐달라고 해줘요, 한국인이고, 남자고 30대 중반
매표소 (전화 걸며 영어) 잠시만요, 기다리세요, 그라나다역에 연락해볼게요
진우 (초조해 미칠 것 같은)

씬/14 그라나다 / 기차역 플랫폼 (아침)

연락 받고 두리번거리며 정훈을 찾고 있는 그라나다역 직원.
텅 빈 플랫폼에는 아무도 없고.

씬/15 스페인 소도시 / 기차역사 (아침)

매표소 (스페인어로 통화하다가 진우에게 영어) 쓰러진 사람 없대요.
진우 ....! (영어) 다 찾아봤어요? 철길에 있을지도 모르는데!
매표소 (고개 젓는, 영어) 없답니다.
진우 (표정)
매표소 혹시 발견되면 연락드릴게요. 연락처 알려주세요. (메모지를 내미는)

진우 ...... (연락처를 쓰며, 영어) 그라나다 가는 표 한 장 줘요. 제일 빠른 걸로

매표소 (영어) 40분 후 기차 있습니다.

진우 (! 영어) 너무 늦어요 (하고) 그럼 차로 가면 얼마나

매표소 (영어) 차보단 기차가 빨라요. 기다리시는 게 나을 거예요.

진우 (표정)

씬/16 스페인 소도시 / 기차역 플랫폼 (오전)

진우, 내린 곳의 반대편 벤치에 앉아서 기차를 기다리고 있다.
작은 플랫폼, 기다리는 승객 하나 없고 적막이 감돌고.
시계를 보면 30분 가까이 지난..

씬/17 회상 몽타주

C#1 폐교 교실 (8회 13씬 C#8 中)

〈시티헌터님이 동맹을 신청하셨습니다〉
메시지가 뜨자 진우, 돌아보면 정훈이 녹슨 철검을 들고 들어오며

정훈 대표님. 저 좀 키워주십쇼.

진우 뭐야 너...?

정훈 하 씨 혼자서는 너무 오래 걸려요. 저 아직도 4레벨이에요. 좀 키워주세요.

진우 (어이없는) 나 하나도 힘든데 너까지 들러붙냐?

정훈 좀 키워주세요. 나중엔 제가 도움이 될지 어떻게 알아요?

C#2

진우, 허공에 검으로 원을 그리는.
붉은 원이 허공에 그어지더니
〈zinu님과 시티헌터님이 동맹이 되었습니다〉

〈동맹은 서로의 적에 대항해 함께 싸울 수 있습니다〉

C#3 폐교 운동장 (9회 10씬 中)

진우가 던진 권총이 휘리릭 날아와 정훈의 손에 턱 집히고.

정훈 어?

〈권총은 레벨 50부터 허용됩니다 zinu님의 선물을 아직 사용할 수 없습니다〉

정훈 오 땡큡니다~ 근데 저 아직 총 못 쓰는데요?
진우 넌 지금부터 여기서 레벨 50까지 올리는 거야.
최소한 총은 쏠 수 있어야 데리고 가는 의미가 있지.

C#4 그라나다 / 기차역 플랫폼 (9회 48씬 中)

전사들에게 둘러싸인 정훈의 마지막 모습이 지나쳐 가고..

C#5 그라나다 / 야간열차 화장실 앞 (9회 50씬 中)

진우, 핸드폰을 걸고 있는데 갑자기 눈앞에 뜨는 메시지.
〈동맹을 잃었습니다〉

씬/18 스페인 소도시 / 기차역 플랫폼 (오전)

동맹을 잃었다는 그 메시지가 견딜 수 없이 불길하고..
진우, 다시 전화를 걸어보는.
〈서정훈〉 뜨는데 계속 신호음만 가고 안 받고 음성사서함으로 넘어가는 안내 (E) 음성사서함으로 연결해드리겠습니다.

진우 (표정)

안내 (E) 삐 소리가 난 후 메시지를 녹음하세요.

진우 정훈아. (잠시) .... (더 할 말이 없다, 무슨 말을 해야 할지)

안내 (잠시 후, E) 메시지를 저장했습니다.

진우, 그대로 끊고 고개를 떨구는.
진우, 머리 감싼 채 꼼짝도 안 하고 그대로 앉아 있는..
디졸브로 기차 도착을 알리는 벨이 울린다.
고개를 들면 그라나다행 기차가 다가오고 있다.
진우, ...

씬/19 스페인 / 평원 (오전)

2회 46씬과 같은 장면.
구름 한 점 없는 푸른 하늘.
끝없이 펼쳐진 올리브 나무 숲 사이로 열차가 동서를 가로지른다.

진우 (NA) 여기까지가 지난 1년간의 이야기이다.
나에게 일어난 믿을 수 없는 이상한 일들에 관한.

씬/20 스페인 / 열차 객실 (오전)

2회 47씬과 이어지는 장면.
사람들이 드문드문 앉아 있는 객실.
큰 배낭을 옆에 둔 여행자들이 몇몇, 대부분 조용히 이어폰 끼고 책을 읽거나 자고 있고. 그중 창가에 혼자 앉아 있는 진우. 총격전 중에 찢어진 발목엔 피가 맺혀 있고. 진우, 핸드폰으로 뭔가를 적고 있다.

진우　　(NA) 내가 왜 이 이야기를 시작했는지 이제는 모두 알까...?

진우, 묵묵히 뭔가를 적는 모습에..

진우　　(NA) 이것은 나의 유언이다.

..... '이것은 나의 유언이다.'라는 문장을 쓰고 있다.

진우　　(NA) 내가, 혹은 우리가 그라나다 어디선가 죽어서 발견된다면,
죽음의 이유를 스스로 설명하기 위한 유언.

진우, 글을 쓰고 있는데 이때 전화벨이 울리면서 화면 바뀌자 멈칫.
〈정희주〉 이름이 뜨고 진우, 표정.
한참을 울리는데 차마 받지 못하고 희주의 이름을 물끄러미 내려다보며...
1년 전이 떠오르는.

씬/21 회상 - 카페 앞 (오전)

2회 45씬 中
노천카페. 희주와 진우가 지금과는 다른 들뜬 분위기로 이야기 중이다.

진우　　내가 누군지는 이제 잘 알죠? 나는 투자하는 사람입니다.
좋은 물건을 사서 돈 들여 키워서 비싸게 파는 게 내 일이죠.
희주　　(표정)
진우　　근데 내가 왜 그라나다에 와 있는지 알아요? 앞으로 1년 안에 그라나다는
알함브라 궁전보다 다른 걸로 훨씬 더 유명해질 거거든요.
희주　　(?) 뭘로요..?
진우　　마법.
희주　　(??) 마법이요..?
진우　　네 마법. 그라나다는 앞으로 마법의 도시로 유명해질 겁니다. 사람들이 마법

에 홀려서 벌떼처럼 몰려들 거예요. 그것도 단기 여행이 아니라 한 달씩 장기 체류하는 사람들이요. 돈 많고 시간 많은 부자들도 지중해 섬이 아니라 여기로 올 거구요. 왜냐면 그런 부류들은 재밌는 거라면 미치거든요, 아끼지 않고 돈을 쏟아붓죠. 그러니까 미리 팁을 주는데 당장 빌어먹을 엘리베이터부터 설치해요.

희주　(표정)

진우　쥐구멍 없애고 창문 고치는 정도 말고, 완전히 싹 다 뜯어고치라는 거예요 처음부터 끝까지. 아, 차라리 그딴 거 팔아버리고 호텔을 하나 사도 되겠네. 그래, 괜찮은 호텔을 하나 사버려요.

희주　(어이없어) 네에?

진우　어쨌든 1년 후에는 이 도시에 정말 방이 모자라서 난리가 날 테니까.
난 전문가니까 내가 투자하라고 하면 믿고 하면 돼요.

진우, 자신감에 넘쳐 이야기하고 희주, 뻥해서 듣는 표정에

진우　(NA) 내가 1년 전, 희주에게 했던 미래 예측은 이랬다.

씬/22 열차 객실 (오전)

울리던 희주의 전화, 결국 끊어지고.. 진우, 표정에..

진우　(NA) 이제 미래는 현재가 되었고. 그때의 내 예측은..

이때 안내방송이 나오는

안내　(스페인어, E) 승객 여러분 이 열차는 곧 그라나다에 도착합니다.
(이어서 영어, E) 승객 여러분 이 열차는 곧 그라나다에 도착합니다.

진우　(그 소리에 퍼뜩, 긴장의 빛이)

안내 스크린에도 〈GRANADA〉 글자가 크게 뜬다.

진우, 핸드폰 집어넣고 바로 옆에 뒀던 배낭을 들고 일어난다.
절뚝거리며 복도로 걸어가는 진우.

진우　(NA) 절반은 맞았고... 절반은 완전히 틀렸다.

씬/23　그라나다 / 열차 화장실 앞 (오전)

진우가 객실을 나와 화장실 문을 열려는데 누가 사용 중이고.
초조하게 기다리며 양쪽 객차를 두리번거리는데..
자동으로 다시 렌즈에 불이 들어오며 로그인이 된다.
〈3492번째 로그인 하셨습니다〉
〈현재 레벨 90입니다〉
이어서 양피지가 뜨며 메시지 이어지는.
〈매의 양피지 : 퀘스트 기한 3시간 59분 33초 남았습니다〉
이때 갑자기 밖에서 요란한 천둥소리가 들려온다.
진우, ...!

씬/24　그라나다 / 평원 (오전)

먹구름은 순식간에 빠르게 다가오며,
평원을 가르는 강렬한 번갯불이 번쩍거리고, 이어서 무너질 듯 요란한 천둥소리와 함께 달리는 열차에 빗줄기가 퍼붓는다.

씬/25　그라나다 / 열차 화장실 앞 (오전)

창밖을 보고 마음 다급해진 진우, 화장실에서 남자 꼬마가 나오자 거의 밀치듯이 바로 화장실로 들어가 문을 닫는다.

씬/26 그라나다 / 열차 화장실 (오전)

진우, 좁은 화장실에 서서 메뉴를 연다.
퀘스트 보관함을 열자 양피지가 보이고.
〈비밀 퀘스트를 확인하시겠습니까?〉
〈이 퀘스트는 재도전할 수 없습니다 기회는 한 번뿐입니다〉
〈지금 확인하시겠습니까?〉
진우, 바로 양피지를 집어 든다.
낡은 양피지가 진우의 손에 슥 잡히고.
양피지를 펼치자 상형문자나 암호처럼 보이는 QR 코드 하나가 찍혀 있다.
진우, ...!
진우, 렌즈를 통해 코드를 읽으려는.
렌즈의 시선으로, 사각형이 생기며 코드와 일치하자,
갑자기 입체 영상이 뜨며 메시지가 뜬다.
〈비밀 퀘스트 : master를 구출하세요!〉
〈레벨 : 90 이상〉
〈난이도 : 최상〉
〈인원 : 최소 2인, 4인 이상 권장〉
〈퀘스트 보상 : ?〉
이어서 알함브라 궁전의 지도가 입체 영상으로 뜨면서 세주의 위치가 점으로 표시된다. 점, 건물 아래 지하를 가리키고.
진우, ...!
〈알함브라 궁전으로 가세요!〉
〈퀘스트가 지금부터 시작됩니다 서두르세요!〉
카운트다운이 바로 시작되면서 입체 영상 모두 사라지고 양피지의 QR 코드, 불꽃을 일으키며 공중으로 흩어지는.
〈퀘스트 수행 중 : 3시간 55분 59초〉
진우, ...!
컷 튀어 진우, 세면대 앞에 서서 권총에 탄창을 빠르게 장전하고 있다.
이때 밖에서 노크 소리 들리는. 진우, 멈칫.

〈적이 나타났습니다〉
형석이가 틀림없고. 이어서 다시 메시지 뜬다.
〈적이 나타났습니다〉
〈적이 나타났습니다〉
〈적이 나타났습니다〉
메시지들이 마구 겹쳐서 뜨기 시작한다.
진우, 바로 손으로 지도를 펼쳐 보는.
기다란 기차 그림이 나타나더니 화장실 앞에 하나, 객실 안으로 몰려오는 빨간 점들이 늘어나고.

진우 (빨간 점의 숫자를 세는) 하나 둘 셋 넷.. 다섯 여섯..

형석을 포함, 모두 여섯이고. 진우, 적들의 위치를 확인하고 지도를 접는.
진우, 더 빠른 속도로 탄창을 끼우는
〈탄창을 장전했습니다〉
다른 권총의 탄창도 장전하는.
〈탄창을 장전했습니다〉
밖에선 천둥소리와 철컹거리는 기차 소음이 시끄러운데 그 소리에 섞여 기타 선율과 함께 노크 소리가 나는.
진우, ...!
노크가 신호라도 되는 듯이 권총을 양손에 쥐고 문의 잠금을 철컥 여는

씬/27 그라나다 / 열차 객실 밖 (오전)

진우, 문을 열자마자 먼저 문 앞에 서 있던 형석에게 총을 쏘는.
형석, 피를 쏟으며 그대로 바로 뒤로 넘어지고.
〈Dr.Cha님을 해치웠습니다〉
진우, 화장실을 나오자마자 객실을 향해 빠르게 가며 총을 겨누는
진우, 지팡이를 짚고 걸어가다 멈칫, 자기 다리를 내려다보는.
몇 걸음 걸어보면서 멀쩡한 걸 느끼고, ...!!!

진우, 놀라 내려다보는 표정에..

진우 (NA) 내가 맞춘 거라면 이뿐이다.
그라나다는 진짜로 마법의 도시가 되었다.
어떤 일이 일어나도 이상하지 않은 미쳐버린 도시.

진우, 믿을 수 없어 다시 한 발 내딛어보고는..
진우, ...!
지팡이를 바로 던져버리고 총을 들고 바로 빠르게 객실로 향하는

씬/28 그라나다 / 열차 객실 (오전)

자동문이 열리면서 진우가 들어오자마자 반대편 객차에서 아까 상대했던 검은 복면을 쓴 테러리스트가 다시 나타나는.
〈테러리스트 : 공격력 8500 방어력 8000 사거리 50m〉
주저 없이 서로 총을 탕 탕! 쏘는
승객들이 띄엄띄엄 앉아 있던 객실에는 어느새 가상의 승객들이 차 있고, 승객들, 놀라 비명을 지르며 몸을 숙이고..!
〈명중! 1500〉〈명중! 2000〉〈빗나갔습니다〉〈명중 2500〉
총구에서 불꽃이 번쩍하며 총탄 날아가고 총격전이 펼쳐지는데 반대편 객차에서도 튀어나오는 두 번째 테러리스트,
〈테러리스트 : 공격력 8500 방어력 8000 사거리 50m〉
진우, 왼손으로 바로 반대편을 향해 총을 쏘고..!
〈명중! 3000〉
〈테러리스트1을 해치웠습니다!〉
〈YOU WIN / 승리했습니다〉
적의 총탄이 벽에 맞으며 파편이 튀고, 스친 탄환에 피가 튀는데 눈도 깜빡 안 하고 날렵한 자세로 양손에 권총을 들고 난사하는 진우.
객차 안, 창문에 파편이 박히고 깨지고 물건들 부서지며 아수라장이 되며..
메시지는 계속해서 빠르게 뜨고.

〈YOU WIN / 승리했습니다〉
〈테러리스트2를 해치웠습니다!〉
다른 테러리스트 또다시 나타난다.
〈테러리스트 : 공격력 8500 방어력 8000 사거리 50m〉

씬/29 그라나다 / 평원 (오전)

달리는 열차의 창밖으로 유리에 피가 튀고, 깨지고 총격전이 이어지는 모습이 보인다. 기차, 빗속을 뚫고 지나가고..

씬/30 그라나다 / 열차 객실 (오전)

계속해서 끊임없이 나타나는 적들에게 총을 난사하던 진우, 이때 어디선가 날아온 총탄이 진우의 어깨를 관통하고, 퍽 둔탁한 소리와 함께 진우, 충격으로 뒤로 밀려나고.
〈적의 총탄에 맞았습니다 -3000〉
이어서 다시 날아오는 총탄에 팔이 스치면서 총을 떨어뜨리고 바닥에 넘어진다. 등진 유리문에는 피가 튀고..
〈적의 총탄에 맞았습니다 -2000〉
총에 맞은 고통은 처음이다..!
숨을 몰아쉬는 진우, 팔의 뭉개진 상처에 피가 흘러내리고
생명력, 순식간에 절반 이하로 줄어든다.
다시 연달아 날아오는 총탄을 피해 바닥에 떨어진 총을 집어 드는 진우. 엉망이 된 손을 떨며 사력을 다해 총탄을 쏘는..
총구에서 불꽃이 번쩍하며...!
동시에 양쪽에서 쏜 총탄이 교차하며 슬로우로 날아간다.
테러리스트5가 쏜 총탄, 진우의 옆구리를 관통하며 진우, 바닥에 넘어지고.
동시에 테러리스트의 이마 정중앙에 총탄이 지나가는.
〈적의 총탄에 맞았습니다 -1500〉

〈명중! 8000〉

〈YOU WIN / 승리했습니다〉

쿵 넘어지는 소리에, 신문 읽고 있던 승객, 돌아보는.

순식간에 비와 천둥 번개 기타 소리 모두 그친 조용한 객실.

테러리스트들의 시체와 깨진 유리창 순식간에 사라지고 비명을 지르던 승객들의 이미지도 없다.

진우만이 문 앞의 바닥에 넘어져 있고.

손과 옆구리에 맞은 총격의 상처, 사라지는.

승객 (스페인어) 이봐요, 괜찮아요?

진우 (그 소리에 눈을 뜨고)

승객 (스페인어) 괜찮아요?

진우 (대답도 없이 눈앞에 뜨는 메시지를 읽고 있는)

〈테러리스트 일당을 해치웠습니다〉

〈경험치 +5000 공격력 +100 방어력 +200〉

〈레벨 91이 되었습니다〉

진우, 한숨을 쉬며 지쳐 도로 드러눕는.

씬/31 그라나다 / 기차역 플랫폼 (오전)

기차가 와서 선다.

잠시 후 문이 열리고 진우가 장총으로 바꿔 들고 내리는.

진우, 계단을 내려오며 바로 총을 조준하고 좌우를 살피는.

건물 뒤편, 건물 위, 기찻길 너머를 살피나 아무것도 보이지 않고..

기차를 타던 승객, 진우를 이상하게 보며 올라가고.

비로소 총을 내리고 정훈을 찾는 진우. 정훈은 보이지 않고.

플랫폼을 걸어가던 진우, 다시 자신의 다리를 보는.

결투가 끝났는데도 다리는 여전히 멀쩡하고.

〈그라나다에 오신 것을 환영합니다〉

〈그라나다 도시 전체가 적들로 들끓고 있습니다 조심하세요!〉
진우, 표정.
기차는 떠나버리고 혼자 남은 진우, 철길로 내려가 정훈의 흔적을 찾고 있다.
그러나 정훈은 보이지 않고.

씬/32 그라나다 / 기차역사 (오전)

역사 안을 이리저리 찾고 있는 진우.

씬/33 그라나다 / 기차역사 화장실 (오전)

화장실 칸칸을 다 뒤져보고 있는 진우.
그러나 정훈은 흔적도 없고.
시신이 없는 걸 확인하자 실낱같은 희망이 솟는.

씬/34 그라나다 / 기차역사 앞 (오전)

1년 만에 온 그라나다. 하늘은 화창하고 여전하다.
주변을 샅샅이 찾았던 진우, 다시 핸드폰을 걸어본다.
신호음 다시 가는데 안 받고 음성사서함으로 넘어가는.

안내 (E) 음성사서함으로 연결되었습니다. 메시지를 남겨주세요.
진우 정훈아. 나 그라나다에 와 있다. 살아 있음 연락해라 제발.

씬/35 그라나다 / 택시 안 (오전)

진우, 택시 뒷자리에 탄다.

택시 (영어) 어서 오세요. 어디로 모실까요?

진우 (영어) 알함브라 궁전으로 가주세요.

택시 (영어) 네에. (출발하는)

진우, 창밖을 경계하며 내다보고 있는
시간은 계속 줄어들고 있다.
〈퀘스트 수행 중 : 3시간 19분 30초 남았습니다〉

택시 (영어) 알함브라 궁전에 가보신 적 있어요?

진우 (영어) 아뇨.

택시 (영어) 그라나다에 처음 오셨나 봐요.

진우 (영어) 아뇨 이번이 세 번쨉니다.

택시 (그 말에 흘끔) 근데 아직 알함브라 궁전엘 안 가봤다구요?

진우 (영어) 올 때마다 너무 바빠서요.

택시 (?)

진우 (퍼뜩, 뭔가 생각나) 아.. 가기 전에 잠깐 들를 데가 있어요.

씬/36 그라나다 / 카페 알카사바 앞 (오전)

컷 튀면 비가 쏟아지고 있는 카페 앞. 천둥 번개도 요란한.
〈Cafeteria Alcazava〉 간판 여전하고.
〈카페 알카사바에 오셨습니다〉
진우가 장총을 들고 걸어오는데 3회에 나왔던 전사가 골목에서 나타난다.
진우를 보고 검을 들고 소리치며 뛰어오자 바로 장총으로 탕! 쏴버리는.
전사, 가슴에 총을 맞고 바로 푹 쓰러지는.
〈나사르 왕국의 전사를 해치웠습니다〉
〈경험치 +50 공격력 +8 방어력 +8〉
진우가 문으로 가자
〈카페 알카사바에 입장하시겠습니까?〉

진우, 바로 문을 열고 들어가는

씬/37 그라나다 / 카페 알카사바 (오전)

여전한 카페 풍경.
창밖으로는 빗소리 요란하고 손님들 몇 흩어져 앉아 있다.
진우가 들어오자 웨이터, 다른 일 하다 '올라' 인사하고.
〈카페 알카사바는 유저들의 공간입니다〉
〈유저들은 이곳에서 서로의 무기와 장비를 사고팔 수 있습니다〉
〈유저들은 이곳에서 퀘스트를 받을 수도 있습니다〉
메시지 뜨는데 진우, 두리번거리는.
해적들이 예전에 만났던 그 테이블 그 자리에 스르륵 나타난다.
〈말라가의 해적들 : 공격력 500 방어력 300〉
진우, ...!

양주 (E) 해적들이 도움이 될지도 몰라요.

진우, 바로 해적들이 있는 곳으로 향하는
해적들, 시끌벅적 떠들며 술 마시고 있는데

진우 (다가와) 어이, 안녕.

해적들 셋, 3회와 똑같이 동시에 멈추고 진우를 살벌한 눈빛으로 쳐다보는.
진우, ...
해적1, 갑자기 술잔 쾅 내려놓더니, 뭐라 스페인어로 하는
〈어이 너 레벨이 상당한데?〉
〈90레벨이 넘는 놈은 오랜만이군〉
〈이리 와서 우리랑 같이 한잔하지 그래?〉
해적2가 빈 잔에 술을 콸콸 따라주는데

진우　(술잔을 밀어내며) 난 지금 사람을 찾고 있어.

〈어떤 놈을 찾아?〉
〈사람 찾는 건 우리 전문인데〉

진우　아이디는 시티헌터. 어디에 있는지 찾아줘. 기차역에서 헤어졌어.

〈시티헌터? 처음 들어보는 이름인데〉
〈쉽지 않은 일이야 공짜로는 안 되고 금화 300냥〉
〈착수금이 300냥이고 그놈을 찾으면 보상금으로 1000냥 더〉
메시지가 뜬다.
〈말라가의 해적들에게 유저 찾기 미션을 맡기시겠습니까?〉
진우, 바로 주머니에서 금화 주머니를 툭 던지는.
주머니 툭 터지면서 빛나는 금화들이 번쩍거리고.
해적들, 바로 소란스레 웃어대며 금화를 나눠 갖는.
〈말라가의 해적들에게 미션을 맡겼습니다〉
해적1이 묻는다.
〈시티헌터를 찾으면 어디로 보내면 돼?〉

진우　알함브라 궁전. 내가 기다리고 있다고 전해.

〈오케이, 우리한테 맡기라고!〉
셋, 술잔을 비우고 벌떡 일어나더니 요란하게 떠들며 우르르 밖으로 나간다.
〈말라가의 해적들이 시티헌터님을 찾으러 갑니다〉
진우, 문밖으로 사라지는 해적들을 보고 있는데 이때 〈알함브라 궁전의 추억〉 기타 선율이 들려오는.
누구인지 안 봐도 안다.
진우, 천천히 돌아보면 그리운 얼굴이 있고.
그때 그 자리에 엠마가 어느새 나타나 기타를 치고 있다.
진우, 희주를 보는 기분. 잠시 보다 엠마에게 천천히 다가가는
〈엠마 27세 카페 알카사바의 기타리스트〉

진우　(물끄러미 보다가) 안녕 엠마.
엠마　(연주하며 천천히 고개를 들고 진우를 바라보고)
진우　.......
엠마　(기타를 멈추고) 안녕. (수줍은 미소를 짓는)
진우　......
엠마　왜 여기 왔어요? 이 도시는 위험한데.
진우　당신 동생 찾으러.
엠마　......
진우　당신 동생이 여기 있다고 해서.
엠마　(동생의 의미를 모르는 듯 감정 없이) 꼭 찾길 바래요.
진우　(자조적인) 할 수 있을까..? 나 혼자서..?
엠마　당신은 할 수 있어요.
진우　......
엠마　무사히 돌아와요. 기다릴게요.
진우　.......

엠마, 미소 짓더니 스르르 사라진다.
〈엠마와 대화를 나눴습니다 경험치 +100 회복력 +100〉
진우, 엠마가 사라진 후에도 잠시 서 있다가.. 돌아서 나가는.

씬/38 그라나다 / 카페 알카사바 앞 (오전)

여전히 비가 쏟아지는 골목길.
진우가 문을 열고 나오는 동시에 밖에서 서성거리던 전사1, 2, 3이 달려든다.
진우, 장총으로 탕! 탕! 탕! 쏘자 단 세 방에 전사들 피 흘리며 나가떨어지고.
〈나사르 왕국의 전사를 해치웠습니다〉〈경험치 +50 공격력 +5 방어력 +5〉
〈나사르 왕국의 전사를 해치웠습니다〉〈경험치 +50 공격력 +5 방어력 +5〉
〈나사르 왕국의 전사를 해치웠습니다〉〈경험치 +50 공격력 +5 방어력 +5〉

진우, 이어서 바로 건물 위쪽을 향해 탕! 쏘는.
위에서 스페인 궁병 하나가 툭 떨어져 바닥에 나뒹구는.
〈아라곤 왕국의 궁병을 해치웠습니다〉〈경험치 +100 공격력 +7 방어력 +7〉
〈퀘스트 수행 중 : 2시간 30분 20초 남았습니다〉
진우, 빗속으로 사라지고.
디졸브로..

씬/39 그라나다 / 알함브라 궁전 전경 (오전)

시에라네바다 산맥을 배경으로 웅장한 알함브라 궁전의 전경이 펼쳐지고.

씬/40 그라나다 / 알함브라 궁전 성곽 길 (오전)

관광객들을 따라 성채로 올라가고 있는 진우. 사방을 살피며.
손에 장총이 들려 있으나 아무도 못 보고.

씬/41 그라나다 / 알함브라 궁전 정의의 문 앞 (오전)

알함브라 궁전으로 들어가는 문이 열려 있고.
관광객들이 그리로 들어가는.
그 옆에 한국인 가이드가 관광객 몇 명 모아 놓고 설명 중이다.

가이드 여기는 정의의 문이라고 부릅니다. 알함브라 궁전으로 들어가는 첫 번째 문이구요.. 여러분 저 위에 그림 보이시죠? 저 위에요.

진우, 한국인들이 알아볼까 시선 피하며 문으로 슥 들어간다.

씬/42 그라나다 / 알함브라 궁전 관광지 일각 (오전)

관광객들로 북적거리는 유명 관광지들을 지나가는 진우의 컷컷.
유명한 아레야네스 중정, 사자의 방 등, 벨라의 탑 등 모두 사진 찍고 구경하느라 정신없는데 진우, 주변 살피며 그대로 지나간다.

양주 (E) 알함브라 궁전 안에 옛날 지하 감옥 터가 있던데.
혹시 거기가 던전 입구 아닐까요?

씬/43 그라나다 / 지하 감옥 터 (오전)

진우, 어느새 군인들의 옛 주둔지에 서 있다.
숙소와 무기고 터가 남아 있는 아르마스 광장 한쪽에 지하 감옥 입구와 우물터가 있고.

양주 (E) 누가 갇혀 있을 만한 데는 거기밖에 없을 거 같아요.

진우, 지하 감옥 입구로 다가가는.
입구에는 철로 만든 문이 있는데 갑자기 빛이 나며.
〈지하 감옥 입구입니다〉
진우, 철로 된 뚜껑을 열어보면 아래로 나선형 계단이 보인다.
칠흑 같은 어둠, 안쪽에는 아무것도 안 보이고.
진우, 권총을 빼어 든다.
진우, 들어가려는데 메시지 뜨는
〈퀘스트를 실패하면 다시 들어갈 수 없습니다〉
진우, 멈칫.
〈퀘스트 수행 중 : 2시간 5분 40초 남았습니다〉〈지금 지하 감옥으로 들어가시겠습니까?〉
망설일 시간이 없는 진우, 바로 어둠 속으로 걸어 내려가는.
잠시 후, 진우는 더 이상 보이지 않고.

씬/44 그라나다 / 지하 던전 (오전)

암전 상태에서 서서히 조금씩 시야 밝아지는..
진우의 렌즈 시선으로..
〈퀘스트 수행 중 : 1시간 58분 35초 남았습니다〉
권총을 손에 쥐고 어둑하고 음산하고 축축한 동굴의 공간을 조심스럽게 나아가는 진우. 조금 걸어가다 보니 눈앞에 길을 가로막은 철창(C.G)이 나오고.
철창 너머로 어둠을 향해 난 동굴이 있고..
띄엄띄엄 낡은 횃불이 벽에 걸려 최소한의 동굴 형태를 볼 수 있는.
갑자기 메시지가 뜬다.
〈나사르 왕국의 지하 감옥에 오신 것을 환영합니다〉
〈이곳에선 그라나다 밖의 무기와 아이템은 사용할 수 없습니다〉
메시지와 동시에 바로 손에 들고 있던 권총이 사라진다.
진우, ...?!
이어서 진우의 무기가 저절로 하나씩 옆에 쌓인다.
〈베레타 92 FS 9mm를 반납합니다〉
〈Calico 950 9mm를 반납합니다〉
〈Bushmaster M-17S 5.56mm를 반납합니다〉
지니고 있던 다른 권총과 장총이 바닥에 쌓이고.
〈특수 아이템 : 캔들 라이터를 반납합니다〉
〈특수 아이템 : 생명의 물약을 반납합니다〉
〈특수 아이템 : 라이터를 반납합니다〉
〈특수 아이템 : 손목시계를 반납합니다〉
지니고 있던 특수 아이템들도 하나씩 바닥에 쌓인다.
이어서 진우의 손에 검 한 자루만 쥐어지는.
진우, ...!
모두 버리고 나자 눈앞을 가로막고 있던 철창, 갑자기 사라지는.
〈이제 입장하실 수 있습니다〉

진우, 검을 꽉 쥐고 심호흡하고 들어선다.
진우가 걸어 들어가자 뒤에서 철컹! 소리가 울려 퍼지고 돌아서면 다시 철창이 생겨난. 박쥐가 푸드덕거리며 날아가는 소리에 움찔, 주변 살피지만 바로 기분 나쁜 적막이 흐르고.
어둠 속을 조심스레 전진하는 진우. 어느 정도까지 갔을까,
갑자기 〈적이 나타났습니다〉 메시지 뜨는.
진우, ...!! 두리번거리는데 너무 어두워 적은 보이지 않고, 경계하며 사방을 살피는데 이때 갑자기 괴성과 함께 누가 뛰어드는 소리에 진우, ...?!!!
반사적으로 돌면서 검을 휘두르는..!! 진우의 시야에 피가 퍽 튄다.
〈아라곤 죄수의 시체 : 공격력 300 방어력 1000〉
좀비처럼 보이는 낡은 단도를 든 죄수의 시체, 칼날에 맞고도 진우에게 다시 소름 끼치는 괴성을 지르며 달려들고
〈공격 성공! 200〉 〈공격을 당했습니다 -100〉 〈공격 성공! 100〉 〈공격을 당했습니다 -100〉 〈공격 성공! 200〉 〈치명적 일격이 성공했습니다 500〉
진우, 강력하게 몇 번 더 긋자 그제야 괴성 지르며 피 흘리며 쓰러진다.
진우, ...!!!
〈아라곤 죄수의 시체를 해치웠습니다〉 〈경험치 +100 공격력 +1 방어력 +1〉
진우의 생명 바도 그사이 약간 줄어들고..
진우, 숨을 몰아쉬며 찢긴 상처를 확인하는데 이때 다시 뒤에서 뭔가 달려드는 소리에 확 돌아보는. 카메라에 피가 퍽 튀면서.
F.O - F.I

씬/45 희주 집 희주 방 (새벽)

창밖이 어슴푸레 밝아오는 이른 새벽.
희주, 잠옷 입고 잠들어 있다가 멀리서 작게 들리는 문 두드리는 소리에 퍼뜩 깬다. 희주, 벌떡 일어나 앉는데 밖은 다시 조용하고.

씬/46 희주 집 2층 거실 (새벽)

희주, 문을 열고 나와 보면 거실은 깜깜하고 조용하다.
잠시 서 있다 다시 들어가려는데 이때 다시 문 두드리는 소리 멀리서.
희주, ..?!

씬/47 희주 집 거실 (새벽)

희주, 어두운 계단을 급히 내려오는데 기타 공방에서 들리는 문 두드리는 소리는 점점 커지고. 희주, ...!

씬/48 기타 공방 (새벽)

어둠에 싸인 기타 공방. 희주, 불을 켜며 급히 들어오는데 문 두드리는 소리.

희주 누구세요?

대답이 없고, 다시 문을 두드리는.

희주 (불안과 동시에 기대) 누구세요..?

희주, 다가가 빗장을 열고 문을 조심스레 연다.
어둠 속에 누군가가 서 있는데 희주, 얼굴을 확인하고 표정.
어둠 속에 고개 떨군 세주가 서 있다.
기차역에서 사라질 때 그 옷차림 그대로, 초췌한 차림으로.

희주 (??!!!)
세주 ...... (시선 떨군 채, 서서)
희주 (떨리는) 세주야....?
세주 ....

희주　세주야...?

세주　(그제야 고개를 드는, 불안하게 흔들리는 시선은 마침내 희주를 보고) 누나...

희주　(!!! 눈물이 왈칵)

씬/49　희주 집 희주 방 (새벽)

희주, 퍼뜩 꿈에서 깬다.
꿈과 달리 옷도 안 갈아입고 불편한 자세로 쪽잠이 들었던 희주, 벌떡 일어나 앉는. 문 두드리던 소리는 들리지 않고. 희주, 혹시나 싶어 일어나 나간다.
자막 - 8시간 전 서울

씬/50　기타 공방 (새벽)

불을 켜고 들어오는 희주.
진우와 상범의 싸움 중에 부서진 기타 조각들이 한 켠 바닥에 쌓여 있고.
탁자 위에는 구급약 상자가 진우가 떠나기 전 그대로 놓여 있다.
밖은 조용하고 노크 소리 없고.
혹시나 싶어 문을 열고 내다보지만 문 앞에는 아무도 없고.
희주, ... 문을 닫고 실망감에 긴 한숨을 내쉬는.
진우가 탁자 위에 놓고 간 명함을 집어 들어 보는.
〈제이원 연구센터 제1팀장 최양주〉 쓰여 있고..

진우　(E) 회사로 가면 볼 수 있게 내가 얘기해놓고 갈게요. 연구실 팀장 번호에요.

희주, 표정에 디졸브로.

씬/51　연구센터 (낮)

양주, 컵반 먹으면서 뒤에 서서 모니터 지켜보고 있는.
연구원들, 모니터 앞에 앉아 각자 맡은 테스터들의 게임 영상을 보며 한참 일하는 중이다. 이때 핸드폰이 울리자 받는

양주 여보세요?
안내데스크 (E) 최양주 팀장님이시죠?
양주 네 그런데요.
안내데스크 (E) 여기 안내 데스크인데요 손님이 찾아오셨습니다.
양주 손님이요? 누구.. (하다) 정희주요? 나 그런 사람 모르는.. (하다 생각나 !) 아, 네 알아요, 지금 내려갈게요 (핸드폰 끊고 급히 먹어치우는)

씬/52 제이원 로비 (낮)

희주, 데스크 앞에 서서 약간 긴장한 표정으로 기다리고 있는데 양주, 보안 출입문 안쪽에 서서

양주 (부르는) 저기.. 정희주씨세요?
희주 (돌아보며) 네.. (인사하는데)
양주 안녕하세요, 대표님한테 말씀 들었습니다, 이쪽으로 들어오세요, (카드 대서 문 열어주는)
희주 아 네. (바로 그리 가는)

양주, 희주 얼굴 제대로 확인도 안 하고 엘리베이터로 먼저 가며

양주 이쪽으로 오세요. 어, 문 열렸다! (급히 들어가는) 얼른 타세요 얼른!
희주 (! 후다닥 급히 가는) 네..
양주 (엘리베이터 안에서 버튼 누르며) 빨리 빨리요, 빨리 오세요!
희주 (정신없이 타는)

씬/53 제이원 엘리베이터 안 (낮)

희주가 들어가자 양주, 버튼에서 손 떼고 엘리베이터 바로 닫힌다.

양주 여기 엘리베이터가 한 번 올라가면 내려오질 않아서요,

희주 (정신없는) 네에..

양주 (주머니에서 명함을 꺼내려는데 명함이 안 나오는) 대표님한테 어제 연락 받았어요, 오늘 오신다고.. 정세주씨 누님이시라고.. 아 이거 왜 이래.. (억지로 꺼내다가 명함 몇 장이 주머니에 확 튀어나오며 바닥에 다 떨어지는) 아 씨.. (바닥에 쭈그리고 앉아 주우며)

희주 (부산스러운, 내려다보며) 제가 명함을 받았는데요

양주 (못 듣고 일어나 명함을 내미는) 안녕하세요, 저는 최양주라고 합니다. 연구센터에서 근무.. (하다 그제야 희주 얼굴을 확인하고) ???!!

희주 .....?

양주 어어헉!! (놀라 뒤로 움찔)

희주 .....??

양주 엠.. (입을 확 막는)

희주 (??) 네...?

양주 어후.. 어후... (얼굴 새빨개지며.. 시선을 못 맞추고 옆에 서는, 고개 숙인 채)

희주 ....???

씬/54 양주의 사무실 (낮)

컷 튀면 양주, 문을 박차듯이 뛰어 들어와서 난장판인 소파를 급히 치우는.

양주 어후 씨, 엠마야 엠마, 진짜 엠마, 와 씨.. (급히 치우는데)

이때 기타 소리와 함께 구석에 엠마가 나타난다.
양주, ???!! 바로 쏜살같이 책상으로 뛰어가서 키보드 누르자,

엠마 사라지고.

씬/55 양주의 사무실 앞 (낮)

희주, 문 앞에서 기다리고 있는데 문이 벌컥 열리고,

양주 (시선 못 맞추고, 너무 수줍어 마치 삐진 사람처럼) 들어오세요. (들어가버리는)

희주 (?)

씬/56 양주의 사무실 (낮)

희주가 머뭇거리며 들어오고 양주, 우왕좌왕하더니

양주 (안 쳐다보고) 앉으세요.

희주 아 네에.. (앉으며 사무실 풍경을 둘러보는) 저는 IT 회사에는 처음 와봐서요.. 사무실이 특이하네요.. (하는데)

양주 어디 사세요?

희주 네?

양주 결혼하셨어요?

희주 (표정)

양주 결혼하셨어요?

희주 아뇨..

양주 (표정 밝아지며) 네에.. 안 하셨구나..

희주 (표정)

양주 (히죽) 실물도 너무 예쁘십니다.

희주 (??) 저를.. 아세요..?

양주 (얼른 다시 외면) 아뇨.

희주 .....?? (점점 더 당황스런) 대표님이 회사에 와서 모니터로 보라고 하셨거든요.

완전히 이해는 못했는데.. 제 동생이 보낸 퀘스트를 깨야 동생이 어디 있는지 안다고..

양주 (그 말에 갑자기 벌컥) 네, 그게요, 이게 비밀 퀘스트인데요, 이걸 동생분이 락을 걸어서 숨겨놨거든요!

희주 네..?

양주 (전문 분야가 나오자 흥분해서 다다다) 근데 이게 원작자만 발동 조건을 알고 있거든요. 저희가 라이센스를 샀어도 라이센스에도 명시를 안 해놔서 전혀 알 수가 없는 게 문제죠, 아 그리구 동생분이 아직도 안 나타나셨잖아요? 그래서 저희가 할 수 없이 비밀 퀘스트들은 오픈이 안 되게 코드 자체를 강제로 막고 있었어요, 그러니까 그걸 새로 레벨 디자인하는 작업 과정 때문에 출시가 늦어지고 있거든요, 다른 건 문제가 아닌데 그 락을 걸어놓은 부분 때문에요, 동생분이 나타나면 훨씬 일이 빠를 텐데요, 그게 되게 아쉽죠!

희주 (너무 빨리 얘기하자 무슨 소린지 모르겠는)

양주 대표님이 받은 것도 그라나다에서만 열리는 비밀 퀘스트라서 이게 어떤 내용이고 어떤 일이 일어날지 저도 전혀 모르거든요, 아무도 몰라요, 완전 대박이죠, 그래서 이게 되게 재밌을 거라서, 저도 기다리고 있었어요, (신나서) 우리 같이 보면 재밌겠죠!

희주 (표정, 뭐라고 대답을 해야 할지)

양주 (말을 끝내고 나자 다시 조용히 수줍어지고) .....

희주 (표정)

이때 양주의 핸드폰이 울리는. 10회 11씬과 같은 장면.

양주 어, 대표님이다..!

희주 (...!!)

양주 그라나다 가셨나 보다. (핸드폰을 받는) 대표님 도착하셨어요? 안 그래도 기다리고 있었..

진우 (E) 정훈이 좀 찾아줘.

양주 (듣다가) 서비서요?

희주 (어느새 일어나서 쳐다보는)

양주 대표님이랑 같이 있는 거 아네요?

희주 (....?)

진우 (E) 잃어버렸어.

양주 (?) 잠시만요.. (컴퓨터로 가며) 서비서 아이디가 시티헌터죠?

희주 무슨 일 있어요...? (다시 불안감이 몰려오는 표정에)

씬/57 병준의 연구실 (낮)

책장에 병준의 여러 종류의 사진 액자들이 놓여 있다. 그중에는 사이좋았던 시절, 형석, 진우와 활짝 웃으며 함께 찍은 사진도 보이고. 선호, 진우와 함께 찍은 사진도 있고. 최근의 손자의 백일 사진도 있다.
병준, 책상 의자에 앉아 있고 선호, 소파에 앉아 이야기 중이다.

선호 며칠만 기다리시죠. 며칠도 안 기다려주는 건...

병준 ....

선호 이미 진우도 다 알고 있습니다. 자기가 해임될 거라는 것도 알아요.
자기도 나름 승부수를 던지고 간 겁니다.

병준 (기막혀 피식) 게임 하러 가는 게 승부수라고?

선호 이번에는 세주를 찾을 수 있다고 믿고 있어요.
사실 개발자를 만나기만 한다면, 많은 일들이 명확해지지 않겠습니까?
형석이에 관해서두요. 사망 원인뿐 아니라..
형석이가 그때 그라나다에서 뭘 했는지도 정세주만 알고 있지 않습니까.

병준 ......

선호 이사회 소집은 조금만 미뤄주십시오.
진우가 정말 미친 거라면, 저도 깔끔하게 인정하겠습니다.
정신병자는 회사에 있으면 안 되죠.

병준 너는 아직도 진우한테 희망을 갖고 있냐?

선호 (스스로도 힘든) 희망을... 놓지 말아야죠. 친구인데.

병준 나는 아들도 내친 사람이다.
근데 너는 친구라는 이유로 너무 오래 희망을 붙들고 있는 거 아니냐?

선호 .....!

병준　나는 내 아들의 죽음도 회사를 위해 덮었는데,
너는 아직도 친구로서 희망을 얘기하는 거냐?
선호　진우를 위해 덮으신 거 아니었습니까?
병준　(정색하며) 회사를 위해 덮었다.
선호　......
병준　...... (불쑥) 아 참, 어제 밤에 유라가 나를 찾아왔었다.
선호　(??!) 네에?

씬/58 회상 - 병준의 연구실 (밤)

책 보고 있었던 병준, 쳐다보고 있고.
유라, 술에 잔뜩 취해서 비틀거리며 와서 소파에 털썩 앉다가 넘어지고..

병준　...... (기막혀 그 꼴을 보고 있는)
유라　하 씨.. (다시 일어나 기어 올라와 앉는) 휴...
병준　여기가 어디라고 내 앞에 나타나요?
유라　할 말이 있어서요. (하고) 교수님 저 이혼 당했어요. 하~ 속이 시원하시죠? 좋으시죠? 교수님이 저를 젤 미워하셨잖아요~ 저요, 완전히 망했어요.. 저 완전 개털 됐다구요... 재벌하고 결혼했는데도 남은 게 없어요, 너무하죠 진짜, 미친 줄 알았더니 제 꼬리를 밟고 있었잖아요..
병준　잘못을 해서 이혼 당했으면 조용히 반성을 하면 되지, 왜 나를 찾아와?
유라　그게요.. 재밌는 얘기 하나 해드리려구요~
병준　재밌는 얘기..?
유라　교수님이 꼭 들어야 되는 얘기라서요~ 교수님~ 우리끼리만 공유해요 알았죠~?

씬/59 병준의 연구실 (낮)

선호　(너무 황당해) 무슨 얘기를..

병준 (피식) 말 그대로 재밌는 얘기더라.

선호 (....?) 네...?

병준 (그 말은 더 이상 안 하고) 아, 내가 그 얘기 한 적 없지 아마. 내 손주. (손가락으로 백일 사진 가리키는)

선호 .....? (보는)

병준 내 하나밖에 없는 손주놈, 병원에서 친자 확인했던 일.

선호 (...?!!) 네에?

병준 아닐 거라고 생각했는데, 내 핏줄이 맞더구나. 정말 아닐 줄 알았다.

선호 (당황스러워) 왜.. 그런.. 생각을..

병준 니가 나라면, 그런 며느리를 믿을 수가 있겠니?

선호 (....!)

병준 ......

선호 (혼란, 어제 레스토랑의 대화도 생각이 나고, 의중이 판단이 안 되는)

병준 그래, 알았다.
1년을 기다렸는데 며칠을 더 못 기다릴까. 기다려보자.

선호 (...!)

병준 (미소) 나도 기대가 된다. 진우가 거기까지 가서 뭘 갖고 올지.

씬/60 회사 차 안 (낮)

회사로 돌아오는 길.
뒷좌석에 앉은 선호, 병준과의 대화 후에 더 혼란스러워 고민에 빠져 있는데
이때 핸드폰이 울린다. 열어보면 메일이 와 있고..
선호, 진우가 보낸 메일인 걸 확인하고, ...?!
선호, 바로 눌러보는. 읽다가 표정 변하는.

씬/61 제이원 사옥 앞 (낮)

차가 사옥 앞에 서는. 기사가 내려서 문을 열어주러 간다.

씬/62 회사 차 안 (낮)

뒷좌석에 앉아 핸드폰을 뚫어지게 보고 있는 선호.
선호의 시선은 핸드폰에 뜬 진우가 보낸 유서에 고정되어 있고.
〈이것은 나의 유언이다.〉
밖에서 기사가 문을 여는데도 모르고 스크롤을 내리면서 다시 읽어보다가..

기사 (밖에서) 이사님. 도착했는데요.
선호 (그 소리에 그제야 고개 드는, 표정 굳어 있고) ......

씬/63 제이원 복도 (낮)

선호, 진우한테 전화를 걸어보며 걸어가고 있다.
신호음이 가더니

안내 (E) 현재 통화 연결이 되지 않아 음성사서함으로 연결..
선호 (...! 전화 끊으며, 중얼) 이 자식이 진짜...

다른 사람들이 지나가며 인사하지만 정신없어 보지도 않고 지나가고..

진우 (NA) 이것은 나의 유언이다.
내가, 혹은 우리가 그라나다 어디선가 죽어서 발견된다면, 죽음의 이유를 설명하기 위한 유언.

씬/64 선호의 사무실 앞 (낮)

선호가 계속 전화 걸어보며 들어오는데 여비서가 사무실에서 나오며 여비서 아 이사님. 손님이 오셨는데요.

선호 (핸드폰 내리며) 손님?

여비서 네. 정희주씨라는 분이..

선호 누구..? (하다 기억이 난 ...!)

씬/65 선호의 사무실 (낮)

희주가 초조하게 앉아 있다가 선호가 들어오자 벌떡 일어나는

희주 안녕하세요.

선호 (...!)

희주 저 기억하세요..? 작년에 그라나다에서 뵀었는데요.. 대표님 입원하셨을 때

선호 그럼요. 잘 지냈어요 희주씨? (바로 와 악수 청하는) 여기 어쩐 일이에요? 소식은 정훈이한테 종종 듣고 있었는데

희주 대표님한테 연락이 끊겨서요. 걱정이 돼서요.

선호 (....!)

희주 사실은 제 동생을 만나러 간다고 어제 스페인에 가셨는데..

선호 네 알아요.

희주 근데 좀 전부터 연락이 안 돼요. 무슨 일이 생긴 거 같은데 혹시 아시나 하고.

선호 (할 말이 없어) 일단 앉으시죠. 저도 지금 알아보려는 참인데. 앉으세요. (하고 바로 정훈에게 전화를 거는) 유대표는 저도 통화가 안 되고요, 정훈이가 같이 갔으니까..

희주 서비서님도 연락이 안 돼요.

선호 (멈칫, ...?!)

희주 (불안한) 대표님하고 같이 있는 게 아닌 거 같아요.

선호 (표정)

씬/66 양주의 사무실 + 선호의 사무실 앞 (낮)

양주 (모니터 앞에 앉아 있는데 전화가 오자 받는) 네 이사님.

선호 (밖에 나와서 통화하는) 유대표 어떻게 된 거야?

양주 (답답한 표정) 그게.. 퀘스트 하러 그라나다 가셨잖아요..? 지켜보고 있었는데 연결이 끊어졌어요.

모니터, 암흑이고 진우의 아이디와 메뉴만 떠 있는.

양주 끊어졌어요. 지금은 아무것도 안 보여요.

선호 (!) 전화도 안 되던데

양주 지하라서 그런 거 같아요.

선호 지하?

양주 알함브라 궁전 지하 감옥이요. 거기가 퀘스트 장소거든요.

선호 (....!)

양주 혹시나 했는데 정말로 감옥 문이 열리더라구요. 통제구역일 텐데.

선호 언제 들어갔어?

양주 30분 정도 됐어요.

선호 (답답해 한숨) 정훈이는 어떻게 된 거야?

양주 모르겠어요. 기차역에서 헤어졌나 봐요. 대표님도 찾으시던데요. 결국 못 찾고 혼자 들어가셨어요.

선호 (....!)

양주 근데 혼자는 절대 못 깰 텐데. 퀘스트 난이도가 최상이구 최소 인원이 둘이거든요. 그럼 파티원이 넷은 돼야 안정권이란 말이죠. 근데 퀘스트 시간제한이 또 있어서 할 수 없이 혼자 들어가신 거죠.

선호 그럼... 확률이 없다는 거냐?

양주 (무심하게) 퀘스트 깰 확률은 거의 없죠. 서비서랑 같이 들어갔으면 몰라도.

선호 (!! 초조하고 불안해서 더 못 듣겠고) 알았어. 알았고 혹시 영상 연결 다시 되면 바로 전화해. (하고 끊고 중얼) 뭐가 어떻게 돌아가고 있는 거야 도대체...?

선호, 갈피를 못 잡고 핸드폰을 열어 진우의 메일을 다시 본다.
진우의 목소리와 함께.
〈혹시 우리 중에 누구라도 죽거나 연락이 끊기면 바로 서버부터 닫아줘.
게임 문제가 확실하니까. 단, 지금 당장은 안 돼. 지금 서버를 닫으면 내가 세주를 찾을 수가 없거든.〉
선호, 표정.
〈퀘스트가 끝나고도 연락이 안 되면 형이 결단을 내려줘.〉
선호, 표정.

씬/67 선호의 사무실 (낮)

희주, 초조하게 앉아 있는데 문이 벌컥 열리고, 선호가 다시 들어온다.

희주 (...!)

선호 (뭐라고 해야 할지 자신도 모르겠는, 초조하고) 지하로 들어가서 통신이 끊긴 모양인데 너무 걱정 안 해도 됩니다. 게임 하러 들어간 건데요. 뭐.

희주 ......

선호 (웃으며, 그러나 스스로 초조해 신경질적인) 퀘스트 하는 중이니까 걱정하지 마요. 지금 총질하느라고 정신이 없나 봅니다. 팔자 참 좋죠? 대표가 게임 하러 거기까지 비행기 타고 날아가고.

희주 그 퀘스트를 깨야 제 동생을 찾을 수 있다고 했는데요..

선호 그 말을 믿어요?

희주 (보는)

선호 정말 그 말을 믿어요? 유대표가 정상이라고 생각하는 거예요?

희주 (표정)

선호 희주씨도 그라나다에서 봤잖아요. 유대표 상태를.
그때보다 더 나아진 게 없습니다. 더 나빠지면 나빠졌죠. 약물 중독에다가 게임 중독이에요. 아무도 못 말려요. 회사도 솔직히 포기한 지 오래됐습니다.
아무도 유대표가 재기할 거라고 생각 안 해요.

희주 (....!)

선호 진우가 보는 망상은 우리 회사 렌즈랑은 상관없는데도 계속 그 핑계를 대고 있어요. 자기가 미친 게 아니라 렌즈랑 게임이 문제라고요, 회사 대표라는 사람이 하는 소리가, 그러더니 난데없이 세주를 찾겠다고 퀘스트를 하러 간 겁니다.

당장 내일 회사 쫓겨날 상황인데 게임 하러요.

희주 (표정)

선호 희주씨는 정말로 진우 말을 믿어요?

희주 (표정)

선호 나도 너무 괴로워서 묻는 거예요. 그 말을 믿으면, 우리 회사는 파산할지도 모르거든요. 우리가 지금 1년 동안 천문학적인 돈을 투자해서 만들고 있는 희주씨 동생이 만든 프로그램이, 재앙이라는 뜻인데, 그래서 난 믿고 싶지 않아요. 그 말을 믿으면, 우리 회사는 정말 파산입니다.

희주 (표정)

선호 그리고 그 말을 믿으면 지금 진우가, 죽으러 들어갔다는 뜻이구요.

희주 (...?!!)

선호 (말을 뱉자 더 답답해 머리 헝크는) 하 뭐 이런.. 진짜..

희주 그게 무슨 말씀이세요?

선호 나는 안 믿을 겁니다. 믿으면 회사도 무너지고 내 인생도 전부 다 무너지니까. 차라리 내 친구가 완전히 미쳤다고 생각하는 게 나아요. 희주씨도 지금 동생 찾는 희망 때문에 믿고 싶겠지만 믿지 마세요. 동생은 다른 방법으로 찾아야죠. 이제부터 회사 차원에서 지원도 하겠습니다. 최선을 다할게요. 내가 약속해요. 대신 진우 말을 믿지는 마세요. 진우가 할 수 있는 건 하나도 없어요.

희주 좀 전에 그 말씀이 뭐예요? 죽으러 들어갔다는 게.. 위험하다는 말은 못 들었는데요! 그냥 게임이라고

선호 (그 말에 대답 안 하고, 계속 딴 얘기하는, 핸드폰을 계속 걸며) 나도 희망을 갖고 믿어보려고 애썼어요, 포기할 수가 없어서, 그 자식이.. 정말 좋은 놈이었거든요, 똑똑하고 재밌고 열정적이고, 그 힘으로 회사가 여기까지 왔어요, 근데 이제는 틀렸어요. 회복할 수 있을 줄 알았는데 안 될 거 같아요, 정훈이도 그래서 지금 거짓말을 하고 있는 거겠죠, 정훈이도 같이한 세월이 오래니까 너무 안타까워서, 미련을 못 버렸는지..

그사이 계속 정훈에게 전화를 걸어보는데 전화 안 받자

선호　(너무 속이 터져 핸드폰을 확 던지듯 놓는) 하 이런 진짜....!

희주　(...!)

선호의 핸드폰, 책상을 튕겨 바닥에 떨어지고.
이때 전화벨이 울린다.
〈서정훈〉 이름이 뜨는. 둘, 동시에 그걸 보고.

선호　(!!!)

희주　(!!!)

선호　하 씨 이제 왔네. (뛰어가 핸드폰을 집어 들어 받는다) 여보세요, 너 왜 전화를 안 받고..! (하다) .....?

희주　(초긴장해서 보고)

선호　여보세요? (영어) 여보세요? 서정훈씨 핸드폰 아닙니까? (스페인어가 계속 들리자) 희주씨.. 좀 받아볼래요? 스페인어를 하는데

희주　....!! (바로 핸드폰 넘겨받는다, 스페인어) 여보세요? 네 말씀하세요. 누구세요?

선호　(표정)

희주　(스페인어) 네... 아뇨 여기는 서울인데요. (하다) 네...? (굳으며 선호를 쳐다보는)

선호　(초조해) 누굽니까..?

희주　(표정에)

씬/68 그라나다 / 지하 던전 (오전)

미로 같은 기나긴 어둠 속을 계속해서 통과하는 진우의 시선으로.
〈퀘스트 수행 중 : 1시간 40분 39초 남았습니다〉
계속해서 간헐적으로 하나 또는 둘 셋이 나타나는 좀비들의 컷컷컷.

진우, 계속해서 검을 휘두르며 전진하며 사방에 피가 튀는 컷컷컷.
도끼나 단도를 든 좀비들에게 공격을 당하기도 하고 순간 피가 튀고, 무작정 뛰어 도망가기도 하고.
시간은 점점 줄어들고 있고 끝도 없이 똑같아 보이는 길이 이어진다.
〈퀘스트 수행 중 : 1시간 15분 20초 남았습니다〉
〈퀘스트 수행 중 : 1시간 5분 34초 남았습니다〉
〈퀘스트 수행 중 : 58분 22초 남았습니다〉
진우의 생명 바도 계속해서 줄어드는 컷컷컷.

씬/69 그라나다 / 지하 던전 방 (오전)

여기저기 찢기고 찔리고 만신창이가 된 진우, 코너를 막 꺾어지는데 막힌 방이 하나 있고. 진우, 헐떡거리며 도망치듯이 그리 들어온다. 온몸은 피투성이고...
잠시 쉬기 위해 벽에 기대 주저앉는.
〈퀘스트 수행 : 30분 42초 남았습니다〉
생명 바는 3분의 1쯤 남아 있고...
진우, 지쳐 의욕을 잃은 듯, 잠시 그대로 앉아 있다. (## 사실은 동굴 끝까지 갔다가 다시 돌아오는 길입니다. 지금은 경로가 애매모호하게 보이는)
적막 속에 잠시 그대로 숨을 몰아쉬며 앉아 있는데.. 다시 메시지가 뜬다.
〈적이 나타났습니다〉
고개를 드는 진우.
메시지 다시 뜨고 방 입구에 좀비 하나가 나타난다.
진우, 한숨 쉬며 검을 잡고 다시 비틀거리며 일어나는데 그 뒤로 또 좀비가 나타나는.
〈적이 나타났습니다〉
〈적이 나타났습니다〉
〈적이 나타났습니다〉
진우, ...?!!!
입구로 갑자기 몰려 들어오는 끔찍한 형상의 시체들. 입구를 막아서면서 시체들이 꾸역꾸역 방에 차기 시작하고.
〈적이 나타났습니다〉
〈적이 나타났습니다〉
〈적이 나타났습니다〉〈적이 나타났습니다〉〈적이 나타났습니다〉
그 짧은 찰나에 어느새 시체들이 진우를 둘러싸고 있다. 입구는 꽉 막히고.
진우, ...!!! 뒤를 돌아보지만 도망갈 곳도 없고...
칼이나 도끼나 단도를 들거나 그냥 맨손인 20명은 되어 보이는 시체들.

진우 ..... (절망이 몰려오며, 뱉는) 빌어먹을..

진우, 한 손에 검을 들고 한 손에 단도를 뽑아 쥐는.
동시에 좀비들 우르르 달려든다...!
〈공격 성공! 300〉〈공격 성공! 200〉〈공격당했습니다 -100〉〈공격당했습니다 -200〉〈치명적 일격이 성공했습니다 500〉
〈아라곤 죄수의 시체58을 해치웠습니다〉
〈아라곤 죄수의 시체59를 해치웠습니다〉
〈아라곤 죄수의 시체60을 해치웠습니다〉
치열한 백병전, 시체들, 검에 찔렸다가 다시 달려들고, 얼굴을 관통하고 목이 날아가고, 피가 튀고, 생명 바 빠르게 줄어들기 시작하는.
진우, 끊임없이 쳐내고 시체가 주변에 쌓이지만 그래도 역부족이고...
계속해서 달려드는 시체들을 상대하던 진우, 정신이 혼미해지는데 이때, 갑자기 뒤쪽의 시체 하나가 퍽! 피를 쏟으며 진우 눈앞에 굴러 떨어진다. 진우, ...?!
이어서 눈앞에 뜨는 메시지.
〈동맹이 나타났습니다〉
진우, ...?!!!
진우, 설마 하며 뒤를 돌아보고, ...!!!!
정훈이 진우의 뒤쪽에서 달려드는 시체들을 막으며 상대하고 있다.

진우 (!!! 반가움에 버럭) 야 이 자식아 너 어디서 갑자기 나타나서! (이때 시체가 달려들자 막느라 말이 끊어지고)

정훈 (대답 없이 등지고 싸우고)

시체들이 양쪽으로 갈려 달려들면서 진우, 잠시 틈이 생기는.

진우 너 어디에 있었어?! 설마 죽었나 하고 (하다 멈칫) .....?

뭔가 이상하다는 걸 깨닫는. 입구 쪽은 여전히 시체들로 막혀 있고.
진우의 시선으로 정훈, 표정도 말도 없이 기계적으로 시체들과 싸우고 있다.
그제야 정훈의 등에 꽂힌 부러진 화살과 그 주변의 흥건한 피가 보인다.

진우 .....!!
정훈 (화살 꽂힌 아픔도 느끼지 않는 듯 싸우고)
진우 (설마 하며..) 정훈아..?
정훈 (그 말에도 쳐다보지 않고)
진우 서정훈...?
정훈 (대답이 없다)
진우 (표정에)

씬/70 선호의 사무실 (낮)

10회 64씬에서 이어지는. 희주가 통화하고 선호가 옆에서 초조해 보고.

희주 (스페인어) 여보세요? 네 맞는데요. 누구세요?
기차역 (스페인어, E) 여기는 그라나다 기차역인데요, 아까 일행을 찾으시던 분인가 해서요
희주 (스페인어) 아뇨 여기는 서울인데요. 네... (하다) 네...?
기차역 (스페인어, E) 이 핸드폰 주인이 사망하셨거든요.
희주 (.....!!)

씬/71 그라나다 / 기차역사 주변 (오전)

수풀로 우거진, 또는 건물 사이 틈 등, 잘 발견되기 힘든 곳.
정훈의 깨끗한 시신이 쓰러져 있고, 그 앞에 서서 경찰1이 무전 하고 기차역 직원1, 2가 스페인어로 웅성거리며 서 있는. 정훈, 끝까지 검을 쥐고 있었던 듯, 손은 검을 쥐었던 동작 그대로 굳어 있고.

기차역 (스페인어, E) 기차역 부근인데요 이제 발견이 되셔서요.

씬/72 선호의 사무실 (낮)

희주 (..!!!)
선호 누굽니까....?
희주 (할 말을 잃고 보자)
선호 (....! 불길한 직감)

씬/73 그라나다 / 지하 던전 (오전)

망연자실한 진우의 시선으로..
정훈이 화살을 등에 꽂은 채 싸우는 걸 보고 있는..
정훈, 죽기 전 모습 그대로 검을 손에 쥔 채로..
〈시티헌터님이 죄수의 시체64를 해치웠습니다〉
〈시티헌터님이 죄수의 시체65를 해치웠습니다〉
진우, 그대로 검을 들고 선 채 절망해 있는데 시체 하나가 달려들자, 정훈, 바로 뛰어와 앞을 막으며 시체를 공격한다. 피가 튀면서.
진우, 표정에

씬/74 양주의 사무실 (낮)

양주, 모니터 앞에 앉아 답답하게 기다리고 있는

양주　아.. 끝날 때가 다 돼가는데 소식이 없냐..

이때 문이 벌컥 열리면서 연구원1이 들여다보는

연구원1　(사색) 팀장님 소식 들으셨어요?
양주　뭐?
연구원1　대표님 비서가 죽었대요!
양주　(??!) 어...?
연구원1　지금 회사로 연락이 왔대요! 시체를 경찰이 발견했다고!
대표님이랑 퀘스트 하러 간 거 아니었어요? 뭐죠?
양주　(너무 놀라 그대로 굳어)

씬/75 선호의 사무실 (낮)

선호, 충격에 멘붕이 되어 소파에 주저앉아 있는데 여비서가 들어와

여비서　이사님. 현지 지사에 연락했습니다. 바로 현장으로 간다고 합니다.
선호　.....
여비서　그리고 서정훈씨 가족들한테는 지금 연락할까요...?
선호　.....
여비서　이사님?
선호　(보고)
여비서　어떻게 해야 하는지..
선호　(겨우) 5분만.. 5분만 생각할 시간을 좀 줘.
여비서　네. (얼른 나가는)

선호, 정신을 차리고 핸드폰을 열어 아까 진우의 메일을 다시 본다.

〈혹시 우리 중에 누구라도 죽거나 연락이 끊기면 바로 서버부터 닫아줘. 게임 문제가 확실하니까. 단, 지금 당장은 안 돼. 지금 서버를 닫으면 내가 세주를 찾을 수가 없거든.〉 선호, 표정.
이때 양주가 헐레벌떡 뛰어 들어오는

양주 뭐예요?! 서비서... 진짜예요?
선호 시간이.. 얼마나 남았지?
양주 네?
선호 유대표가 하는 퀘스트... 그거 언제 끝나?
양주 (시계 보고) 한 30분 정도..
선호 (어찌해야 할지 모르는 표정에)

씬/76 희주 집 앞 (낮)

희주의 차가 와서 끽 서고 희주, 뛰어내린다.
희주, 눈물범벅이 되어서 집으로 뛰어 들어가는

씬/77 기타 공방 (낮)

상범, 앞치마 풀고 있는데 희주가 뛰어 들어오자

상범 (아직 화가 안 풀려 삐딱한) 어, 벌써 오냐..? 나 보기 싫을까 봐 이제 가려는 참이었는데 (하다 ??)
희주 (급히 서랍에서 뭔가 찾는)
상범 너 우냐? 왜? 또 무슨 일이야?
희주 (찾는 게 없자 살림집으로 뛰어 들어가는)

씬/78 희주 집 거실 (낮)

민주, 밥 먹고 있고 영심, 할머니1, 2와 고스톱 치고 있는데 희주가 급히 뛰어와 위로 올라가는

민주　안녕.

영심　벌써 오냐? 늦을지도 모른다더니

민주/영심　(대답도 없이 뛰어올라가자, ??)

씬/79 희주 집 희주 방 (낮)

희주, 급히 뭔가를 찾는... 예전에 스페인에서 쓰던 박스를 꺼내서 가이드 할 때 쓰던 것들을 모아놓은 물건들 중에서 급히 수첩을 찾아 뒤지는, 희주, 전화번호를 확인하고 어디론가 전화를 거는

희주　(쏟아지는 눈물 닦으며, 스페인어) 여보세요!

씬/80 그라나다 / 지하 던전 방 (오전)

한꺼번에 몰려들었던 시체들이 모두 죽어 바닥에 쌓여 있다.
〈퀘스트 수행 중 : 32분 18초 남았습니다〉
생명 바는 얼마 안 남았고...
진우, 주저앉아 있고 검을 들고 서 있는 정훈을 보고 있는..
정훈, 싸울 상대가 더 없자 머뭇거리는 듯하더니 희미해지고..
이어서 사라진다. 진우, 표정.
〈동맹이 사라졌습니다 위기에 다시 나타날 수 있습니다〉
〈시티헌터님의 경험치를 공유합니다 +2000〉
진우, 완전히 의지를 잃고 그대로 앉아 있는데...
경고의 메시지가 연이어서 뜬다.
〈생명력이 10퍼센트 남았습니다 위험합니다!〉

〈퀘스트 시한 29분 59초 남았습니다! 시간이 없습니다!〉
진우, ...

씬/81 그라나다 / 지하 던전 (오전)

진우, 비틀거리며 방에서 나온다.
여전히 어둠에 싸인 길.
진우, 검을 들고 만신창이가 된 몸을 이끌고 걸어가는.
디졸브로 어둠 속을 홀로 걸어가던 진우, 멈칫한다.
앞에 시체들 다섯이 다시 나타나고.
진우, ... 싸울 의지도 체력도 더 이상 없고...
시체들, 진우에게 막 다가오고.. 진우, 죽음을 예감하며 검을 쥐는데..
시체 하나가 공격을 하자 진우, 그걸 검으로 겨우 막는 사이에 옆에서 단도로 찌르는 다른 시체. 〈적의 공격에 당했습니다 -200〉
진우, 비틀거리며 뒤로 물러나며 겨우 뿌리치고.. 생명 바는 더 내려간다.
생명력이 거의 없는 상황, 다섯이 다시 진우를 에워싸며 다가가는 순간,
이때, 어디선가 불빛이 새어 들어오며,

경비 (스페인어, E) 저기, 저기 누가 있는데! 이봐요!!
진우 (?!!! 돌아보는)

손전등이 보인다. 진우, ...!!
손전등이 이쪽을 비추면서 시체들을 비추자, 막 공격하려던 시체 이미지들, 갑자기 멈추는.
〈외부의 빛이 감지되었습니다〉
〈지하 감옥에서는 외부의 빛을 사용할 수 없습니다〉
〈게임을 계속하시려면 외부의 빛을 차단하세요〉
진우, ...?!!
몇 개의 손전등이 다가오며 동시에 비추자, 동굴 안 완전히 환해지면서..
진우, 눈부셔 찌푸리고

좀비들 갑자기 희미해지더니 순식간에 가루로 변하면서 공중으로 흩어진다.
진우, ...!!!

경비 (다가오며, 스페인어) 이봐요, 당신 통제구역에 들어와서 뭐하는 거야?!

진우, 듣지도 않고 손전등 불빛 속에 사라지는 좀비들을 보는...
좀비들 순식간에 사라지더니 시간 카운트다운도 멈추고.
동시에 진우의 모든 상처도 사라지더니..
〈비밀 퀘스트가 중단됩니다〉
진우, ...!

- 제10회 끝 -

✦ 11회 ✦

씬/1 선호의 사무실 (낮)

10회 67, 70씬 中
희주의 당황스런 표정에서

선호 희주씨는 정말로 진우 말을 믿어요?

희주 (표정)

선호 나도 너무 괴로워서 묻는 거예요. 그 말을 믿으면, 우리 회사는 파산할지도 모르거든요. 우리가 지금 1년 동안 천문학적인 돈을 투자해서 만들고 있는 희주씨 동생이 만든 프로그램이, 재앙이라는 뜻인데, 그래서 난 믿고 싶지 않아요. 그 말을 믿으면, 우리 회사는 정말 파산입니다.

희주 (표정)

선호 그리고 그 말을 믿으면 지금 진우가, 죽으러 들어갔다는 뜻이구요.

희주 (...?!!)

선호 (말을 뱉자 더 답답해 머리 헝크는) 하 뭐 이런... 진짜....

희주 그게 무슨 말씀이세요..?

선호 나는 안 믿을 겁니다. 믿으면 회사도 무너지고 내 인생도 다 무너지니까.
차라리 내 친구가 완전히 미쳤다고 생각하는 게 나아요. 희주씨도 지금 동생 찾는 희망 때문에 믿고 싶겠지만 믿지 마세요. 동생은 다른 방법으로 찾아야죠. 이제부터 회사 차원에서 지원도 하겠습니다. 최선을 다할게요. 내가 약속해요. 대신 진우 말을 믿지는 마세요. 진우가 할 수 있는 건 하나도 없어요.

희주　좀 전에 그 말씀이 뭐예요? 죽으러 들어갔다는 게.. 위험하다는 말은 못 들었는데요! 그냥 게임이라고..

선호　(그 말에 대답 안 하고, 계속 딴 얘기하는, 핸드폰을 계속 걸며) 나도 희망을 갖고 믿어보려고 애썼어요, 포기할 수가 없어서. 그 자식이.. 정말 좋은 놈이었거든요. 똑똑하고 재밌고 열정적이고, 그 힘으로 회사가 여기까지 왔어요, 근데 이제는 틀렸어요. 회복할 수 있을 줄 알았는데 안 될 거 같아요, 정훈이도 그래서 지금 거짓말을 하고 있는 거겠죠, 정훈이도 같이한 세월 땜에 안타까워서, 미련을 못 버리고.. (그사이 계속 정훈에게 전화를 걸어보는데 전화 안 받자 너무 속이 터져 핸드폰을 확 던지듯 놓는) 아 씨 이런 진짜...!

희주　(...!)

선호의 핸드폰, 책상을 튕겨 바닥에 떨어지고.
이때 전화벨이 울린다. 〈서정훈〉 이름이 뜨는.

희주　(!!!)

선호　왔네요! (뛰어가 핸드폰을 집어 들어 받는다) 여보세요. 임마 너 왜 전화를 계속 안 받고...! (하다) ....?

희주　(초긴장해서 보고)

선호　여보세요? (스페인어 계속 들리자) 희주씨.. 좀 받아볼래요? 스페인어를 하는데

희주　....!! (바로 핸드폰 넘겨받는다. 스페인어) 여보세요? 네 말씀하세요. 누구세요?

기차역　(스페인어, E) 여기는 그라나다 기차역인데요, 아까 일행을 찾으시던 분인가 해서요.

희주　(스페인어) 아니요.. 여기는 서울인데요. (하다) 네...?

기차역　(스페인어, E) 이 핸드폰 주인이 사망하셨거든요.

희주　(...!!)

선호　누굽니까...?

희주 (할 말을 잃고 보고)

씬/2 제이원 로비 (낮)

희주, 엘리베이터에서 튀어나와 보안문을 지나 뛰어가는

씬/3 도로 + 희주의 차 안 (낮)

도로를 빠르게 달리는 희주의 차.
희주, 운전하며 계속 전화를 걸어보고 있는
〈유진우 대표〉 뜨는데 계속 신호음만 가고 안 받고.

희주 (눈물이 자꾸 나는, 중얼중얼) 제발 제발... 제발..

씬/4 희주 집 앞 (낮)

10회 76씬 中
희주의 차가 와서 끽 서고 희주, 뛰어내린다.
희주, 집으로 뛰어 들어가는

씬/5 희주 집 희주 방 (낮)

10회 79씬에서 이어지는.
희주, 급히 뭔가를 찾는... 예전에 스페인에서 쓰던 박스를 꺼내서 가이드 할 때 쓰던 것들을 모아 놓은 물건들 중에서 급히 수첩을 찾아 뒤지는, 그중에 알함브라 궁전 홍보물들 보이고.
희주, 전화번호를 확인하고 번호를 눌러 전화를 거는, 신호음이 가더니 직원 (스페인어, E) 여보세요.

희주 (스페인어) 여보세요! 디에고? 디에고 맞죠? 나 희주에요, 한국팀 가이드 했던, 기억해요? 맞아요, 오랜만이죠? 아뇨 여기 서울인데, 부탁할 게 있어서요, 사람 좀 찾아줘요, 지금 지하 감옥에 누가 들어갔어요..!

직원 (스페인어, E) 누가? 거기를 왜 들어가?

희주 (스페인어) 나중에 설명할게요! 일단 가봐줘요 제발!! 빨리 안 가면 죽을지도 모른다구요....!

씬/6 그라나다 / 지하 던전 (오전)

10회 엔딩 씬 中
시체 하나가 공격을 하자 진우, 그걸 검으로 겨우 막는 사이에 옆에서 단도로 찌르는 다른 시체. 〈공격을 당했습니다 -200〉
진우, 비틀거리며 뒤로 물러나며 겨우 뿌리치고.. 생명 바는 더 내려간다.
생명력이 거의 없는 상황, 다섯이 다시 진우를 에워싸며 다가가는 순간,
이때, 어디선가 불빛이 새어 들어오며,

경비 (스페인어, E) 저기네, 저기 있네! 이봐요!!

진우 (?!!! 돌아보는)

손전등이 보인다. 진우, ...!!
손전등이 이쪽을 비추면서 시체들을 비추자, 막 공격하려던 시체 이미지들, 갑자기 멈추는.
〈외부의 빛이 감지되었습니다〉
〈지하 감옥에서는 외부의 빛을 사용할 수 없습니다〉
〈게임을 계속하시려면 외부의 빛을 차단하세요〉 진우, ...?!!
몇 개의 손전등이 다가오며 동시에 비추자, 동굴 안 완전히 환해지면서..
진우, 눈부셔 찌푸리고
좀비들 갑자기 희미해지더니 순식간에 가루로 변하면서 공중으로 흩어진다.

진우, ...!!

경비　(다가오며, 스페인어) 이봐요, 당신 통제구역에 들어와서 뭐하는 거야?!

진우, 듣지도 않고 손전등 불빛 속에 사라지는 좀비들을 보는...
좀비들 순식간에 사라지더니 시간 카운트다운도 멈추고.
동시에 진우의 모든 상처도 사라지는..
진우, ...!

씬/7　희주 집 희주 방 (낮)

희주, 초조하게 전화 기다리고 있는데 전화벨이 울린다.

희주　(!! 두려움에 떨며 받는다. 스페인어) 여보세요.. (듣다가, ...!!) 만났어요..? (하다) 살아 있어요...?! (깊은 안도, 울음이 터지며 침대에 털썩 주저앉는다)

영심이 문을 열고 들여다보는

영심　얘 무슨 일이냐? (하다 놀라) 너 우냐? 아니 왜 울어? (들어오며) 왜 그래?
희주　(안도의 눈물 흘리는 모습에)
진우　(NA) 희주가 나를 지하 감옥에서 끌어냈다.
희주의 전화 한 통으로 나는 살았다.

씬/8　그라나다 / 지하 던전 (오전)

손전등 불빛 가까워지며 경비들과 직원이 다가오는

경비　(스페인어) 어이 이봐요, 여기 어떻게 들어왔어요?
진우　(멍해서)

직원 (희주와 통화한 직원, 다가오며 스페인어) 이봐요, 당신 한국 사람이죠? 희주랑 아는 사이 맞아요?

진우 ....

진우 (NA) 그러나 희주가 동생을 만날 기회는 사라졌다.

경비 (진우의 팔을 잡으며, 스페인어) 이 사람이 통제구역에 들어와서 지금 뭐하는..

진우 (갑자기 뿌리치며 사람들을 지나쳐 입구를 향해 가는)

경비 (스페인어) 어이 이봐요? 어딜 가??!

진우, 넋 나간 사람처럼 입구를 향해 사라지고..

씬/9 선호의 사무실 (낮)

멘붕이 되어 소파에 주저앉아 있는 선호. 시계를 계속 보며..

진우 (E) 지금 당장은 안 돼. 지금 서버를 닫으면 내가 세주를 찾을 수가 없거든.

선호, 결정을 못 내리고 답답한데 이때 핸드폰이 울린다,

선호 (! 받는) 여보세요..? 아 희주씨.. 아직 연락 없.. (하다 놀라며) 진우랑 연락됐어요? 나왔어요?!

씬/10 그라나다 / 공원 (오전)

피 묻은 검을 든 채 공원을 가로질러 병원으로 향하고 있는 진우.
한가롭게 산책하는 사람들 사이로 완전히 탈진한 진우 지나가자 사람들, 흘끔거리고. 형석이 죽었던 벤치를 지나가는 진우. 이때 나무 뒤에서 검을 든 전사가 갑자기 튀어나오고, 진우, 그대로 검으로 그어버리고. 피가 튀면서 쓰러지는 전사를 지나쳐 가는데 다시 눈앞에 전사가 나타나고.

씬/11 그라나다 / 병원 뒤뜰 (오전)

5회에 진우가 입원해 있던 병원.
뒤편 정원을 통해 들어오는 진우. 탈진해서 곧 쓰러질 듯.
여기까지 오는 사이에 공격을 받아 여기저기 다시 피에 물든 채로. 진우가 건물을 향해 가는데 어디선가 화살이 핑핑 날아와 진우의 바로 옆, 뒤에 꽂힌다. 진우, 보지도 않고 건물을 향해서 가는.

씬/12 그라나다 / 병원 복도 (오전)

복도로 들어오자마자 눈앞에 다시 전사가 나타난다.
진우, 바로 베어버리고.. 이어서 옆의 복도에서 전사가 나타나 앞을 가로막고.

씬/13 제이원 보안구역 (낮)

선호, 보안문 열고 데이터센터 안으로 급히 뛰어 들어가는

씬/14 데이터센터 관제실 (낮)

모니터들이 여럿 있고, 데이터 시스템과 서버 관리 중인 직원들.
이때 선호가 들어오자

센터직원1 (일어나며) 어 이사님 (인사하려는데)
선호 게임 서버 닫아요!
센터직원1 네?
선호 서버 닫으라고... 빨리!!

센터직원1 어떤 서버를..

선호 그라나다 서울 전부 다!!

직원들 (...??)

씬/15 데이터센터 서버실 (낮)

도서관처럼 서버들로 가득 찬 거대한 데이터센터 일부.
웡 서버 돌아가는 소리와 서버들의 불빛들.
이때 갑자기 서버 전원 불이 하나씩 꺼지기 시작하며 서버들이 꺼지는..

씬/16 연구센터 (낮)

테스터의 렌즈와 연결된 영상으로 모니터 중인 연구원들.
이때 첫 번째 모니터의 영상, 갑자기 끊어지며.
〈서버에 연결할 수 없습니다〉 뜬다. 연구원1, ???

씬/17 광화문 광장 (낮)

한창 테스트 중인 테스터 유저들 여럿과 자객 여럿.
이때 갑자기 자객들 순식간에 사라지고.

유저들 (?? 멈칫하며) 어? / 뭐야?

어리둥절해하는데 동시에 유저들의 검도 손에서 사라진다.

씬/18 제이원 사옥 일각 (낮)

테스트 중인 연구원들끼리 녹슨 철검을 들고 어설프게 결투 중인데 갑자기 둘의 검, 사라진다.

연구원들 어??? (당황해)

씬/19 거리 (낮)

바닥에 검객이 쓰러져 있고. 테스터 유저, 보상으로 받은 금화를 잔뜩 들고 즐거워하는데 금화, 갑자기 사라진다. 유저, ..???
이어서 쓰러진 검객도 사라지고. 유저, 어리둥절해서 두리번거리는.

씬/20 그라나다 / 공원 (오전)

산책하는 사람들 사이를 서성거리던 검을 든 전사 사라지고..

씬/21 그라나다 / 병원 뒤뜰 (오전)

땅에 꽂혀 있던 화살들, 사라진다.

씬/22 그라나다 / 병원 복도 (오전)

바닥에 쓰러진 피투성이의 전사 둘, 갑자기 사라지고. 진우, ...!!
동시에 진우의 검도 손에서 사라진다. 순식간에 복도는 적막이 감돌고.
진우의 눈에 뜨는 메시지. 〈서버에 연결할 수 없습니다〉
진우, ...! 선호가 서버를 닫은 것을 깨닫고..

씬/23 연구센터 (낮)

테스터의 렌즈와 연결된 영상, 모두 끊어진 모니터.
〈서버에 연결할 수 없습니다〉 메시지가 모니터마다 떠 있고.
연구원들 웅성거리는

씬/24 데이터센터 관제실 (낮)

센터직원1 전부 닫았습니다.
선호 .... 오류 모두 확인될 때까지는 무기한 닫는다.
센터직원1 무슨.. 오류가 있습니까..?
선호 (대답 없이 괴로운 표정으로 나간다)
직원들 (??)

씬/25 데이터센터 서버실 (낮)

모든 서버의 불이 다 꺼지고.
깊은 정적이 감도는 서버실 풍경에서.

씬/26 그라나다 / 병원 복도 (오전)

갑작스레 사지에서 벗어난 진우, 잠시 서 있다가...
다시 걸어가려다 멈칫. 아래를 내려다본다.
서버가 멈추자 다시 다리를 절고 있는 자신을 발견하고..
진우, 표정.
차트 들고 오던 간호사가 창백하고 땀에 흠뻑 젖은 진우를 보고

간호사 (붙들며, 스페인어) 이보세요..? 괜찮아요? 도와드려요?

진우 ...... (보는)

씬/27 그라나다 / 시체 안치실 앞 (오전)

스페인 경찰1이 통화하며 안치실에서 나오다가 쳐다보는.
간호사에게 얻은 목발을 짚고 걸어오는 진우.

경찰1 (한국인으로 보이자, 영어) 아, 좀 전에 나랑 통화한 분이죠? 기차역에서 일행 찾던..
진우 (지치고 두려움에 쓰러질 듯한)

씬/28 그라나다 / 시체 안치실 (오전)

진우, 눈앞에서 침대 위의 흰 천이 걷힌다.
정훈의 차갑게 굳은 얼굴이 드러나고.

진우 (표정)
경찰1 (옆에 서서, 영어) 찾던 일행이 맞습니까?
진우 (혹시나 했던 한 가닥 희망도 사라지고) .... (시야, 눈물로 흐려지며 정훈의 얼굴 흐릿해지고)

F.O - F.I

씬/29 그라나다 / 알함브라 궁전의 야경 (밤)

씬/30 그라나다 / 병원 복도 (밤)

검은색 투피스를 입은 희주, 걸어오는..
검은 양복을 입은 선호가 낮게 통화하며, 수행 직원1, 2와 함께 뒤에 따라오고 있다.

희주 (오랜만에 오는 익숙한 병원이다. 갈림길에서 뒤를 돌아보며) 이쪽으로 오세요.
선호 네. (핸드폰 끊고 따라오며) 여기 작년에 진우가 입원했던 병원 아닙니까?
희주 네 맞아요.
선호 (착잡한) 좀.. 좋은 일로 와야 되는데 매번 이런 일로만 그라나다에 오네요.
희주 .....

씬/31 그라나다 / 시체 안치실 앞 (밤)

희주가 시체 안치실 쪽으로 오다가 우는 소리에 멈칫.
그 앞에 먼저 도착한 정훈의 가족들이 대성통곡하며 울고 있다.
지사에서 나온 직원들 몇이 서 있고, 정훈의 부모, 여동생과 여자 친구가 넋 놓고 울고 있는.

정훈모 (통곡하며) 내가 사표 쓰라고 한 지가 언젠데!! 때려치우라고 수십 번 했는데 말을 안 들어먹고 이 꼴이 이게 뭐냐고!! 미친놈을 상사로 모시다간 사단이 날 거라고 내가 그랬다구...!! 어쩌면 좋아...! 어쩌냐구..!! 정훈아...!
정훈가족들 (모두 울고)
희주 (차마 다가가지 못하고 서서, 눈물이 먼저, ...!)
선호 (따라오다가 그 광경을 보고, ...!)
직원1 (선호를 보고 얼른 와서 인사) 이사님.
선호 (매무새 만지며 바로 그쪽으로 가는)
직원1 (가족들에게 가서) 저.. 박선호 이사님이십니다. 서울에서 지금 오셨습니다.
정훈가족들 (다 쳐다보고)
선호 (고개 숙이며) 얼마나 상심이 크십니까.. 저도 너무 놀라서..
정훈모 당신네 사장이 우리 아들을 죽였어요!! 당신네 사장이....!!

그놈이 완전히 미쳐버려서 내 아들을 여기까지 끌고 와서 죽였다고요!!

희주 (....!)

정훈부 (울며) 여보 그만해..

정훈모 담달에 결혼하는 애를 왜 여기까지 끌고 와서!! 뭘 한다고 도대체 여기 와서!! 이게 왜 사고사야! 이건 살인이야! 당신네 사장이 이랬다구요!! 어떡할 거야 내 아들!! 살려내라구요!!

희주 (마음이 찢어지는, 어쩔 줄 모르고 보고 서서)

직원들 (정훈모를 말리고) 진정하시구.. / 이사님은 도와주러 오신 겁니다.

선호 죄송합니다. 아직 제가 경위 파악을 제대로 못해서. 드릴 말씀이 없습니다.

정훈부 일루 와, 당신 일루 와..

정훈모 내 아들 죽여놓고 보이지도 않아 이 인간!!! 어디 갔어?!! 나오라고 해!!

직원과 가족들이 울부짖는 정훈모를 끌고 가고..

선호 (침통한, 남아 있는 직원1에게) 유대표는 좀 어때?

직원1 그게 대표님이.. (하다) 사라지셨습니다.

희주 (..?!)

선호 뭐..? 탈진해서 주사 맞고 있다고 했잖아?

직원1 그랬는데 나중에 가보니까 병실에 안 계셔서.. 지금 다들 찾고 있는 중입니다.

희주 (....!)

선호 사라진 게 언제야?

직원1 오전에요. 한참 됐습니다.

선호 ..... (난감하고) 알았어. 정훈이부터 보고. (하고 희주에게) 희주씨는 들어오지 마세요. (직원1이 문 열어주자 수행 직원들과 함께 들어가고)

희주 (표정)

씬/32 그라나다 / 병원 입원실 (밤)

희주, 문을 열고 들어오는데 침대 비어 있다.

맞다 만 수액이 걸려 있고 환자복도 의자에 걸쳐놓고. 진우의 가방도 그대로.
희주, ...!

씬/33 그라나다 / 병원 복도 (밤)

희주, 나와서 두리번거리며 핸드폰을 거는.
신호음만 가고 진우는 또 전화 받지 않고. 희주, 어디론가 뛰어가는

씬/34 그라나다 / 카페 알카사바 (밤)

디졸브로 희주, 문을 벌컥 열고 들어오는.
취객 무리들과 음악 소리로 시끄러운 밤의 카페 안.
두리번거리며 찾지만 진우는 없고.

씬/35 그라나다 / 공원 (밤)

디졸브로 가로등 켜진 스산한 공원을 헤매는 희주.
어둠 속을 두리번거리며 나무들 사이를 지나치며...
디졸브로. 어느덧 형석이 죽었던 그 공터와 벤치가 나온다.
희주, 어디로 가서 더 찾아야 할지 모르겠는..
희주, 다시 전화를 걸어본다. 여전히 신호음만 가고 받지 않고.
애가 타서 전화를 끊고는 메시지를 남긴다.
〈어디 있어요? 저 그라나다에 왔어요. 걱정돼요. 제발 연락 좀 줘요..〉
하고 전송하려다 덧붙이는.
〈보고 싶어요.〉
전송하는데 눈물이 핸드폰에 툭 떨어지고.
더 갈 곳이 없어 벤치에 털썩 앉아서 눈물 닦던 희주, 이때 핸드폰이 울린다.

희주 (!!! 바로 전화를 받는) 여보세요...?!

씬/36 택시 안 (새벽) + 그라나다 / 공원 (밤)

진우, 택시 뒷좌석에 앉아 있다. (주변이 어디인지 잘 안 보이고)
진우, 지칠 대로 지쳐, 곧 쓰러질 것 같고..

희주 (E) 여보세요? 지금 어디에요?!
진우 ....
희주 괜찮아요? 어디 있어요?
진우 왜 거기까지 갔어요?
희주 어디냐구요?
진우 그냥 집에 있으랬더니. 동생 만나게 될 줄 알고요?
희주 (표정)
진우 헛걸음했네. 세주는 못 찾았어요. 정훈이는 죽었고.
희주 (표정)
진우 퀘스트는 못 끝냈고. 최악 중에 최악이죠.. 이보다 더 나쁠 수는 없는..
희주 내가 그랬어요!
진우 (....?)
희주 내가 알함브라에 전화했어요..! 좀 찾아달라고. 대표님까지 죽을까 봐요.
진우 (.....!)
희주 세주는 이제 내가 찾을게요. 내 동생이잖아요.
진우 (표정)
희주 그만해요 이제.
진우 ....
희주 이제 그만 쉬어요. 제발 그만해요.
진우 (희주의 그 위로의 말에, 자괴감만 더하고)
희주 여보세요..? 듣고 있어요?
진우 아직... 안 끝났어요.
희주 (....!)

진우 　난 안 끝났어, 이 게임.. 아직 끝난 거 아녜요,
희주 　지금 어디예요? 내가 그리 갈게요. (하다) 여보세요..? (끊어져 있자) ....!

씬/37 택시 안 (새벽)

진우, 전화를 끊고, 다시 전화번호를 찾아 어디론가 건다.
슬픔과 흥분과 광기에 사로잡힌 눈빛, 단 한숨도 못 자고 서울까지 날아온.
지쳐 손도 떨리고.

씬/38 그라나다 / 시체 안치실 앞 (밤)

안치실에서 나온 선호, 안경을 벗고 손수건으로 눈물을 닦아내는.
수행 직원들과 지사 직원1이 따라 나오고.

선호 　유대표 좀 빨리 찾아. 또 무슨 일 치르기 전에.
수행직원들 　네.. (후다닥 가고)
선호 　(의자에 털썩 주저앉는)
지사직원1 (옆에 와) 의사 소견으로는 뇌출혈이 직접 사인인 거 같답니다.
아마 넘어지면서 머리를 부딪친 거 같습니다.
선호 　...... 렌즈를 안 끼고 있었다는 게 사실이에요?
지사직원1 네. 발견 당시에 스마트 렌즈는 없었습니다.

〈회상 인서트〉

C#1 　그라나다 / 기차역 플랫폼 (10회 7씬 中)

정훈이 급히 렌즈를 집어던지는 장면.

지사직원1 (E) 렌즈도 안 끼고 있었고..

C#2 그라나다 / 기차역사 주변 (10회 71씬 中)

경찰에 의해 발견된 정훈의 시신.

지사직원1 (E) 로그아웃 위치도 시신이 발견된 장소와 다릅니다.

선호, 지쳐서 그저 듣고 있는..

지사직원1 게임 중에 사고를 당한 거 같지는 않습니다. 다행이죠.
일단은 단순 사고사로 보입니다만 왜 거기까지 뛰어갔는지는 잘..
선호 ..... (판단이 안 서는, 갈수록 오리무중이고)

이때 핸드폰이 울리는. 〈한정욱 데이터센터장〉 이름이 뜨는.

선호 잠시만. (핸드폰을 보고 받는)
지사직원1 네. (도로 들어가는)
선호 여보세요.
센터장 (E) 이사님. 접니다. 통화 가능하십니까?
선호 네. 무슨 일이에요?
센터장 (E) 어제 이사님께서 서버를 무기한 닫으라고 하셨잖습니까.
그런데 지금 대표님이 서버를 다시 열라고 하신다는데 어떡해야 할지.
선호 (?!) 그게 무슨 소리에요?

씬/39 데이터센터 관제실 (아침) + 그라나다 / 시체 안치실 앞 (밤)

센터 직원1, 핸드폰이 울리자 받는다.

센터직원1 네 이사님. 어떻게 해야 되나요? 서버를 열까요?
선호 유대표가 언제 전화했어?

센터직원1 조금 전에요.

선호 어디서 전화를 한 건데?

센터직원1 그건 저도 모르겠습니다.. 그냥 전화하셔서 당장 열라고 하셔서.
일단 센터장님께 제가 보고를..

선호 놔둬.

센터직원1 닫아둡니까?

선호 닫아둬. 아직 조사 중이야.

센터직원1 네 알겠습니다.

선호 그리고 유대표 다시 전화하면 나한테 바로 연락해.
지금 어디서 전화를 하는 건지 물어보고 (하는데)

센터직원1 (?! 문 쪽을 보고) 어, 저기 오시는데요?

선호 (...?)

진우, 지팡이 짚고 문을 열고 나타나는.
직원들, 다 돌아보고..

진우 서버 열라는데 뭐하고 있어?

선호 (목소리가 들리자...?!) 지금 누구야? 설마 유대표야?

센터직원1 네 지금 여기 오셨습니다.

선호 (?!)

씬/40 제이원 회의실 (아침)

병준이 이사1, 2, 3의 이야기를 듣고 있다.

이사1 모든 프로세스 내리고 로그 파일에서 이상 징후들 샅샅이 뒤졌는데 이상을 발견 못했습니다. 페이털(fatal)과 에러(error) 이상 징후 없습니다. 데드락 잡혀 있는 상황도 찾을 수 없었구요. DB 쪽도 슬로우 쿼리나 락 잡혀 있는 쿼리 로그는 전혀 없고요. 간단하게 말씀드리면 지극히 정상입니다.

병준 ......

이사1 렌즈도 프로그램, 시스템적으로 문제를 발견 못했고, 게임 클라이언트 변조 한 흔적도 없었고요.

이사2 테스트에 참여한 유저들 100명이 3개월 동안 매일 로그인을 했는데 대표님 외에는 누구도 이상을 호소한 적이 없습니다.

병준 그런데 서버를 닫을 이유가 뭔가? 어떤 근거도 없는데?

이사1 박이사님께서 일단 1퍼센트의 확률이라도 있으면 점검해야 한다는 입장이 시라서요. 대표님이랑 이사님이 귀국하시면 결정할 문제 같습니다.

병준 ....

이때 노크 소리와 함께 여직원 문을 여는

여직원 저.. 대표님이 지금 회사에 오셨는데요.

일동 (모두 돌아보는)

이사1 뭔 소리야? 지금 스페인에 계실 텐데

비서 지금 막 오셨답니다. 로비에서 대표님이 올라가셨다고 연락이 와서

병준 (...?!)

씬/41 데이터센터 관제실 (아침) + 그라나다 / 시체 안치실 앞 (밤)

진우 (다가오며) 서버 당장 열라고.

센터직원1 근데.. 지금 이사님께서 회사 방침이 닫아두라고

진우 회사 방침이 누구 방침이야? 내가 대푠데.

센터직원1 아 네.. (기에 눌려)

선호, 핸드폰 귀에 대고 듣고 있는데

센터직원1 (E) 그럼 지금 열겠습니다.

선호 (그 소리에 벌떡 일어나며 버럭) 잠깐만, 그냥 두고 바꿔!

센터직원1 네?

선호 (E) 유대표 좀 바꿔!!

센터직원1 아 네.. (난감한, 핸드폰을 주며) 박이사님이십니다.

진우 ......

선호 (서성거리며 기다리다가)

진우 (E) 여보세요.

선호 (!!) 너 임마 어떻게 된 거야 도대체?

진우 서버를 열라고 했더니 내 말을 안 듣네.

선호 너 괜찮아? 쓰러졌다는 놈이 어딜 갔나 했더니 언제 서울에 돌아가서, 왜 거기를 갔어?!

진우 레벨 업 해야 돼서.

선호 뭐...?

진우 근데 서버를 닫았잖아, 레벨 업이 급한데.

직원들 (그 소리에 황당해 서로 시선 교환)

선호 야 임마, 무슨 레벨 업.. 서버는 니가 닫으라고 해서 닫은 거잖아!!
니가 나한테 유언장까지 보냈잖냐!!

진우 난 퀘스트가 끝나면 닫으라고 했었지.

선호 그래! 그 퀘스트가 끝나서 닫은 거 아냐! 그렇지만 실패한 거고!!
뭘 어쩌라는 거야?!

진우 아직 안 끝났어. 아직 실패한 거 아냐

선호 뭐...?

진우 퀘스트 아직 안 끝났다고. 난 지금 진행 중이야.

선호 (표정)

씬/42 회상 - 그라나다 / 지하 던전 (오전)

10회 68씬의 어느 장면에서 시작하는.
진우, 계속해서 검을 휘두르며 전진하며 간헐적으로 나타나는 좀비들을 상대하는 컷컷컷. 도끼나 단도를 든 좀비들에게 공격을 당하기도 하고 순간 피가 튀는. 시간은 점점 줄어들고 끝도 없이 똑같아 보이는 길이 이어진다.
〈1시간 12분 20초 남았습니다〉
〈58분 22초 남았습니다〉

생명 바 이미 3분의 1밖에 안 남은.

씬/43 회상 - 그라나다 / 지하 던전의 끝 (오전)

진우, 좀비 하나를 해치우고 나자 얼굴에 피가 튀고.
진우, 헐떡거리며 전진하다가 멈칫. 당황스런 표정이 되는.
동굴의 끝에 쇠창살이 보인다.
감옥처럼 쇠창살이 나 있고 그 뒤로 작은 공간이 있는.
그러나 세주는 없고.
진우, 쇠창살을 만져보는.. 흔들어봐도 어림없고 창살에는 문도 열쇠도 없고.
그 너머 공간에도 세주의 흔적은 없는.
〈던전의 끝입니다 돌아가시겠습니까?〉 진우, 표정.

진우 (E) 도중에 실패한 건 아냐. 나는 지하 감옥 끝까지 갔었어.

진우, 너무 당황스러워서.... 주변을 다시 두리번거린다.

진우 (E) 다만 세주를 못 찾았던 거지.

진우, 너무 허탈해서 숨을 고르며 잠시 서서...
진우, 다시 돌아가려다가 문득 이상한 기분에 돌아보고, 표정 변하는.
조금 전까지 아무것도 없던 창살 너머 공간의 바닥에 열쇠 하나가 떨어져 있다.
진우, ...?!
〈아이템을 발견했습니다〉
진우, 창살 사이로 겨우 손을 뻗자 손끝에 열쇠가 닿고.
손가락으로 잡아채자 어둠 속에서도 반짝이는 황금빛 열쇠가 손에 집힌다.
〈master님의 특수 아이템을 획득했습니다〉
〈사용 용도 - ? 사용 조건 - 100레벨 이상〉
진우, 표정.

씬/44 그라나다 / 시체 안치실 (밤) + 데이터센터 관제실 (아침)

선호 (.....!)

진우 (눈빛은 광기로 빛나며) 세주는 못 찾았지만 걔가 남긴 게 있었어. 100레벨 이상만 쓸 수 있더라구, 그러니까 다시 레벨 업을 해야지, 아직 내가 진 게 아니야, 이 퀘스트는 못 끝냈지만 다음 퀘스트로 갈 수 있겠지

선호 (기막혀 듣다) 너 임마.. 너 정말로 미쳤구나..
설마설마했는데 너 진짜 미쳤어.

진우 나는 안 미쳤어.

선호 임마 정훈이가 죽었다! 너를 따라나섰다가 진짜로 죽었어!! 내가 지금 시신을 보고 나왔는데...! 그런데 너는 그 수습도 안 하고 도망가서 퀘스트 얘기를 하고 있냐? 지금 퀘스트 끝을 보는 게 중요해 이 자식아?! 너 제정신이냐?

진우 정훈이가 죽었으니까 끝까지 해야지. 여기서 끝내면 그 자식은 왜 죽은 건데..?

선호 아무도 본 적도 없고 증명도 못하는 퀘스트?! 니가 기다려달라고 했지? 증명하겠다고! 말 안 되는 소리지만 난 의리로 기다렸다! 니 유언대로 서버도 닫았어! 그런데 지금 뭐냐?! 넌 어떤 증명도 못했어! 정훈이가 NPC들한테 죽었다고? 아니야, 정훈이는 넘어져서 뇌출혈로 죽었단다!! 그게 의사 소견이야!

진우 ......

선호 게임에 열중하다 넘어졌을 수도 있지, 게임이 문제가 있다면 그뿐이야! 아니 문제가 없으니 얼마나 다행이냐!! 근데 또 뭐야? 뭐가 더 있다는 거야?! 세주도 거기 가면 찾을 수 있을 거라고 자신했었잖냐? 근데 못 찾았으면 끝난 거야 이 자식아! 지금 증명됐잖냐! 전부 다 니 망상이라고! 이제 포기하고 인정해!

진우 난... 인정 못해.

선호 (....!)

진우 난 포기 안 해. 난 아직 안 끝났어.

선호 (절망의 한숨) 잘 들어. 나는 이제 니 편 아니다. 너는 진짜로 미친 거였어, 문

제가 있다면 그거네, 너는 그냥 게임 중독자였어, 니가 우리 회사를 골로 보낼 거야.

진우 (더 이상 듣지 않고 직원1에게) 열라고! 뭐해?

선호 (버럭) 열면 가만 안 둘 줄 알아!!

선호의 목소리가 다 들리고.. 센터 직원1, 버튼 누르려다 멈칫하는.
격해지며 둘 다의 눈에 눈물이 맺히고..

선호 너는 이제 어떤 결정도 내리면 안 되겠다. 너는 너무 위험해. 직원 바꿔.

진우 (핸드폰 꺼버리는)

선호 여보세요..! (....!)

진우 나와.

센터직원1 (머뭇거리자)

진우 (바로 멱살을 확 잡는)

직원들 (??!!)

씬/45 데이터센터 관제실 앞 (아침)

병준, 관제실로 급히 향하고 있다. 뒤에 같이 회의하던 이사들이 따라가고..

씬/46 데이터센터 관제실 (아침)

병준이 들어왔다가 광경을 보고 발걸음 멈추는.
직원들이 진우를 부축해서 일으키고 있는 '대표님?' '정신 차리세요!'
몸싸움이 있었던 듯, 의자 하나는 넘어져 있고 종이들도 떨어져 있고 직원1은 넘어져서 아파하며..

이사1 왜 이래요?

직원들 (놀라 돌아보고)

병준 ..... 무슨 일인가?
센터직원2 대표님이 서버를 열라고.. 안 여니까 주먹질을 하셔서요..
이사들 (....!)
병준 ......
센터직원2 그러다 쓰러지셔서.. 어디 편찮으신 거 같습니다.
병준 (차분히 직원1에게) 다친 데는 없어요?
센터직원1 (얼른 일어나며) 네 괜찮습니다.
병준 누가 주치의 좀 부르지.
이사2 네.. (바로 전화 걸며 급히 나가고)
진우 (축 늘어져서 의자에 쓰러지듯 앉아 있는)
병준 다들 좀 나가 있어요.
이사1 일단 대표님 방으로 옮기는 게..
병준 잠깐만 좀 나가 있어. 할 얘기가 있어서.
이사1 아 네...

일동, 모두 웅성거리며 급히 나가고..
문이 닫히고 비로소 조용해지자 병준, 진우의 앞으로 가는.

병준 ..... (차분히) 진우야.
진우 .....
병준 진우야.
진우 (정신을 잃어가다가 겨우 눈을 뜬다)
병준 ......
진우 (병준을 알아보고, 정신 차리고 보자)
병준 (바로 가차 없이 따귀를 날리는)
진우 (...!)
병준 (이어서 반대편을 때리고)
진우 ......

이성을 잃고 광기에 들떠 있던 정신에, 갑자기 찬물을 끼얹은 듯.

병준 ....

진우 (아무런 대항도, 할 말도 생각나지 않고, 그저 쏘아보며)

병준 너를 믿고 기다린 결론이 이거냐?

진우 ....

병준 니가 거기까지 가서 증명한 게 뭔지 아냐?
니가 정말 미쳤다는 것만 세상에 증명했다. 이제는 누구도 막아줄 수 없어.

진우 ......

병준 내가 내 아들을 버리고 며느리를 내치고 너를 택한 결론이 이거야?
세상에 이런 배신이 있냐?

진우 ......

병준 분하냐..? 나는 내가 분하다. 내 인생은 완전히 실패했다.
너희들이 돌아가면서 내 인생을 쓰레기로 만들고 있어.

진우 ......

병준 더 이상 직원들한테 명령하지 마라. 니 말은 이제 아무도 안 들을 거다.
곧 쫓겨날 보스 말을 누가 듣겠냐?

진우 ......

병준 기억해라. 니가 우리 믿음을 배신한 거야.

진우 (표정)

병준 배신자는 너다.

진우, 똑똑히 기억하고 있다. 병준이 형석에게도 같은 말을 했던 순간을.

씬/47 회상 - 진우의 사무실 (낮)

5회 23씬 C#1 中
진우와 선호가 보는 앞에서, 병준, 나가는 형석을 향해

병준 나가는 건 너다. 지금 여기서 분명히 해.

형석 (나가다 멈칫)

병준 회사는 니가 나가는 거야 알겠어? 배신자는 너다.

형석 (표정)

씬/48 데이터센터 관제실 (오전)

진우의 시선에... 등 돌리고 가버리는 병준이 보인다.
문 쾅 닫히고. 진우, 완전히 맥 풀리고 지쳐 눈을 감는

씬/49 데이터센터 관제실 앞 (오전)

병준, 나오는. 직원들과 이사 몇, 안절부절, 수군거리다가 보고

병준 ......
일동 (동시에 병준을 쳐다보고)
병준 (차분히) 유대표 부축해서 방으로 좀 데려가지. 정신 들었는데.
직원들 네.. (우르르 들어가고)
이사1 (한쪽에서 통화하고 있다가 건네며) 교수님. 박이사님입니다.
병준 (받아 들며 간다) 여보세요.

씬/50 그라나다 / 시체 안치실 앞 (밤) + 제이원 복도 (오전)

선호 (너무 괴로운) 접니다.. 진우는..
병준 내가 뭐라고 했냐? 시간 낭비라고 했지.
선호 (....!)
병준 이사회 소집하자.
선호 (표정)
병준 의리 따지는 니가 거기 있는 게 차라리 잘됐다.
넌 입장 곤란할 테니 그냥 거기 있어라. 결정은 우리가 할 테니까.

씬/51 그라나다 / 시체 안치실 앞 (밤)

선호, 전화를 끊고, 멍하고 복잡한 표정으로..

씬/52 제이원 복도 (오전)

병준, 복도를 걸어가는 모습에..
F.O - F.I

씬/53 몽타주

뉴스 앵커 목소리 점차 커지며..

C#1 뉴스 / 기차역과 그 아래 시신이 있는 그림과 함께

앵커 지난 3일, 스페인 그라나다 기차역 부근에서 변사체로 발견된 한국인의 신원이 제이원 유진우 대표의 수행 비서인 서정훈씨로 밝혀졌습니다. 서씨는 개인 용무차 그라나다를 방문한 유대표를 수행 중 사고를 당한 것으로 알려졌으며...

C#2 뉴스 / 진우의 사진과 스페인 지도 나오며

여자앵커 제이원 유진우 대표가 스페인 그라나다의 세계적 관광명소 알함브라 궁전의 통제구역에 무단 침입해 소동을 피운 사실이 뒤늦게 알려졌습니다.

C#3 뉴스 / 알함브라 궁전의 자료화면 지나가며

기자 유씨는 현지 시각으로 지난 3일 오전, 알함브라 궁전의 옛 지하 감옥 터에

서 직원들에 의해 발견되었으나 경찰 조사를 거부하고 귀국했는데요, 제이원 측은 개인 관광 중에 길을 잃어 일어난 사고일 뿐이며 같은 날 발생한 수행 비서의 사망과는 관련 없다는 입장을 밝혔으나 의혹은 쉽게 가라앉지 않고 있습니다.

C#4 뉴스 / 주식 시황과 진우의 자료화면, 제이원 사옥, 연구센터 등 화면이 지나가며

리포터 오늘의 주식 시황입니다. 유진우 대표 해임 건으로 오늘 오후 2시 긴급 이사회가 열린다는 소식과 함께 제이원의 주가가 요동을 치고 있습니다. 2004년 창립 이후 지금까지 제이원의 대표직을 맡아온 유진우씨는 지난해 건물 6층에서 추락하는 사고를 당한 이후 꾸준히 건강 이상설에 시달려왔습니다.

C#5 수진의 진료실 (낮)

가운 벗고 나갈 준비하던 수진, 뉴스에 시선이 고정되어..

리포터 또 갖가지 기행에 관한 소문도 끊이지 않아 지난 1년 동안 제이원 주가 하락의 주요인으로 지적돼왔는데요..

수진 (표정에)

C#6 이사회 회의실 (낮)

진우와 선호를 제외한 이사회 임원 11명 앉아 있다. 이 중에 이사들도 있고. 병준, 의장석에 앉아 있고.

병준 (자료를 읽고 있는) 사고 후 8개월 동안 미국에서 정신과 치료를 받으며 자이프렉사, 인베가를 투여받았으나 그 증세가 점차 악화된 것을 확인했습니다. 투여량을 두 배 이상으로 늘렸음에도 차도를 보이지 않자 3개월 전에 자의적으로 치료를 거부하고 서울로 돌아왔으며...

디졸브로

병준 치료와 처방을 받지 않고 방치된 상태가 수개월 지속되면서, 망상 증세가 심화되고 사회적 기능이 매우 저하된 상태로 판단되어 시급한 입원 치료가 필요하다고 판단된다는 주치의의 소견이 있었고...

디졸브로

병준 (자료 내려놓고) 이러한 이유로 현재 유진우 대표의 건강 상태가, 회사의 중대한 결정을 내리는 책임지는 위치에 있기에는 어려움이 있다고 판단하여.. 저는 의장으로서, 안타깝지만 유대표의 해임을 요청하는 바입니다.

디졸브로

사회 유진우 대표 해임 안건 찬반을 결정하겠습니다.
찬성하시는 분들은 손을 들어주십시오.

병준과 이사들1, 2, 3, 4, 5, 6, 7, 8 바로 손을 든다.

사회 이사 13명 중 11명이 참석, 그중 9분이 찬성하시어 유진우 대표 해임안은 가결되었습니다. (하고) 다음은 새 대표 선임에 관한 건입니다.

C#7 진우의 사무실 (낮)

비서진이 진우 물건을 정리하고 있다.
책상 위의 진우 명패를 치우는

기자 (E) 제이원 그룹은 어제 긴급 이사회를 갖고 건강상의 사유로 유진우 대표를 해임하고 박선호 경영전략 이사를 새 대표로 선임했습니다.

C#8 뉴스 / 제이원 사옥 앞 (낮)

귀국한 선호, 차에서 내려 제이원 사옥으로 들어가려는데 기자들이 기다리고 있다 따라붙으며 질문을 퍼붓는 모습에..

기자 (E) 박선호 신임 대표는 제이원 창립 멤버 중 한 명으로 2001년 한국대학교 경영학과를 졸업 후 유진우 전 대표, 고인이 된 차형석 전 뉴워드 대표와 함께 제이원을 창립한 이후 회사의 성장 전략과 재무관리를 전담해온 경제통으로, 그동안 후방에서 제이원 그룹의 성장을 이끌어온 핵심 인력으로 알려져 있습니다..

F.O – F.I

씬/54 진우의 꿈 몽타주

C#1 그라나다 / 병원 입원실 (5회 22씬과 같은 장면)

의식을 잃었다가 얼핏 깨는 진우.
정훈이 머리를 감싸고 소파에 앉아 있는 모습이 흐릿하게 보이는.
머리 감싸고 고개 숙인 정훈, 울고 있는 듯 보인다.
그 모습 보며 잠이 들고..
다시 훌쩍이는 소리에 눈을 떴을 때 정훈, 눈물 닦고 있는.

진우 (겨우, 힘없이) 내가 죽어..?
정훈 (?! 고개 번쩍 드는)
진우 내가 죽는대...?
정훈 아니요...!
진우 근데 왜 울어.
정훈 아니요.. 안 웁니다..! (눈물 닦으며 후다닥 오는)

C#2 미국 / 병원 입원실 (8회 13씬 C#1 中)

정훈, 들어오는데 침대에 진우가 없고.
정훈, ...! 찾으려 나가려다가 침대 아래 쓰러져 있는 진우를 발견한다.

정훈 (...! 바로 달려가는, 기절한 진우를 깨우며) 대표님...! 대표님..!!

C#3 미국 / 병원 입원실 (8회 13씬 C#1에서 이어지는)

링거 꽂고 누워 있던 진우가 깼을 때,
정훈, 옆 의자에 앉아 한숨 푹푹 쉬고 있는..

진우 (보자)
정훈 어, 좀 어떠세요? (얼른 눈물 닦는)
진우 (힘없이) 너 또 우냐..?
정훈 아닙니다.
진우 너 나 좋아하냐?
정훈 네?
진우 왜 자꾸 울고 청승 떨고 난리야? 느끼하게..
정훈 저 여자 친구 있습니다.
진우 계속 그럴 거면 사표 쓰고 돌아가.
정훈 쓰라면 진짜 써요.
진우 제발 쓰고 집에 가. 소원이다. (눈 감는)
정훈 혼자는 안 갑니다.
진우 무슨 고집이야?
정훈 나아지실 거니까요.
진우 (그 말에 다시 눈을 뜨는)
정훈 꼭 나아지실 겁니다. 전 걱정 안 해요. (하며 눈물 닦자)
진우 ..... (보다) 너 남자 맞아..? 덩치는 산만 한 놈이.. 쪽팔리게..
정훈 (우기듯) 안 울어요. (하는데 더 눈물이 나는)

씬/55 레지던스 호텔 침실 (낮)

초인종 소리에 퍼뜩 꿈에서 깨는 진우.
눈가는 눈물에 젖어 있고.. 진우, 침대에 늘어져 누워 있다.
전날 장례식 끝난 후. 와이셔츠에 검은 넥타이도 풀다 만 채로.
침대 밑에는 빈 술병이 뒹굴고 있고. 침탁 위에도 마시다 만 술이 있는.
주삿바늘 빼서 던져놓은 수액이 방바닥에 떨어져 있고..
초인종 다시 울리는데 진우, 꼼짝도 않고 누워 있는
잠시 후, 카드 키 소리가 나고 이어서 문 열리는 소리가 들리자 진우, 그제야 눈가의 눈물을 닦아내는.

씬/56 레지던스 호텔 거실 (낮)

목에 신분증을 건 양주가 거실로 조심스레 들어오는.

양주 (돌아보며) 들어오세요.

뒤따라 들어온 희주, 현관에 서서 차마 못 들어가고.

양주 대표님...? (조심스럽게 두리번거리며 가는)

씬/57 레지던스 호텔 침실 (낮)

양주, 문을 조심스레 열고 들여다보는.
진우, 침대에 앉아 술병의 남은 술을 비우고 있는

양주 (진우가 쳐다보고 있자 안도하며) 아... 대표님 저 왔습니다?
진우 누가 대표야..?
양주 (움찔)
진우 여길 어떻게 들어왔어?

양주 비서팀에서 카드를 줘서요, 박이사님이.. 아니 박대표님.. 아니.. (눈치 보며 횡설수설) 하여튼 가보라고 하셔서. 연락이 안 된다고

진우 ......

양주 (무슨 말을 해야 될지 몰라 안절부절, 퍼뜩) 아 참, 정희주씨도 오셨는데.

진우 (...! 그 말에, 문을 보는)

씬/58 레지던스 호텔 거실 (낮)

희주, 불안해 못 들어가고 서 있는데 양주가 문을 닫고 나오며

양주 깨셨어요. 괜찮으신데요.

희주 (....!)

양주 들어오세요.

희주 (비로소 안도하고)

양주 아.. 놀래서 급한데 그냥 달려왔네.. 저 화장실 좀 (하고 두리번거리며 화장실 찾아 들어가고)

희주, 그제야 구두를 벗고 들어오는.
들어오다 발에 걸리는 술병에 멈칫. 내려다보면 여기저기 바닥에 굴러다니는 술병들이 있고. 희주, 표정.
소파 탁자에는 약병이 넘어져 약들이 쏟아져 있고. 희주, 말없이 술병들을 하나씩 줍는다. 술병들과 술잔을 주방 싱크대에 갖다 놓는데

진우 (E) 뭘 좀 찾았어요?

희주 (....! 돌아보는)

진우가 지팡이 짚고 문가에 서 있는.

희주 (.....!)

진우 ....

희주 (초췌한 모습에 마음이 아프고)

진우 언제 돌아왔어요?

희주 .... 아침에요. 집에 들렀다가 와봤어요.

진우 찾은 게 있어요? 세주는..

희주 아뇨.. 아직. 그래도 많이 알아보고.. 세주 친구들도 다 만났고요. 바르셀로나에도 가봤고요. 박이사님이 지사에 연락해놓으셔서 도움을 많이 받았어요. 이제 소식을 기다려봐야죠..

진우 형이 나보다 낫네요.

희주 ....

진우 (자조적인) 그 형이 뭘 하든 나보다 나을 거예요. 그 형은 정상이거든요.

희주 ....

이때 양주가 화장실에서 나오는

양주 저기.. 나가서 식사하시죠. 이사님이 뭐 좀 드시게 하라고..

진우 생각 없어.

양주 꼭 드시게 하랬는데요.

희주 같이 나가요. 저도 아직 안 먹었어요. 배고파요.

진우 둘이 나가서 먹어요.

양주 저희 둘이요?

진우 뭐하러 여기까지 왔어요. 피곤할 텐데. 가서 쉬어요. (하고 들어가버리는, 문 닫히고)

희주 (표정)

양주 (눈치 살피며) 안 나가실 거 같죠...?

희주 ....

씬/59 레지던스 호텔 현관 (낮)

양주와 희주가 나오는데 희주, 문을 닫으려다 멈칫.

양주	(난감한) 뭘 드실래요..? 밑에 내려가서 먹을까요?
희주	(걱정이 돼서 안 되겠는) 먼저 가세요.
양주	네?
희주	(도로 들어가는)
양주	(??)

씬/60 레지던스 호텔 침실 (낮 - 밤)

진우, 침대에 걸터앉아 마시다 남은 술병을 집어 드는.
이때 밖에서 노크 소리가 들리고.

희주	(E) 들어가도 돼요?
진우	(....!)

희주, 문을 열고 들여다보는

진우	안 갔어요?
희주	(애써 밝게) 오늘 제 생일이에요.
진우	(표정)
희주	생일인데 할머니가 끓여준 미역국도 안 먹고 여기 온 거예요.
그러니까 밥은 사줄 수 있잖아요.
진우	......
희주	(다가와서 진우 손의 술병을 뺏는)
진우	(표정)
희주	씻고 옷 갈아입으세요. 밖에서 기다릴게요. (밝게 얘기하고 나가려는데)
진우	우리가 무슨 사이에요?
희주	(돌아보는)
진우	생일은 애인이랑 보내야 되는 거 아네요? 우리가 애인 사이라도 되나?
희주	(표정)
진우	우리가 그래요? 내가 그때 프로포즈를 했었던가? 아닌데. 난 기억에 없는데.

희주 ......

진우 혹시 민주한테 세뇌당해서 착각하는 거 아녜요?

희주 참 못되게 말씀하시네요. 꼭 무슨 사이여야 돼요? 그런 게 어디 있어요. 그냥 생일 축하해주면 안 돼요?

진우 생일 축하해요.

희주 (표정)

진우 (자조적인) 내 걱정해서 그런 건 알겠는데.., 그건 고마운데, 오늘은 도저히 안 되겠어요. 나중에 살게요.

희주 .....

진우 잘 가요. (털썩 눕는)

희주 (물끄러미 보다) 작년 생일도 대표님이 망친 거 모르시죠..?

진우 (보는)

희주 친구들하고 생일 파티 하고 있었는데, 대표님이 다 망쳤어요.

진우 내가요.

희주 네. 갑자기 떠난다고 해서, 기차역에 쫓아가느라고..

진우 ......

희주 그거 모르셨죠?

진우 (알지만) 몰랐는데요.

희주 마지막으로 인사하고 싶었는데 못 봤어요. 기차가 벌써 떠났더라구요.

진우 그랬어요?

희주 아무것도 모르시죠.

진우 어떻게 알겠어요.

희주 그러니까 오늘은..

진우 그러니까 오늘도 내가 망치면 안 되죠. 얼른 가서 즐겁게 보내요.

희주 (표정)

진우 난 더 자야겠어요. (눈을 감는)

희주 ....

잠시 후, 문을 닫는 소리에 진우, 다시 눈을 뜨는.
희주는 이미 없고.
진우, 애써 외면하고 보냈으나 외로움을 느끼며.. 다시 눈을 감는다.

디졸브로..
어느새 깜깜해진 방 안.
진우, 뒤척이다가 잠에서 깬다.
눈을 뜨고 잠시 누워 있다가 시계를 보면 11시가 다 된.
진우, 스탠드 불을 켜며 일어나 앉는.
핸드폰을 보면 선호에게서 온 부재중 전화가 여럿 있고.
긴 한숨 쉬며 일어나 욕실로 가려고 하다가 멈칫. 밖에서 TV 소리가 작게 들려오는. 진우, ...?

씬/61 레지던스 호텔 거실 (밤)

진우, 벌컥 문을 열고 나왔다가, 표정.
스탠드 불이 켜져 있는 거실, 어지럽던 거실은 깨끗하게 정리되어 있고..
TV를 작게 틀어놓고 소파에 쪼그리고 앉아 있는 희주가 있다.

진우 (....?!)
희주 (돌아보고) 어, 깼어요?
진우 (표정)
희주 (좋아하며) 드디어.. 아.. 너무 지루했어요.
진우 안 갔어요?
희주 깨기만 기다렸어요.
진우 (기막혀) 지금이 몇 신데..
희주 아직 내 생일 안 지났어요. 이제 우리 나가서 밥 먹어요. 저 너무 배고파요.
진우 (표정)
희주 작년에 혼자 두고 생일 파티 갔던 걸 얼마나 후회했는지 몰라요.
그래서 기다렸어요 오늘은.
진우 (표정)
희주 꼭 생일을 애인하고 보내야 되는 거면, 그냥 애인 해주면 되잖아요.
진우 (.....!)
희주 그게 뭐 어려워요..? 사실 내가 너무 아깝죠. 안 그래요?

진우 ....

희주 (미소)

진우 ....

씬/62 한식집 (밤)

골목길의 허름한 24시간 밥집.
진우와 희주의 테이블에 반찬을 내려놓고 가는 점원.

희주 (수저를 놓으며) 이게 뭐예요. 너무 늦게 일어나서 밥 먹을 데도 없잖아요.

진우 ......

희주 좀 미안해하셔야 돼요. 해마다 내 생일을 망치고 있잖아요.
(수저 놓고 컵에 물 따르다 조용해서 보면)

진우 (말없이 빤히 쳐다보고 있고)

희주 (.....?)

진우 ......

희주 (당황해서) 왜요..? 왜 그렇게 봐요..?

진우 ......

점원이 뚝배기를 들고 와 내려놓자 진우, 그제야 시선 돌리고.
희주, ...?
컷 튀어 밥 먹고 있는 둘. 희주, 밥 먹다 보면 진우, 묵묵히 밥만 먹고 있고.

희주 무슨 말 좀 해요.

진우 (힐끔)

희주 밥만 먹고 있어요. 아무리 밥 먹으러 왔지만. 너무하잖아요.

진우 .... (빤히 보고, 다시 밥 먹는)

희주 (표정)

씬/63 한식집 앞 (밤)

진우의 새 세단이 앞에 서 있고.
희주, 전화 통화하고 있는데 진우, 안에서 계산하고 나오는

희주 네.. 이제 가요. 몰랐는데 시간이 이렇게 됐네. 그냥 자요. 금방 간다니까요.. 네. (끊는)

진우 집이에요?

희주 네 할머니요.

진우 (차로 가며) 늦어서 바로 집으로 가야겠죠? 타요.

희주 택시 타고 갈게요. 들어가세요.

진우 (보는)

희주 왔다 갔다 너무 멀어요. 택시 타고 가면 돼요.

진우 애인 해달라면서요? 애인을 이 밤에 택시 태워 보내면 되겠어요?

희주 (막상 그렇게 말하자 자기가 더 당황, 움찔)

진우 (차 문을 열어주는) 타요.

씬/64 강변도로 (밤)

강변도로를 달리는 진우의 차.

씬/65 진우의 차 안 (밤)

운전하는 진우. 희주, 옆에 앉아 있고.

희주 말 좀 해요 진짜..

진우 (힐끔)

희주 아까부터 왜 말을 안 해요. 억지로 끌려나온 사람처럼. 옆에 탄 사람 미안하게.

진우 .... (미소 잠깐, 다시 앞을 보고 운전하고)

희주 (또 침묵이 흐르자 무안해) 아깐 밥 먹게 하려고 한 말이에요. 취소해도 돼요.

진우 뭘요.

희주 제 애인 안 해도 된다구요.

진우 맘대로 이랬다저랬다 해요?

희주 (표정)

진우 나 지금 사귄 지 한 시간 만에 차인 거예요?

희주 그런 뜻이 아니고..

진우 당황스럽네. 그럼 안 되죠. 사람 마음 흔들어놓고

희주 누가 흔들려요..? (황당한 듯)

진우 .....

희주 대표님이요?

진우 (딴소리) 나 이제 대표 아녜요.

희주 (표정)

이때 희주의 핸드폰이 진동으로 울리고.
희주, 가방에서 핸드폰 꺼내 보면 〈박선호 이사님〉 뜬다.

희주 (힐끔 진우 눈치 보며 받는) 여보세요..? 네. 안녕하세요.

선호 (E) 혹시 유대표 어딨는지 아세요? 최팀장이 아까 희주씨가 거기 남았다던데.

희주 아 네.. 저랑 같이 계세요.

진우 (그 소리에 쳐다보는)

희주 네.. 잠시만요. (하고) 박이사님이세요.

진우 (표정)

희주 통화 안 된다고 저한테 전화하셨어요.

진우 핸드폰 놓고 왔어요. 나중에 한다고 해요.

희주 (다시 받아) 나중에 하신다고.. (하다, !) 아 네.. (진우에게) 급한 일이래요.

진우 (힐끔)

희주 받아봐요.

진우 ......

씬/66 선호의 사무실 + 한강 공원 (밤)

선호, 책상 앞에 고민스레 앉아 있는,
〈대표 CEO 박선호〉로 명패 바뀌어 있고.
선호의 핸드폰이 울린다. 〈정희주〉 뜨자 바로 받는

선호 (받으며) 네 희주씨. 안 받는대요?
진우 (E) 나야.
선호 (...!)

강변도로 가까운 한강변에 차를 세워놓고 밖에 나와 전화 받고 있는 진우.
희주는 차 안에 앉아 있고.
선호와 진우, 아직 앙금이 안 가셔 불편한 분위기.

진우 나를 왜 찾아?
선호 이제 내 전화는 안 받기로 한 거냐?
진우 무슨 일이야?
선호 (한숨) 너... 최대한 빨리 출국하는 게 나을 거 같다.
진우 (....!)

씬/67 대학 캠퍼스 일각 (밤)

조용한 캠퍼스에 수진의 차가 들어와 건물 앞에 서는.
수진, 차에서 내려 바로 건물로 들어가는

씬/68 병준의 연구실 (밤)

책상 위에 놓인 두터운 서류의 앞장 클로즈업되며.
〈故 차형석 대표 변사사건 재조사 요청 진정서〉
〈수신 : 서울 중앙지방 검찰청 검사장님 귀하〉
〈진정인 : 주식회사 뉴워드〉라고 적혀 있고.
병준, 서류를 앞에 놓고 책장 위의 형석 사진을 뚫어질 듯 쳐다보고 있다.
이때 노크 소리가 들리고.
병준, 대답하기도 전에 문이 벌컥 열리고 수진이 들어오는

병준 ......
수진 (지방 세미나에서 오는 길) 아버님 저 왔습니다.
병준 늦었다. 고속도로가 밀린 거냐?
수진 (상기된, 평소처럼 주눅 든 태도도 없고, 들어오며) 이제 들었어요, 무슨 일을 벌이시는지요.
병준 형석이 재조사 건 말이냐? 내가 아니다. 형석이 회사가 요청한 거지.
수진 1년이나 지난 일이에요, 그때는 덮으시고 왜 갑자기 이제 와서
병준 나는 아니라고 지금 말했지 않니. 회사 임원들이 요청한 거라고.
그 친구들, 처음부터 지금까지 계속 타살 의혹을 얘기해왔었다.
자기 보스가 억울하게 죽었다고 생각할 만한 정황 아니었냐?
수진 네 처음부터 그랬죠! 이상한 게 많았죠! 그치만 아버님이 덮자고 하신 거였잖아요! 저한테도 그러라고 강요하시고는 왜 이제 와서
병준 (말 끊는) 그때는 내가 그랬지.
그때는 진우를 보호해야 할 이유가 있었으니까.
근데 지금은 이유가 없잖니?
수진 (....!)

씬/69 선호의 사무실 + 한강 공원 (밤)

선호 나도 좀 전에 들었다. 근데 교수님이 나한테도 한 말씀도 안 하셨었어.
곧 기사도 뜰 거고 이미 수사 시작됐대고, 그럼 니가 제일 먼저 참고인 조사

받을 거 아니냐? 니가 마지막 목격자인데.

진우 (표정)

선호 조사받기 시작하면 너는 만신창이 되는 거야.
말이 참고인 조사지, 조사받다 피의자가 될 수도 있어.
타살 의혹을 재조사하겠다면 타겟은 처음부터 너 아니냐?
교수님 지금 니가 목표야.

진우 ....

씬/70 병준의 연구실 (밤)

수진 (이제야 병준의 생각이 보이고) 회사에서 쫓아낸 게.. 끝이 아니라 시작이셨네요. 마음껏 복수하시려고 해임부터 하신 거였어요..?

병준 ..... 마음은 아프지만, 진우는 손절했다.
지금이 털어낼 타이밍이라서.

수진 (....!)

씬/71 한강 공원 + 선호의 사무실 (밤)

진우 그래서.. 지금 나보고 떠나라고...? 또 도망치라는 거야?

선호 임마, 타살 의혹으로 조사받는다고 뉴스 한 줄만 떠도 너는 사회적 매장이야. 죄가 있든 없든 그냥 그 과정에서 살인범 되는 거라고

진우 (시니컬) 언제는 내가 살인범이 아니었냐?

선호 (버럭) 떠도는 루머하고 경찰 조사가 같냐?!

진우 ......

선호 아무 근거도 없이 재조사 요청을 했겠냐? 뭔가 있는 거지.
그쪽이 1년 동안 뭘 찾아내고 준비했는지 알아?

진우 그걸 두려워한다는 건 형도 내가 죽였다고 생각한다는 거네.

선호 아니라고 믿으니까 너한테 지금 얘기하는 거야 자식아.

진우 아니라면 나한테 떠나라고 재촉할 이유가 없지.

형은 나를 안 믿기로 한 거지. 그게 훨씬 마음 편하고 회사도 안전하니까.

선호　니가 더 망가지지 않길 바라는 거다..!

진우　이미 나는 너무 많이 망가졌어. 더 망가질 게 있어?

선호　더 망가질 게 있을까 봐 불안해서 그래 이 자식아. 어디가 끝일 거 같냐? 내가 내심 불안한 게 하나 더 있는데 말해줄까? (하고) 교수님이 아무래도 수진씨를 내쫓으려는 거 같은데,

진우　(...?!)

씬/72 병준의 연구실 (밤)

병준　앉아라. 계속 서 있을래?

수진　(두려운) 이제 와서 이 일을 다시 꺼내는 게 우리 가족한테 무슨 도움이 되나요..?

병준　니가 지금 우리 가족을 걱정하는 거냐? (비웃듯) 왜 나는 니가 진우를 걱정하는 것처럼 들리냐?

수진　(....!)

병준　(정색하며) 앉아라. 이제 우리 얘기를 좀 하자.

수진　(표정)

씬/73 선호의 사무실 + 한강 공원 (밤)

선호　형석이 유산을 도로 뺏어 오려는 거겠지, 근데 그걸 너랑 엮을까 봐 너무 불안하다. 얼마 전에 교수님이 유라씨를 만났다고 하시더라.

진우　(....!)

씬/74 회상 - 병준의 연구실 (밤)

10회 58씬에서 이어지는.

유라 그거 모르시죠..? 돌아가신 아드님이요.. 작년에 저를 여러 번 찾아왔었어요.

병준 (....!) 형석이가..?

유라 (피식) 한 번은 찾아와서 울더라구요..? 불쌍해서 제가 술도 사줬어요.

병준 (표정)

씬/75 한강 공원 (밤)

선호 (E) 둘이 왜 만났겠냐..? 누구 얘기를 했겠어?

진우 (생각도 못했던 일이고)

씬/76 진우의 차 안 (밤)

희주, 차 안에 앉아서 기다리고 있는데 진우, 멀리 통화하는 모습이 보인다.
희주, 통화가 오래, 심각해 보이자 점점 걱정되고.
진우, 선호 이야기 듣다가 문득 희주와 시선 마주치는.
희주, ...?
진우, ...

진우 (NA) 퀘스트를 실패하자 그 후폭풍이.. 감당할 수 없이 밀려오고 있다.

진우, 희주를 잠시 쳐다보다가... 고개 돌리고 계속 통화하는.
희주, ...! 진우의 표정을 보고 불길한 예감이..
이때 빗방울이 툭, 차창에 떨어지는.
이어서 빗방울 후드득 떨어지더니 금세 빗줄기 굵어지며 차창이 흐려지고
진우, 안 보이는.
희주, 두리번거리며 우산을 찾는데 우산이 안 보인다.
글러브박스와 뒷좌석을 찾다 결국 문을 열고 후다닥 나가는.
트렁크를 열자 우산이 있고.

우산을 펼치며 보면, 진우, 비가 쏟아지는데도 그것도 못 느끼는 듯 등 돌린 채 서서 통화하고 있다.
희주, 표정.

씬/77 선호의 사무실 (밤)

선호 내일이라도 빨리 떠나는 게 좋아. 뉴스 뜨고 소환장 날아오기 전에.
진우야, 나는 내 친구가, 내 친구를 죽였다는 혐의로 뉴스에 뜨는 거 정말 보고 싶지 않다..! 우리가 이러려고 이 회사를 만들었냐? 지금까지 우리가.. (울컥해 눈물이 맺히며) 하나는 죽고 하나는 쫓겨나서 지금 이 자리에 올라왔다고, 내가 지금 행복할 거 같냐 임마?

씬/78 한강 공원 (밤)

비가 쏟아지고 있고..
진우, 쏟아지는 비를 고스란히 맞으며 선호의 말을 듣고 있는

선호 (E) 도망친 게 아니라 치료받으러 떠난 걸로 어떻게든 만들어볼게.
교수님도 그사이에 다시 설득해보고. 시간이 필요하니까 그동안만 떠나 있어라 제발. 진짜 내 마지막 충고다.

진우 ....

씬/79 회상 몽타주

C#1 **수진의 진료실 (9회 22씬 C#5 中)**

수진 아버님은 당신이 자기 아들을 죽였다고 생각해요. 난 그걸 알아요.

C#2 데이터센터 관제실 (11회 46씬 中)

병준이 뺨을 내리치던 장면

C#3 레스토랑 (9회 22씬 C#2 中)

병준 양쪽에 화근들이 다 없어졌으니 그럼 다시 만나도 되는 거 아니냐..?
갑자기 그 생각이 들어서. (하며 진우와 수진을 번갈아 보는)

C#4 데이터센터 관제실 (11회 48씬 中)

등 돌리고 가버리는 병준의 모습에...

수진 (E) 이제 우리 차례일지도 몰라요. 조심해요.

씬/80 한강 공원 (밤)

핸드폰을 끊는 진우. 빗속에 망연자실 서서....

진우 (NA) 지금이 바닥이 아니라는 게 놀랍다.
나는 아직도 여전히 추락 중이다.
어디까지 떨어지게 될지는, 나도 모르겠다.

이때 희주가 뒤에서 부르는

희주 (E) 왜 비를 맞고 있어요..?

진우, 그 소리에 돌아보는..
진우, 시선에.. 불안한 표정으로 우산을 쓰고 다가오는 희주가 보이고.
진우, 다가오는 희주를 보며..

진우　(NA) 그렇게 애썼으나 1년 전과 달라진 것이 하나도 없다.

씬/81 회상 - 그라나다 / 열차 객실 + 기차역 플랫폼 (저녁)

6회 엔딩 씬 中
진우, 떠나는 열차의 차창으로 쫓아오는 희주를 보는 모습에..

씬/82 한강 공원 (밤)

도망치듯 떠나던 그날의 무기력했던 기분을 떠올리며
진우, 다가오는 희주를 보고..
희주, 급히 와서 우산을 씌워준다.

희주　차 안에서 통화하죠 왜 비를 맞고..
진우　.......
희주　(물어보기가 겁나는) 무슨 일이에요...?
진우　........
희주　무슨 일이 있는 거죠...? 안 좋은 일이에요?
진우　(툭) 나보고 또 떠나라고 하는데
희주　(?!) 떠나요..? 어디를요...?
진우　......
희주　(심장이 덜컹) 왜 떠나요...? 또 어디를 가게요..?
진우　.....
희주　무슨 일인데요..?
진우　내가.. 내 가족 얘기를 한 적 있어요..?
희주　(....?) 아뇨..
진우　나는 부모님도 일찍 돌아가셨고, 형제도 없고, 아내도 없고 자식도 없어요. 형제나 다름없다고 생각했던 친구는 나랑 원수가 돼서 죽었고, 동생 같던 내비서도 죽었고, 아버지처럼 따랐던 분은 나한테서 등을 돌렸고. 내가 만든 회사도 나를 버렸어요. 이제는 정말 내 옆에 아무도 없어요.

희주　(.....!)

진우　(빗물에 섞여 눈물이) 예전엔 내가 하는 말을 모두 믿고 따랐는데 이제는 아무도 나를 안 믿어요. 나보고 둘 중의 하나를 인정하라는데, 정신병자든 살인자든. 그치만 나는 둘 다 아니기 때문에 인정할 수가 없어요.

희주　(표정)

진우　나보고 또 떠나라는데, 떠나고 싶지 않아요. 떠나는 건 인정하는 거라서. 세상에 누구 하나라도 나를 믿어준다고 하면, 나는 안 떠나요.

희주　(....!)

진우　나를 아직도 믿어요? 나를 믿는다고 말해줄 수 있어요?

희주　믿어요.

진우　(표정)

희주　(울먹이며) 믿는다고 했잖아요.

진우　(그 한마디가 너무 절실했던) ......

희주　믿을게요.

진우　..... 증명해봐요.

희주　(표정)

진우　나를 믿는다는 걸 증명해봐요.

희주　그걸... 어떻게 증명을 해요..?

진우　모르겠어요? 어떻게 증명하는 건지?

희주　(뭐라 하려는데)

진우　(바로 키스하는)

희주　(.....!)

우산을 든 희주의 손, 힘이 서서히 풀리며 우산 툭 떨어지고.
빗속에 키스하는 둘의 모습, 멀어지며.

진우　(NA) 1년 전보다 나아진 것은 없다.
나는 여전히 비참한 패잔병이고 더 빠른 속도로 추락하고 있다.
다만 1년 전과 다른 게 있다면..

나는 떠나지 않았고..
희주가 내 옆에 있다는 것이다.

- 제11회 끝 -

12회

씬/1 한강 공원 (밤)

11회 엔딩에서 이어지는..

진우 나를 아직도 믿어요? 나를 믿는다고 말해줄 수 있어요?

희주 믿어요.

진우 (표정)

희주 (울먹이며) 믿는다고 했잖아요.

진우 (그 한마디가 너무 절실했던) ....

희주 믿을게요.

진우 ...... 증명해봐요.

희주 (표정)

진우 나를 믿는다는 걸 증명해봐요.

희주 그걸... 어떻게 증명을 해요..?

진우 모르겠어요? 어떻게 증명하는 건지?

희주 (뭐라 하려는데)

진우 (바로 키스하는)

희주 (.....!)

우산을 든 희주의 손, 서서히 풀리며 우산 툭 떨어지고..
빗속에 키스하는 둘의 모습,
디졸브 되며 사라지고.
진우의 차도 사라지고.
다시 디졸브 되며 비가 서서히 그치는..

씬/2 희주 집 거실 (밤)

영심이 TV 틀어놓은 채로 소파에 누워 코 골며 자고 있다.
식탁 위에는 뜯지 않은 케이크 상자가 놓여 있고
현관문 열리는 소리에 컥 하며 깨는.

영심 (벌컥) 희주냐?
희주 (들어오며) 네.
영심 (일어나 앉으며) 아유 왜 이렇게 늦어? 출발한다고 한 지가 언젠데..
희주 주무시라니까요.
영심 생일 케이크 자른다고 기다리다 기다리다 민주는 그냥 잔다.
누구랑 있었던 거냐?
희주 (얼버무리는) 아.. 친구들이요..
영심 친구 누구? 상범이도 너 어디 갔냐고 찾던데
희주 (우물쭈물) 학교 때 친구들이요.. 상범 오빠는 몰라요.
영심 (그제야 희주가 비에 젖은 게 보이고) 근데 너 왜 다 젖었냐? 비 맞았어?
희주 네..? (당황) 네. 갑자기 쏟아져서..
영심 아니 어디 있었길래 비를 쫄딱 맞고 다녀?
희주 얼른 주무세요. (올라가는)
영심 케이크 안 자르냐?
희주 민주도 잔다면서요. 아침에 자르죠 뭐. (얼른 올라가고)
영심 으유.. 그럼 진작 냉장고에 넣어둘걸.. (식탁으로 가는)

씬/3 희주 집 희주 방 (밤)

희주, 추워서 떨며 옷을 꺼내고..
핸드폰으로 진우에게 메시지를 남기는.
〈도착하면 연락 좀 주세요.〉
너무 급히 헤어져 아쉬움이 진하게 남은.
희주, 한숨을 내쉬고.

씬/4 희주 집 욕실 (밤)

머리 감고 있는 희주.
수건으로 머리를 감싸고 그새 메시지가 왔나 확인해보면 없고.
희주, ...

씬/5 희주 집 희주 방 (밤)

스탠드 불 켜놓고 핸드폰 들고 침대에 앉아 있는 희주.
시계, 2시가 넘었는데 답장이 없자 다시 메시지 보내는.
〈도착했어요?〉 〈자는 거예요?〉
디졸브로.. 여전히 답장이 없고.
시계 보면 새벽 3시가 다 된.
희주, ...! 불안해져서 전화를 건다.

씬/6 레지던스 호텔 침실 (밤)

불 꺼진 방. 침탁 위에 놓고 온 진우의 핸드폰이 울리는.
〈정희주〉 뜨고.

씬/7 희주 집 희주 방 (밤)

신호음만 가고 전화 안 받고. 희주, !!
바로 일어나 책상 위의 차 키를 집어 들고 나가는

씬/8 희주 집 거실 (밤)

희주, 불 꺼진 거실을 내려와 정신없이 나가는

씬/9 희주 집 앞 (밤)

희주, 대문 열고 나와 자기 차로 급히 가다가 멈칫.
돌아보면 맞은편에 진우의 차가 서 있다.
희주, ...?? 설마 하며 쳐다보는데 차창이 열리더니 진우가 내다보는.

희주 (?!!)
진우 왜 나와요?
희주 (표정)
진우 (미소)
희주 (기가 막혀 보다가 그리 가는)
진우 어디 가요? 이 밤에?
희주 호텔에요! 연락이 안 돼서 난 또 무슨 일이 생긴 줄 알고 가보려구!
진우 ......
희주 왜 여기 있어요?
진우 그냥.
희주 그냥이라뇨?
진우 그냥 있었어요.
희주 난 벌써 간 줄..

진우 혼자 들어가기 싫어서.

희주 (표정)

진우 오늘은 정말 호텔에 들어가기 싫더라구요.

희주 그렇다고 여기 있어요? 날 부르죠.

진우 핸드폰도 없고. (농담) 할머니도 무섭고.

희주 (기막혀)

진우 이제 가야죠. (하는데)

희주 자고 가세요.

진우 (표정) 지금 뭐라고 했어요?

희주 자고 가요. 공방에서 자면 돼요

진우 (어이없어, 농담) 오늘 진도 너무 나가는 거 아녜요?
우리 사귄 지 네 시간밖에 안 됐는데.

희주 내가 불안해서 그래요. 혼자 못 보내겠어요.

진우 내가 애예요?

희주 애면 차라리 낫겠어요. 애면 붙들어놓고 혼내기라도 하죠.

진우 들어와요. 이왕 내려왔으니까 10분만 놀다 가요.

희주 ......

진우 추워요 들어와요.

희주 (운전석 뒷문을 여는)

씬/10 진우의 차 안 (밤)

희주가 뒷좌석에 타자

진우 (돌아보며) 왜 뒤에 타요? 옆에 놔두고 (하는데)

희주 (진우 옆에 놨던 차 키를 집어 들고 나가는)

진우 (표정)

씬/11 희주 집 앞 (밤)

희주 (차 키 들고 문 닫는)

진우 뭐하는 짓이에요 이게?

희주 혼자 가지 마요. 이러고 가면 나 또 잠 못 잘 거 같아서 그래요.

진우 ....

희주 말 좀 들어요. 오천 원짜리 생일 밥 사주고 선물도 안 했으면 말이라도 잘 들어야죠. 양심이 있으시면.

진우 ......

씬/12 희주 집 희주 방 (밤)

희주, 침대에 모로 누워 있는.

잠은 전혀 안 오고. 아래층이 너무 궁금해 결국 일어나는

씬/13 희주 집 거실 (밤)

불 꺼진 거실. 희주, 소리 죽여 내려오는

씬/14 기타 공방 (밤)

진우, 소파에 기대 생각에 빠져 있다가 노크 소리에

진우 네.

희주, 문을 빼꼼 열고 들여다보는

진우 (빤히 보자)

희주 (작게) 안 자요?

진우 잠이 안 와요.

희주 (배시시) 저도 잠이 안 와서요.

진우 들어와요.

희주 (문소리 안 나게 닫고 들어오는)

진우 (소파 옆을 내주며 앉으라고 손짓)

희주 (진우 옆에 앉으며) 소파.. 불편하죠?

진우 불편해요.

희주 (민망) 쿠션이 안 좋아서..

진우 (허공을 보며) 먼지도 많은 거 같고.

희주 아.. 대패질 때문에 나무 가루가 날려서..

진우 목이 잠기네 벌써.

희주 어떡해요 불편해서..

진우 차라리 차 안이 더 편한데. 굳이 자고 가라고 차 키까지 뺏어서. 애인 노릇 하기 쉽지 않네.

희주 (너무 민망한) .....

진우 삐졌어요?

희주 그냥 편하다고 괜찮다고 하면 좀 안 돼요? 꼭 그 말을 해야 돼요?

진우 목이 잠기고 허리가 나갈 거 같아도 이렇게 얌전히 누워 있잖아요. 애인 노릇 하느라고. 그게 중요한 거 아닌가?

희주 (어이없어)

진우 (피식)

희주 대표님두요, 하여튼 성격 참 진짜 되게 이상해요

진우 나 대표님 아니라니까. 다른 걸로 불러요 이제.

희주 뭘로요?

진우 뭐든지.

희주 (잠깐 생각하다) 아저씨?

진우 (흘끔)

희주 아저씨가 딱이네요. 연세도 지긋하시고.

진우 (헛웃음)

희주 어, 마음에 드나 봐요. 이제 아저씨로 불러요?

진우 사귄 지 네 시간 만에 벌써 밟고 올라서는구나. 앞날이 걱정되네.

희주　(웃으며) 생각이 안 나요. 난 대표님이 편한데. (하고) 아, 차 마실래요?

진우　그거라도 줘요. 술이 없으니까 잠이 안 와.

희주　(일어나서 가는) 금방 올게요.

희주, 문을 닫고 나갔다가 다시 문 열고 고개 내밀고.

희주　근데 아무리 생각해봐도요..

진우　(보는)

희주　박이사님 말씀이 맞는 거 같아요.
당분간 떠나 있는 게 나을 거 같아요.

진우　안 떠나요.

희주　내일 비행기로 어디라도 가는 게 어때요?

진우　난 안 가요.

희주　무슨 일이 일어날지 모르잖아요.

진우　무슨 일이 일어나든 안 떠나요.

희주　...... (포기하고, 나가는)

진우　......

씬/15　희주 집 거실 (밤)

희주, 주방에서 찻잔에 물 따르고 있는.
쟁반에 찻잔 두 개 올려놓고 조용히 가려는데 이때 뒤에서

민주　(E) 뭐해?

희주　(움찔, 돌아보면)

민주　(자다 깨서 잠옷 차림으로 계단에 서 있는)

희주　(소리 죽여) 안 자?

민주　화장실 가려구 (하다) 어 뭐야? (손가락질) 찻잔 두 개!

희주　(표정)

민주　(바로 다다다다 공방으로 가는)

희주 !!! (쟁반 놓고 달려가 민주를 잡는) 조용히 해 좀! 할머니 깨셔!
민주 (잡았다는 듯) 아저씨지?
희주 (!! 손을 잡고 민주를 2층으로 끌고 가는) 일루 와봐
민주 오 대박 (즐거워하며 끌려가는)

씬/16 기타 공방 (밤)

진우, 생각에 빠져 누워 있는... 아까 들은 말들이 계속 떠오르고..

씬/17 회상 몽타주

C#1 한강 공원 + 선호의 사무실 (11회 71씬 中)

진우 이미 나는 너무 많이 망가졌어. 더 망가질 게 있어?
선호 더 망가질 게 있을까 봐 불안해서 그래 이 자식아. 어디가 끝일 거 같냐?

C#2 선호의 사무실 (11회 69씬 中)

선호 타살 의혹을 재조사하겠다면 타겟은 처음부터 너 아니냐?
교수님 지금 니가 목표야

C#3 선호의 사무실 + 한강 공원 (11회 71, 73씬 中)

선호 교수님이 아무래도 수진씨를 내쫓으려는 거 같은데,
진우 (...?!)
선호 형석이 유산을 도로 뺏어 오려는 거겠지, 근데 그걸 너랑 엮을까 봐 너무 불안하다. 얼마 전에 교수님이 유라씨를 만났다고 하시더라. 둘이 왜 만났겠냐?

C#4 선호의 사무실 (11회 77씬 中)

선호 진우야, 나는 내 친구가, 내 친구를 죽였다는 혐의로 뉴스에 뜨는 거 정말 보고 싶지 않다...!

씬/18 기타 공방 (밤)

진우, 회상을 떠올리며 복잡한 상념에 빠져 있는데 이때 밖에서 갑자기 천둥 소리가 울리고...! 진우, 돌아보는
이어서 빗소리와 기타 소리 시작되면서
공방 한구석에 피 묻은 검을 든 형석이 나타난다.
진우, ...
형석, ...
나타날 때마다 한결같은 그 모습이지만, 진우, 오늘은 새삼스럽고..

선호 (E) 우리가 이러려고 이 회사를 만들었냐?

어둠 속에 서로 보는 표정에..
F.O – F.I

씬/19 뉴스 스튜디오 (저녁)

뉴스 진행 중인 스튜디오 풍경.
시그널 음악과 함께 화면에 〈주간 이슈〉 자막 뜨고.
뉴스 채널의 앵커와 기자 앉아 있다.

앵커 지난 한 주 내내 화제가 되고 있는 사건이 있습니다. 바로 작년에 사망한 고 차형석 씨. 뉴워드 전 대표의 변사사건에 대한 재수사 건인데요.
박기자, 어떤 사건인지 자세히 설명 좀 해주시죠.

화면, 형석의 얼굴로 바뀌며.

기자　네. 고 차형석 대표는 약 1년 전이죠, 스페인 출장 중에 그라나다의 한 공원에서 의문의 변사체로 발견되었었는데요.

〈뉴스 영상 인서트〉

5회의 형석 사망 관련 뉴스들 편집 컷에

기자　(E) 당시 사망 원인을 놓고 수많은 의혹이 불거졌으나 유족들이 부검을 거부해 일단락되었었습니다.

뉴워드 사옥 전경이 화면에 뜨며

기자　그런데 최근 고인의 회사 측에서 공식적으로 타살 의혹에 대해 재수사를 요청하며 다시 논란의 중심에 선 것입니다.

앵커　논란의 가장 초점은 피진정인으로 유진우 전 제이원 대표를 지목한 사실 아니겠습니까?

진우의 얼굴이 형석의 옆에 뜨며

기자　그렇습니다. 회사 측에서 유 전 대표를 피진정인으로 지목했다는 건 다시 말해 살인범으로 의심하고 있다는 뜻인데요. 당시 유 전 대표는 그라나다에서 차씨를 마지막으로 만났던 인물이었습니다.

앵커　그런데 왜 당시에는 조사를 받지 않았었죠?

기자　공교롭게도 같은 날, 유 전 대표가 숙소에서 추락해 중상을 입으면서 조사가 유야무야됐었습니다. 그래서 당시에 조사를 회피하기 위한 고의적 부상이 아닌가 하는 의혹도 제기됐었죠. 그러나 수사가 재개된 이상 이번에는 유 전 대표도 조사를 피할 수 없는 상황이 되었습니다.

씬/20 선호의 사무실 + 방송 영상 (저녁)

출장 준비하는 선호. 외투를 걸치면서 착잡한 표정으로 뉴스를 보고 있는.

앵커 이 사건이 이토록 화제가 되는 건, 두 사람의 복잡한 과거 관계 때문 아니겠습니까?

기자 네 그렇습니다.

진우와 형석의 학창 시절 사진들이 뜨며. 선호와 셋이 찍은 사진도 지나가고.

기자 두 사람은 벤처 2세대의 성공신화를 대표하는 인물로 현 제이원 그룹을 창업한 절친 사이였습니다. 한국대학교 전자공학과 동기로 2004년에 박사과정 중에 의기투합, 맨손으로 창업을 한 이후에 승승장구, 2009년 상장 직후..

여비서 (들여다보며) 대표님. 차량 준비됐습니다.

선호 (긴 한숨, TV를 끄고 서류가방 들고 나가는)

씬/21 뉴스 스튜디오 (저녁)

기자 우정을 과시하던 두 사람이 갈라지게 된 사건이 2014년에 일어납니다. 당시 2인자였던 차씨가 경영권을 놓고 반기를 들면서 대립을 하다 결국 회사가 갈라지게 되었는데요.

병준의 얼굴이 둘의 사이에 뜨며.

기자 당시 이사회 의장이었던 차씨의 부친, 차병준 한국대 석좌교수가 아들이 아닌 유씨의 손을 들어주며 차씨는 회사를 나가게 되었죠. 이어서 그해 12월에는 차씨가 유 전 대표의 첫 부인이었던 이모씨와 전격 결혼 발표를 합니다..

기자의 목소리 점점 잦아들며..

씬/22 회상 몽타주

C#1 진우의 사무실 (5회 23씬 C#1 中)

짝! 소리와 함께 병준이 형석의 따귀를 올려붙이는.

형석 (눈빛 불타오르며) 지금.. 뭐..
병준 (반대편 뺨을 다시 갈기고)
진우/선호 (...!)
병준 바보 같은 놈...!
형석 (표정)
진우 (표정)
선호 (너무 놀라 버벅거리며) 아 그.. 교수님..
병준 내가 니 애비면 아들 편 들어줘야 된다는 의무가 있냐?
신도 나한테 그런 의무는 안 주셨다. 내가 왜 회사 망하는 길을 따라가?
형석 (동료들 앞에서 아버지에게 뺨 맞은 수치심을 견디기 힘든) .... 아버지는..
(표정이 기묘하게 일그러지며 돌아서서 바로 나가는)
선호 (당황해) 형석아..?
병준 (차갑게) 나가는 건 너다. 지금 여기서 분명히 해.
형석 (나가다 멈칫)
병준 회사는 니가 나가는 거야 알겠어? 배신자는 너다.
형석 ..... (천천히 돌아보고 병준을.. 이어서 선호를, 그리고 진우를 보는, 쏘아보는 눈빛은 분노와 모멸감이 섞여 타오르고) .... (문 쾅 닫으며 나가는)

C#2 제이원 엘리베이터 앞 (낮)

형석, 분노에 불타오르는 눈빛으로 엘리베이터 앞에 서 있다.
자기도 모르게 주먹은 꽉 쥔 채. 감정이 주체가 안 돼 표정은 기묘하고..
문이 열리자 바로 타는.

C#3 제이원 엘리베이터 앞 (낮)

이미 타고 있던 직원들과 정훈이 인사를 하는데 형석, 눈에 보이지도 않고.

정훈 이사님 점심 드셨습니까..?
형석 (대답도 없고)
정훈 (형석의 눈빛에 겁먹어 찔끔)

C#4 제이원 로비 (낮)

형석, 성큼성큼 걸어 나가는. 나가다 자신이 몸담아온 회사를 한번 돌아보고.. 바로 나가버리는

C#5 수진의 진료실 (저녁)

수진, 가운 벗고 퇴근 준비하고 있는데 이때 간호사가 문을 여는

간호사 원장님. 손님 오셨는데요.
수진 누구요?
간호사 대표님 친구분..
수진 네..? (하다 ..?!)

뒤에 형석이 바로 들어오는

수진 (당황해서, 간호사 눈치를 보며) 어.. 네 퇴근해요.
간호사 네에.. (흘끔거리며 나가고)
수진 (간호사 나가자 소리 낮춰) 여길 왜 왔어요? 병원에는 오지 말라고 했잖아요..!
형석 (바로 다가오며 주머니에서 반지 케이스를 꺼내는)
수진 뭐예요. 이게?
형석 (열어 보이면 청혼 반지가 들어 있고) 우리 결혼하자.
수진 (...!!)

형석　나 지금 청혼하는 거야. 언제까지 우리가 숨어서 만나야 돼?

수진　(너무 당황스런) 왜 이래요 갑자기?

형석　이게 왜 갑자기야?

수진　한 달밖에 안 됐어요.

형석　한 달? 우리 만난 지 반년도 넘었어.

수진　도장 찍은 지 한 달밖에 안 됐다구요.

형석　(눈빛 변하는) 그래서? 그게 중요해..? 사람들이 손가락질할까 봐?
아니면 지금 진우가 상처받을까 봐 걱정하는 거야?
그게 두려운데 왜 이혼했어? 진우 말고 나를 택한 거 아니었어?

수진　서두르지 마요 제발.. 갑자기 왜 이래요..?

형석　(표정)

수진　(당황스럽고, 불안하고) 시간을 좀 갖는 게 좋겠어요.

형석　무슨 시간?

수진　그동안.. 나도 너무 혼란스러웠고.. 모르겠어요 나도 지금 내가 뭔지..
요즘 너무 괴로워요 이래도 되는 건가 싶고.. 우리 좀 시간을 갖고 천천히

형석　(분노의 눈빛) 후회하는 거야.. 지금?

수진　그게 아니라.. 나 자신에 대해 생각할 시간이 필요하다는 거예요.

형석　다시 돌아가고 싶어졌냐? 너 나를 농락했어?
나는 지금 다 잃게 생겼는데, 니가 지금 발 빼는 거야?

수진　(발끈) 무슨 말을 그렇게 해요? 오늘 왜 이래요 진짜?!

이때 형석의 핸드폰이 울리는.

수진　전화부터 받아요.

형석　(분노를 겨우 누르며 핸드폰을 꺼내보면 〈유진우〉 뜨는) ....!
(일그러진 미소) 어라, 진우네.

수진　(?!)

형석　(받는) 여보세요.

진우　(E) 나야. 어디야?

형석　왜.

C#6 진우의 사무실 + 수진의 진료실 (저녁)

진우, 옷 걸치며 통화 중인.
선호, 심란한 표정으로 같이 나가려고 기다리고 있는.

진우 술 한잔하자고. 어디 있어?
형석 왜 위로주 사게? 아버지한테 뺨 맞고 쫓겨난 내가 불쌍해서?
수진 (! 몰랐던 얘기, 그 말에 쳐다보고)
진우 (달래듯) 일단 만나자.
형석 못 만나. 나 좀 바빠서.
진우 어디 있는데? 우리가 그리 갈게.
형석 나 지금 데이트 중이야. 결혼할 여자랑.
진우 (?) 결혼할 여자?
선호 (??) 어?
진우 너 결혼할 여자가 있었어? 누군데?
형석 있어. 이수진이라고.
진우 (멈칫)
수진 (!!!)
형석 소아과 의산데, 지금 옆에 있는데 인사할래? 아 참, 이미 아는 사이던가?
수진 (경악해 말이 안 나오고)
진우 (굳으며) 너 지금 뭐라고 했냐..?
형석 (문 열고 나가는)

C#7 수진의 진료실 앞 + 진우의 사무실 (저녁)

형석 (문 쾅 닫으며) 내가 뭐라고 했냐고? 수진이랑 결혼할 거라고.
진우 (.....!)
형석 너는 내 아버지 후려서 회사를 차지했고, 나는 니 여자를 후렸고, 뭐 치사하긴 마찬가지 아니냐? 누가 더 성공한 건지는 두고 봐야 아는 거고.
진우 (표정)
형석 술은 니들끼리 마셔라. (끊어버리는)

진우 (표정)
선호 자식이 결혼할 여자가 있대? 누구래?
진우 (표정에)

수진, 문을 열고 나와

수진 미쳤어요? 지금 무슨 짓을....!
형석 이래도 진우한테 돌아가고 싶어? 이제는 안 받아줄 텐데. (건들거리며 얘기하는데 눈에는 눈물이 고인)

C#8 병준의 연구실 (11회 74씬 中)

유라 돌아가신 아드님이요.. 작년에 저를 여러 번 찾아왔었어요.
병준 (....!) 형석이가..?
유라 (피식) 한 번은 찾아와서 울더라구요...? 불쌍해서 제가 술도 사줬어요.
병준 (표정)

C#9 와인 바 (밤)

유라와 형석, 와인 잔 앞에 두고 앉아 있는. 형석은 이미 많이 취한.

형석 (고개 숙이고 앉아 있는)
유라 (술 따라주며) 그러니까 어제 부인이랑 제 남편이 만난 거 같다는 거잖아요?
형석 (그 말에, 고개 드는, 흐느낀 듯 눈물에 젖어 있고)
유라 근데 그건 아네요. 어제는 친구들이랑 있었어요.
형석 확실해요..?
유라 (시니컬한) 우리가 아무리 무늬만 부부래도 그건 알아요.
형석 .... (그 말을 들어도 안심이 안 되고)
유라 (와인 따라주며) 차대표님. 왜 그렇게 살아요? 그렇게 매일이 불안해서 살겠어요? 포기해요 나처럼. 뭐 그렇게 집착을 해요?
형석 (괴로워 눈을 가리는)

C#10 병준의 연구실 (밤)

유라 남편 배신 때리고 바람피운 여자 데리고 살려니까 자기도 똑같이 당할까 봐 초조했나 보죠 툭하면 나한테 전화 왔어요. 진우는 어디 있냐고?

C#11 형석 수진의 집 거실 (4회 6씬 C#6 中)

형석, 와인 병을 벽에 내던지는 짧은 컷.
와인 병 산산조각 박살 나며 사방에 흩어지고 수진, 비명을 지르는

C#12 병준의 연구실 (밤)

유라 자존심은 세서 어디다 말도 못하고, 매일 의심하고 술 마시고..
참 불쌍하게 살다 가셨죠.
병준 .... 이 얘길 지금 왜 나한테 하나?
유라 (비꼬며) 교수님이 절 싫어하시지만 그래도 며느리만큼은 아닐 거 같아서요.
병준 (표정)
유라 그때는 제가 아니라고 했죠. 그치만 누가 알아요? 아드님 의심이 맞았는지?
병준 .....
유라 교수님 제 말은요, 전 이제 상관없다구요, 진실이 뭐든. (웃는)

C#13 그라나다 / 시체 안치실 (5회 25씬 中)

아들의 시신을 뚫어지게 바라보는 병준, 눈시울이 천천히 붉어지는...

C#14 병준 연구실 (11회 72씬에서 이어지는)

수진 (두려운) 이제 와서 이 일을 다시 꺼내는 게 우리 가족한테 무슨 도움이 되나요..?
병준 니가 지금 우리 가족을 걱정하는 거냐?

(비웃듯) 왜 나는 진우를 걱정하는 것처럼 들리냐?

수진 (....!)

병준 (정색하며) 앉아라. 이제 우리 얘기를 좀 하자.

수진 ..... (의자에 앉자)

병준 너는... 창녀다.

수진 (....!)

병준 지성과 교양을 다 갖고 있는 여자처럼 굴지만, 니가 창녀랑 다를 게 뭐냐?

수진 (턱이 파르르 떨리는)

병준 어울리지도 않는 자리에서 우아한 척 그만하고 이제 내려와라.
내려올 방법을 모르겠다면, 내가 알려주마.

수진 (표정에)

회상 펑 끝나고

씬/23 수진의 진료실 + 방송 영상 (저녁)

수진, 의자에 앉아 TV를 보고 있는.
자책과 분노에 너무 오래 시달려 황폐한 표정인

기자 이렇게 회사 분리와 차씨의 결혼이 같은 해에 있었습니다. 여러모로 당시 굉장한 화제가 되었었는데요. 그 뒤로 두 사람의 관계는 건널 수 없는 강을 건넜다고 볼 수 있겠죠.

앵커 갈등이 첨예할 수밖에 없는 관계였던 건 확실하군요.

수진 ....

씬/24 뉴스 스튜디오 (저녁)

앵커 최근에 제이원이 긴급 이사회를 열어 유씨를 대표직에서 전격 해임했는데요, 이 사건이 이유가 될까요?

기자 공식적으로는 건강상의 사유를 들었으나 경찰 조사를 앞두고 미리 해임했다는 분석이 유력합니다. 회사와 유 전 대표를 분리시키려는 것이죠.

앵커 잘 알겠습니다.

앵커 단독 샷으로 바뀌며

앵커 거대 투자사 대표가 경쟁사 대표의 사망과 관련된 의혹으로 내일 소환 조사를 받습니다. 정말 드물고 충격적인 사건인데요, 한국판 OJ 심슨 사건이라 불리는 이 사건이 1년 만에 의혹을 명백히 밝힐 수 있을지 귀추가 주목됩니다.

시그널 음악 울리며.

씬/25 기타 공방 (저녁)

희주, 의자에 앉아 통화 중이다. 수첩을 들고 뭔가 적고 있고.

희주 아 그래요? 전 또 세주한테 메일을 받았다고 해서 그게 최근인 줄 알고.. 아.. 작년 봄에요.. (실망) 아 네. 알겠습니다. 아녜요. 혹시라도 제 동생 소식 들으시면 꼭 좀 알려주세요. 네 감사합니다. (끊고, 한숨 쉬며 수첩에 적었던 이름 목록 중에 하나를 볼펜으로 긋는, 이미 그어진 이름들이 잔뜩이고) ......

희주, 맥 빠져서 대패질하던 나무판을 잡고 다시 대패를 집는데

영심 (E) 희주야! 희주야!

희주 (멈추고) 네?

영심 (E) 좀 와봐라!

희주 왜요?

영심 (E) 이거 좀 봐봐 얼른!

씬/26 희주 집 거실 (저녁)

희주, 나오는데 영심과 민주가 TV 앞에 서 있는

희주 왜요?

영심 저거 좀 봐라,

민주 (놀라 손가락질하며) 언니 아저씨 뉴스에 나와..

희주 (표정)

진우의 뉴스가 계속 반복해서 나오고 있는

영심 저이 경찰 조사받는다는데? 무슨 일이냐..? 뭐 죄졌냐?

희주 아녜요..

영심 아닌데 왜 계속 나와? 계속 저 얘기만 하는데, 조사받는다고.
저이가 진짜 사람 죽인 거냐?

희주 아니라고요..! 그냥 조사받는 거예요. 죄가 있는 게 아니구.
조사는 누구든 받을 수 있어요. 별거 아녜요. 그냥 유진우가 유명한 사람이니까 시청률 올리려고 하루 종일 떠들어대는 거예요, 그거 보지 마세요. 다 쓸데없는 소리예요. (하고 문 닫고 들어가버리는)

영심 (너무 흥분하자, ??)

민주 (영심, 눈치를 슥 보더니)

씬/27 기타 공방 (저녁)

희주, 심란한데 민주가 문을 살짝 열고

민주 (작게) 언니.. 어떡해?

희주 (돌아보는)

민주 아저씨 감방 가면 어떡해?

희주 누가 감방을..

민주 (화낼 거 같자 얼른 문 닫는)

희주, 속이 끓는... 대패 집어 드는
잊어버리려고 더 열심히 땀이 맺히도록 대패질하는.
이때 핸드폰이 울린다. 땀 닦으며 핸드폰 찾는

희주 (나무 부스러기들 얼굴에 묻은 채 핸드폰 찾아 집어 들었다가, ?! 바로 받는) 여보세요?
진우 (E) 뭐해요?
희주 집에 있어요. 일해요.
진우 (E) 저녁 먹었어요?
희주 아뇨..
진우 (E) 나와요 그럼.
희주 저녁 먹자고요? (하고) 바쁘잖아요 내일 경찰 출석..
진우 (E) 안 바빠요. 예쁘게 하고 나와요.
희주 (?) 예쁘.. (하다) 왜요..?
진우 (E) 데이트니까.
희주 (표정)

씬/28 희주 집 희주 방 (저녁)

희주, 옷을 갈아입고 거울 보고 있는.
립스틱을 바르고 가방에 립스틱 넣고 나가는.

씬/29 희주 집 2층 거실 (저녁)

희주, 계단 내려가려다가 멈칫. 예쁘게 하고 오라는 말이 부담스러운.
뭔가 부족한 느낌에 !! 하며 생각나 도로 들어가는

씬/30 희주 집 희주 방 (저녁)

희주, 화장대 서랍에서 상자를 꺼내 열면 귀걸이가 들어 있다.
희주, 거울 보며 귀걸이를 귀에 거는.

씬/31 희주 집 앞 (저녁)

상범, 집으로 오다가 희주가 걸어가는 모습이 멀리 보이자

상범 어디 가냐?
희주 (못 듣고 사라지고)
상범 (? 초인종 누른다. 문이 열리자 들어가는)

씬/32 희주 집 거실 (저녁)

영심, 콩나물 다듬으면서 뉴스 보고 있는데 상범이 들어오는

상범 저 왔어요.
영심 (뉴스 보며) 어.. 앉아. 밥 다 돼간다.
상범 (주방으로 가며) 희주는 어디 가던데요?
영심 저녁 약속 있다고. (하고) 얘 너 저거 봤지?
상범 (뉴스 보고) 유진우요?
영심 (혀 차며) 저이 저거 어떡하냐...?
상범 (시니컬) 뭘 어떡해요? 죄가 있으면 조사를 받아야죠.
영심 설마 저이가 진짜 잘못을 했겠어? 누명 쓴 거 아니냐?
상범 (물 따르며) 경찰이 바보예요? 뭐 있으니까 조사받겠죠.
영심 어휴.. 저이는 왜 저렇게 일이 안 풀리냐.. 그 비서도 죽었대잖냐. 너도 누군지 알지? 얼마 전에 장례 치렀다더라. 젊은 사람이 어떻게 갑자기 그렇게 가..

상범 ......

영심 회사도 쫓겨났다 그러구. 그때 우리 집에서 다친 이후로 되는 일이 없네.. 내가 걱정돼서 성당 가면 기도도 하고 그러는데.. 다리 좀 나으라고..

상범 (순간 못 참고 욱!) 누가 누구를 걱정해요 할머니.

영심 응? (돌아보는)

상범 기도를 왜 해줘요. 누가 누구를 걱정하냐구요.

영심 (?)

씬/33 대로변 (밤)

희주, 두리번거리며 진우의 차를 찾는데 맞은편 갓길에 차를 세우고 기다리는 진우가 보인다. 진우, 차창 열어놓고 생각에 빠져 있는.

희주 여기요!! (부르는)

진우 (쳐다보자)

희주 내가 건너갈게요! (하고 얼른 횡단보도로 가는)

진우 (희주가 길 건너오는 걸 보고 있는)

희주 (계속 지켜보자 수줍게 웃으며 오는데)

진우 왜 이래요?

희주 네?

진우 (괜히) 뭐가 이렇게 주렁주렁이지?

희주 (당황) 예쁘게 하고 오라면서요.

진우 안 꾸민 게 낫구나.

희주 (표정)

진우 그 말 괜히 했네. 타요.

희주 (표정)

씬/34 진우의 차 안 (밤)

희주, 어이없는 표정으로 옆자리에 타는.

진우　뭐 먹을래요?

희주　....... (대답 없이 벨트 매는)

진우　먹고 싶은 거 없어요? (대답이 없자) 내 맘대로 해요?

희주　......

진우　삐졌어요?

희주　(귀걸이 가리키며) 이거 대표님이 준 거예요. 생일선물이라고 보내줬잖아요. 성의를 생각해서 일부러 달고 나왔더니 주렁주렁이라뇨.

진우　살 때는 이뻐 보였는데..

희주　(표정)

진우　빼놔요. 바꾸든지 하게.

희주　(울컥) 뭘 또 바꿔요 하나 더 사주면 되지! 돈도 많으면서 치사하게 진짜..

진우　(웃으며) 삐졌네.

희주　난 이게 마음에 든다구요! 난 주렁주렁이 좋다구요! 내가 좋으면 그만이지 누구 보라고 단 게 아니라구요!

진우　알았어요. 하나 더 사달란 소리잖아요?

희주　필요 없어요.

진우　왜요?

희주　맘 상했어요.

진우　굳, 돈 굳었네.

희주　(어이없어)

진우　(재밌어하며 출발하는)

씬/35　도로 (밤)

외곽도로를 달리는 진우의 차.

씬/36　진우의 차 안 (밤)

진우, 운전하고 희주, 옆에 타고 가는

희주 근데 왜 나왔어요? 변호사들하고 회의 안 해요?
진우 해서 뭐해요 아무 의미도 없는 조산데. 어차피 다 진실이 아닌데.
희주 그렇다고 어떻게 아무 준비도 없이..
진우 나름 준비하고 있어요.
희주 (...??)

이때 저 앞에 검문하는 경찰차가 보이고.
차들 몇 대가 서 있고 경찰이 신호를 보내는

희주 어, 검문하나 봐요.
진우 (속도를 줄이며 차창을 연다)

경찰이 진우의 앞차 신원확인하고 있는
진우, 핸들 잡고 기다리고 있는데 이때 갑자기 메시지가 뜬다.
〈3493번째 로그인 하셨습니다〉
진우, ...?!
진우, 서버가 갑자기 열리자 순간 당황.

희주 (진우가 신분증 꺼내다 말고 멈춰 있자) ?? 우리 가야 돼요. (가리키는)

경찰, 앞차를 보내고 오라고 신호하고 있는
진우, 차 출발해 경찰 앞으로 가는.

경찰1 검문 중입니다. 신분증 좀 확인하겠습니다.
진우 (지갑을 꺼내 신분증을 찾는데)

〈적이 나타났습니다〉
진우, 멈칫하며, ...!

두리번거리는데 갑자기 탕! 소리와 함께 총알이 열린 차창으로 날아와 차 내부에 튕기며 불꽃이 퍽 튀는. 진우, !!! 본능적으로 고개를 확 숙이고.

경찰1 (손 내밀고 기다리고 있다가) ??

희주 왜 그래요..?

진우 (고개를 들며, 표정)

경찰1 신분증 주세요.

진우 (어둠 속에서 적을 찾으나 저격수는 보이지 않고)

경찰1 (의심스럽게 보는데)

다시 탕!! 소리가 들리더니 진우의 어깨를 뚫고 지나가는.
진우, ...!!!
〈스나이퍼의 총에 맞았습니다 -1500〉
생명력 확 줄어들고.
진우, 아파하며 창문을 급히 올리려는데

경찰1 어어! (창문 사이에 손을 넣으며 막는) 뭐하는 거야 당신?

다시 총소리가 들리자 진우, 바로 가속 페달을 밟는.

경찰 어어? 어 멈춰! (차창을 붙들려는데)

진우 (쏜살같이 달려 나가고)

희주 (놀라) 왜 이래요?! 어딜 가요?!

앞에서 막으려던 경찰2, 놀라 얼른 차를 피하고,
뒤에서 계속 총소리가 들리고 뒤 유리창이 깨지는 소리, 무섭게 들려오며.
진우, 미친 듯이 질주를 하는
경찰차, 뒤에서 바로 사이렌 울리며 따라간다.

희주 어떡해요? 쫓아오잖아요! 세워요!!

진우 (창문을 올리려는데 어깨를 맞은 왼팔이 말을 안 듣는, 겨우 잡고 계속 밟고)

희주　세워요 제발!

진우　(이때 눈앞에 총알이 날아오는 게 보이고, !!!! 총알을 피하려고 운전대를 꺾으면서 크게 회전하는)

희주　(그 결에 쏠리며 놀라 비명을 지르고)

진우의 차, 크게 회전하면서 끼이익 소리를 내며 갓길에 겨우 멈추는.
경찰차가 바로 쫓아와 진우의 차를 가로막는다.
진우, 정신 들어 눈을 떠보면 메시지 뜬다.
〈서버에 연결할 수 없습니다〉
〈게임이 중단됩니다〉
어깨의 상처, 순식간에 사라지고 깨진 뒤 유리창도 멀쩡해지고.

진우　(.....!)

희주　(겁에 질려 고개 박고 있는)

진우　(그제야 퍼뜩, 벨트 급히 풀며) 다쳤어요? (희주 일으키는)

희주　(그제야 고개를 겨우 들고)

진우　(희주 얼굴을 살펴보는) 괜찮아요?

희주　(심장 떨려) 괜찮아요.. 근데 왜 그래요?

진우　(안도하고)

경찰1　(한 손을 총에 갖다 대며 다가오는) 어이, 나와요.

희주　.....!

경찰1　(손짓하며) 나와요 얼른.

진우　......

씬/37　연구센터 (밤)

연구원들 일하고 있고 양주, 하품하며 커피 타고 있는데 핸드폰이 울린다.
〈유진우 대표님〉 뜨자, 양주, ??!

양주　(후다닥, 한쪽 구석으로 가며 받는, 작게) 여보세요?

진우 (E) 혹시 지금 서버 열었어?

양주 (?!) 어떻게 아세요?

씬/38 도로변 + 연구센터 (밤)

진우, 한쪽에 서서 통화 중이다.

진우 (!!) 좀 전에 서버 연 게 맞아?

양주 네. 잠깐 열었다가 다시 닫았는데요.

진우 언제 열지 모른다고 하지 않았어?

양주 네. 잠깐 테스트하느라구요. 근데 어떻게 아셨어요?

진우 ......

진우, 한쪽에서 통화하고 있고 희주가 경찰들에게 설명하는 중이다.

경찰1 아니 술 마신 것도 아니고 이유도 없이 왜 도망을 쳐요?

희주 죄송합니다. 뭔가 착각을 한 거 같아요.

경찰1 이상한 사람이네..

경찰2 (진우를 흘끔거리며) 저분 유진우씨 아녜요? 맞죠?

희주 (표정)

경찰2 유진우 맞네. (경찰1의 손에 있는 운전면허 확인하며) 저분 좀 아프시잖아요 그쵸?

희주 (....! 뭐라 대답을 못하고)

경찰2 그냥 가세요. 조심하시구요.

희주 네.. 감사합니다.

경찰2 아 그리구 운전은 여자분이 하시는 게 낫겠습니다.

희주 네.. 제가 하려고요.

경찰1/2 그럼. (인사하고 경찰차로 가는)

경찰1 (수군거리는) 어디가 아파?

경찰2 (미쳤다고 손가락을 머리 옆에 대고 돌리는 시늉하는)

희주　...... (너무 속상하고 화나고)

진우, 전화를 끊고 오는

희주　그냥 가래요.

진우　......

희주　키 줘요. 내가 운전할게요.

진우　지금은 괜찮아요.

희주　줘요. 경찰들이 나보고 하랬어요. (손 내미는)

진우　(경찰차가 아직 지켜보고 있자, 차 키 주는) .....

씬/39 진우의 차 안 (밤)

희주, 운전하고 진우, 생각에 골똘하고..

희주　(걱정이 되어 힐끔거리며) 아까 왜 그랬어요? 지금은 게임 할 수도 없다면서..

진우　착각했어요.

희주　진짜로 아파 보였어요.

진우　잘못 본 거예요.

희주　진짜 아팠던 거 아녜요? 혹시 여기도 그라나다처럼..

진우　아니요.

희주　(표정)

씬/40 레스토랑 (밤)

조용한 레스토랑. 메뉴판 보고 있는 둘.

진우　뭐 먹을래요?

희주　근데.. 이렇게 나와 있으면 안 되는 거 아녜요?

진우 조사는 의미도 없다니까.

희주 그래도 대책도 없이

진우 대책이 없는 건 아녜요.

희주 대책이 있어요?

진우 있죠. 그걸 하고 싶지 않아서 고민하는 거지.

희주 대책이 있는데 왜 하고 싶지 않아요?

진우 마음이 아파서요.

희주 그게 뭔데요..?

진우 ...... (미소만, 메뉴 보는)

희주 (.....?)

이때 희주의 핸드폰이 울리는

희주 (꺼내 보고는) 민주예요. (하고) 하 얘 또 오지랖 떨려구 전화한 거야...

진우 알아요?

희주 말 안 해도 다 알아요. 얘는 눈치 백 단이에요. (하고 받는) 여보세요.

민주 (울며, E) 언니.. 어디야..?

희주 (?) 너 울어..?

진우 (? 고개 드는)

희주 왜 울어..?

민주 (울먹이며) 할머니가 쓰러졌어.

희주 (!!!) 왜...? 어째서?!

씬/41 희주 집 앞 + 레스토랑 (밤)

민주, 혼자 서서 통화하는.
구급차가 멀어지고 있고

민주 상범이 오빠가 왔는데.. 세주 오빠가 행방불명이라고, 소식 보낸 거 다 거짓말이라 그래서 희주 (.....!)

민주 (울먹이며) 할머니가 그 말 듣다 갑자기 넘어졌어. 그래서 오빠가 119 불러서...

희주 (!!) 어디로 간 거야? 어느 병원이야?!

진우 왜 그래요?

씬/42 진우의 차 안 (밤)

희주, 통화하고 있고 진우 운전해서 병원으로 향하는

희주 (목소리 떨리는) 지금 가고 있어. 거의 다 왔어. (끊으며) 정신은 차리셨대요..

진우 다행이네.

희주 원래 할머니가 혈압이 높아서.. (하다 참으려고 했는데 눈물이 뚝 떨어지고)

진우 (손을 뻗어 눈물 닦아주는)

희주 ...... (더 눈물이 난다)

씬/43 병원 응급실 앞 복도 (밤)

희주, 급히 오는데 상범이 머리 헝클며 서 있는.
상범, 희주를 보고, ...!

상범 (난감하고 당황스럽고) 왔어....?

희주 ...... (다가오고)

상범 별일은 없을 거래. 너무 걱정 안 해도 된다고

희주 누구 마음대로 그 말을 해?! 오빠가 뭔데? 뭔데 우리 집 일에 끼어들어서..!!

상범 그럼 언제까지 숨길 거냐..? 대책이 없잖아?

희주 내가 지금 찾고 있잖아! 거기서두 계속 찾아보고 왔다고!

상범 할머니는 가족 아니냐? 손자 생사도 모르고 계속 속고 있어야 돼?

희주 내가 판단해! 내가 때 되면 말할 거였어!! 왜 그걸 오빠가 맘대로 말하냐구!!

진우 (주차하고 뒤늦게 오다가 보는)

상범 니가 무슨 판단을 해?! 니가 지금 객관적이냐? 야, 다 죽었어.
유진우랑 엮이면 다 죽어나가. 그 친구도 죽었고, 비서도 죽었잖아.
그 자식이 세주도 어떻게 했는지 어떻게 알아?

희주 .....!

진우 ......

상범 세주를 찾고 있었던 건지 세주 흔적을 지우고 있었던 건지 어떻게 아냐구? 계약 따내려고 세주한테 무슨 짓을 했을지 알아? 솔직히 난 그 자식이 제일 의심스러워! 세상에 그 자식 믿는 사람 아무도 없다, 경찰 조사도 받는데, 근데 너는 그 자식 말을 믿고, 그 자식을 걱정하고, 어이없다구, 그 자식이 뭔데

희주 (말 끊는) 이제 그만 가. 그 얘기 더 하고 싶지 않아. (응급실로 들어가는)

상범 야. 내가 잘못한 거냐..?

희주 누구는 말할 줄 몰라서 안 했을까? 이렇게 될까 봐 말 안 한 거야, 오빠가 나보다 할머니를 더 생각해? 세주를 더 생각해? 지금 오빠가 나한테 무슨 짓을 한지 알아?!

상범 ......

희주 가줘 제발. (하고 들어가버리는)

상범 ..... 하 씨.... (속상해 한숨 쉬며 오다 진우와 마주치고) ...?!! (순간 다시 욱, 뭔가 말하려는데)

진우 오늘은 싸우지 말죠 우리.

상범 (표정)

진우 그냥 지나가요.

상범 ...... (뭐라 하려다가.. 지나쳐 가는)

진우 ....

상범 (자기 성질 못 이겨 벽을 발로 차며 사라지고)

진우 ......

씬/44 병원 응급실 (밤)

희주, 눈물 닦으며 영심이 잠들어 있는 모습을 지켜보는.
간호사가 옆에서 혈압 체크하자 영심이 정신 드는.

희주 할머니..!

영심 (희주 알아보고)

희주 (손잡고 밝게) 좀 어때요? 깜짝 놀랬잖아요.

영심 얘.. 내가 기막힌 소릴 들었는데 사실이냐..?

희주 걱정하지 마요. 세주 별일 없어요. 금방 찾을 거예요.

영심 (울먹이며) 아니 세상에.. 아니 어떻게.. 1년을 그걸 모르고.. 어떻게 너는 나한테 그 말을 안 해..?

희주 죄송해요. 나두 얼마 전에 알았어요. 얼마 안 됐어.

영심 어떻게 이래.. (울며) 죽은 거 아니냐..? 1년 동안 안 타났으면 그놈 벌써 죽은 거야..

희주 (볼을 어루만지며) 할머니 아직 몰라요. 찾을 수 있어요. 내가 찾아보고 있어요.

영심 (눈물이 흘러내리고)

씬/45 병원 응급실 앞 복도 (밤)

진우, 오는데 희주, 복도에 서서 통화하고 있다.

희주 할머니 괜찮으시대. 걱정하지 말고 자. 너 내일 학교 가야 되잖아. 혼자 잘 수 있지?

민주 (E) 나 무섭단 말야..

희주 뭐가 무서워. 문 잠그면 되지. 나는 아침에 갈게. (진우가 와 있는 걸 보고) 얼른 자. (끊고) 어디 갔다 와요?

진우 선배가 이 병원 내과 과장이라서 연락해놨어요. 신경 좀 써줄 거예요.

희주 ......

진우 좀 어떠세요?

희주 괜찮으세요. 그래도 내일까진 여기 있는 게 안전하대요.

진우 내가 도와줄 거 없어요?

희주 (고개 젓는) 가세요. 여기 있어도 할 게 없어요. 내일 일이나 잘 해요.

이때 간호사가 응급실에서 나와 부르는

간호사 오영심 환자 보호자분?

희주 네!

간호사 잠깐 와보세요.

희주 네 네. (바로 들어가며 작게) 가요. (미소 짓고 들어가는)

진우 ……

씬/46 희주 집 거실 (밤)

민주, TV 크게 틀어놓고 쪼그리고 앉아 있는.
민주, 무섭고 불안해 눈물이 맺힌. 눈물 닦아내는데 이때 초인종이 울리자 깜짝 놀라는
민주, 쪼르르 가서 인터폰으로 내다보는

민주 (겁먹어) 누구세요…?

씬/47 희주 집 앞 (밤)

민주, 후다닥 나오는. 진우의 차가 서 있고 진우, 대문 앞에 서 있는.

민주 아저씨? 왜 왔어요?

진우 너 무서워서 잠 못 잘까 봐.

민주 (표정)

씬/48 희주 집 거실 (밤)

진우, TV 끄고 겉옷 벗어놓는데

민주, 이불을 낑낑거리며 들고 내려오는.

민주　(안심해서 목소리 밝아진) 이거 덮으세요.
진우　이불 필요 없어.
민주　추울걸요. 덮어요. (소파에 놔주고)
진우　너 내일 몇 시에 일어나야 돼?
민주　여섯 시 반이요.
진우　(벽시계 보고) 벌써 열두 시다. 얼른 자. 내가 깨워줄게.
민주　네. 안녕히 주무세요.
진우　잘 자라.
진우　(소파에 털썩 앉는데)
민주　(올라가려다가 멈칫, 돌아보며) 근데 아저씨. 우리 오빠 죽었어요?
진우　(.....!)
민주　우리 오빠 진짜 죽은 거예요?
진우　(순간 할 말이 없고)

씬/49　희주 집 2층 거실 (밤)

민주, 터벅터벅 올라와 방으로 가고.

씬/50　희주 집 거실 (밤)

작은 불만 켜놓고 소파에 누워 있는 진우.
시선은 벽에 걸린 희주의 가족사진에 고정돼 있고..
세주의 얼굴을 뚫어지게 보며..

씬/51　병원 응급실 (밤)

잠이 든 영심의 침대 옆에 앉아 있는 희주.
한숨 푹 쉬며....

씬/52 희주 집 앞 (아침)

디졸브로..
아침이 된. 택시 한 대가 와서 선다.
희주, 피곤한 얼굴로 택시에서 내려 집으로 들어가려다 멈칫.
진우의 차가 서 있자, ...?!

씬/53 희주 집 거실 (아침)

희주, 급히 들어오는데 진우가 주방에서 토스트 구우며 커피 마시고 있는

희주 (?!)
진우 왔어요?
희주 (생각지도 못한) 왜 여기 있어요?
진우 여기서 잤어요. 민주 혼자 무서울 거 같아서.
희주 (?!)
진우 오늘은 저 소파에서. 저게 좀 낫던데.
희주 (표정, 미안한) 민주 혼자 자도 돼요. 다 컸는데 뭐하러..
진우 할머니는?
희주 괜찮으세요. (하고) 근데 뭐해요..?
진우 할 줄 아는 게 토스트밖에 없어서. 뭐라도 먹여서 보내야 되는 거 아네요?
희주 (표정)
진우 (우유 꺼내며) 와 민주 진짜 깨우기 힘들던데. 아침마다 전쟁이겠던데?
희주 (그 모습이 생소해서 쳐다보며)
진우 왜요?
희주 너무 낯선 광경이라서요. 안 어울려요.. 누구 챙기는 거.. 어색해요.

진우　하는 나는 오죽하겠어요.

희주　(표정)

진우　배고파요? 몇 개 더 구울까?

희주　(미소) 네..

진우　(피식, 식빵을 더 꺼내는) 앉아요.

희주　(와서 앉는)

진우　커피는? (두 개 보여주며) 아메리카노? 아님 라떼?

희주　라떼요.

진우　라떼.. (뜯어서 타는)

희주　(보고 있다) 근데 이러고 있을 때예요? 오늘 출석일이에요. 어쩌려고 이래요?

진우　대책이 없는 건 아니라고 했죠.

희주　(....?)

진우　(커피 희주에게 주며) 더 이상 미루면 안 되겠다는 생각이 드네.

희주　(표정)

씬/54 경찰서 앞 (오전)

기자 한 명이 경찰서 배경으로 리포트 중이다.

기자　유진우 전 대표는 오늘 오전 10시 출석할 것으로 알려졌으나 아직까지는 도착하지 않고 있습니다. 현재 강남경찰서에는 이미 수많은 취재진들이 몰려...

씬/55 경찰서 로비 (오전)

경찰이 포토라인을 준비하고 있고 그 앞에 수많은 취재진들이 서로 밀치며 자리 경쟁하느라고 시끄러운.

씬/56 대학교 강의실 (오전)

대조적으로 조용한 강의실 풍경.
계단식으로 된 커다란 강의실.
대학생들, 듬성듬성 앉아 있고 병준, 강의 중이다.

병준 사실은 아무 새로운 정보도 제공하지 않았던 신문 기사에 의해 개별 기업의 주가가 폭등하는 사례 연구를 발표했는데, 예를 들어 EntreMed의 주가는 이 기업의 약품이 암을 치료할 가능성이 있다고, 뉴욕타임즈 1면에 실린 날에 주당 12달러에서 85달러로 폭등했고.. 이런 식으로 뉴스 매체는 대중이 이미 알고 있는 주가에 관한 뉴스를 내보내 그런 관심을 더욱 자극하려고 하고, 결국 그 관심으로 인해 실질적으로 주가를 변화하게... (하다 뭔가를 보고 표정)

진우가 뒷문으로 들어오는

병준 ......!
진우 ...... (조용히 들어오고)

학생들, 병준 시선 따라 돌아보고 진우를 알아보고, 다들 놀라는..

병준 언론은 수시로 과거의 주가 변화로부터 추가적인 주가 변화로 이어지는 피드백을 더욱 강화하고...
진우 ......
병준 (시계를 보고) 시간 지났네. 다음 시간에 계속 합시다. (강의록 덮는)
대학생들 (바로 일어나며 짐을 싸며, 수군거리고 진우를 힐끔거리며 나가는)
진우 (미동도 없이 서 있고)

대학생들, 다 나가고 나자 커다란 강의실에 병준과 진우만 남는.
문 닫히는 소리 텅, 울리고.

병준 ......

진우 ......

병준 여기 어쩐 일이냐? 오늘이 출석일 아니냐?

진우 맞습니다.

병준 그런데 어떻게 왔어?

진우 교수님 뵙고 싶어서요.

병준 ...... 대비는 잘 하고 있냐? 나도 아는 게 없어서 말이다.
회사 쪽에서 하도 떠들길래 골치 아파서 마음대로 하라 그랬다.
더 이상 관여하기도 싫고.

진우 대비는.. 잘 안 되고 있습니다. 정황을 알아보니 저와 수진이가 몇 년 동안 꾸준히 만나왔다는 증언도 여럿이고 아, 이런 말도 들었습니다. 제발 돌아와달라고 수진이를 괴롭혔다는 조작된 증거도 있다고 하고. 평소에 형석이를 죽이고 싶다는 말도 내가 여러 증인한테 했다고 하고. 게다가 유라까지 참고인으로 출석한다던데요. 지분 좀 떼어주시기로 한 모양이죠?

병준 ......

진우 교수님이 1년을 준비하신 거면 제가 뭘 대비할 수 있겠습니까.
나가서 망신당하고 탈탈 털리고 결국엔 구속되겠죠.

병준 그래서.. 겁이 나서 지금 찾아온 거냐?
재조사 취소해달라고?

진우 아니요. 증명하려고 왔습니다.

병준 증명?

진우 교수님은 제가 미쳐서, 아니면 거짓말이라, 증명을 못하고 있다고 믿으시죠.
한 치의 의심도 없이요.
그 확신이 너무 커서 지금 판을 이렇게 키우셨구요.
그렇지만 증명하는 건 사실 너무 쉽습니다.

병준 (.....!)

진우 제 말이 진실이라는 건 지금 이 자리에서도 증명할 수 있어요.

병준 (실소) 그런데 그걸 왜 지금까지 안 한 거냐?

진우 그렇게 하고 싶지 않아서요.
그렇게까지 하고 싶지 않아서 그동안 다른 방법들을 찾고 있었죠.
어렵게 돌아가는 걸 뻔히 알면서.

병준 그래서. 그 증명이 뭐냐?

진우 게임에 접속해서, 저와 동맹을 맺으면 됩니다.

병준 (.....!)

진우 간단하죠.
경찰 조사, 재판까지 갈 필요도 없이 이 자리에서 지금 당장, 진실을 확인할 수 있어요. 그런데도 지금까지 제가 그렇게 안 한 이유는,
정훈이처럼 될까 봐서요.

병준 (....!)

진우 누가 또 정훈이처럼 죽으면, 죄책감에 살 수 없을 거 같아서 망설였습니다.
그런데 지금, 여기까지 오고 보니까,
차라리 여기서 증명을 하는 게 낫겠다는 생각이 듭니다.

병준 (표정)

진우 제가 경찰에 증명할 게 없다고 확신하셔서 이 모든 준비를 하셨겠지만,
전 제가 게임의 피해자라는 걸 너무 쉽게 증명할 수 있습니다.
다만 그 결과는, 제이원의 파산이겠죠.

병준 (표정)

진우 세상 사람들 모두에게 증명할 필요도 없습니다.
저는 제가 만든 회사가 저 때문에 파산하는 거 보고 싶지 않아요.
교수님에게만 증명하면, 조용히 해결될 거 같아서 여기 왔습니다.

병준 나보고 게임에 접속하라는 거냐?

진우 렌즈를 끼고, 서버를 열라고 회사에 전화하시면 됩니다.

병준 ......

진우 아마 10분도 안 걸릴 겁니다.

병준 ......

진우 겁이 나세요? 정훈이처럼 될까 봐요?
제 말은 다 거짓인데, 그럼 두려워하실 이유가 없죠.

병준 ...... (실소, 결국 핸드폰을 꺼내 전화를 건다)

진우 ......

씬/57 과사무실 (오전)

조교, 일하고 있다가 전화를 받는

조교 네 교수님! (하다) 네?

씬/58 병준의 연구실 (오전)

조교, 책상 서랍을 열어보고 있는.
렌즈 케이스를 꺼내 들고 뛰어나가는

씬/59 제이원 회의실 (오전)

이사1, 2, 3이 회의 중인데 이사1이 전화를 받고 있는

이사1 네 교수님. 안녕하십니까. 박대표님은 뉴욕 출장 중이신데요 (하다) 서버를요...? 왜.. (하다) 게임을 하신다구요?

이사들 (??)

이사1 교수님이요? (의아한 표정으로 이사들과 시선 교환)

씬/60 대학교 강의실 (오전)

이미 조교가 갖다 놓은 렌즈 케이스 열려 있고.
렌즈를 낀 채 기다리고 있는 병준. 진우, 계속 그 자리에 서 있고.

병준 (미소) 10분만 기다리라고 하니까 기다리자.

진우 ......

둘, 침묵 속에 서로 보며 대치하고 있는 모습에..

씬/61 데이터센터 관제실 (오전)

직원1, TV 뉴스 보고 있다가 전화를 받는다.

직원1 여보세요. 네 센터장님. (하다) 아.. 네. 지금이요?

씬/62 데이터센터 서버실 (오전)

적막에 싸여 있는 거대한 서버실.
잠시 후, 웅 소리와 함께 서버에 하나씩 불이 들어오기 시작한다.
순식간에 서버에 다 불이 켜지고

씬/63 대학교 강의실 (오전)

서버가 열리길 기다리고 있던 병준의 눈에 메시지가 뜬다.
〈첫번째 로그인 하셨습니다〉
병준, ...!
동시에 진우의 눈에도 메시지가 뜬다.
〈3494번째 로그인 하셨습니다〉
진우, ...

씬/64 대학교 캠퍼스 (오전)

지나가는 학생들 사이로 검을 든 자객들이 하나 둘 나타난다.

씬/65 대학교 건물 복도 (오전)

자객들이 복도에도 하나 둘..

씬/66 병준의 강의실 (오전)

여전히 마주보며 서 있는 둘.
〈tester_103님이 동맹을 신청하셨습니다〉
〈동맹을 맺으시겠습니까?〉

진우 ......
병준 (기다리고 있는)
진우 (막상 승낙을 하려니 망설여지는)
병준 뭐하고 있냐?
진우 ......
병준 증명한다면서?
진우 ......
병준 뭐가 두려워?
진우 ......
병준 차라리 무릎을 꿇고 읍소를 하는 게 어떻겠냐?
조사받고 싶지 않다고.
진우 교수님과 제가... 이런 순간까지 온 게 슬프네요.
병준 ...... 그게 누구의 탓이냐?
진우 .... (결국 허공에 붉은 원을 그리는)

〈zinu님과 tester_103님이 동맹이 되셨습니다〉
병준, ...!
〈동맹은 서로의 적에 대항해 함께 싸울 수 있습니다〉
〈동맹이 함께 싸운 전투의 경험치는 공유합니다〉

진우 교수님은 이제부터 저랑 운명을 같이하시는 겁니다.

동맹이니까요.

병준 (표정)

진우 같이 죽고, 같이 사는 겁니다. (냉소) 끝까지 같이 가시죠.

병준 (표정)

바로 요란한 천둥소리에 병준, ...??

병준, 소리에 밖을 쳐다보는데

진우 지금부터 살아남는 법을 알려드릴게요.

병준 (...? 다시 진우를 보고)

진우 절대 제 곁에 있지 마시고, 바로 서울을 떠나세요.
아이디는 지금 이후로 삭제하시구요.

번갯불과 빗소리 요란해지고,

이어서 〈알함브라 궁전의 추억〉 기타 선율이 흐르기 시작하는

병준 .....?

진우 두려워도 서버를 닫으라고 하시면 안 됩니다. 왜냐면, 제가 퀘스트를 계속해야 하거든요. 퀘스트를 끝내서 해결책을 찾을 때까지는 서버를 닫으면 안 됩니다. 대신 그동안 모든 유저들은 접속 금지입니다. 앞으로 저만 이 게임을 할 겁니다. 저와, 제가 허락한 유저만요. 파산하고 싶지 않으면, 그렇게 해야 합니다. 형한테도 이 말을 꼭 전하세요.

병준 (진우의 말과, 기타 소리에 혼란스러운데)

병준의 눈앞에 갑자기 메시지가 뜨고.

〈적이 나타났습니다〉

진우, ...

병준, 두리번거리다가, ...?!!!

진우와 병준의 사이, 강의실 복도에 검을 든 피투성이의 형석이 나타난다.

병준, ...??!!

양복을 입은 형석의 모습, 병준이 기억하는 아들의 모습처럼 보이고.

형석, 바로 진우를 향해 검을 들고 계단을 올라가는..

병준 (너무 놀라워 보다가 자기도 모르게) 형석아..?

형석 (검을 들고 올라가다 멈칫)

진우 ....

병준 형석아..?

형석 (마치 듣기라도 한 듯 돌아보는)

병준 (표정)

형석 (새로운 적을 인지하고)

병준 (.!!!! 틀림없는 아들의 모습이고, 자신이 지금 환상을 보고 있다는 것도 잊고) 너... (바로 눈물이 고이는데)

형석 (바로 타겟을 바꿔 병준을 향해 계단을 내려간다)

병준 (.....!!)

진우 ......

형석 (아버지를 향해 검을 치켜들고 확 다가가는 모습에)

병준 (.....!!!!)

씬/67 경찰서 로비 (오전)

진우 (NA) 지금부터 나의 마지막 퀘스트가 시작된다.

포토라인이 마련되어 있고 그 앞에 수많은 기자, 카메라 기자들이 진을 치고 진우가 나타나기만 기다리고 있다. 지루한 적막이 흐르는데...
이때 형사가 포토라인으로 오는

형사 기자분들께 알려드리겠습니다.

갑자기 플래시 터뜨리고 찍기 시작하는

형사 저는 이 사건을 맡은 담당 형사입니다. 에.. 약 10분 전에 피진정인 측으로부터 오늘 출석을 할 수 없다는 연락이 왔습니다. 불출석 사유에 대해서는 따로 말하지 않았기 때문에 이후 조사 일정에 대해서는 차후에 다시 알려드리며..

기자들, 형사가 말하는 중에 '형사님 성함 말씀해주세요!' '다시 한 번 말씀해주세요!' '불출석 사유가 뭡니까?' '유진우씨 입장은 뭡니까?' '이수진씨와 관련이 있는 겁니까?' '이수진씨는 오늘 출석합니까?' 시끄럽고 플래시 터지고

씬/68 레지던스 호텔 거실 (오전)

컷 튀면 대조적으로 아무도 없는 조용한 거실.
카드 키 열리는 소리가 나더니 희주가 들어온다.
희주, 조심스럽게 들어오는. 두리번거리다가... 침실로 가는

씬/69 레지던스 호텔 침실 (오전)

들어와서 조심스레 욕실까지 둘러보는 희주. 아무도 없고.
희주, 얼핏 진우를 찾는 듯 보이는.

씬/70 레지던스 호텔 거실 (오전)

희주, 도로 나와서 TV를 켜는.
무음으로 진우의 불출석 이야기를 다루는 자막들이 흐르고..
희주, 놀라지도 않고 그걸 보는

씬/71 회상 - 희주 집 거실 (아침)

12회 53씬에서 이어지는

진우 당분간 얼굴 보기 힘들지 몰라요.

희주 (토스트 먹다가 멈칫, 기운 빠지는) .... 알고 있어요 조사받으려면

진우 경찰엔 출석 안 해요.

희주 (?!) 출석 안 하면 어떡하려구요?

진우 이제 세주를 찾아야죠.

희주 (......!)

진우 기회는 아직 남아 있어요. 그래서 안 떠난 거고.

희주 뭘.. 하려 그래요...?

진우 도와줄 일이 있어요.

희주 (....?)

씬/72 레지던스 호텔 거실 (오전)

희주, TV를 보고 있는데 이때.
〈알함브라 궁전의 추억〉 기타 선율이 뒤에서 시작된다.
희주, 멈칫. 천천히 돌아보는..
거실 한쪽에 엠마가 나타나 기타를 연주하고 있다.
희주, ...!!
희주의 눈에 렌즈를 낀 게 그제야 보이고..
희주, 놀랍고 경이로운 표정으로 엠마에게 다가가는...

진우 (NA) 이제 우리가 이 이야기의 결론에 다가갈 시간이 가까워오고 있다.

희주, 엠마의 앞에 서서..
자기 자신과 똑같이 생긴 엠마를 내려다보며.. 표정에..

진우 (NA) 알함브라 궁전의 추억.

- 제12회 끝 -

13회

씬/1 제이원 로비 (낮)

양주, 슬리퍼 신은 채로 보안문을 열고 나와 현관으로 가는

씬/2 제이원 사옥 앞 (낮)

양주, 후다닥 횡단보도를 건너 어디론가 간다.

씬/3 샌드위치 가게 (낮)

양주, 문을 열고 들어온다.
두리번거리다가, 한쪽에 앉아 혼자 샌드위치와 커피 마시는 진우를 발견하는.

양주 (후다닥 오는) 대표님?
진우 (힐끔) 앉아. 뭐 시켜줘?
양주 아닙니다. 지금 회의하다가 나와서 (주변 두리번)

진우 왜 두리번거려? 나 만나면 안 돼?

양주 (중얼) 회사 근처라서..

진우 (시니컬) 나랑 만나면 요주인물로 찍히는 거냐? 요즘 회사 그런 분위기야?

양주 그건 아니지만.. 좀.. 약간 눈치가.. (하고) 왜 오셨어요?

진우 부탁할 게 있어서.

양주 뭔데요?

진우 무기 좀 만들어주라.

양주 (표정)

진우 아이템도 더 필요해. 되는 대로 다양하게.

양주 무기는 뭐하시게요? 서버도 닫아놨는데

진우 조만간 열 거 아냐. 쇼케이스 예정대로 한다며.

양주 (기막혀) 대표님.. 이 와중에 게임 하시려고요..?
지금 변호사 만나고 바쁘실 때 아닙니까? 요새 매일 뉴스에 나오시던데요

진우 언제까지 돼?

양주 (한숨) 제가.. 쇼케이스 준비 때문에 사실 시간도 없고.. 그리구 대표님을 또 게임에 끌어들이면 저 쫓겨납니다. 박이사니.. 아니 박대표님이 요새 좀 무서우세요. 히스테리가 완전..

진우 의리로 해줄 수 없겠냐?

양주 (표정)

진우 나한테는 생사가 달린 문제라 그래.

양주 에이 그건 오버죠. 무슨 생사가 달린 문제까지

진우 (진지한) 오버가 아니라 진짜로 죽고 싶지 않아서 그런다.

양주 (곤란한, 갑자기 샌드위치를 입에 마구 넣고)

진우 (대답 기다리고 있자)

양주 (와구와구 먹다가 결국, 한숨) 만들어볼게요.

진우 (씩 미소) 고맙다.

양주 저 쫓겨나면 대표님이 책임지세요. 회사 하나 만들어서 저 본부장 시켜주세요.

진우 오케이. 그때까지 살아 있으면.

양주 (?)

이때 옆에 둔 진우의 핸드폰이 울리는. 〈정희주〉 뜨고.

진우　(바로 받아서) 이따 다시 할게요. (끊는)
양주　(먹으며 보다가) 근데.. 질문 하나 해도 돼요?
진우　뭐.
양주　희주씨랑 무슨 사이세요?
진우　......
양주　그때도 대표님 호텔에 혼자 남고 그러시던데.. 혹시.. 사귀세요?
진우　그걸 내가 꼭 대답을 해야 돼?
양주　(!! 부정 안 하자 충격받아 들고 있던 샌드위치 툭 떨구는)
진우　왜 이래?
양주　엠마는 제 최애캐라구요..!
진우　그래서?
양주　엠마 보는 게 제 하루 낙인데요..!
진우　그래서. 내가 너한테 사과라도 해야 되냐?
양주　하... (절망해 고개 숙이는)
진우　너 아직도 엠마 안 지웠어? 내가 지우라고 한 지가 언젠데
양주　(화가 나 대답도 안 하고 샌드위치 욱여넣는)
진우　뭐 더 시켜줘?
양주　(버럭) 네!
진우　(어이없어)

씬/4　샌드위치 가게 앞 (낮)

양주, 주머니에 손 넣고 세상 다 잃은 듯 쓸쓸하게 서 있는데 진우, 샌드위치가 잔뜩 든 봉지 들고 나오고.

진우　야.. 누가 보면 진짜 실연당한 줄 알겠다?
양주　마음이 허.. 하네요.
진우　(실소, 봉지를 주며) 가라. 나중에 연락할게.

양주 뭐 이렇게 많이 사셨어요?

진우 애들 갖다줘. 다 잘 있지?

양주 애들이야 잘 있죠.. (갑자기 슬퍼지는) 대표님 얘기 맨날 해요.

진우 .... 간다. (세워둔 차로 가는)

양주 (보다가 퍼뜩) 아 근데 참, 제가 그 얘기했었나요?

진우 (돌아보는) 뭘?

양주 엠마가 특수 기능이 있는 캐릭터더라구요?

진우 (?)

씬/5 회상 - 양주의 사무실 (오전)

양주, 커피 잔 들고 엠마와 대화 중이다.

양주 안녕 엠마.

엠마 안녕.

양주 좋은 아침이야. 날씨 너무 좋지?

엠마 날씨가 참 좋아요.

양주 오늘은 더 이뻐 보인다.

엠마 (수줍게 웃는) 고마워요. 당신도 오늘 멋있어요.

양주 (흐흐거리는)

양주의 머리 위로 〈회복력 +10 체력 +10〉 메시지 생겼다 사라지는

양주 (E) 전 대화하면 회복력 좀 올려주는 힐러 역할인 줄 알았는데요.

이때 살짝 열려 있던 문이 확 열리면서 테스트 중이던 연구원1, 2가 검을 들고 결투하며 밀려들어온다.

양주 야 야 뭐야?

연구원1/2 (듣지도 않고 서로 밀려 넘어졌다가 확 일어나고)

양주　밖에 나가서 해 왜 여기 들어와서 이래?

연구원1, 2 듣지도 않고 실랑이하며 서로 찌르려는데 이때 갑자기 손에 쥔 검들이 사라지는.

연구원1/2　어??

양주　(??)

연구원1/2　어디 갔어 내 칼? / 뭐야??

연구원1　팀장님이 뭐 하셨어요?

양주　하긴 내가 뭘 해?

이때 동시에 셋의 시선에 메시지가 뜬다.

〈이곳은 결투 금지 구역입니다〉

〈결투가 취소됩니다〉

양주, ???

씬/6　샌드위치 가게 앞 (낮)

양주　엠마 주변 반경 10미터 안에서는 결투가 안 되더라구요.
무기가 저절로 없어져요.

진우　(표정)

양주　알카사바 카페가 유저들 모이는 공간이잖아요?
엠마가 거기 있는 이유가 평화 유지 기능이었어요.
최소한 거기서는 싸움을 못하게요.

진우　(.....!)

양주　하기는, 희주씨가 누나라면서요. 누나를 모델로 쓰면서 막 만들진 않았겠죠.

진우　(전혀 생각 못했던, 표정에)

씬/7　진우의 차 안 + 대로변 (밤)

디졸브로.

12회 33씬과 같은 장면.

진우, 갓길에 차를 세워놓고 차창을 열어놓고 희주를 기다리고 있다.

진우, 아까부터 그 생각에 깊이 빠져 있는데

이때 희주가 '여기요!!' 부르는 소리에 보면, 희주, 길 건너편에서 손짓하는.

희주 내가 건너갈게요! (하고 얼른 횡단보도로 가는)

진우 (그 모습을 지켜보는 표정에)

양주 (E) 엠마가 일종의 평화의 상징이더라구요.

씬/8 진우의 차 안 (밤)

도로를 달리는 진우의 차.

희주 아 배고파..

진우 (불쑥) 알카바사랑 무슨 연관이 있어요?

희주 (?) 알카사바요..? 알함브라 궁전에 있는 거요?

진우 아니 카페 알카사바. 추러스 맛집 있죠.

희주 아~ 그 카페요? 있죠.

씬/9 회상 - 그라나다 / 카페 알카사바 (낮 - 밤)

몇 년 전의 희주, 앞치마 두르고 관광객들에게 추러스와 음료수를 분주하게 갖다주는.

희주 (미소, 스페인어) 맛있게 드세요. (바로 다음 테이블로 가서 주문 받는, 주문서 꺼내며) 어서 오세요. 주문하시겠어요?

희주 (E) 예전에 거기서 아르바이트했었어요. 주인 바뀌기 전에요.

주인아저씨랑 친했거든요.

컷 튀어 밤이 된. 술 마시는 손님들로 북적거리고.
희주, 엠마가 앉아 있던 그 자리에 앉아 기타를 연주하고 있다.
사람들, 술 마시며 쳐다보고 있고.

희주 (E) 밤에는 가끔 기타 연주도 했구요.

희주, 연주 끝내고 인사하면 몇몇 박수치고.

씬/10 진우의 차 안 (밤)

12회 36씬으로 이어지는

희주 (그리운 듯, 미소) 그때까진 그래도 기타 안 놨었거든요.
(하다) 근데 알카사바는 왜요 갑자기?
진우 세주도 알고 있겠네.
희주 당연히 알죠. 거기 와서 툭하면 용돈 타 갔는데. (하다) 왜요?
진우 그냥?
희주 (....?) 근데 왜 나왔어요? 변호사들하고 회의 안 해요?
진우 해서 뭐해요 아무 의미도 없는 조산데. 어차피 다 진실이 아닌데.
희주 그렇다고 어떻게 아무 준비도 없이..
진우 나름 준비하고 있어요.
희주 (???)
진우 ......

씬/11 회상 몽타주

C#1 그라나다 / 카페 알카사바 앞 (낮)

3회 5씬 中
진우, 눈을 감았다 뜨자.
갑자기 요란한 비와 귓가를 때리는 천둥 번개가 눈앞에 펼쳐지고.
진우, 감탄해 다시 비를 보는. 이때 눈앞에 새 메시지가 뜬다.
〈카페 알카사바에 오셨습니다〉
진우, 돌아보면 차양 아래 〈Cafeteria Alcazava〉 간판이 붙어 있는.

진우 (NA) 카페 알카사바.
오류의 시작이 여기서부터였을 거라는 건 처음부터 짐작 가능한 일이었다.

〈카페 알카사바에 입장하시겠습니까?〉
진우, 바로 문을 열고 들어가는 모습에.

진우 (NA) 365일 비와. 천둥 번개와

C#2 그라나다 / 카페 알카사바 (낮)

3회 6씬 中
진우, 메뉴를 고르고 있는데 갑자기 기타 선율이 시작된다.
진우, 돌아보고 표정. 엠마가 기타를 연주하고 있고..

진우 (NA) 알함브라 궁전의 추억이 흐르는 곳.

진우, 엠마에게 다가가는 모습에..

진우 (NA) 더 엄밀히 말하면, 시작은 엠마에서부터였을지도 모른다.

디졸브로..

C#3 그라나다 / 카페 알카사바 (밤)

테이블에 앉아 형석을 기다리는 마르꼬와 세주.

마르꼬 (술 마시다) 뭐?

세주 내가... 7이어야지 형이 3이고

마르꼬 (말 끝나기도 전에 잔 탁 내려놓고) 야. 개소리 그만하라고 내가 경고했지? (노려보며) 이 얘기 한 번 더 하면 백 번이다? 백 번 채우면 니 끝이 뭘 거 같냐?

세주 (겁먹은 듯 시선 떨구자)

마르꼬 (일어나 화장실 가며) 넌 이제 가라. 차형석 올 때 됐어.

C#4 그라나다 / 카페 알카사바 화장실 (밤)

마르꼬 휘파람 불며 소변보고 있는데 뒤에서 세주가 들여다보며

세주 나... 게임 안 팔 수도 있어.

마르꼬 (힐끔)

세주 (떨며 용기 내) 내가 7이야, 내가 다 만들었는데. 내가 안 팔면 형도 돈 못 받아

마르꼬 (표정) 하 이 새끼가.. (웃으며 뭐라 하려는데)

세주 나도 차형석 만날 거야.

마르꼬 (표정, 정색하며) 니가 뭐할라고?

세주 같이 만나.

마르꼬 ...... (눈빛에 살기가)

세주 (처음으로 고집스레 버티며) 같이 만나.

마르꼬 ...... (흔쾌히) 그래, 오케이, 그러자. 알았어. (비웃으며) 만나, 만나서 재벌 앞에서 등신같이 버벅거려. 난 상관없어.

세주 ......

마르꼬 (피식) 됐냐?

C#5 그라나다 / 카페 알카사바 (밤)

세주, 앉아 있는데 마르꼬가 흥얼거리며 화장실에서 온다.

마르꼬 아직 안 왔어? (앉는)

세주 (고개 젓는)

마르꼬 왜 안 오냐? (한 손으로 핸드폰 보는 듯하더니)

마르꼬, 테이블보 밑으로 오른손을 뻗어 접이식 칼로 세주의 복부를 퍽 찌르는.
세주, ...?!!
가게 안의 손님들, 전혀 낌새도 못 채고.
〈알함브라 궁전의 추억〉을 연주하는 엠마만 마치 이쪽을 지켜보는 것 같고.

진우 (NA) 엠마의 앞에서 진짜 칼로 찌른 그 순간.

마르꼬 (낮게, 노려보며) 깝치지 말랬지 새끼야?

세주 (..!!!)

마르꼬 이게 끼워줬더니 고마운 줄을 모르고.. 깝쳐..? (눈빛에 살기가, 한 손으로는 핸드폰을 쥔 채, 테이블 밑에 있는 손은 힘을 더 주며 칼로 세주의 복부를 슥 쑤시고)

세주 (....!! 말도 안 나오고, 움직일 수도 없고, 숨도 안 쉬어지는)

마르꼬 여기서 찍소리만 내봐.. 니 누나 앞에서 죽여버린다.

세주 (표정)

이때 갑자기 엠마의 기타 멈추는.
밖의 빗소리도 멈추고 멀리 자리에서 술 마시며 웃고 떠들던 해적들도 멈춘다.
마치 버퍼링이 걸린 듯. 마르꼬와 세주의 귓가에 기타줄을 긁는 듯한 끽... 괭음이 들려오고.

마르꼬 (? 둘러보는) 뭐야.. 또 랙 걸렸어? 하 씨..

세주 (그사이에 겨우 칼을 밀치며 뒤로 물러나면서 손으로 배를 감싸고)

마르꼬　(두리번거리다 돌아보면 세주, 도망치는)

C#6　그라나다 / 카페 알카사바 앞 (밤)

세주, 배를 감싸고 비틀거리며 나온다.
마르꼬, 여유롭게 문을 열고 따라 나오는

마르꼬　어딜 가?
세주　(두려움에 떨며 뒷걸음질)
마르꼬　(한 손에는 여전히 소매 속으로 감춘 칼을 보여주며) 왜? 경찰에 신고하게? (손짓하는) 일루 와. 형이 잘 챙겨줄게. 이제 더 깝치지 말라는 뜻이야 알겠냐?
세주　......
마르꼬　(미소) 일루 오라고.
세주　(....!!)
마르꼬　야 이 등신아.. (다가오는데)

탕...!! 총소리와 함께. 마르꼬, 멈칫한다.
마르꼬의 복부에 피가 번지기 시작하는.
마르꼬, 자기 배를 내려다보며 표정.
세주의 손에 어느새 권총이 있고.
마르꼬, 실제로 맞은 것 같은 극심한 통증에, 비틀거리며..

마르꼬　하 씨...
세주　(표정)
마르꼬　(숨을 헐떡이며) 너.. 미쳤냐...? 지금 진짜 총을 쐈어...?
세주　(....!! 손에 든 총을 보며, 믿을 수 없어) 아니야.. 이건..

비와 천둥 번개, 기타 소리 갑자기 다시 시작되는

마르꼬　이리 와.. 너 죽었어.. (손에서 권총을 빼 든다)

세주 (!! 뭐가 뭔지 모르겠는, 도망친다)

세주, 도망치는데 그 뒤로 총소리 탕!! 울리고.

C#7 그라나다 / 카페 알카사바 (밤)

컷 튀어 형석이 팔짱 끼고 혼자 앉아서 기다리고 있다.
그사이 형석의 시선으로.. 다시 밖에 비가 쏟아지고 엠마가 기타를 연주하고 있고 해적들도 부어라 마셔라 하고 있고. 이때 직원1이 들어온다.

형석 어떻게 된 거야? 왜 안 나타나 그놈?
직원1 모르겠습니다. 전화도 안 받습니다.
형석 (퍼뜩, 불안한)

아무 일도 없었던 듯, 엠마는 기타를 연주하고 있고.

진우 (NA) 어쩌면 엠마가 유일한 목격자일 수도 있다.
그들이 세상에서 사라지는 과정을 마지막으로 본.

씬/12 레지던스 호텔 거실 (오전)

컷 튀어 12회 엔딩 씬으로 이어지는.
희주, 놀란 표정에서..
거실 한쪽에 엠마가 나타나 기타를 연주하고 있다.
희주, ...!!
희주, 놀랍고 경이로운 표정으로 엠마에게 천천히 다가가는

진우 (E) 도와줄 일이 있어요. 호텔에 가서 누구를 좀 만나줘요.
희주 (E) 누구를요...?
진우 (E) 엠마.

희주, 엠마 앞까지 다가가자 눈앞에 메시지가 뜬다.
〈새로운 캐릭터를 만났습니다〉
〈엠마 27세 카페 알카사바의 기타리스트〉
희주, ...!!
엠마의 앞에 서서.. 자기 자신과 똑같이 생긴 엠마를 내려다보는.
익숙하면서도 낯선 자신의 모습을 한참을 보다가..

희주 (조심스레, 어색하게) 안녕...
엠마 (계속 기타를 연주하고)
희주 (다시 한 번) 안녕... 엠마...?
엠마 (이름을 부르자 그제야 내리깔았던 시선 멈칫, 천천히 고개를 들고 희주를 쳐다보는)
희주 (....!)
엠마 (기타를 치며 희주를 향해 미소를 짓는)

희주, 자신과 똑같은 미소에, 전율을 느끼는 표정에.

진우 (NA) 우리에게 기회는 아직 남아 있다.

씬/13 데이터센터 서버실 (오전)

12회 62씬 中
적막에 싸인 거대한 서버실.
잠시 후, 웅 소리와 함께 서버에 하나씩 불이 들어오기 시작한다.
순식간에 서버에 다 불이 켜지고.

진우 (NA) 서버가 다시 열리고..

씬/14 회상 - 그라나다 / 지하 던전의 끝 (오전)

11회 43씬 中
진우, 창살 사이로 겨우 손을 뻗어 열쇠를 잡아채는.
어둠 속에서 반짝이는 황금빛 열쇠가 손에 잡힌다.
〈master님의 특수 아이템을 획득했습니다〉
〈사용 용도 - ? 사용 조건 - 100레벨 이상〉
진우, 표정

진우 (NA) 퀘스트를 계속 이어갈 수 있다면.

씬/15 대학교 강의실 (오전)

12회 66씬에서 이어지는.
같은 시각. 마주보며 서 있는 진우와 병준.
〈tester_103님이 동맹을 신청하셨습니다〉
〈동맹을 맺으시겠습니까?〉

진우 ....
병준 뭐하고 있냐?
진우 ....
병준 증명한다면서?
진우 ....
병준 뭐가 두려워?
진우 .... (표정에)
진우 (NA) 다만 문제는..

씬/16 회상 몽타주

C#1 진우의 차 안 (12회 36씬 中)

탕!! 소리와 함께 총알이 진우의 어깨를 뚫고 지나가는.
진우, ...!!!
〈스나이퍼의 총탄에 맞았습니다 -1500〉
생명력 확 줄어들고.
진우, 아파하며 창문을 급히 올리려는데

경찰1 어어! (창문 사이에 손을 넣으며 막는) 뭐하는 거야 당신?

다시 총소리가 들리자 진우, 바로 가속 페달을 밟는.

경찰 어어? 어 멈춰! (차창을 붙들려는데)
진우 (쏜살같이 달려 나가고)
희주 (놀라) 왜 이래요?! 어딜 가요?!

앞에서 막으려던 경찰2, 놀라 얼른 차를 피하고,
뒤에서 계속 총소리가 들리고 뒤 유리창이 깨지는 소리, 무섭게 들려오며.
진우, 미친 듯이 질주를 하는
경찰차, 뒤에서 바로 사이렌 울리며 따라간다.

희주 어떡해요? 쫓아오잖아요! 세워요!!
진우 (창문을 올리려는데 어깨를 맞은 왼팔이 말을 안 듣는, 겨우 잡고 계속 밟고)
희주 세워요 제발!
진우 (이때 눈앞에 총알이 날아오는 게 보이고, !!!! 총알을 피하려고 운전대를 꺾으면서 크게 회전하는)
희주 (그 결에 쏠리며 놀라 비명을 지르고)

C#2 진우의 차 안 (12회 39씬 中)

희주 아까 왜 그랬어요? 지금은 게임 할 수도 없다면서..

진우 착각했어요.

희주 진짜로 아파 보였어요.

진우 잘못 본 거예요.

희주 진짜 아팠던 거 아녜요? 혹시 여기도 그라나다처럼..

진우 아니요. (부정하지만 내심 두려움이 몰려오고)

C#3 그라나다 / 기차역 플랫폼 (10회 7씬 中)

정훈, 화살 맞은 채 다가오는 전사들을 보며

정훈 저 화살에 맞았습니다..! 진짜로 맞았어요!!
(울부짖듯) 여기 미쳤어 NPC들이 다 몰려와요. 전부 다요! 살려주세요!!

C#4 그라나다 / 야간열차 화장실 (9회 42씬 中)

진우가 총격을 피해 몸을 날려 튀어 들어오는.
불꽃이 튀기면서 총탄이 안쪽까지 들어오고

C#5 그라나다 / 기차 객실 (10회 30씬 中)

테러리스트와 총격전 중인 상황, 테러리스트5가 쏜 총탄, 진우의 옆구리를 관통하며 진우, 바닥에 넘어지는

C#6 지하 던전 (10회 엔딩 씬 中)

피투성이의 진우, 생명력 바닥난 상황.
좀비들, 손전등 불빛에 순식간에 가루로 변하면서 공중으로 흩어지는.

진우 (NA) 그때는 운이 좋아 죽지 않았지만

C#7 대학교 캠퍼스 (오전)

12회 64씬 中
지나가는 학생들 사이로 검을 든 자객들이 하나 둘 나타난다.

C#8 대학교 건물 복도 (오전)

12회 65씬 中
복도에도 자객들이 하나 둘 나타나고..

진우 (NA) 과연 이번에도 살아남을 수 있을까..?

씬/17 병준의 강의실 (오전)

12회 66씬으로 돌아와.
요란한 천둥소리에 병준, ...???
병준, 소리에 밖을 쳐다보는데

진우 지금부터 살아남는 법을 알려드릴게요.
병준 (....? 다시 진우를 보고)
진우 절대 제 곁에 있지 마시고, 바로 서울을 떠나세요.
아이디는 지금 이후로 삭제하시구요.

번갯불과 빗소리 요란해지고,
이어서 〈알함브라 궁전의 추억〉 기타 선율이 흐르기 시작하는

병준 ....?
진우 두려워도 서버를 닫으라고 하시면 안 됩니다. 왜냐면, 제가 퀘스트를 계속해야 하거든요. 퀘스트를 끝내서 해결책을 찾을 때까지는 서버를 닫으면 안 됩니다. 대신 그동안 모든 유저들은 접속 금지입니다. 앞으로 저만 이 게임을

할 겁니다. 저와, 제가 허락한 유저만요. 파산하고 싶지 않으면, 그렇게 해야 합니다.

형한테도 이 말을 꼭 전하세요.

병준　(진우의 말과, 기타 소리에 혼란스러운데)

병준의 눈앞에 갑자기 메시지가 뜨고.

〈적이 나타났습니다〉

진우, ...

병준, 두리번거리다가, ...?!!!

진우와 병준의 사이, 강의실 복도에 검을 든 피투성이의 형석이 나타난다.

병준, ...??!!

양복을 입은 형석의 모습, 병준이 기억하는 아들의 모습처럼 보이고.

형석, 바로 진우를 향해 검을 들고 계단을 올라가는

병준　(너무 놀라워 보다가 자기도 모르게) 형석아...?

형석　(검을 들고 올라가다 멈칫)

병준　형석아...?

형석　(마치 듣기라도 한 듯 돌아보는)

병준　(표정)

형석　(새로운 적을 인지하고)

병준　(!!!! 틀림없는 아들의 모습이고, 자신이 지금 환상을 보고 있다는 것도 잊고) 너.. (바로 눈물이 고이는데)

형석　(바로 타겟을 바꿔 병준을 향해 계단을 내려간다)

병준　(....!!)

형석　(아버지를 향해 검을 치켜들고 확 다가가는)

병준　(!!!!!)

형석　(병준의 눈앞까지 순식간에 다가오며 검을 휘두르자)

병준　(!!! 자기도 모르게 뒤로 물러나며 다리가 의자에 걸리는, 충격에 비명조차 나오지 않는, 검을 내려치려는 아들과 눈빛이 마주친 순간, !!)

탕!! 소리와 함께 형석, 멈추는.

병준, ...!!

형석, 그대로 옆으로 푹 쓰러지며 기타 소리와 빗소리 멈추는.

병준, ...!!!

〈zinu님이 Dr.Cha님을 해치웠습니다〉

형석이 바닥에 쓰러지자, 그 뒤로 권총을 들고 있는 진우가 보이고.

형석의 시신은 잠시 후 사라지는..

병준, 신음과 함께 그대로 의자에 털썩 주저앉는다.

동시에 강의실에 검을 든 자객들이 하나 둘 나타나기 시작한다.

진우 조교한테 지금 전화해서 차를 건물 앞에 대라고 하세요.

병준 (표정)

진우 차를 타고 여길 떠나실 때까지는 제가 지켜드리겠습니다.

병준 (표정)

진우, 바로 총을 쏴 자객들을 연속해서 쓰러뜨리며.

병준, 넋 나가 그걸 보고만 있자 진우, 바로 계단을 내려온다.

병준, 진우가 지팡이도 짚지 않고 빠르게 내려오자, ...?!!

지금 보는 장면을 믿을 수 없고.

진우, 병준의 앞까지 성큼성큼 와서 교탁 위에 있던 핸드폰을 병준에게 내밀며.

진우 당장 전화하세요. 살고 싶으시면요.

병준 (....!)

진우 ......

병준 ......

씬/18 대학 캠퍼스 (오전)

조교가 병준의 차를 몰고 와서 강의실이 있는 건물 바로 앞에 세우는.

조교, 차에서 내려 바로 후다닥 건물 안으로 들어간다.

씬/19 강의실 건물 엘리베이터 (오전)

조교와 병준이 엘리베이터 안에 타고, 조교, 1층 버튼을 누르는데 문이 닫히다가 다시 열린다. 진우가 앞에 서 있고.

병준 (표정)
진우 고속도로 타고 바로 외곽으로 나가요.
조교 고속도로요..?
진우 교수님 별장으로 가요. 평창에 있는 별장 알아요?
조교 어.. 네..
진우 딴 데 들르지 말고 곧바로 가요.
조교 네... (하고) 그럼 오늘 수업은..

다시 문이 닫히고.

병준 ...... (그사이 아무 말도 안 하고 서 있는데 손잡이 잡은 손이 후들거리고)
조교 (병준이 쓰러질 것 같아 보이자) 교수님... 괜찮으십니까..?
병준 .....
조교 잡아드릴까요? (손을 내미는데)
병준 (갑자기 눈에 있던 렌즈를 확 빼는)
조교 (??)
병준 (렌즈를 빼서 주머니에 넣는데 손이 덜덜 떨리고)

씬/20 대학 캠퍼스 (오전)

조교의 부축을 받으며 나오던 병준, 앞을 보고 흠칫하며 멈춰 서는.
조교, ??
병준의 눈에, 지나가는 대학생과 섞여서 캠퍼스 안을 서성거리고 있는 검을 든 자객들이 보인다.
잔디밭을 서성거리던 자객들, 병준이 나타나자 쳐다보는.
〈적이 나타났습니다〉
〈적이 나타났습니다〉
〈적이 나타났습니다〉
병준, ...!
자객들, 바로 병준을 향해 다가오는.
병준, 공포에 사로잡히는데 가장 먼저 병준에게 달려오던 자객1, 탕! 총소리와 동시에 퍽 쓰러지고.
병준, ...!!
올려다보면 2층 창가에서 저격용 총을 겨누고 있는 진우가 보이고.
다시 탕! 소리와 함께 두 번째 자객도 쓰러지고.
이어서 세 번째 자객도 쓰러지고.
병준, 표정.

조교 왜 그러세요..?
병준 (공포에 질려 조교 손을 뿌리치고 비틀거리며 차에 급히 가는)

이때, 차 지붕 위에서 갑자기 자객4가 나타나고.

병준 .....!!!
자객4 (바로 병준에게 검을 휘두르는)
병준 (자기도 모르게 팔로 얼굴을 가리며 고함을 치는) 어억!!

씬/21 강의실 건물 2층 복도 (오전)

멀리 오는 자객을 겨누고 있던 진우, 그 소리에, !!
바로 총구 방향을 바꾸는

씬/22 대학 캠퍼스 (오전)

자객4가 병준의 팔을 확 긋는 동시에 탕! 총에 맞고 차 아래로 고꾸라지는.
병준, 고통의 비명을 지르며 바닥에 넘어지고.
지나가던 대학생 몇, 놀라 쳐다보고.

조교 (뛰어와) 교수님? 괜찮으세요? (일으키려는데)
병준 (.....!! 극도의 공포, 바로 차에 기어 올라타듯 타는)
조교 (??)
병준 (차에 들어가서) 문 닫아!!
조교 (??)
병준 (버럭) 닫아!!
조교 (그제야 놀라 얼른 문을 닫는)

씬/23 병준의 차 안 (오전)

병준, 공포에 질려 자기 손등에 떨어지는 피를 본다.
창밖을 내다보면 똑같이 생긴 자객들이 계속해서 생겨나며 차를 향해 다가오는

병준 (조교가 차에 타자마자) 출발해 빨리.
조교 네.. (겁먹어 바로 시동 걸고 출발하는)

씬/24 강의실 건물 2층 복도 (오전)

창가에 서서 차로 다가가는 자객들을 향해 총을 계속 쏘는 진우.
병준의 차가 급히 캠퍼스를 빠져나가는 모습이 보이고.

씬/25 병준의 차 안 (오전)

병준, 사색이 되어 피가 번지는 자기 팔을 내려다보며..

조교 교수님.. 괜찮으세요?
병준 (대답 않고 뒤를 돌아보는)

뒤 유리창으로 계속해서 죽어나가는 자객들과, 2층 창가에서 엄호하며 총을 쏘고 있는 진우가 멀어지고.

조교 교수님...?
병준 ...... (고개 돌리는)
조교 편찮으신 거면 병원에 먼저 가는 게..
병준 (겨우) 그냥 가... 멈추지 말고.

씬/26 강의실 건물 2층 복도 (오전)

창가에 서서 계속해서 아래를 향해 총을 쏘고 있는 진우.
〈자객10을 해치웠습니다〉
〈자객11을 해치웠습니다〉
〈자객12를 해치웠습니다〉
그제야 총을 내리고 보면, 병준의 차는 안 보이고.
캠퍼스 잔디밭에 해치운 자객들의 시신들이 널려 있고. 대학생 몇몇이 전혀 모르고 그 주변을 한가롭게 지나가고.
진우, 복도에서 또 하나가 나타나자 바로 총구 방향 바꿔 탕! 쏘는.

씬/27 고속도로 (오전)

톨게이트를 빠져나와 달리는 병준의 차.

씬/28 병준의 차 안 (오전)

손등은 피로 완전히 물들어 있고...
눈앞에 떠 있는 자신의 생명 바가 반밖에 안 남은 걸 보는 병준..

〈회상 인서트〉

C# 대학교 강의실 (12회 66씬 中)

진우 교수님은 이제부터 저랑 운명을 같이하시는 겁니다.
동맹이니까요.
병준 (표정)
진우 같이 죽고, 같이 사는 겁니다. (냉소) 끝까지 같이 가시죠.

병준, 진우의 그 말이 이제야 온몸으로 실감이 나며..
죽음의 공포가 몰려오며 이마에 땀이 맺히고.. 손이 떨리는데
이때 메시지가 뜬다.
〈서울을 벗어났습니다〉
〈게임 반경을 벗어나 게임이 중단됩니다〉
병준, ...! 갑자기 손등을 덮었던 피, 순식간에 사라지는.
병준, 믿을 수 없어 잠시 보다가.. 겨우 정신이 드는..

병준 ...... (한숨을 돌리며 겨우) 휴게소에.. 좀 들리지.

씬/29 제이원 회의실 (오전)

이사1, 전화 받고. 이사2, 3 쳐다보고 있는.

이사1　네 교수님. 네.. 확인하셨습니까? 어떠신지

병준　(E) 내가 지금 접속한 아이디 좀 삭제해요.

이사1　지금 바로요?

씬/30 고속도로 휴게소 + 제이원 회의실 (오전)

휴게소에 정차한 병준의 차 안. 조교는 밖에 나가고 없고.

병준　지금 바로.

이사1　(??) 아 네.. (하고) 확인 끝나셨으면 서버를 닫을까요? 아직 점검 중이라

병준　... 놔둬.

이사1　근데.. (곤란한) 박대표님께 아직 보고를 못한 상황입니다. 그쪽이 밤이라서요.

병준　내가 박대표한테 얘기할 테니까 놔둬.

이사1　아 네.. (하며 이사들에게 의아한 눈빛 보내며 쳐다보고) 알겠습니다.

병준, 떨리는 손으로 전화를 끊고..
흘려들었던 기억을 새삼 떠올리는

〈회상 인서트〉

C#1　대학교 강의실 (13회 17씬 中)

진우가 멀쩡한 걸음으로 계단을 내려오던 장면

C#2　병준의 연구실 (밤)

해임 직후 상황.
귀국한 선호, 병준에게 하소연하듯 얘기하는

선호 다 진우 착각이었습니다. 그라나다에서 NPC들이 진짜로 공격을 하고, 다리도 멀쩡해졌다고 했는데, 병원에 있던 CCTV를 확인해봤더니

C#3 병원 CCTV 화면

진우가 허공에 검을 휘두르는 동작을 하며 걸어가는 컷컷.
지팡이는 없으나 다리를 절고 있다.

C#4 병준의 연구실 (밤)

병준 다리를 절고 있었어?
선호 네. 너무 몰입해서, 뇌가 착각하는 지경에 이른 거겠죠.
진짜로 칼에 맞으면 아프고, 진짜로 다리가 멀쩡하다고 착각하고 있는 겁니다.
진우가... 확실히 정상은 아닙니다.

C#5 대학교 강의실 (13회 17씬 中)

자신을 향해 검을 들고 달려오던 아들의 생생한 눈빛이 펑펑 떠오르고.

C#6 대학교 강의실 (13회 17씬에서 이어지는)

병준 (핸드폰을 내민 진우에게) ...... 어떻게... 이럴 수가 있냐..?
진우 그건 제가 1년 동안 매일 했던 질문입니다.
병준 (표정)

병준, 회상에서 돌아와...
인생에 이런 혼돈과 공포는 처음 겪는.
고통스러운 표정으로 얼굴을 감싸고...

씬/31 촬영 스튜디오 (오전)

음료수 광고 촬영 중인 유라.
스태프들이 어둠 속에서 찍고 있는 중이고.

유라 (음료수 마시고) 피부에 좋아요. (윙크) 우리 같이 젊어져요~
감독 (잠시 후) 오케이! 의상 바꿔주세요
유라 (바로 표정 바뀌며 정색하고 가는)

씬/32 스튜디오 분장실 (오전)

유라, 문을 벌컥 여는. 영준, TV를 보고 있다가

유라 아 짜증나 진짜. 몇 번을 찍는 거야?
영준 야. 저거 봐라. (TV 가리키는)
유라 나왔어? (?! 후다닥 와서 보고) ...?!

TV에 자막과 함께 불출석 통보하는 장면이 나오고 있는. (12회 67씬 中)
〈유진우 전 대표, 불출석 통보〉 자막이 흐르고

유라 뭐야..? 뭐하는 수작이야 또...?
영준 (비웃음) 겁먹고 내뺐나 본데?
유라 (표정)

씬/33 경찰서 로비 (오전)

형사1, 계속 쏟아지는 기자들 질문에 답하고 있는.
'오늘 이수진씨도 출석하는 게 맞나요?!' '오늘 두 사람 대질이 있습니까?'

형사1 네 네. 이수진씨는 오늘 일정대로 갑니다. 네, 이미 참고인 자격으로 출석하셨습니다. 네? 다시 질문해주세요. 뭐라구요? 아니요 내용은 밝힐 수 없습니다.

씬/34 경찰서 조사실 (오전)

수진, 참고인으로 출석해 조사실에 앉아 있다. 초조하고 초췌하고.
이때 문이 벌컥 열리자 움찔 놀라는데 변호사1이 들어오는

변호사1 유진우씨가 오늘 불출석하는 모양입니다.
수진 (?!)
변호사1 지금 막 확인했습니다. 경찰이 브리핑 중이구요.
수진 왜요..? 왜 갑자기..
변호사1 아직 이유는 모르겠습니다. 확인해봐야겠는데요.
수진 (표정)
변호사1 (어디론가 핸드폰을 걸며) 오늘은 일단 유진우씨랑 대질은 없겠네요.
수진 (더욱 초조하고, 당혹스럽고)

씬/35 밥집 (오전)

연구원1, 2, 3과 양주, 늦은 아침 먹으면서 TV 보고 있는
진우 관련 뉴스가 나오고 있고..

연구원1 어쩌려고 저러시냐? 이제 막 나가는 건가..?
연구원2 계속 출석 거부하면 구속되지 않냐?
양주 (안절부절, 심란한데 이때 핸드폰이 울리자, ??!! 보고 바로 튀어 나가는)
연구원들 ???

씬/36 밥집 앞 + 대학교 캠퍼스 (오전)

양주, 나오자마자 바로 전화 받는

양주 여보세요? 대표님 뭐하시는 거예요? 지금 난리 났습니다~ 뉴스도 난리 나고 회사도 난리 나구요

진우, 총을 들고 건물에서 나오며 통화하는.
이미 잔디밭에는 시체들이 즐비하고..
지나가던 대학생 몇이 진우를 알아보고 수군거리고, 핸드폰으로 찍는 대학생도 있는데 진우, 시선 무시하며 차로 가는.

진우 고레벨 캐릭터들이 모여 있는 구역이 어디야?
양주 네?
진우 레벨을 빨리 올려야 돼서 시시한 놈들 상대할 새가 없어.
고레벨들하고 붙으려면 어디로 가야 돼?
양주 지금.. 게임 하고 계세요? 아니 지금 게임 하고 계실 상황이 아닌 거 같은데요. 온 나라가 대표님 때문에 시끄러운데 지금..
진우 무기는 어떻게 돼가?
양주 (기막혀) 아니요.. 그니까 지금 무기가 중요한 게

이때 전사가 갑자기 툭 튀어나오자 진우 놀라며 총을 잡는데 그사이에 검이 목을 확 스치고. 동시에 총으로 탕!! 쏘는.
전사, 피를 토하며 푹 쓰러지고, 진우, 목에 바로 피가 배어나는
생명 바 줄어들고.

양주 (E) 여보세요? 대표님?
진우 (피를 닦아내며 다시 받는) 나한텐 중요하다 그랬지. 생사가 달린 문제라고.
양주 (..???)
진우 (차 문을 열며) 죽고 싶지 않아서 그러니까 좀 도와줘.
내가 죽으면 너 본부장도 날아가는 거야.
양주 (표정)

진우의 차, 시체들이 즐비한 캠퍼스를 빠져나가는

씬/37 도로 (오전)

대학교를 빠져나와 도로를 달리는 진우의 차.

씬/38 진우의 차 안 (오전)

신호에 걸려 서는 진우의 차.
진우, 잠시 숨을 돌리는데 횡단보도에 길을 건너는 행인들 사이로 다시 복면을 한 자객들이 나타난다. 진우, 표정.
이때 양주의 메시지가 오는.
진우, 확인하면 양주의 목소리와 함께.
〈고레벨 많은 지역 표시한 지도 보냅니다.〉
아래 파일을 누르면 지도가 뜬다.
빨간 점으로 표시된 지점들이 보이고.
진우가 지도를 확인하는 사이, 자객들이 차의 앞유리, 옆유리를 둘러싸며 다가오는.
진우, 신호등이 바뀌자 바로 굉음과 함께 속력을 내며 치고 달려 나간다.
차를 둘러쌌던 자객들, 그 결에 바닥에 넘어지고.
진우의 차가 떠나고 나자 잠시 후, NPC들 그 자리에서 사라지며..
F.O – F.I

씬/39 착륙하는 비행기 인서트 (밤)

씬/40 공항 청사 앞 (밤)

선호, 수행 비서들과 함께 귀국해서 나오는.
차가 대기하고 있다가 기사, 바로 인사하며 문을 열고, 선호 바로 차에 탄다.

씬/41 회사 차 안 (밤)

굳은 표정의 선호, 타자 비서도 앞자리에 타며

비서 회사로 먼저 갈까요?
선호 아니. 교수님한테 먼저 가.
비서 (그 말에 돌아보며) 멀어서 오래 걸릴 텐데요. 그리고 이사님들이 기다리시는데
선호 출발해. (하고) 회의는 내일 아침으로 다시 잡아. 교수님부터 만나보고 회의하자고 해.
비서 네 알겠습니다.

씬/42 도로 (밤)

국도를 달리는 회사 차

씬/43 병준의 별장 앞 (밤)

경치 좋은 곳에 위치한 별장.
회사 차가 와서 서고, 선호, 차에서 내린다.
비서가 먼저 뛰어가 초인종을 누르고.
선호, 심란한 표정으로..

씬/44 병준의 별장 거실 (밤)

선호, 들어오는. 비서는 문을 닫고 나가고.
병준, 창가 쪽 암체어에 앉아 있다.

선호 교수님...?
병준 ......
선호 교수님 저 왔습니다. (다가가는)

선호, 병준 앞까지 오는데 병준, 핸드폰을 손에 쥔 채 창밖만 보고 있고.
하루 사이에 갑자기 늙고 초췌해 보이는 병준.

선호 공항에서 바로 오는 길입니다. 오면서 오이사한테 얘기 다 들었고 진우 불출석 소식도 들었습니다. 무슨 일이 있었습니까?
병준 ......
선호 아침에 진우를 만나신 거죠? 갑자기 서버를 열라고 하신 건 뭐고.
왜 여기에 내려와 계십니까? 수업도 갑자기 다 취소하셨다면서요.
병준 도망쳤다.
선호 네?
병준 내 아들이 너무 무서워서.. 도망쳤어.
선호 (표정)
병준 겁먹고 혼비백산.. (자조적인)
선호 (.....!)
병준 ....
선호 설마.... (하다) 정말 보신 겁니까..? 형석이를 보셨어요?
병준 ......
선호 (너무 놀랍고) 진우 말이 맞는 겁니까?
병준 진우 말이 맞다고.. 내가 말할 수 있겠냐?
선호 (표정)
병준 아니, 누가 말할 수 있겠냐? 너라면 할 수 있겠냐...?
선호 (표정)

병준　......

선호　(멘붕이 되며, 극도로 혼란스러운, 회사의 미래가 너무 두렵고) 그럼... 하.. 그럼 서버를 지금 닫아야 되는 거 아닙니까? 진우 말이 맞다면 게임을 하는 건 너무 위험하다는 건데 (하며 핸드폰을 꺼내는데)

병준　놔둬. 본인이 선택했다.

선호　(....!)

병준　지 방식으로 수습을 하겠다고 했으니 놔둬라.

선호　(표정) ...... (퍼뜩) 재조사는요?

병준　......

선호　재조사는 당장 멈춰야 되는 거 아닙니까? 진우는 죄가 없다는 건데요! 지금 너무 이슈가 되어서 당장 그거부터 해결을 하는 게..

병준　그 일은 수습을 하기엔 이미 너무 늦었다.

선호　네..? 그게.. 무슨 말씀이십니까..?

병준　(냉소, 뱉는) 내 발등을 내가 찍었어.

선호　(표정에)

씬/45　뉴스 영상 인서트 (밤)

진우가 대학 캠퍼스, 거리, 골목길 등을 돌아다니는
저화질의 동영상들이 편집되어 나오고
〈출석 거부 유 전 대표, 시내 목격담 SNS에 줄 이어〉

기자　(E) 유진우 전 제이원 대표의 행적이 화제입니다. 유 전 대표는 오늘 오전 차형석씨 변사사건의 피진정인으로 강남경찰서에 출석 예정이었으나 사전 예고 없이 불출석했는데요, 대신에 하루 종일 서울 시내 곳곳을 목적 없이 배회하고 있다는 목격담들이 SNS에 수없이 올라오고 있습니다.

씬/46　희주 집 영심 방 (밤)

영심이 링거 꽂고 자리에 누워 있는데 희주가 약과 물컵을 들고 들어오는

희주　할머니. 약 드세요.
영심　(TV를 보고 있다가 보고)
희주　(쟁반 내려놓고 영심을 일으키는) 일어나요.
영심　(끙끙 일어나며) 저이는 저거 어쩌려고 저러냐..?
희주　(TV 돌아보고)
영심　경찰서엔 안 나가고 시내를 돌아다니고 있다잖냐. 뭐하는 겨?
희주　...... (약봉지 뜯는)
영심　(한탄) 미쳤다더니 정말로 미쳤나 보다. 어이구 어쩔려고 저러냐?
내가 미친 사람인 줄도 모르고 철석같이 그 말만 믿고..
희주　(말 막는) 여기요. (약을 주는)

씬/47 희주 집 희주 방 (밤)

희주, 침대에 걸터앉아 뭔가 생각하고 있다.
침대 아래에 예전에 스페인에서 가이드 할 때 썼던 물건이 담긴 박스 열려 있고. (11회에 희주가 전화번호를 뒤졌던 박스)
희주, 진우에게 핸드폰을 걸어보는. 신호음만 가고 안 받고.
희주, 핸드폰 끊으며 표정에

씬/48 회상 - 진우의 차 안 (밤)

12회 39씬 中

희주　진짜로 아파 보였어요.
진우　잘못 본 거예요.
희주　진짜 아팠던 거 아녜요? 혹시 여기서도 그라나다처럼..
진우　아니요.

씬/49 희주 집 희주 방 (밤)

희주, 바로 일어나 옷장 열고 외투를 꺼내는

씬/50 희주 집 거실 (밤)

민주, 식탁에서 라면 먹으며 TV 보는데 희주가 나오며

희주 할머니 주무시는데 혹시 깨시면 니가 심부름 좀 해.

민주 어디 가?

희주 잠깐만 나갔다 올게.

민주 (TV 가리키며) 언니. 아저씨 만나러 가는 거면 언니가 좀 말려봐.

희주 (표정)

민주 정말 정신 나간 사람 같아. 왜 그러는 거야?

희주 ..... (나가고)

씬/51 희주의 차 안 + 양주의 사무실 (밤)

서울로 향하고 있는 희주.
희주, 운전하며 핸드폰을 건다. 신호음이 가다가 양주가 받는

양주 (E) 여보세요.

희주 안녕하세요.

양주 (E) 어 희주씨. 웬일이세요?

희주 대표님 지금 어디 계신지 아세요? 핸드폰은 안 받아서요.
게임을 하는 중에는 위치 정보가 찍힌다면서요?

양주, 모니터 앞에 앉아 있는

양주 네.. 저도 아까부터 보고 있는데 하도 여기저기 돌아다녀서..
(들여다보며) 지금은 명동이네요.
희주 그 근처에 가면 저도 찾을 수 있는 거죠...?
지금 접속한 사람이.. 대표님이랑 저밖에 없는 거 맞죠..?

씬/52 번화가 (밤)

희주, 운전하며 화려한 불빛과 사람들로 붐비는 번화가를 지나가는 컷컷.
이때 갑자기 희주의 눈앞에 메시지가 뜬다.
〈새로운 유저가 나타났습니다〉
희주, ...!!
〈새로운 유저를 추적하시겠습니까?〉
희주, 표정.

씬/53 골목길 (밤)

번화가 뒤쪽의 골목길 주차구역에 차를 세우고 내리는 희주.
희주, 두리번거리는데 눈앞에 내비게이션이 뜨는.
〈유저 있는 곳 : 현재 위치에서 480m〉
희주, 바로 걸어가는
유흥가 골목골목, 취객들 사이를 지나가는 희주의 컷컷.
희주의 시선에는 내비게이션이 뜨고 있고.
〈유저 있는 곳 : 현재 위치에서 280m〉
〈유저 있는 곳 : 현재 위치에서 140m〉
〈유저 있는 곳 : 현재 위치에서 70m〉
〈유저 있는 곳 : 현재 위치에서 30m〉
희주, 가다가 작은 선술집 앞에 멈춰 서는

〈유저 있는 곳 : 현재 위치에서 5m〉
희주, ...! 문을 열고 들어가는

씬/54 선술집 (밤)

자그마한 조용한 선술집.
희주, 문을 열고 들어오자 점원들이 인사하는

점원 어서 오세요~
희주 (두리번거리며 코너를 돌다가 멈칫)

진우, 가장 구석 자리에 앉아 있는.
완전히 녹초가 된 모습으로 술병 앞에 놓고 벽에 기대앉아 있다.

희주 ......!!
진우 (미소)
희주 (표정)
진우 오고 있는 줄 알았어요.
희주 (표정)
진우 호텔방 말고는 접속하지 말랬는데. 위험하다고.
희주 (천천히 다가가는 표정에)

희주의 렌즈 시선으로...
비로소 온몸이 피에 젖은 상처투성이의 진우의 모습이 드러나고.
생명 바도 얼마 안 남은.

진우 내 말은 막 무시하는 거예요?
희주 (울음을 터뜨리는)
진우 ......
희주 (흐느끼는)

사람들이 다 뭔가 하고 쳐다보고, 그 곁에 진우를 알아보고 손가락질하는 사람도 있고..

진우 앉아요. 사람들이 쳐다봐요.

희주 (눈물을 멈출 수가 없고)

진우 사람들이 나를 알아본다니까. 저거 봐요. 찍고 있잖아. (멀리 한 손님이 슬쩍 찍는 게 보이고)

희주 (그제야 울며 얼른 자리에 앉는)

점원 (와서) 뭘.. 도와드릴까요?

진우 잔 하나 더 갖다줘요.

점원 어.. 네. (가고)

진우 잘됐네. 잠깐 쉬고 있었어요. 한 시간만 같이 있어줘요.
한 시간이면 회복되니까.

희주 (얼굴 감싸고, 손가락 사이로 눈물이 흘러내리고)

진우 할머니는?

희주 ......

진우 퇴원하셨어요?

희주 (겨우) 네..

진우 빨리 세주를 찾아야 되는데 만만치가 않네. 이제 겨우 95레벨인가..?
고레벨일수록 레벨 하나 올리기도 힘들어서.

희주 ......

이때 점원이 잔을 갖다주자

진우 차 갖고 왔어요?

희주 ......

진우 (술병 놓고 물을 따라주다가 문이 열리자 퍼뜩, 갑자기 권총을 빼 들어 희주를 확 젖히며 뒤를 향해 탕탕탕탕!! 여러 발 쏘는)

희주 (깜짝 놀라고)

막 들어오던 손님 뒤로 들어오던 기관총을 든 군인, 바로 쓰러지고.
희주, 돌아보고 .....!!

진우　여긴 위험하다고 했잖아요.
희주　(놀라)
진우　로그아웃 해요 당장.
희주　.....!

〈로그아웃 되었습니다〉
동시에 희주의 시선에 진우의 피와 권총은 사라지고.

희주　......
진우　(물 따라주며) 엠마 주변 말고는 위험하니까 절대 접속하지 마요.
무슨 일이 더 생길지 아무도 몰라요.
희주　...... (떨리는) 어떻게 이렇게 계속 버텨요?
진우　방법이 없어요 이거밖엔.
희주　(표정)
진우　걱정하지 마요. 이제 나름 이 바닥 랭킹 1위에요.
나만 나타나면 다들 벌벌 떠니까.
희주　(기막혀서)
진우　(미소)
희주　(물을 벌컥 마시고 한숨, 눈물을 닦는)
진우　엠마랑은, 친해졌어요?
희주　아뇨.. (고개 젓는) 대화하기가 너무 어려워요. 한마디 하면 자꾸 사라지고.
한참 기다려야 또 나오고
진우　그게 랜덤으로 나타나는 캐릭터라서.
너무 조급하게 생각하지 마요. 어차피 나도 시간이 걸려요.
희주　(긴 한숨) 뭘 찾고 뭘 물어봐야 될지 모르겠어요.
진우　나도 몰라요. 뭘 찾고 뭘 물어봐야 되는지. 그래도 나보단 잘 알 거 아녜요.
엠마가 어떤 대화를 원하는지.
희주　대화는 아직 모르겠고.. 본 거는..

진우　뭐가 있어요?

희주　별건 아네요. 그냥 엠마 오른손이..

진우　손?

희주　오른손에 팔찌랑 반지가.. 어디서 많이 본 거 같더라구요.

씬/55 회상 - 레지던스 호텔 거실 (낮)

희주, 다시 나타난 엠마가 기타 치는 걸 보고 있다가 문득 손에 시선이 가는. 연주하는 엠마의 손의 팔찌와 가운뎃손가락의 반지에 눈이 가고.

희주　(E) 아무리 봐도 익숙한 거예요.
처음엔 내가 하던 악세사리인 줄 알았는데 그게 아니라

씬/56 선술집 (밤)

희주　파티마의 손이었어요.

진우　(...?) 그게 뭐예요?

희주　알함브라 궁전에 있는 그림인데요

〈인서트 컷〉

알함브라 궁전 정의의 문에 있는 파티마의 손 그림. 낡고 희미하지만 엠마의 손의 장신구와 똑같은 걸 하고 있고.

희주　(E) 정의의 문이라고 첫 번째 입구 위에 있는 그림.

진우　(....!)

희주　가이드 할 때 항상 설명하던 거라 잘 알거든요.
세주가 내 가이드북 보고 만든 거 아닌가 싶어요.

씬/57 회상 - 그라나다 / 카페 알카사바 (밤)

책 들고 서서 핸드폰으로 모바일 게임 하고 있는 세주. 희주가 서빙 하다 오는

희주 여기 (팁으로 받은 동전들을 주는)
세주 (! 얼른 받고)
희주 딴 데 새지 말고 바로 집으로 가. 알았지?
세주 (대답도 없이 주머니에 돈 집어넣고 게임 하며 나가는)
희주 (이때 손에 든 책을 보고) 어 그거 내 가이드북 아냐? 그걸 왜 가져가?
세주 아이템 만드는 데 필요해서.
희주 아이템? 그게 뭐야?
세주 그런 게 있어. 끝내주는 아이템. (하고 나가는)
희주 (...?)
희주 (E) 한동안 내 가이드북을 자주 가져다 보더라구요.

씬/58 선술집 (밤)

희주 거기서 따온 거 같아요. 파티마의 손.
진우 파티마의 손이... 무슨 의미예요?
희주 파티마는 마호메트의 딸인데요 이슬람교에서는 파티마의 손이 천국의 문을 여는 열쇠 역할을 한다고 믿어요.
진우 (표정)
희주 그래서 정의의 문에 얽힌 전설이 있어요. 천국의 열쇠와 파티마의 손이 맞닿는 날에 비로소 문이 열리고 성이 무너진다고
진우 (?!) 잠깐만, 뭐라고요? 열쇠..?
희주 네. 천국의 열쇠요.
진우 (...?!)

〈인서트 컷 - 정의의 문의 아치를 따라가면, 파티마의 손 그림에서 이어지면서

다음 그림이 희미하게 보이는>

희주 정의의 문에 그림이 두 개가 있거든요. 파티마의 손이랑. 천국의 열쇠.

진우 (....?! 순간 스쳐갔던 장면이 펑 떠오르는)

씬/59 회상 - 그라나다 / 알함브라 궁전 정의의 문 앞 (오전)

10회 41씬과 같은 장면
한국인 가이드가 관광객 몇 명 모아 놓고 설명 중이다.

가이드 여기는 정의의 문이라고 부릅니다. 알함브라 궁전으로 들어가는 첫 번째 문이구요.. 여러분 저 위에 그림 보이시죠? 저 위에요. (손가락으로 가리키는) 저기 열쇠처럼 생긴 그림이요, 저건 천국의 열쇠입니다.

진우, 한국인들이 알아볼까 시선 피하며 문으로 슥 들어가면서 가이드 말을 따라 흘끔 위를 보는.
문의 아치 중앙에 빛바랜 천국의 열쇠 그림이 그려져 있다.

씬/60 선술집 (밤)

진우 (...!!! 그제야 스쳐 지나갔던 그 그림이 떠오르고, 바로 주머니에서 꺼내는 동작하자 황금빛 열쇠가 손에 들어오는)

〈아이템을 꺼냈습니다〉
〈master의 특수 아이템 : 사용 용도 - ? 사용 조건 - 100레벨 이상〉
손에 들고 있는 열쇠, 바로 그 천국의 열쇠와 똑같고.

희주 왜요...?

진우 전설의 내용이 뭐라고 했어요?

희주 천국의 열쇠와 파티마의 손이 맞닿는 날에 비로소 성문이 열리고 성이 무너진다고요.

진우 (....!)

희주 왜요...?

진우 (퍼뜩, 중얼) 내가 왜.. 세주가 거기 있을 거라고 생각했지..?

희주 네..?

진우 (갑자기 머릿속에서 주르륵 꿰어지는)

씬/61 회상 몽타주

C#1 폐교 운동장 (8회 엔딩 씬 中)

매가 날아와 진우의 팔에 앉는 모습에..

진우 (NA) 세주는 알함브라 궁전 지하 감옥에 갇혀서 매를 보낸 게 아니었다.

C#2 그라나다 / 지하 던전의 끝 (11회 43씬 中)

진우, 쇠창살 너머 빈 공간을 들여다보고 있는.
세주는 어디에도 없고.. 흔적도 없고..

진우 (NA) 세주는 나를 그리 인도한 것이다.

진우, 다시 돌아가려다 문득 이상한 기분에 돌아보고, 표정 변하는.
바닥에 열쇠 하나가 떨어져 있다.

진우 (NA) 거기에 숨겨둔 천국의 열쇠를 내가 찾아내도록.

C#3 그라나다 / 숲속 일각 (밤)

짧은 컷들로 이어지는 추격전.
세주, 권총을 손에 들고 수풀을 헤치며 달려가는 컷컷.
칼에 찔린 상처 때문에 절뚝거리고.
마르꼬, 한참 뒤에서 쫓는데 피를 흘리고 있다. 쫓아갈 수 없자 갑자기 총을 바꿔 드는. 손에 장총이 쥐어지고.
둘 다 광분해 게임과 현실을 구분 못하는 상태로 보이고.
세주, 조용하자 멈추고, 헐떡거리며 뒤를 돌아본다. 아무것도 안 보이자 한숨 돌리며 배의 상처를 만져보는데.. 이때 탕!! 소리와 함께 세주, 총에 맞으며 뒤로 나가떨어지는. 이어서 다시 총소리가 나며 나뭇잎들이 튀자, 세주, 피를 흘리며 필사적으로 기어서 바위 뒤로 숨는다. 바위에 총탄 맞으며 불꽃이 튀고,
세주, 양손에 권총을 들고 두 손을 바위 뒤로 내밀고 무작정 쏘는.
주고받는 총소리가 숲속에 요란하게 울려 퍼지고 파편과 불꽃이 마구 튀다가..!
세주, 탄환이 떨어지자, 떨리는 손으로 탄창을 갈려고 하는데 조용하다.
세주, ...?? 눈앞에 메시지가 뜨고.
〈Marco님을 해치웠습니다〉
〈레벨 94가 되었습니다〉
세주의 상처, 순식간에 사라지고...
세주, 표정.. 세주, 조심스레 일어난다.
총을 쏘던 방향의 어둠을 쳐다보나 조용하고.. 세주, 표정에

C#4 그라나다 / 카페 알카사바 (밤)

형석, 술 마시며 계속 마르꼬가 나타나기를 기다리고 있다.
여기저기 취객들이 술 마시고 있고..
시계를 보고 서서 통화하던 직원1에게 묻는

형석 안 받아?
직원1 안 받습니다.
형석 ......

형석, 점차 계약을 놓쳤다는 불안감에 휩싸여서...
형석, 직원1을 부르는

형석 다시 걸어봐.
직원1 안 받는데요. (하면서 마르꼬에게 전화 걸어 넘기는)

형석, 귀에 대고 기다리는데 신호음만 가고..
메시지를 남기려고 기다리는데 이때 툭, 신호음 끊기면서 받는.

형석 (!) 여보세요. 여보세요? (대답이 없자) 너.. 어디냐? 지금 뭐하자는... (하는데)
세주 (E) 마르꼬는 못 가요...
형석 (?!) 누구세요..?

C#5 그라나다 / 숲속 + 카페 알카사바 (밤)

피투성이 마르꼬의 시신 앞에서 마르꼬의 전화로 통화하고 있는 세주.

세주 (완전히 얼이 빠져, 떨리는 손으로) 걔는 못 가요..
형석 너 누구야..?
세주 걔는 못 가요.. 문제가 생겨서요..
형석 (표정에)

C#6 회상 - 바르셀로나 / 레스토랑 (8부 1씬 C#15 中)

마르꼬 아 뭐, 꼭 집어 얘기하면 둘인데, 내가 대부분 다 했지만. 걘 보조에요 어린애.
형석 어린애?

C#7 그라나다 / 카페 알카사바 + 숲속 (밤)

형석　(!!) 무슨 문제?

세주　(말을 못하고 겁이 나 눈물이 먼저 흐르는)

형석　무슨 문제냐고?

세주　모르겠어요... 나도 잘..

형석　(답답) 너 이름이 뭐야? (대답이 없자) 마르꼬 바꿔.

세주　걔는 전화 못 받아요..

형석　(순간 확 열 받아) 마르꼬한테 전해. 딱 한 시간만 더 기다린다고. 안 나타나면 이 계약 없었던 일로 한다고.

세주　계약 못해요..

형석　뭐...?

세주　계약할 수가 없어요.. 문제가..

형석　(....! 순간 폭발) 야 마르꼬! 이 개자식아, 너 지금 옆에서 듣고 있지? 한 시간 내로 당장 튀어와라. 아니면 내가 찾아가서 니들 죽여버린다. 누구한테 허튼 수작이야 머리에 피도 안 마른 것들이, 대접 좀 해줬더니 지금 어디서 개수작을..

세주　(....! 놀라 핸드폰을 끊어버리는)

형석　여보세요...?

형석, 기막혀하며 다시 전화를 걸어보는데 안 받는

직원1　(다가와) 뭐라는 겁니까?

형석　하 나.. (초조함과 신경질이 섞여 헛웃음) 이 개자식이 나를 물먹여..?

C#8　그라나다 / 숲속 (밤)

세주, 겁에 질려 핸드폰을 꺼버리고..
마르꼬 핸드폰을 주머니에 집어넣는

진우　(NA) 세주는 이제 아무도 믿을 수 없었고,

C#9 바르셀로나 / 마르꼬의 아파트 (9회 9씬 C#13 中)

세주, 급히 하드를 삭제하는 컷.
이때 마르꼬가 권총을 들고 나타나는 컷.
세주, ...!!!

진우 (NA) 곧 죽게 될 거 같았다. 현실에서든 게임 속에서든
세주 뭐야?!! 너 뭐야 왜 자꾸 나타나?! 너 죽었잖아?!!

C#10 그라나다 / 야간열차 침대칸 (9회 9씬 C#26씬 中)

세주, 마르꼬의 총격에 쓰러지는 모습에

C#11 그라나다 / 기차역 플랫폼 (9회 9씬 C#33 中)

세주, 진우의 앞에 웅크리고 누워 정신 잃은 모습에..

진우 (NA) 그래서 스스로 숨은 것이다.

C#12 그라나다 / 지하 던전의 끝 (11회 43씬 中)

진우, 황금빛 열쇠를 손에 쥔 채 내려다보는..

진우 (NA) 숨겨둔 마스터키가 엠마에게 전달되길 기다리면서.

C#13 레지던스 호텔 거실 (낮)

기타를 치는 엠마에게 열쇠를 내미는 진우.
엠마, 기타를 멈추고.. 파티마의 손을 내밀어 열쇠를 받는 모습에.

진우 (NA) 퀘스트는 거기에서 끝난다.

씬/62 선술집 (밤)

희주 (진우 표정을 보고) 무슨 도움이 됐어요...?

진우 도움이 됐냐고요..?

희주 네.. 난 별거 아니라고 생각했는데

진우 (미소) 이제 나만 잘하면 되겠네요.

희주 (....?)

씬/63 상가 건물 화장실 + 양주의 사무실 (밤)

진우, 손을 씻으면서 양주와 통화 중이다.
거울을 통해 보이는 진우의 모습, 어느새 생명력은 거의 다 회복되었고 상처도 사라진.

진우 어떻게 된 거야? 왜 소식이 없어?

양주 (E) 전화하려고 했어요. 지금 보내고 있어요.

진우 지금?

양주, 모니터 앞에 앉아 바쁘게 작업하며 통화 중이다.

양주 네. 특수 아이템 몇 개 만들어봤어요. 확인해보세요.

진우 오케이 알았어. (끊으려는데)

양주 아 참, 박대표님 귀국하셨어요!

진우 (멈칫)

양주 대표님 찾으시던데요. 통화하셨어요?

진우 .....

씬/64 선술집 앞 + 병준의 별장 앞 (밤)

진우, 건물에서 나오는데 경찰차가 그 앞에 서 있다.
진우, 무심코 지나쳐 선술집으로 막 들어가려는데 핸드폰이 울린다.
〈박선호〉 뜨고..

진우 (잠시 보다 받는) .... 여보세요.
선호 (다급한, E) 너 지금 어디 있냐?
진우 왜.

선호, 별장에서 나와 멘붕이 되어 통화 중이다.

선호 (난감, 당혹) 너 알고 있어? 유라씨가 사고를 쳤나 본데
진우 (멈칫) 사고...?

진우, 선호의 말을 한참 듣다가 표정 변하면서 시선, 다시 뒤를 돌아보는.
무심코 지나친, 서 있는 경찰차가 그제야 눈에 들어오고.
진우, ...!
진우, 핸드폰을 든 채 천천히 선술집 문을 여는.

씬/65 선술집 (밤)

앉아 있는 희주의 당황한 표정으로 이어지는.
형사와 제복 입은 경찰1이 희주의 앞에 서 있다.

형사 (신분증을 보여주며) 유진우씨랑 같이 계셨죠? 사진에 찍혔던데
희주 (당황해) 사진이요...?
형사 SNS에 올라온 사진 보고 찾았습니다. 유진우씨는요?
희주 무슨... 일이신데요..?
형사 어디 간 겁니까?

희주　(심상치 않은 분위기에, 말을 못하고)

이때 문이 쾅 닫히는 소리에 형사, 경찰1, 희주, 돌아보는.
진우가 뛰어나가는 뒷모습이 보이고.

희주　(??!!)
형사　어 씨!! 야 잡아!!!
경찰1　(바로 쫓아나가는)

손님들, 놀라서 다 쳐다보고, 희주, ...!!

씬/66 선술집 앞 (밤)

진우, 바로 오던 길로 뛰어서 취객을 밀치며 골목길로 사라지고..!
경찰1이 그 뒤를 쫓고 형사가 뛰어나오고 그 뒤를 쫓아가는
지나가던 취객들 다 쳐다보고.
그 뒤로 희주가 놀라 쫓아 나온다.
진우는 이미 안 보이고 경찰1, 형사도 어둠 속으로 사라지고.
놀란 희주의 표정에.

- 제13회 끝 -

14회

씬/1 회상 몽타주

C#1 스튜디오 분장실 앞 (오전)

신경질 잔뜩 나 분장실로 걸어오는 유라.

C#2 스튜디오 분장실 (13회 32씬 中)

유라, 문을 벌컥 여는. 영준, TV를 보고 있다가

유라 아 짜증나 진짜. 몇 번을 찍는 거야?
영준 야. 저거 봐라. (TV 가리키는)
유라 나왔어? (?! 후다닥 와서 TV를 보고) .....?!

TV에 자막과 함께 불출석 통보하는 장면이 나오고 있는.
〈유진우, 전 대표, 불출석 통보〉 자막이 흐르고

유라 뭐야..? 뭐하는 수작이야 또...?
영준 (비웃음) 겁먹고 내뺐나 본데?

유라　(표정)

C#3　촬영 스튜디오 (낮)

의상을 갈아입은 유라, 스태프들 헤어 만지고 있는데 유라는 안절부절.
이때 영준이 핸드폰 하며 어둠 속에 나타나는 게 보이자

유라　(....!) 잠깐만! (걸리적거리자) 아 놔봐!! (확 뿌리치며 가는)
스태프들　(황당해 보고)
유라　(후다닥 영준에게 가서) 알아봤어?
영준　야 씨.. 아침에 차병준이랑 둘이 만난 모양이다.
그 자식이 차병준 강의실에 나타났다는 목격담이 잔뜩 떴어.
유라　(?!) 왜...? 둘이 왜 만나?
영준　내가 아냐? 아 씨.. 일이 돌아가는 꼬라지가 좀 이상하다. 느낌이 쎄한데.
유라　(!)

C#4　유라의 밴 안 (낮)

유라의 밴, 도로를 달리고 있는
촬영 끝난 유라, 신경질적으로 핸드폰을 계속 걸어보고 있는.
안 받자 끊고 다시 거는. 〈차병준〉 뜨고.

영준　(앞자리에 앉아 돌아보며) 계속 안 받지?
유라　(끊으며) 뭐야... 왜 씹어..?
영준　(이미 확신) 우리 유진우한테 또 당한 거 아니냐?
유라　(...,!)

C#5　유라의 아파트 전경 (밤)

초고층 아파트 전경에서 디졸브 되며

C#6 유라의 집 욕실 (밤)

시간이 한참 지난..
술에 취한 유라, 샤워가운 입고는 술잔을 들고 비틀거리며 신경질적으로 계속 핸드폰 걸어보고 있는.

유라 하 씨.. 뭐야...? 이것들 진짜 뭐야...?
영준 (버럭 부르는 소리, E) 야!! 야!!
유라 (퍼뜩)

C#7 유라의 집 침실 (밤)

유라, 문을 벌컥 열고 나오는데 영준, 핸드폰 들고 의자에 앉아 있는

유라 변호사 통화했어?
영준 (열 받아) 와 나 어이없어서 진짜 씨.. 내일 참고인 출석하지 말란다.
유라 (!!) 왜...?
영준 사정이 생겼다나 씨.. 이유도 제대로 말 안 하고 일단 기다리란다. 차병준이가 그렇게 전하라고 했다는데.. 우리 물먹은 거다 완전. 내가 그랬지? 느낌 아주 쎄하다고.
유라 이유를 말 안 하는데 그냥 끊어?! 야 바보야! 너 하는 일이 도대체 뭐야?!!
영준 (그 말에 확 열 받아 버럭) 아 씨 이년이 왜 나한테 성질이야? (핸드폰 벽에 집어던지는)
유라 (놀라 비명을 지르고)
영준 야 이년아 차병준이한테 찾아간 거는 너잖아!! 시키지도 않았는데 쫓아가서 니가 딜한 거 아냐?!! 내가 그 늙은이 믿지 말라 했냐 안 했냐?!! 어쩐지 차병준이 왜 갑자기 편먹자는가 했다니까? 이미 유진우랑 딜 다 끝난 거야 알겠냐? 우리는 협박용 패로 쓰고 버리는 거고! 내가 너 돌아가지도 않는 대가리 굴리지 말고 가만있으랬지?! 다 니가 저지른 일이야 이년아!! 누구한테 성질이야!!
유라 (표정)

영준 아 씨 진짜 속 터져서..! (벌떡 일어나 핸드폰 줍는)
유라 (중얼) 죽여버릴 거야..
영준 누굴 죽여?
유라 다 죽여버릴 거야..
영준 (비웃는) 맘대로 해라 죽이든 말든! (나가버리는)
유라 어딜 가..?!
영준 (문 쾅 닫고 사라지고)
유라 어딜 가냐고?!! (분해서 울며 바들바들 떨다가 술병을 집어 들어 다시 술잔에 따라 벌컥 마시는, 다시 원샷 하고) 다 죽여버려 진짜...?

C#8 택시 안 (밤)

택시, 정류장에 서 있다가 뒤에 손님이 타자

택시 어서 오세요. (하고 백미러로 보고 ??! 화려한 차림의 유라가 타자 알아보고) 어..? 저기.. 고유라씨 아니세요?
유라 (혀 꼬인) OO 경찰서로 가세요.

C#9 경찰서 로비 (밤)

철수 안 하고 기다리고 있던 취재진들이 여기저기 흩어져 있는데 갑자기 누군가 밖에서 '고유라다!' '고유라가 옵니다!' 그 말에 모두 벌떡, ??!!

C#10 경찰서 건물 앞 (밤)

유라가 변호사도 없이 혼자 건물로 들어가는데 취재진들이 몰려들고.
'고유라씨! 한 말씀 해주시죠!' '오늘 출석 예정이 아닌 걸로 알고 있는데요!'

유라 좀 비켜주세요. (거침없이 올라가며)

C#11 경찰서 조사실 (밤)

다리 꼬고 도도하게 앉아 있는 유라, 형사와 마주 보고 앉아 있는.

형사 안녕하세요.

유라 (살짝 혀 꼬인) 네. 안녕하세요 형사님.

형사 (살피며) 출석일은 내일인데요 어떻게 이 밤에 갑자기 오셨습니까?

유라 지금이 아니면 말 못할 거 같아서요.

형사 변호인은..

유라 필요 없어요 그딴 인간들은.

형사 술을.. 드신 모양입니다.

유라 네 약간 마셨는데요, 진술 못할 정도 아니니까 걱정 마세요.
안 마시고는 올 수 없을까 봐 마셨어요. 용기가 필요해서요.

형사 용기요..?

유라 네. 정의를 위한 용기요. (하고 정색하며 진지하게)
지금부터 제가 하는 말 잘 들어주세요 형사님. 녹음도 하시구요.
수사에 큰 도움이 될 거니까요.

형사 (표정)

C#12 병준의 별장 거실 (밤)

암체어에 앉아 하루 종일 고통스런 번민에 빠져 있는 병준.
이때 변호사의 전화벨이 울린다.
〈박범석 변호사〉 뜨자, 잠시 보다가 하는 수 없이 받는

병준 (잠긴 목소리, 받는) 여보세요. 네. 말해요. (듣다가 표정 변하는) 고유라가
출석을 해..? 언제..?

C#13 경찰서 조사실 (밤)

유라 자기 입으로 그랬어요. 형석이를 죽였다고.

형사 (표정)

유라　너무 화가 나서 목을 졸랐는데 갑자기 죽어버렸다고요.

형사　유진우씨가.. 그라나다 병원에서 그 말을 직접 고유라씨한테 했다는 거죠?

유라　네.

C#14　그라나다 / 병원 입원실 (낮)

6회 8씬의 장면이 흐르며..
진우가 누워 있는데 정훈이 들어와 유라와 옥신각신하는 장면에..
완전히 영상과 다른 진술을 하는 유라.

유라　(E) 제 얼굴을 보니까 갑자기 마음이 놓였는지 털어놓더라구요. 눈물까지 보이면서요. 죄책감에 투신했는데 안 죽고 살았다는 말도 했어요.

C#15　경찰서 조사실 (밤)

유라　너무 놀랐지만.. 그때만 해도 저희는 부부였으니까요. 그이는 아팠고.. 그래서 못 들은 척 묻었었어요.

형사　그 얘기를 둘만 있을 때 들으신 겁니까?

유라　아니요. 남편 비서도 있었어요. 서정훈이라고. 지금은 아마 죽었죠?

형사　(....!)

유라　그 비서도 이상하게 죽은 거 아세요? 남편이랑 단둘이 여행 갔다가 죽었어요. 차대표님처럼요.

형사　(표정)

이때 유라의 핸드폰이 진동으로 울린다.
유라, 핸드폰을 내려다보면 〈차병준〉 뜨는.

유라　(찰나, 엷은 미소가 스치는, 바로 정색하며) 잠시 쉬는 시간도 있나요 형사님?

C#16　경찰서 여자 화장실 + 병준의 별장 거실 (밤)

유라 (화장실 문을 잠그고 들어와, 핸드폰 바로 받으며) 하루 종일 씹더니 이제야 하시네요?

병준 지금 뭐하는 짓이야?

유라 뭐하긴요. 약속한 대로 와서 진술하고 있어요. 어쩐지 마음이 내켜서 교수님이 원한 것보다 살짝 더 양념을 쳐서요. 이렇게까지 했으니 아마 지분은 더 주셔야 될 거 같아요.

병준 가만히 있으라는 얘기 못 들었나?

유라 (갑자기) 야, 차병준, 내가 니 애완견인 줄 알아? 누구보고 이래라저래라! 이 늙은이가 어디서 개수작이야!! 오빠랑 무슨 작당을 했는지 모르겠는데, 내가 계속 참을 줄 알아? 개털로 이혼하고 쫓겨나줬더니 나를 아주 물로 봤나 본데 더 건드려봐 어디! 오빠만 골로 보내는 게 아니라 너도 아주 작살을 내버릴 테니까! 나한테 무슨 위증을 강요했는지 다 불어버릴 거야! 니가 며느리 재산 뺏으려고 무슨 짓을 꾸몄는지!!

병준 (...!) 지금 뭐라고 했나..?

유라 (악에 받쳐) 내가 못할 줄 알고? 난 어차피 바닥에서 올라온 인간이야 너같이 지킬 거 많은 위선자랑 다르다고!! 알겠어?! (확 끊어버리는)

병준 ......

C#17 경찰서 일각 + 병준의 별장 거실 (밤)

뉴워드 측 변호사1, 인적 없는 곳에서 병준에게 전화로 상황 알려주고 있는.

변호사1 2시간 정도 진술했구요, 막 경찰서를 나갔습니다. 매니저도 몰랐다고 합니다. 변호사도 없이 혼자 왔고요. 즉석에서 기자 인터뷰도 했습니다. 아마 곧 기사가 나갈 거 같습니다.

병준 ...... (눈을 감는)

C#18 경찰서 건물 앞 (밤)

유라, 계단을 내려오는데 취재진들 다 들러붙어서 난리법석이고.

'고유라씨 참고인 출석한 이유가 뭡니까?' '어떤 진술을 하셨습니까?' '왜 갑자기 오늘 출석한 거죠?'

유라　성심성의껏 진실만을 답했습니다.

'어떤 진실을 말씀하신 겁니까?' '사건에 대해 아는 게 있습니까?'
'전 남편에게 하실 말씀이 있습니까?'

유라　정말 큰 용기가 필요했습니다. 그렇지만 결국 여기까지 왔습니다. (눈물 글썽) 저처럼, 저와 똑같이, 불륜에 상처받다 돌아가신 차대표님이 너무 안됐어서요.

그 말 끝나자마자 기자들의 질문 더 커지는.
'지금 하신 말의 의미가 뭡니까?!' '불륜이 살인 이유라는 말씀이십니까?' '고유라씨 잠시만요!' '추가 질문 있습니다!!' '누구와의 불륜 말하는 겁니까?'

C#19　**병준의 별장 거실 (13회 44씬 中)**

선호　(멘붕이 되며, 극도로 혼란스러운, 회사의 미래가 너무 두렵고) 그럼... 하... 그럼 서버를 지금 닫아야 되는 거 아닙니까? 진우 말이 맞다면 게임을 하는 건 너무 위험하다는 건데 (하며 핸드폰을 꺼내는데)
병준　놔둬. 본인이 선택했다.
선호　(....!)
병준　지 방식으로 수습을 하겠다고 했으니 놔둬라.
선호　...... (퍼뜩) 재조사는요?
병준　......
선호　재조사는 당장 멈춰야 되는 거 아닙니까? 진우는 죄가 없다는 건데요! 지금 너무 이슈가 되어서 당장 그거부터 해결을 하는 게..
병준　그 일은 수습을 하기엔 이미 너무 늦었다.
선호　네...? 그게.. 무슨 말씀이십니까...?
병준　(냉소, 뱉는) 내 발등을 내가 찍었어.

선호 (표정에)

씬/2 병준의 별장 앞 + 선술집 앞 (밤)

현관문을 벌컥 열고 나오는 선호.
머릿속은 혼란으로 터질 것 같고, 난감하고 초조하고, 불안하고, 뭐부터 해결해야 할지 모르겠는. 멍하니 어쩔 줄을 모르고 잠시 서 있는데..
비서가 차에서 기다리고 있다가 나오며

비서 출발하십니까?
선호 (손을 내젓고 핸드폰을 꺼내 들고 한쪽으로 가는)
비서 (선호가 이상해 보이자 ?)

선호, 전화를 거는. 신호음이 가다가 진우가 받는
13회 64씬으로 이어지는.

진우 (E) 여보세요.
선호 (!!) 너 지금 어디 있냐?
진우 왜.
선호 너 알고 있어? 유라씨가 사고를 쳤나 본데.
진우 사고...?
선호 좀 아까 경찰서에 자진 출석해서 말도 안 되는 소릴 막 지껄인 모양이다. 니가 형석이를 죽였다고, 자기한테 자백을 했었다고.
진우 (...!!)
선호 지 멋대로 막 지껄인 모양인데, 어느 정도로 했는지는 아직 잘 모르겠구, 교수님도 못 막았나 본데, (횡설수설) 항상 정상이 아니라고는 생각했지만 정말 돌았나 보다 그 여자, 어떻게 그런, 겁도 없이 어떻게, 그 정도 증언이면 긴급 체포될 수도 있다던데 경찰이 어떻게 나올지
진우 (.....! 그 말에 퍼뜩, 뒤를 돌아보는)

경찰차가 서 있는 게 그제야 눈에 들어오고.
진우, 핸드폰을 든 채 천천히 선술집 문을 여는

선호 (E) 일단 만나자. 나 지금 평창인데 바로 올라갈 테니까 호텔로 가지 말고 어디에 좀 있어. 혹시나 체포될지도 모르니까 대책을 좀
진우 이미 체포하러 온 거 같은데.
선호 (?!) 뭐...??
진우 (들어가는)

씬/3 선술집 (밤)

13회 65씬과 같은 장면.
진우, 핸드폰 끊으며 가게로 들어와 모퉁이를 돌자 시선에 희주 앞에 서서 얘기하고 있는 형사와 경찰1이 보이고.

진우 (표정)
형사 SNS에 올라온 사진 보고 찾았습니다. 유진우씨는요?
희주 무슨... 일이신데요...?
형사 어디 간 겁니까?
진우 (바로 뒤돌아 뛰어나가는)

문이 닫히는 소리에 형사, 경찰1, 희주, 돌아보는
진우가 뛰어나가는 뒷모습이 보이고.

희주 (??!!)
형사 어 씨!! 야 잡아!!!
경찰1 (바로 쫓아나가는)
희주 (?!!)

씬/4 선술집 앞 (밤)

13회 엔딩 씬 中
진우, 바로 오던 길로 뛰어서 취객을 밀치며 골목길로 사라지고..!
경찰1이 그 뒤를 쫓아 달려가고 형사가 이어서 뛰어나와 쫓아가는
지나가던 취객들 다 쳐다보고.
그 뒤로 희주가 놀라 쫓아 나와 표정.

씬/5 골목길 (밤)

좁고 어둑한 번화가 뒤편의 골목길을 달려가는 진우의 컷컷.
그 뒤를 쫓는 경찰과 형사의 컷컷.
좁은 골목길을 쫓고 쫓기는 추격전이 한참 이어지다가
진우, 뒤에 쫓아오는지 돌아보며 뛰어가는데 이때 눈앞의 쓰레기통 뒤에서
갑자기 총을 든 군인이 나타나는.
진우, ...?!! 군인과 거의 동시에 방아쇠를 당기는.
탕탕탕!! 반사적으로 여러 발을 마구 쏘자 군인 쓰러지면서.
〈탈영병을 해치웠습니다〉
〈경험치 +1000 공격력 +10 방어력 +10〉
진우, 바로 지나쳐 뛰어가고

씬/6 번화가 (밤)

진우, 골목길의 끝을 빠져나오자 갑자기 다시 번화가가 나오는.
진우, ...!
급히 택시를 잡으려고 찾는데 택시는 안 보이고. 이때 핸드폰이 울린다.
진우, 바로 전화를 받는.

진우 여보세요.

희주　(E) 여보세요?!

씬/7　선술집 앞 + 번화가 (밤)

희주, 놀라고 겁먹어 선술집 앞에서 전화하고 있는

희주　어디예요? 어떻게 된 거예요?

진우　(숨차 헐떡이며) 집에 들어가요 얼른. 경찰들이 귀찮게 굴지 모르니까.

희주　왜요? 경찰들이 왜 찾는 건데요?!

진우　나중에 설명할게요 집에 가 있어요. 지금은 (하는데)

이때 갑자기 탕!!! 소리와 함께 총탄이 팔을 스치고 지나가며 피가 튀는..!
진우, 순간 놀라 확 주저앉으며 그 결에 핸드폰 떨어지고.
〈스나이퍼의 총탄에 맞았습니다 -800〉
진우, ...!! 권총을 빼 들며 둘러보는

씬/8　선술집 앞 (밤)

희주　여보세요? 여보세요? 왜 그래요? (대답이 없자 !!! 끊고 마음 급해 바로 찾으러 가려는데)

점원　(나와 내다보며) 저기요, 다 드신 건가요?

희주　(돌아보며) 네? 네

점원　계산을 안 하셨는데요.

희주　(....!)

씬/9　번화가 (밤)

번쩍거리는 네온사인과 시끄러운 음악, 사람들 때문에 저격수가 있는 방향

조차 모르겠고.
이때 다시 탕!! 소리와 함께 총탄이 진우의 귓가를 스치고 지나가고 다시 탕탕탕!! 연속으로 총탄이 날아오며 바닥과 가로등에 튀기고, 진우, ...!!! 날아오는 방향을 향해 총을 탕탕탕! 쏘다가 몸을 날리며 눈앞에 보이는 가게 문을 열고 뛰어 들어가는

씬/10 삼겹살집 (밤)

널찍한 삼겹살집. 군데군데 사람들 술 마시며 고기 굽고 떠들고 있는데 이때 문이 열리며 진우가 넘어지며 우당탕 쏟아져 들어오자 모두 쳐다보는.

여주인 (카운터에서 나오며) 아이구 이 양반이 왜 이래? 괜찮아요?

손님들, 진우를 다 쳐다보는. 진우를 알아보고 놀라는 사람들도 있고.
'유진우 아냐?' '어 유진우다!'

여주인 (와서 일으키며) 안 다쳤어요?
진우 괜찮아요, 괜찮습니다. (밖을 경계하며 일어나는데)

〈적이 나타났습니다〉 다시 뜨는.
진우, ...!!
돌아보자 총을 든 군인이 나타난다.
진우, 바로 권총을 쏘려는데 방아쇠 안 당겨지는.
〈탄환이 없습니다 무기를 교체하세요〉
진우, ...!!
진우, 다른 총을 꺼내 쏘려는데 역시 메시지 뜨는.
〈탄환이 없습니다 충전 중 : 35분 남았습니다〉
〈적이 나타났습니다〉
〈적이 나타났습니다〉
〈적이 나타났습니다〉

순식간에 7명 정도의 군인들이 고기 굽는 사람들 사이로 나타나고.
진우, 장총을 꺼내자 역시 메시지 뜬다.
〈탄환이 없습니다 충전 중 : 28분 남았습니다〉
군인들, 동시에 진우에게 총을 겨누고...!!
진우, 표정.
군인들이 방아쇠를 당기고 총구에서 일제히 불을 뿜는 순간,
갑자기 반대편에서 엄청난 불길이 치솟는..! (C.G)
진우의 손에서 화염방사기의 불길이 뿜어져 나가면서 순식간에 식당 전체가 불길에 휩싸이며 군인들을 덮치는.
시뻘건 화염이 식당을 삼켰다가 잠시 후, 사라지고 나면..
식당 안의 손님들은 여전히 멀쩡하게 식사하며 허공을 쳐다보고 있는 진우를 이상하게 보고 있고.
진우의 손에 어느새 캔들 라이터가 있다.
〈캔들 라이터가 기능을 다했습니다〉
캔들 라이터 손에서 바스러지며 사라지고.
〈탈영병 일당을 모두 해치웠습니다〉
〈경험치 + 7000 공격력 +70 방어력 +70〉
〈축하합니다 레벨 96이 되었습니다!〉
진우, ...! 겨우 한숨 돌리고 핸드폰을 찾는데 손에 없자, 그제야 떨어뜨리고 온 게 생각나고.

여주인 어쩌실려구 서 있어요?

진우 (돌아보는)

여주인 식사하실 거예요 나갈 거예요?

진우 미안합니다 잘못 들어왔어요. 나갈 겁니다. (핸드폰 주우려 나가려다가 !!)

진우를 찾고 있던 경찰1이 밖에서 식당 안의 진우를 발견하고,
동시에 시선 마주치는

진우 (!! 바로 반대편 주방 쪽으로 뛰어가는)

여주인 아니 어디로 나가요?

동시에 경찰1, 문을 열고 뛰어 들어오는

경찰1 비키세요 비켜!! (여주인 밀치고 주방으로 가는)

손님들 (밥은 안 먹고 다 쳐다보고 있는)

씬/11 삼겹살집 주방 (밤)

진우, 일하는 주방 아줌마들 사이를 헤치고 도망가는,
아줌마들 '누구야?' '어머나!' 놀라는데 진우, 그대로 주방 뒷문으로 튀어 나가고
이어서 경찰1이 쫓아 들어오며 다시 아줌마들을 밀치며 진우를 쫓아가는.

씬/12 삼겹살집 주차장 (밤)

경찰1, 뒷문을 열고 뛰어나오는데 진우가 저쪽으로 뛰어가는 모습이 보이는.
급히 따라가려다가 마침 주차장에서 빼던 차에 막히고.
경찰1, !!! 우왕좌왕하다 차를 겨우 피해 나와 보면 진우, 안 보이고.
어디로 갔는지 몰라 두리번거리는데 형사가 뒤늦게 쫓아온다.

형사 놓쳤어?

경찰1 (숨넘어갈 듯 헐떡거리는)

형사 하 씨.. (핸드폰을 꺼내는) 지원 요청해.

경찰1 (무전기 꺼내며) 네. 근데 유진우 다리 절지 않아요?

형사 (?)

경찰1 완전 잘 뛰는데요? 저보다 더 잘 뛰어요!

형사 (표정)

씬/13 골목길 (밤)

진우, 경찰을 따돌리고 건물 사이로 나오자마자 다시 어디선가 총탄이 날아와 바닥에 퍼퍼벅 튀는....!! 진우, 다시 건물 사이로 피하며 도망치는

씬/14 병준의 별장 앞 + 번화가 (밤)

선호, 계속 서성거리며 전화를 걸어보는데
번화가의 쓰레기들 옆, 바닥에 떨어진 진우의 핸드폰, 진동으로 울려대고.
사람들, 못 보고 지나다니는
선호, ...! 전화를 끊고 다시 거는.

선호 난데, 진우 지금 어디에 있는 거야?

씬/15 양주의 사무실 + 병준의 별장 앞 (밤)

양주 (작업하다가 전화 받는, 모니터 보며) 아직 명동이요. 정확히요? 아주 정확히는 안 나오는데 (하다) 희주씨랑 같이 있을걸요.

선호 (!) 정희주씨..?

양주 네. 아까 같이 있다고 했어요.

씬/16 선술집 (밤)

희주, 마음 급해 카드 주고 계산하고 있는데 핸드폰이 울리자, 놀라며 받는다.

희주 여보세요? 안녕하세요?

선호 (E) 진우랑 같이 있어요?

희주　네 근데.. (하다 점원 눈치 보고) 잠시만요, (카드 받아 바로 나가는)

씬/17 선술집 앞 + 병준의 별장 앞 (밤)

희주　(나오자마자 바로) 어떻게 아세요? 좀 전에 경찰이 찾아와서

선호　(!) 잡혔어요?

희주　아니요. 도망쳤어요.

선호　(....!)

희주　무슨 일이에요? 핸드폰도 안 받아요. 설마 오늘 불출석했다고 그러는 거예요? 그거는 잡혀갈 일이 아니잖아요..?

선호　그게 아니라, (한숨) 일이 더 커졌어요.

희주　네...? (듣다가 표정 변하고) 고유라요...?

씬/18 골목길 (밤)

희주, 세워둔 차로 급히 와서 바로 차에 타는.
시동 걸고 출발하는

씬/19 희주의 차 안 (밤)

희주, 골목길을 운전하면서 진우를 찾고 있다.
내비게이션이 진우의 위치를 알려주고 있는.
〈유저 있는 곳 : 380m〉
〈유저 있는 곳 : 130m〉
좌회전 우회전을 하면서 번화가로 나오던 희주, 형사가 핸드폰 하며 진우를 찾고 있는 걸 보고...!!
희주, 다른 골목으로 접어들자
〈유저 있는 곳 : 30m〉

희주, 차를 세우며 두리번거리는데 이때, 진우가 골목길에서 튀어나오는 걸 발견한다.
희주, ...!! 바로 차창을 열고 부르려는데 이때 탕!! 소리와 함께 진우가 총에 맞는 모습이 보이고.
희주, ...?!!
이어서 골목길에서 총을 든 군인이 나와 다시 총을 쏘는.
진우, 피하다가 다시 맞으면서 넘어지고.
희주, ...!!!!
진우, 넘어지면서 총을 쏘고, 군인도 쓰러지고,
진우, 그대로 비틀거리면서 골목길로 사라진다.
희주, 너무 놀라 꼼짝도 못하고 그대로 보고 있다가..
뒤에서 차가 빵빵거리자 그제야 겨우 다시 출발하는
진우가 사라진 골목으로 접어드는 희주의 차, 그러나 진우는 보이지 않고.
희주, 너무 놀라 손이 떨리고..

씬/20 번화가 (밤)

진우, 비틀거리며 건물 틈으로 튀어나오는데 다시 위에서 총탄이 날아오며 바닥에 퍼퍼벅 튀는..!
진우, 총격을 피해 바로 문이 열려 있는 매장으로 뛰어 들어간다.

씬/21 SPA 매장 (밤)

옷을 고르는 사람들이 여기저기 흩어져 있는 매장 내부.
진우, 사람들이 알아볼까 고개를 숙인 채 남성복 쪽으로 가서 급히 손에 잡히는 대로 겉옷을 집어 드는. 이때 옷들 사이로 검은 복면을 한 테러리스트가 나타난다. 진우, ...!! 바로 허리를 숙이며 피팅룸을 향해 전속력으로 달려가는

씬/22 SPA 매장 피팅룸 (밤)

진우, 피팅룸에 뛰어 들어오며 문을 바로 잠그는.
밖에서 총탄이 튀는 소리가 퍼버벅 들려오고.

씬/23 SPA 매장 피팅룸 복도 (밤)

테러리스트, 진우의 방문 앞으로 오는

씬/24 SPA 매장 피팅룸 (밤)

〈장애물로 인해 결투가 지연되고 있습니다〉
진우, 겨우 한숨 돌리고... 옷을 툭 던지며 의자에 주저앉는
벽에 기대 잠시 아픔을 참으며 쉬는..

씬/25 SPA 매장 피팅룸 복도 (밤)

옷을 들고 들어가고 나가는 손님들, 분주한데
그 사이로 테러리스트, 진우가 들어간 방 문 앞에 서서 총을 든 채.

씬/26 SPA 매장 피팅룸 (밤)

진우, 앉아서 권총을 다시 꺼내 확인해보면
〈탄환이 없습니다 충전 중 : 13분 남았습니다〉
진우, ... 다른 총을 꺼내보자
〈탄환이 없습니다 충전 중 : 20분 남았습니다〉

진우, 총을 집어넣고 반대편 주머니에서 꺼내는 동작하자.
〈새로운 아이템들이 있습니다〉
메뉴가 펼쳐지면서 눈앞에 아이템들이 한눈에 보이는.
손목시계, 라이터, 음료수 등의 그림이 뜨고.

양주　(E) 특수 아이템 몇 개 만들어봤어요. 확인해보세요.

진우, 손목시계를 선택하자, 손목시계가 왼쪽 손목에 바로 생겨나는.
〈특수 아이템 : 손목시계〉

진우　(중얼) 뭐야 이게...?

〈손목시계 사용법을 보시겠습니까?〉
진우, 선택하는

씬/27 SPA 매장 (밤)

누군가의 시선 컷으로. 매장으로 들어서는.
잠시 두리번거리다가 피팅룸 쪽으로 향하는

씬/28 SPA 매장 피팅룸 (밤)

진우, 매뉴얼을 읽고 있는 듯, 손으로 페이지 넘기는 동작을 하다가 멈칫.
뭔가를 본 듯 갑자기 방문을 말없이 한참을 주시하고..
(## 28-31씬까지는 게임 시선이 아닙니다)
진우, 표정에...

씬/29 SPA 매장 피팅룸 복도 (밤)

희주, 피팅룸 복도에 서서 어느 방인지 몰라 두리번거리는데 갑자기 문이 확 열리더니 진우의 손이 희주의 팔을 낚아채 끌어당기는.

희주, ...!!! 바로 끌려가자마자 문이 닫히고.

씬/30 SPA 매장 피팅룸 (밤)

진우, 희주를 끌고 들어와 바로 문을 잠그고.

희주 (!!!)

진우 (낮게) 말 안 들어요 진짜?

희주 (표정)

진우 로그인 하지 말라니까!

희주 (갑자기 끌어안는다)

진우 (표정)

희주 (잠시 품에 얼굴을 묻고 체온을 느끼며 무사함에 안도하는) .....

진우 ...... 렌즈 빼요 이제.

희주 (떨어지는)

진우 (손 내밀며) 나한테 줘요.

희주 왜 전화를 안 받아요? 무슨 일이 난 줄 알고..

진우 잃어버렸어요.

희주 (핸드백에서 자기 핸드폰과 차 키를 꺼내 주는) 내 거 써요.

진우 (표정)

희주 박대표님이 찾고 계세요. 통화해봐요.

진우 ..... (받는)

희주 지금 들었어요. 체포되면 구속영장도 나올 거라던데

진우 (핸드폰을 걸며, 냉소) 놀랄 것도 없어요. 충분히 그럴 만한 여자가 그럴 만한 짓을 한 거니까.

희주 ......

씬/31 병준의 별장 앞 + SPA 매장 피팅룸 (밤)

선호, 초조하고 괴로워 현관 계단에 고개 숙이고 앉아 있다.
비서가 보다 못해 와서

비서 대표님. 추운데 들어가서 통화하시죠.
선호 (고개 숙인 채) 추운 게 문제냐 지금..? 회사가 망하게 생겼는데..
비서 네..?

이때 핸드폰이 울리자 선호, !!! 벌떡 일어나 다른 곳으로 가며

선호 (받는) 여보세요?
진우 (E) 나야.
선호 (!!) 어떻게 됐어? 잡힌 거냐?
진우 아니 도망쳤어. 죽기 싫어서.
선호 (?!)
진우 수갑을 차고 경찰서 들어가면 난 끝장이야. 손을 못 쓰면 할 수 있는 게 없어.
조사받기도 전에 형석이 칼에 먼저 죽게 될걸.
선호 (...!)
희주 (...! 그 생각은 못했던)
진우 교수님한테 들었지? 나도 벼랑 끝에 몰리면 회사고 뭐고 없어.
내가 사는 게 중요하니까. 체포되면, 경찰 앞에서 무슨 증명이라도 하겠지.
그러니까 형도 내가 경찰에 붙잡히지 않길 비는 게 나을걸.
선호 (.....!)
진우 서버 닫을 생각은 하지 마. 다 같이 죽고 싶지 않으면 기다려줘.
선호 (표정에)

씬/32 SPA 매장 피팅룸 (밤)

진우, 핸드폰을 끊는데 밖에서 직원이 노크하는

직원　(E) 저 손님. 도와드릴까요?

진우　나갑니다. (하고 핸드폰을 주는) 가요. 계속 여기 있을 수도 없고

희주　어쩌려구요...?

진우　(손목시계를 보고) 잠깐만.

〈시간을 설정하세요 최대 5분, 3번 사용할 수 있습니다〉
진우, 다이얼로 시곗 바늘을 5분 후로 돌리고, 다이얼 누르자,
바늘에서 순간 빛이 나더니.

씬/33 SPA 매장 (밤)

매장 안을 서성거리던 테러리스트1, 2, 3, 4, 5, 6, 7 갑자기 동작 멈추는.

씬/34 SPA 매장 피팅룸 (밤)

손목시계 초침 째깍거리는 소리가 희주와 진우의 귓가에 동시에 들리는.
희주, 놀라 두리번거리는

희주　이게 무슨 소리예요?

〈주변 NPC들의 공격이 멈춥니다 남은 시간 : 4분 50초〉
진우, 바로 문을 열고 희주의 팔을 잡아끄는

진우　가요.

희주　(표정)

씬/35 SPA 매장 (밤)

진우, 주변 살피며 희주를 데리고 빠져나가는.
손님들은 여전히 옷 고르고 있는데 군데군데 테러리스트들만 정지 상태인.
희주, 놀라서 그 모습을 보며 끌려가는.
계속 시계 초침 소리 들리고.

진우 차는 어디 있어요?
희주 뒤에 주차장에요.
진우 (차 키를 주머니에 넣으며) 그럼 택시 타요. 가다 경찰 만날 수도 있어요.

씬/36 번화가 (밤)

진우, 택시를 잡는다. 택시 한 대가 와서 서자

진우 (차 문을 열고) 일산으로 가주세요. (하고) 타요.
희주 (?!) 같이 안 가요?
진우 (경찰이 오나 살피며) 난 안 가요. 경찰 때문에 레벨 업을 중단할 순 없어요.
희주 잡히면요!
진우 어디로 가도 언젠간 잡혀요. 도망만 다니다 시간 보낼 순 없어요.
희주 그럼 나도 안 가요! (손을 잡아 빼려고 하자)
진우 가야 돼요.
희주 어떻게 혼자 가요 내가!
진우 집에 가서 도와줄 일이 또 있어요.
희주 (....!)

씬/37 택시 안 (밤)

희주, 결국 택시에 탄.

희주 ......

진우 걱정하지 마요. 멀지 않았어요.

희주 (너무 불안하고)

진우 이제 끝이 보여요. 빠르면 내일 새벽?

희주 (표정)

진우 아침에 집으로 갈게요. (미소, 차 문을 닫는)

택시, 출발하고..

희주 ......

택시 일산 어디세요?

희주 정발산이요.. (하는데 택시가 떠나자마자 눈물이 쏟아지는)

희주, 돌아보면 차창으로 지켜보는 진우가 보인다.
마음은 너무 불안하고.. 진우의 모습 멀어지는..

씬/38 번화가 (밤)

진우, 희주의 택시가 사라질 때까지 지켜보다가..
〈손목시계 기능이 5초 후 끝납니다〉
진우, ...!
손목시계를 들여다보자 바로 분침, 다시 빛이 나더니 시계 손목에서 사라지고.
허공에 생겨난 케이스에 손목시계 들어가더니 케이스 탁 닫히며 사라지는.

씬/39 SPA 매장 (밤)

멈춰 서 있던 테러리스트들, 동시에 움직이는.

밖에 서 있는 진우를 발견하고 바로 총을 들고 진우 쪽으로 뛰어가는

씬/40 번화가 (밤)

진우, 주머니에서 라이터를 꺼낸다.
〈특수 아이템 : 라이터〉
라이터를 켜자 틱 소리와 함께 작은 불꽃이 생기고.
테러리스트들, 동시에 문으로 몰려드는 순간 라이터를 힘껏 던지는.
허공에 날아가면서도 불꽃은 꺼지지 않고, 라이터 휘리릭 날아가 매장 문 안으로 미끄러져 들어가는. 몇 초 후.
바로 엄청난 폭발음과 함께 화염이 매장 밖으로 솟구치는 C.G
진우도 깜짝 놀라서 순간 머리 숙이며 주저앉고.
잠시 후, 일어나보면 매장은 아무 일도 없었던 듯 사람들 드나들고 있다.
진우, ...!
진우, 바로 다른 곳으로 향한다.
사람들의 시선을 피하며 빠르게 걸어가는 컷컷.
삼겹살집 앞으로 오는 진우. 떨어뜨렸던 핸드폰을 찾아 줍고.
총을 다시 꺼내 보면 〈충전이 완료되었습니다〉 메시지 뜨고.
진우, 총을 들고 가려다가 멈칫,
경찰차 두 대가 사이렌을 울리며 빠르게 다가오고.
진우, ...!!
바로 건물 사이로 튀어 어둠 속으로 사라진다.
F.O - F.I

씬/41 희주 집 앞 (밤)

택시가 와서 서고, 희주, 바로 내린다.
택시 떠나고 희주, 급히 집으로 들어가는

씬/42 희주 집 거실 (밤)

희주, 들어오는데 민주, TV 보고 있다가

민주 왜 이렇게 늦게 와?

희주 (급히 2층으로 가며) 할머니는?

민주 주무셔. 근데 (말하려는데)

희주 (이미 뛰어 올라가버린)

민주 (표정)

씬/43 희주 집 희주 방 (밤)

희주, 불을 켜고 들어오자마자 두고 갔던 박스의 물건들을 찾는. 안에 있는 스페인 자료들을 다 꺼내서 뒤지기 시작하는데 민주가 들여다보는

민주 뭐 찾아?

희주 (대답도 없이 찾는데)

민주 언니. 아저씨 전화 왔었는데

희주 (멈칫, ?) 언제?

민주 좀 아까. 언니 들어왔냐고

희주 (! 핸드폰을 꺼내며) 왜 나한테 하지

민주 언니 들어오면 찾지 않아도 된다고 말해주랬어.

희주 (멈칫) 뭐...?

민주 집에 들어가라고 한 말이라고. 찾지 말라고.

희주 (.....!)

민주 도와줄 거 없대.

희주 (기막히고 허탈해서)

씬/44 희주 집 앞 (밤 - 새벽)

깊은 밤에서 점차 하늘, 희뿌옇게 변하고

씬/45 희주 집 영심 방 (새벽)

아직 어둑한 방.
영심은 링거 꽂은 채 잠들어 있고 희주, 수액 남은 걸 들여다보고 있다.
영심이 뒤척거리다 얼핏 깨서

영심 아유.. 너는 왜 벌써 일어났냐?
희주 잠이 안 와서요. 더 주무세요.

희주, 영심이 깨지 않게 조용히 나가는

씬/46 희주 집 거실 (새벽)

거실 불 켜져 있고 희주, 주방에서 조용히 죽을 만들고 있는.
묵묵히 주걱으로 젓고 있는데 카메라 점차 가까이 가면 희주, 눈물이 볼을 타고 흘러내리고 있는. 눈물 닦으며 벽시계를 보면, 새벽 6시가 된

진우 (E) 이제 끝이 보여요. 빠르면 내일 새벽?
희주 (시간이 갈수록 초조하고 견딜 수 없이 불안하고)
진우 (E) 아침에 집으로 갈게요.
희주 ....

희주, 불을 끄고 냉장고를 여는데 이때 초인종이 울리는.
희주, 순간 멈칫. 놀라 현관을 보고..

희주, !! 바로 뛰어나가는

씬/47 희주 집 앞 (새벽)

희주, 대문으로 뛰어나왔다가 멈칫.
진우가 아닌 선호가 집 앞에 서 있다. 회사 차, 떨어진 곳에 서 있고.

희주 (....?!)
선호 (딴생각하며 서성거리다가 희주를 보고) 아 희주씨.
희주 (놀라고 당황해서 나오는) 안녕하세요.
선호 미안합니다 너무 이른 시간에 왔죠..? 불이 켜 있길래 눌러봤는데..
희주 괜찮아요 깨 있었어요.
선호 평창에서 이제 올라오는 길이에요.
희주 (불안) 무슨 일이..
선호 아뇨. 그냥 답답해서요. (하고) 혹시 그새 진우 연락...
희주 (고개 젓는) 없어요.
선호 (한숨)
희주 ......
선호 사실은.. 양주한테 살짝 들었습니다. 두 사람 사이를요.
희주 (....!)
선호 축하를 해야 되는데 (씁쓸한 농담처럼) 근데 솔직히 축하 못하겠네요. 그런 놈하고 사귀다니요. 내가 오빠였으면 무조건 뜯어말렸을 텐데. (웃는)
희주 ......
선호 어제는.. 헤어질 때 어떻게 헤어진 겁니까?
희주 저보고.. 도와줄 일이 있으니까 집에 일단 가라고 해서..
선호 도와줄 일이 뭔데요?
희주 거짓말이었어요.
선호 (표정)
희주 저를 집에 보내려고 거짓말한 거더라구요. 그리고 연락이 안 돼요. (눈물 툭 떨어지는)

선호 ......

희주 그래서 그냥 기다리고 있어요. 뭘 해야 할지 몰라서요. (얼른 눈물 닦고)

선호 (착잡한, 긴 한숨) 진우 말을 믿었어야 되는데.
저는 이제 친구도 잃고 회사도 잃게 생겼어요.

희주 (표정)

이때 선호의 핸드폰이 울리는

선호 (보고) 잠시만요. 최팀장이네요.

희주 (?!)

선호 (받는) 여보세요.

양주 (E) 전데요,

선호 뭐 소식 있어?

희주 (긴장해서)

양주 (E) 100레벨 넘었어요!

선호 뭐라고?

씬/48 양주의 사무실 + 희주 집 앞 (새벽)

양주, 모니터 앞에 앉아 들여다보며 통화 중인.

양주 소식 있으면 알려달라고 하셨잖아요! 대표님 지금 100레벨 넘었어요!

선호 (?!)

양주 어우 잠깐 졸다가 보니까 그새 넘은 거 있죠!

랭킹 서열이 찍힌 모니터 화면 인서트.

1. zinu Lv. 100
2. master Lv. 94
3. Marco Lv. 92

선호 (!!! 반색하며 희주를 쳐다보고)

희주 (무슨 일인가 싶어, 긴장)

씬/49 골목길 (새벽)

쓰레기차가 쓰레기를 치우며 지나가고 있는.
쓰레기차가 지나가고 나자, 그 뒤로 잘 안 보이는 어둑한 구석에 진우가 구겨지듯 널브러져 있는 모습이 보이고.
완전히 기진맥진해서. 그 주변에 죽은 테러리스트들이 몇 쓰러져 있고.
진우의 눈에도 메시지가 뜬다.
〈축하합니다! 레벨 100이 되셨습니다!〉
천국의 열쇠가 눈앞에 뜨며.
〈이제 master의 특수 아이템을 사용하실 수 있습니다〉
진우, ...
잠시 그대로 누워 있다가 일어나 벽에 겨우 기대앉는.
기진맥진해서 잠시 그대로 있다가 주머니의 핸드폰을 꺼내 전원을 켜는

씬/50 양주의 사무실 + 골목길 (새벽)

양주 (선호에게 으스대는) 다 제 덕이죠~ 제가 아이템 안 만들어줬으면 어림도 없어요 하루 만에 어떻게 레벨 업을 (하는데 전화가 오자 보고) 어 대표님 전화 왔어요, 다시 전화할게요 (끊고 진우에게 거는) 여보세요? 대표님 어디세요?

진우 엠마 좀 옮겨놔줘.

양주 에? 엠마요?

진우 지금 내가 있는 근처로

양주 어디 계시죠? (모니터를 보며) 정확하지 않으니까 위치를 지정해주세요. 큰 건물이라야 옮기기가 쉬워요

진우, 핸드폰을 들고 벽에 기대앉은 채 두리번거리다가 건물 뒤로 보이는 성당 종탑을 발견하고

진우　성당.
양주　성당이요?
진우　근처에 성당이 있어 그리.. (하는데)

이때 뒤에서 탕! 총소리와 함께 오른팔을 뚫으며 진우, 핸드폰 놓치는.
진우, ...!!!
돌아보면 아직 남은 테러리스트 하나가 어둠 속에 서 있고.
진우, 손을 맞아 총을 들 수가 없는데
테러리스트, 다가오며 총을 탕 탕 탕!!! 쏜다.
진우, 무방비로 앉은 채 총을 가슴과 배에 맞으면서 뒤로 밀리는
〈테러리스트의 총탄에 맞았습니다 -2000〉
〈테러리스트의 총탄에 맞았습니다 -1500〉
〈테러리스트의 총탄에 맞았습니다 -2500〉
생명력 순식간에 쭉쭉 떨어지고.

양주　(E) 여보세요?

테러리스트, 정면으로 다가와 진우를 내려다보는
진우, ...!
테러리스트, 진우의 이마를 향해 마지막 발을 쏘려는데, 이때 어디선가 탕!! 소리와 함께 총탄이 날아와 테러리스트의 몸을 옆으로 뚫고 지나간다.
진우, ...!
〈동맹이 나타났습니다〉
정훈이 어둠 속에서 나타나며 총을 쏘며 다가오는
이어서 테러리스트의 이마, 가슴에 맞고 테러리스트 뒤로 비틀거리며 밀려나고,
진우, 그사이에 왼손으로 총을 꺼내 겨우 쏜다.
진우와 정훈의 총에 연달아 맞고 결국 테러리스트, 쓰러지는.

〈시티헌터님이 테러리스트를 해치웠습니다〉
진우, 표정.
정훈이 총을 든 채 말없이 진우를 지켜보듯 서서...
진우, ...
말없이 시선이 교차하다 정훈, 잠시 후 서서히 사라진다.
〈동맹이 사라졌습니다 위기에 다시 나타날 수 있습니다〉
진우, ...

양주 여보세요..? 대표님? (대답이 없자 당황해 끊으려는데)
진우 (E) 여보세요.
양주 (! 다시 받는) 어 네!
진우 (겨우 핸드폰 들고) 성당으로 옮겨줘 지금.
양주 (E) 네 알겠어요, 시간 조금 걸립니다.
진우 되면 연락해줘. (끊는)

진우, 전화를 끊고 꼼짝할 수도 없어 벽에 기대 그대로 앉아 있다.

씬/51 희주 집 앞 + 회사 차 안 (새벽)

선호, 바로 차에 타며 비서에게

선호 회사로 가. (하고 차창 열며 희주에게) 소식 오면 바로 연락할게요.
희주 네.
선호 (약간 상기된) 너무 걱정하지 마요. 잘 되겠죠. 이번엔 진우를 믿어야죠.
(하고 바로 떠나는)

선호의 차가 떠나고 나자, 희주, 안절부절못하다 바로 뛰어 들어가는

씬/52 희주 집 희주 방 (새벽)

희주, 외투를 꺼내 들고 급히 나가는

양주　(E) 엠마를 성당으로 보내달래요. 그리 가시나 봐요.

씬/53 희주 집 앞 (새벽)

희주, 급히 나와 택시를 잡으러 뛰어가는데 상범이 차를 세우고 막 내린다.

상범　어디 가냐?
희주　(가다가 돌아보는)
상범　야 너 뉴스 봤냐? 고유라가 경찰서에서 인터뷰를 하는데
희주　(뛰어와서) 오빠 나 차 좀 빌려줘.
상범　(?? 키 주며) 왜. 니 차는?
희주　놓고 왔어. (급히 차에 타는)
상범　아침부터 어디를 가는데?
희주　(바로 끽 소리 내며 출발하는)
상범　(??)

씬/54 골목길 (새벽 - 아침)

진우, 꼼짝도 않고 눈 감고 그대로 앉아 있는데 점차 밝아지면서..
진우의 핏자국들이 점차 사라지고..
지나가는 행인이 하나, 둘, 늘어나는.
노숙자처럼 앉아 있는 진우를 흘끔거리며 지나가는 소리에 진우, 눈을 뜨는.
사람들이 쳐다보고 차도 지나가자, 그제야 힘들게 일어난다.

씬/55 번화가 (아침)

상점들 아직 대부분 문 닫은 썰렁하고 스산한 거리.
진우, 성당을 향해 걸어가고 있다.
썰렁한 거리에 군인이 하나 나타나자 바로 총을 쏘고, 군인, 쓰러지는.
진우, 무심히 지나가는데 자전거를 타고 지나가던 배달원이 진우를 알아본 듯, 가다가 끽 멈춰 서서 지나가는 진우를 돌아보고.

씬/56 성당 앞 (아침)

진우, 성당 앞으로 오는.
문이 열리면서 성당에서 새벽 미사를 마친 신자들이 몇몇 나오고.
진우, 모두 나올 때까지 기다렸다가 문을 열고 들어가는

씬/57 성당 (아침)

엄숙하고 조용한 성당 안. 불만 켜져 있고 아무도 없다.
진우, 맨 뒤편 의자에 털썩 앉아서 엠마가 나타나길 기다리는.
십자가를 잠시 물끄러미 바라보는 진우.
손을 들어 천천히 성호를 긋는 모습에..

진우 (NA) 신을 믿어본 적은 없으나 지금은 신에게 기대고 싶다.
여기서 제발 끝이기를.

절실한 마음으로 성호를 긋고 나자, 이때 문자 벨이 진동으로 울리는.
진우, 양주인 줄 알고 확인하려다가 멈칫.
수진에게서 온 메시지고.
수진의 목소리와 함께.
〈미안해요.〉 단 네 글자고.
진우, ...! 순간 묘한 불길한 예감에 휩싸이고.

진우, 잠시 망설이다가 전화를 걸어보려는데 이때. 기타 선율이 들려오는
진우, 멈칫하며 고개를 드는
어느새 엠마가 십자가 아래, 제단 아래에 나타난.
진우, ...!
진우, 일어나 엠마에게 다가가는

씬/58 번화가 (아침)

아까 자전거를 탄 배달원, 경찰차 앞에 서 있는 경찰에게 성당을 가리키며 이야기하고 있는. 경찰차, 바로 무전기를 빼 들고 뭐라 하고.

씬/59 성당 (아침)

진우, 엠마의 앞까지 와서 내려다보는.
엠마의 손이 파티마의 손과 똑같은 걸 눈으로 확인하고.

희주 (E) 천국의 열쇠와 파티마의 손이 맞닿는 날에 성문이 열린다고 해요.
진우 ...... (마침내 그 순간이 온, 말을 거는) 안녕 엠마.
엠마 (연주하며 천천히 고개를 들고 진우를 바라보고)
진우 ......
엠마 (기타를 멈추고) 안녕.
진우 (표정)

씬/60 성당 앞 (아침)

경찰차들이 속속 앞에 도착한다.
문이 열리고 형사와 경찰1, 2, 3, 4, 5가 내리는

씬/61 성당 (아침)

진우 오랜만이야.
엠마 (미소) 오랜만이에요.
진우 줄 게 있어.
엠마 혹시 천국의 열쇠를 갖고 있어요?
진우 맞아.
엠마 보여줘요.
진우 (주머니에서 꺼내자 빛나는 천국의 열쇠가 손에 생겨나는)
엠마 (미소) 내가 찾고 있던 거예요.
진우 (.....!)
엠마 나한테 줄 수 있어요?
진우 원한다면.
엠마 (파티마의 손과 똑같이 생긴 오른손을 내민다)
진우 .... (천국의 열쇠를 조심스레 건네는)
엠마 (천국의 열쇠를 받자마자)

갑자기 손과 열쇠 주변으로 빛이 생겨나면서.
〈천국의 열쇠가 파티마의 손에 전달됐습니다〉
〈master의 비밀 퀘스트를 완료했습니다〉
진우, ...!!
이어서 엠마의 손에 있던 기타가 갑자기 사라진다.
진우, 표정.
엠마, 열쇠를 손에 쥔 채 진우를 올려다보며 응시하는.
둘, 표정에

씬/62 성당 앞 (아침)

경찰들 일부는 옆문으로 후다닥 나눠 뛰어가고,

형사와 경찰1, 바로 문을 확 열고 들어간다.

씬/63 성당 (아침)

형사와 경찰들, 우르르 들어오다가 멈칫. 앞을 보고 표정에.

씬/64 골목길 (아침)

희주의 차, 달리고 있는

씬/65 희주의 차 안 (아침)

희주, 초조해하며 운전하고 있다.
어제 진우와 만났던 문 닫은 선술집을 지나가고.
희주, 골목길을 빠져나가는

씬/66 성당 부근 + 희주의 차 안 (아침)

희주, 차를 몰고 가다가 앞을 보고 끽 세우는.
성당 쪽에서 경찰차가 내려오는 모습이 보이고.
희주, ...?!!
경찰차 두 대가 희주의 반대편으로 빠져나가는.
희주, 이미 체포됐나 싶어서 가슴이 철렁..!!
급히 경찰차를 따라간다.
잠시 후 경찰차가 나란히 갓길에 서고, 형사가 차에서 나와 뒤의 차에서 나오는 경찰과 이야기하는
희주, 차를 운전하며 천천히 옆을 지나가며 경찰차 안을 들여다보는데 운전

하는 경찰과 핸드폰 하는 경찰만 보이고 진우는 보이지 않는. 희주, ...!
희주, 형사가 이쪽을 쳐다보자 바로 시선 외면하며 차 휙 지나가고.

씬/67 성당 앞 (아침)

희주, 다시 성당으로 와서 차를 세우는.
희주, 주변 살펴보며 성당으로 후다닥 간다.

씬/68 성당 (아침)

희주, 들어오는데 신자 몇몇이 기도하고 있고 진우는 안 보인다.
구석구석을 살펴보지만 진우는 없고.
희주, 진우에게 핸드폰을 걸어본다.

안내 (E) 현재 고객님이 전원을 꺼놓으신 상태이오니
희주 (끊고) ......

희주, 눈을 감았다 뜨는. 렌즈에 빛이 들어오며
〈18번째 로그인 하셨습니다〉
희주, 두리번거리는데 유저를 찾아주는 메시지는 없고.
희주, 나가서 찾으려고 가다가 뒤에서 들려오는 기타 선율에 멈칫.
돌아보면 엠마, 아까 그 자리, 십자가 아래에 앉아 기타를 연주하고 있는.
희주, ...!
엠마, 아무 일도 없었던 듯이 다시 기타를 연주하고 있고.
희주, 표정에

씬/69 양주의 사무실 (아침)

선호, 문을 확 열고 들어오면 양주가 통화 중이다.

양주　네 네. 연락 오면 바로 할게요. (끊는) 지금 오세요?
선호　(들어오며) 어떻게 됐어? 진우
양주　몰라요.
선호　엠마를 보내달라고 했다며?
양주　네 성당으로 옮겨놨는데 그다음에 연락이 없어요.
선호　(표정)
양주　지금 희주씨 전환데요, 성당에 왔는데 대표님이 안 보인다고
선호　(?) 어디로 간 거야?
양주　모르겠는데요.
선호　위치를 확인해봐!
양주　로그아웃 했어요.
선호　(....!) 그럼 체포된 거 아니냐?
양주　그건 아닌가 봐요. 경찰도 아직 찾고 있대요.
선호　(...?!)

씬/70　성당 앞 (아침)

희주, 문을 열고 나와서 막막해서 둘러보는.
진우는 안 보이고.

희주　(울먹이듯, 중얼) 어디 있어요..?

사라진 진우를 찾듯, 카메라 복잡한 도심을 부감으로 조망하며.

씬/71　유라의 아파트 전경 (아침)

씬/72 유라 집 침실 (아침)

영준이 문을 확 여는.
유라, 경찰서에 다녀온 차림 그대로 침대에 엎어져 잠들어 있는

영준 야! 야! (흔들어 깨우는)
유라 (눈을 뜨고)
영준 야 이년아, 너 뭐하고 온 거냐? 너 경찰서에 가서 뭐하고 왔어?
유라 (술 덜 깬) 내가 그랬잖아. 다 죽여버릴 거라고
영준 아 이게 진짜..
유라 마음대로 하라며..
영준 너 돌았냐? 너 이제 일 안 할 거냐?
유라 다 죽었어.. 유진우.. 차병준.. 이수진 그년까지 싸그리 망해보라 그래. 내 인생 망친 것들 다 죽어야 돼
영준 (표정)
유라 (도로 잠이 드는데)
영준 야 이 미친년아.. 너 그럼 성공했다. 이수진이는 곧 죽나 보던데
유라 (!! 눈을 퍼뜩 뜨는)

씬/73 회상 몽타주

C#1 수진의 진료실 (밤)

뉴스에서 유라의 기자 인터뷰 장면이 반복해서 나오고 있다.
〈배우 고유라씨, 조금 전 경찰 출석, 두 시간여 진술〉 자막이 흐르며

유라 정말 큰 용기가 필요했습니다. 그렇지만 결국 여기까지 왔습니다. (눈물 글썽) 저처럼, 저와 똑같이, 불륜에 상처받다 돌아가신 차대표님이 너무 안됐어서요.

그걸 보고 있던 수진, 리모컨으로 TV를 확 끈다.
디졸브로, 서성거리고 있는 수진. 얼굴은 눈물에 젖어 있고.
한참을 서성거리다 수진, 결심한 듯 갑자기 핸드폰을 들어 메시지를 쓰는.
유진우 이름을 누르고, 잠시 망설이다 〈미안해요.〉라고 쓰는.
핸드폰에 눈물이 뚝뚝 떨어지고

C#2 수진의 병원 약품실 (밤)

수진, 약을 뒤지고 있는, 경황이 없어 약들 다 떨어지고.

C#3 수진의 병원 로비 (아침)

출근하는 간호사. 들어오다가 저 멀리 복도에 약들이 떨어져 있자, ??

C#4 수진의 진료실 (아침)

간호사, 문을 열고 들여다봤다가 책상 아래 바닥에 쓰러져 있는 수진을 보고

간호사 워.. 원장님?!!! (놀라 뛰어가는)

씬/74 병준의 별장 거실 (오전)

병준, 자리에 앉아 통화 중인

변호사 (E) 지금 병원에 왔습니다. 며느님은.. 위독한 상태입니다.
병준 (....!)

씬/75 병원 응급실 (오전)

산소마스크를 끼고 의식 불명으로 누워 있는 수진 모습에..

씬/76 병준의 별장 부근 (오전)

변호사 (E) 올라오셔야 되지 않을까요?
병준 ...... 출발할 때 전화하지. (전화를 끊고, 걷잡을 수 없이 커지는 상황에) ......

씬/77 뉴스 몽타주

C#1 **뉴스 스튜디오 (낮)**

모니터에 유라의 기자 인터뷰 화면이 뜨며

앵커 고 차형석씨 변사사건의 파장이 걷잡을 수 없이 커지고 있습니다. 어제 밤, 배우 고유라씨가 경찰에 자진 출석해 참고인 진술을 한 데 이어서 오늘 아침, 차씨의 미망인 이수진씨가 자살을 시도해 현재 위독한 상태인 것으로 알려졌습니다.

C#2 **경찰서 앞 (낮)**

기자 어제 밤 경찰이 유 전 대표를 긴급 체포하려다 추격전 끝에 놓쳤다는 뉴스 보도에 대해 경찰 측은 공식적으로 부인했습니다.

C#3 **경찰서 로비 (낮)**

기자들, 형사에게 몰려들어 '놓친 게 맞죠?' '긴급 체포 사유가 뭡니까?' '구속 영장은 언제 나옵니까?' '아직까지 못 찾고 있는 이유가 뭡니까?' '결정적 증거가 뭐죠?' '봐주기 수사하고 있는 거 아네요?'

형사　(몰려든 기자들의 질문에 답하느라 정신없는) 아직 긴급 체포는 고려하지 않고 있습니다. 네 네 출석 일정을 조율 중입니다. 네 곧 발표하겠습니다. 아니요, 아직 말씀드릴 수 없습니다. 그건 아닙니다. 네 뭐라고요?

C#4　경찰서 앞 (낮)

기자　그러나 어제 경찰과 유 전 대표의 추격전에 관한 목격담이 SNS에 수없이 올라오고 있어 경찰 발표에 신빙성이 의심되는 상황입니다.

C#5　뉴스 스튜디오 + 경찰서 앞 (낮)

앵커, 모니터 속의 기자와 대화 중인

앵커　유 전 대표가 이미 해외 도피했을 가능성도 있을까요?
기자　가능성은 아직 희박한 것으로 보입니다만 완전히 배제할 순 없는 상황입니다.

씬/78 번화가 (오전)

희주, 진우를 찾아 정처 없이 돌아다니고 있는.
테러리스트 하나가 어슬렁거리다가 희주를 보고 바로 총을 탕! 쏘는.
희주, ...!!! 순간 움찔하며 눈앞에 피가 튀는.
〈테러리스트에게 당했습니다 생명력 -100〉
〈로그아웃 됩니다〉
희주, 그대로 서 있다가 다시 눈을 뜬다.
〈25번째 로그인 하셨습니다〉
〈이곳은 고레벨 구역입니다 위험합니다〉
희주, 아랑곳없이 다시 걸어가는, 다시 어디선가 날아온 총에 맞는다.
〈스나이퍼의 총탄에 맞았습니다 생명력 -100〉

〈로그아웃 됩니다〉
희주, 다시 로그인을 하는.
〈26번째 로그인 하셨습니다〉
희주, 애타게 유저가 나타났다는 메시지가 뜨길 바라며 두리번거리는

씬/79 SPA 매장 (낮)

희주, 들어와 진우를 찾으며 피팅룸으로 가는

씬/80 SPA 매장 피팅룸 복도 + 피팅룸 (낮)

비어 있는 방들을 확인하던 희주, 어제 진우와 있었던 방문을 열어보는.
텅 비어 있고. 희주, 표정에... 어제의 일이 떠오르고..

씬/81 회상 - SPA 매장 피팅룸 (밤)

14회 34씬에서 이어지는
진우, 시계를 확인하고는

진우 가요. (희주 팔을 잡아끄는)
희주 (!)
진우 (문을 열고 나가려다 멈칫, 돌아보는)
희주 (....?)
진우 (문을 닫으며 갑자기 볼을 잡고 키스하는)
희주 (...!)

짧지만 절실한 키스, 영원 같은 몇 초가 흐르고.
진우, 입술을 떼며 희주를 보고..

희주, ...
진우, 말없이 희주의 손을 다시 잡고 문을 열고 나가는
희주, 표정.

씬/82 SPA 매장 피팅룸 복도 + 피팅룸 (낮)

희주, 회상에서 돌아오며, 텅 빈 방을 보자 못 견딜 거 같은.

씬/83 번화가 (낮 - 밤)

매장에서 나온 희주, 계단에 털썩 주저앉는다.
사람들은 지나다니지만 진우는 흔적도 없고...
희주, 눈물이 나올 거 같아 얼굴을 감싸는
디졸브로 밤이 되는. 희주는 없고..

씬/84 제이원 복도 (밤)

직원들이 걸어오는 선호를 보고 인사하는데 선호, 완전히 초췌해서 멍하게 지나가는.

씬/85 양주의 사무실 (밤)

양주, 풀 죽어서 모니터 앞에 앉아 있는데 문이 벌컥 열리고 선호가 들여다 보는.

선호 소식 없어?
양주 (고개 젓는) 없어요. 그 뒤로 로그인 안 하세요.

선호 ...... (들어오는)

양주 어떻게 된 거죠? 벌써 하루가 다 지났는데..

선호 (소파에 털썩 무너지며 주저앉는)

양주 전화도 안 되고 접속도 안 하시고 경찰들도 못 찾고..

선호 서버는.. 닫자. 더 열어놓을 이유도 없어.

양주 ......

씬/86 도심 전경 (밤 - 낮 - 밤)

차량으로 붐비는 도심. 밤에서 낮으로, 다시 밤으로 변하는 컷컷.

씬/87 희주 집 거실 (밤)

디졸브로...
민주, 혼자 밥 먹고 있는데 영심이 빈 죽 그릇 들고 나오는

영심 (내려놓으며) 너 학원 가는 날 아니냐?

민주 지금 갈 거예요 (물 마시는)

영심 희주는? 밥 안 먹어?

민주 안 먹는대요.

영심 니 언니 왜 저러냐? 어제부터 계속 종일 쏘다니다 넋 놓고 들어와서

민주 (한숨) 어휴..

영심 왜 한숨을 쉬어?

민주 난 말 못해요. 할머니 또 혈압 오를까 봐.

영심 (표정) 그게 뭔 소리냐? 뭐가 또 있어?

민주 (얼른 가방 들고 일어나는) 갔다 올게요.

영심 뭔 소리야? 내가 혈압 오를 일이 또 뭐냐?

씬/88 희주 집 희주 방 (밤)

희주, 침대에 누워 있다.
완전히 진이 빠져서 초췌해서. 눈물이 하염없이 볼을 타고 흘러내리고 있고.
누가 오는 소리가 들리자 희주, 얼른 이불을 덮는. 영심이 들여다보고, 자는 줄 알고 도로 문을 닫는. 희주, ...

씬/89 희주 집 앞 (밤)

민주, 가방 들고 대문을 나와 가다가 멈칫.
어둠 속에서 뭔가를 보고, 쳐다보는. .....???

씬/90 희주 집 희주 방 (밤)

희주, 누워 있는데 창밖에서 민주 목소리가 들리는

민주 (E) 언니!! 언니!!
희주 (? 고개를 드는)
민주 (E) 언니 나와봐!!
희주 (?! 진우가 왔나 싶어, 벌떡 일어나는)

씬/91 희주 집 거실 (밤)

희주, 옷도 안 걸치고 급히 내려와 현관으로 달려가는
영심이도 방에서 내다보는

영심 왜 그러냐?

씬/92 희주 집 현관 (밤)

희주, 정신없이 달려 나가는

씬/93 희주 집 앞 (밤)

희주, 튀어나오는데 민주가 대문 앞에 놀라 서 있는

희주 왜..?
민주 언니 저기 (하며 손가락으로 가리키는)
희주 (표정)

골목길의 끝, 어둠 속에 서 있는 한 남자가 보이고..
희주, ...?! 누구인지 모르겠다가 점차..
구부정하게 어깨를 구부리고 서 있는 남자, 세주처럼 보이는.

희주 (...?!)
민주 (눈 똥그래져서 겁먹어) 오빠 아냐..?
희주 (표정)
영심 (뒤늦게 나오는) 왜 그러냐?

희주, 세주에게 다가가는

영심 저게 누구냐?
세주 (사라질 때 차림 그대로, 겁먹은 듯 고개 숙이고 있는)
희주 (다가가며, 떨리는 목소리로) 세주야...?
세주 (자기를 부르자 퍼뜩 놀라며, 흔들리는 불안한 눈빛으로 희주를 쳐다본다)

가로등 불빛에 드러난 얼굴, 세주가 맞고.

희주, ...!!!!

- 제14회 끝 -

15회

씬/1 희주 집 거실 (밤)

14회 87씬 이전 상황
민주, 혼자 밥 먹고 있는데 상범이 공방 문을 열고 들여다보는

상범 혼자 밥 먹냐?
민주 (무심) 안녕.
상범 할머니는?
민주 방에.
상범 희주는?
민주 방에.
상범 (한숨)
민주 오빠 같이 먹을래?
상범 됐다 나도. (문 닫는)

씬/2 기타 공방 (밤)

심란한 상범, 태블릿으로 기타 악보를 찾아보고 있는.

악보 하나 골라 지금 막 완성된 기타를 잡고 기타 줄을 튕겨보는데 이때 핸드폰이 울린다.

상범　(핸드폰을 보고, 의외인 듯 전화를 받는) 여보세요? 와 너 웬일이냐? 오랜만이다 잘 지내? (하다) 희주?

상범친구　(E) 희주 전화번호를 몰라서 너한테 했어.

상범　희주는 왜?

상범친구　(E) 어제 세주가 여기 나타났다 그래서

상범　(?!) 뭐??

씬/3　회상 - 그라나다 / 카페 알카사바 (밤)

술 마시는 사람들로 왁자한 카페 안.
서빙 하던 웨이터, 문 열리는 소리에

웨이터　(스페인어) 어서 오세요~ (치우며 돌아보면)

겁먹은 표정의 세주가 문 앞에 서 있는.

웨이터　(다가오며, 스페인어) 혼자예요? 이쪽으로 (하고 다가오다가 ?? 낯익은 얼굴이자) 어? (들여다보고) 너 희주 동생 아니냐?

세주　......

웨이터　(스페인어) 맞지? 너 희주 동생이지? (주인을 부르는) 어이 여기 좀 봐요, 희주 동생이 왔어요!

상범친구　(E) 어제 세주가 알카사바 카페에 나타났었대.

컷 튀어 테이블 의자에 앉아 있는 세주를 웨이터와 주인이 둘러싸고

주인　(스페인어) 왜 이제야 나타나? 희주가 너를 얼마나 찾아다녔는데?

세주　(고개 숙인 채, 넋 나간 듯 중얼, 스페인어) 집에 갔는데... 집이 비었어..

주인　(스페인어) 너희 식구들 한국으로 갔어! 몰랐어?

세주　(표정)

컷 튀어 주인이 핸드폰으로 비행기 예약해주며 세주에게 뭐라 하는..

주인　(스페인어) 이 비행기로 예약해주면 돼?

세주　(끄덕이는)

주인　(스페인어) 나는 서울 주소밖에 몰라. 집에 전화를 하고 가.

상범친구　(E) 이사 간 것도 모르고 있어서 호세가 비행기표도 예약해줬다더라구

씬/4　기타 공방 (밤)

상범　(??!)

상범친구　(E) 나는 지금 와서 들었다. 세주가 집에 잘 갔나 궁금해하더라구

상범　비행기를 탔다구? 언제??

상범친구　(E) 예약은 해줬다는데 탔는지 안 탔는지는 모른대. 도착했을 시간 된 거 같아서

상범　(!!) 안 왔어... 아냐 안 왔어. 내가 지금 희주 집에 와 있거든, 근데 진짜로 세주가 맞아? 세주가 확실하대?

이때 밖에서 민주 부르는 소리가 들려오는

민주　(E) 언니!! 언니!!

상범　(전화하다 돌아보는)

민주　(E) 언니 나와봐!!!

상범　(마음 급한) 일단 희주한테 전할게. 너한테 다시 전화하라고 할게. 알려줘서 고맙다. (끊고 바로 나가는)

씬/5　희주 집 마당 (밤)

14회 엔딩 씬과 같은 장면.
상범, 공방에서 나오는데 희주가 어느새 밖에 나와 있는

상범　(그 얘기를 하러 가려는데)
민주　언니 저기. (가리키는)
희주　(?!)
민주　(눈 똥그래져서 겁먹어) 오빠 아냐...?
상범　(?!)

씬/6　희주 집 앞 (밤)

14회 엔딩 씬에서 이어지는

영심　(현관에서 나오며) 왜 그러냐?

희주, 세주에게 다가가는

영심　저게 누구냐? (눈을 가늘게 뜨고 보는)
상범　(대문 밖으로 나와 멀리 서 있는 남자를 같이 보고, 세주임을 깨닫고) ...!!!

희주, 골목 끝에 서 있는 세주에게 다가가는

세주　(사라질 때 차림 그대로, 겁먹은 듯 고개 숙이고 있는)
희주　(다가가며, 떨리는 목소리로) 세주야...?
세주　(자기를 부르자 퍼뜩 놀라며, 흔들리는 불안한 눈빛으로 희주를 쳐다본다)
희주　(!!!)
세주　......
희주　(눈으로 지금 보면서도 믿을 수가 없고)
상범　(그사이에 후다닥 쫓아와서) 얌마 세주야!!

집 앞에 서 있던 영심, 민주, 그 소리에, !!!

영심 (심장이 벌렁벌렁) 재 뭐라는 거냐 지금...?
상범 (크게 소리치는) 할머니 세주예요!! 세주가 왔어요!!
영심 (??!!)
민주 (??!!)
희주 (상범이 말에 그제야 현실로 다가오며, 울음이 터지며 세주를 끌어안는)
세주 (멍하니 그냥 서 있고)
상범 (반가워 붙잡고 흔드는) 야 임마! 너 어떻게 된 거냐!! 와 자식이 진짜!!
세주 ....

민주가 다다다 뛰어오고 영심이 휘적거리며 따라오는

민주 (들여다보고) 오빠 맞아! 할머니 오빠 맞아!!
영심 (뒤늦게 숨차 헐떡거리며 와서 보고 !!!!) 하이구 이눔아!! (달려들어 등짝을 때리며) 이눔의 자식이! 어딜 갔다 이제 와!! 아이구 세상에!! (울며 붙잡고) 살아 있었어! 아이구 세상에!! 살아 있었어!
민주 왜 이제 와? 어디 갔다 왔어?

온 가족이 둘러싸고 감격해서 울고 얼싸안는데 세주는 그냥 얼빠진 듯 서서..

씬/7 선호의 사무실 (밤)

디졸브로..
선호, 책상 의자에 꼼짝도 않고 앉아 있다.
잠시 후 노크 소리와 함께 양주가 들여다보는

선호 (보자)

양주　소식.. 아직 없죠..?
선호　......
양주　(얼른 도로 문 닫고)
선호　......

잠시 후 선호, 초조와 불안감을 못 이기고 갑자기 벌떡 일어나는.

씬/8　진우의 사무실 앞 (밤)

불 꺼진 사무실 앞으로 오는 선호.
문을 열고 들어가는

씬/9　진우의 사무실 (밤)

불 꺼진 진우의 사무실.
선호가 들어오며 불이 켜지는.
선호, 주인 없는 텅 빈 책상으로 다가간다.
선호, 문득 뭔가를 두리번거리며 찾는.
진우의 물건을 담아 놓은 박스가 한쪽에 놓여 있고.
선호, 거기서 진우의 명패를 집어낸다.
진우의 명패를 도로 책상 위에 올려놓는다.
선호, 착잡한 심정으로 그걸 물끄러미 보며..

씬/10　회상 - 병준의 별장 거실 (밤)

14회 31씬에서 이어지는 상황.
병준이 고민에 빠져 앉아 있는데 선호가 옆에 와서,

선호 진우가 도망쳤답니다. 경찰한테서요.

병준 (.....!)

선호 결국엔 체포되겠죠. 체포되면 어떡하실 겁니까?

병준 ......

선호 게임 개발을 중단하라고 진우가 작년부터 얘기했었죠. 근데 여기까지 왔습니다.
진우 말을 안 믿었습니다. 모두가요.

병준 ......

선호 누군가는 이 상황을 책임을 져야 합니다.

병준 ....

선호 교수님과 제가, 책임져야 합니다.

병준 ....

씬/11 진우의 사무실 (밤)

회상에서 돌아오며..
선호, 이미 눈가에 눈물이 맺혀 있고..
긴 한숨과 함께 눈물을 닦아내는데 이때 핸드폰이 울리는.
〈정희주〉 뜨고.

선호 (받는) 네 희주씨. 아니요 진우는 연락 없습니다.. 혹시 소식.. (하다 놀라는) 네...? (?!!) 동생이 돌아왔다구요...?!

씬/12 희주 집 욕실 + 진우의 사무실 (밤)

희주, 세주가 갈아입을 속옷을 갖다 놓고 목욕타월을 꺼내며 통화 중이다.
감격의 눈물이 아직도 멈추질 않고, 연신 닦아내며

희주 (흥분으로 떨리는) 네 돌아왔어요. 좀 전에요. 네 멀쩡해요,

선호 어디 있었던 겁니까? 어떻게 된 거래요?

희주 아직 못 물어봤어요 정신이 없어서요, 어제 그라나다에서 비행기를 탔나 봐요.

선호 진우가 퀘스트를 깼나 보네요! 그 자식 말이 맞았어요!! 세주가 올 거라더니!!

희주 그런가 봐요, 그렇겠죠?

선호 (흥분해서) 그럼 진우도 곧 돌아오겠네요, 다 끝난 거면, 조금만 기다리면 되겠네요, 아니다, 동생이 알고 있지 않을까요? 아, 잠깐, 제가 지금 그리 가겠습니다, 네 네 바로 갈게요!

희주 네에. (핸드폰 끊고 흥분이 안 가셔 눈물 닦아내고)

씬/13 도로 + 회사 차 안 (밤)

도로를 달리는 회사 차.
기사가 운전하고 있고 선호, 뒷좌석에 앉아

선호 (다시 희망에 차서) 빨리 좀 가요.

기사 네.

선호 (퍼뜩 생각나 핸드폰 꺼내 전화를 거는)

〈차병준 교수님〉 뜨고 신호음이 한참 가는데 안 받자..
선호, 전화를 끊고 메시지를 보낸다.
〈교수님. 개발자가 집에 돌아왔다고 합니다. 진우 말이 전부 다 맞았습니다. 지금 만나러 가는 중입니다.〉
선호, 메시지를 보내고 나서 희망에 찬 안도의 한숨을 내쉬는..
잠시 후 핸드폰이 울린다. 〈최정혁 과장〉 뜨고.

선호 (...? 받는) 여보세요.

주치의 (E) 박대표님 접니다.

선호 네 안녕하세요. 아닙니다. 통화 괜찮아요.

씬/14 종합병원 진료실 + 회사 차 안 (밤)

가운 입은 40대 중반의 남의사, 초조한 표정으로 서서 통화 중인.

주치의 혹시.. 차교수님한테 들으신 게 있나 해서요.
선호 뭐를요?
주치의 아.. 그게..
선호 무슨 일이 있어요?
주치의 (망설이다) 유진우 대표님 일인데요, 아무것도 모르십니까?
선호 (?!) 뭘 말이에요..?
주치의 그게.. 사실은 어제 제가 유대표님하고 같이 있었습니다.
선호 (?!) 그게 무슨 소리예요?
주치의 어제 낮에 모르는 번호로 전화가 와서요

씬/15 회상 - 식당 앞 (오후)

성당 종탑이 멀리 보이는 부근 후미진 곳의 식당 건물.
문이 닫혀 있는데 50대의 여주인이 문을 열고 들어가는

씬/16 회상 - 식당 화장실 앞 (오후)

식당 여주인, 건물의 공용 화장실로 가는데 문이 열려 있는.

식당 (?) 아이구 문을 또 안 잠그고 갔네 하여튼 정신머리.. (짜증내며 문을 열고 들어가려는데 문이 뭔가에 막혀 안 열리고) 왜 이래? (억지로 밀며 들어가는)

씬/17 회상 - 식당 화장실 (오후)

식당 여주인, 끙끙거리며 문을 억지로 밀며 들어오다가 깜짝 놀라는.
축 늘어져 바닥에 쓰러진 진우가 문을 막고 있는.

식당 (놀라서) 아이쿠! 이게 뭐야?! 아유 이봐요? (흔들어보는)
진우 (정신을 잃고 못 깨고)
식당 어이구 세상에!

씬/18 종합병원 진료실 + 회사 차 안 (밤)

선호 (?!!) 유대표가 화장실에 쓰러져 있었다구요?
주치의 네. 식당 주인이 저한테 전화를 했더라구요.

씬/19 회상 - 식당 화장실 (오후)

식당 여주인, 늘어진 진우를 일으켜 안고 통화 중이다.

식당 오늘 식당 노는 날이라서 여기 사람이 쓰러진 줄도 몰랐지~ 구급차를 부르려고 했드니 부르지 말래잖아요 이 사람이. 이 번호로 전화해달라 그래서요~ 의사 선생이에요? 얼른 와서 데려가요 다 죽게 생겼다구!

씬/20 회상 - 식당 건물 앞 (오후)

주치의, 사복 차림으로 차를 세우고 바로 왕진가방 들고 내리는
식당 여주인이 그 앞에서 기다리고 있다가 나오며 화장실 가리키는

주치의　(E) 그래서 제가 거기 갔었습니다. 경찰이 찾고 있다는 뉴스를 봐서, 병원으로 갈 수가 없어서요..

씬/21 회사 차 안 (밤)

선호　(!! 핸드폰 끊으며 바로) 차 좀 돌려요.

기사　네?

선호　(마음 급한) 들를 데가 있어, 차 돌려요 빨리..!

씬/22 도로 (밤)

회사 차, 횡단보도 앞에서 급히 유턴해서 돌아가는 모습에
디졸브로..
야경이 화려한 특급호텔이 보이고..
회사 차, 빠르게 호텔로 들어서는

주치의　(E) 일단 호텔에 모셨거든요. 제 이름으로요.

씬/23 회상 - 회사 차 안 + 종합병원 진료실 (밤)

선호　(속이 타서) 그걸 왜 이제 얘기합니까? 어제 있었던 일을!

주치의　차교수님한테 연락했었습니다.

선호　(!!)

주치의　네. 어떻게 해야 할지 몰라서 차교수님한테 말씀드렸더니.. 호텔로 오셨더라구요.

선호　(?!) 교수님이?

씬/24 회상 - 호텔 스위트룸 앞 (밤)

주치의　(E) 네. 어제 밤에요.

병준, 와서 초인종을 누른다.

주치의　(낮게, E) 누구세요?
병준　나요.
주치의　(문을 열고 내다보는)

씬/25 회상 - 호텔 스위트룸 침실 (밤)

병준, 의식 잃고 침대에 누워 있는 진우를 내려다보고..

주치의　일종의 쇼크.. 같습니다.
병준　쇼크?
주치의　정확한 건 모르구요. 무슨 일이 있었는지는 말씀을 들어봐야..
병준　......

씬/26 회상 - 호텔 스위트룸 거실 (밤)

병준과 주치의, 방에서 나와

병준　고생했어요.
주치의　아닙니다. 근데.. 대표님을 경찰이 찾고 있는 거 같은데 괜찮을지..
병준　내가 알아서 하지. 재조사 요청한 건 우리 쪽이니까.
주치의　(안도) 아 네..
병준　이제 가봐요. 계속 여기 있으면 최교수도 입장 곤란해질 수 있으니까
주치의　아닙니다. 어쨌든 제가 대표님 주치의인데

병준 (바로, 단호한) 가봐요 이제.

주치의 (표정)

병준 그리고 이건 비밀로 합시다.

주치의 네...

씬/27 회상 - 호텔 스위트룸 앞 (밤)

주치의, 왕진가방을 들고 나오며 문을 닫는.
가다가 한번 돌아보는. 찜찜한 기분에 발걸음이 내키지 않는..

주치의 (E) 그래서 밤에 집에 돌아왔는데

씬/28 호텔 앞 (밤)

회사 차가 와서 서고, 선호가 내려서 바로 들어가는

주치의 (E) 오늘 전화를 계속 드려봤더니 교수님도 대표님도 전화를 안 받으셔서요.

씬/29 호텔 로비 (밤)

선호, 화려한 로비를 지나쳐 엘리베이터로 급히 가는

주치의 (E) 너무 걱정이 돼서 연락드리는 겁니다.

씬/30 호텔 엘리베이터 (밤)

주치의 (E) 2020호입니다.

선호, 버튼을 누르고 초조하게 기다리는, 속이 타고..

씬/31 호텔 스위트룸 앞 (밤)

선호, 와서 방 번호 확인하고 바로 와서 초인종을 누르는..
대답이 없자 문을 두드려보는.

선호 진우야. (누가 들을까 주변 확인하며 낮게 부르는) 진우야...? 나다. 문 열어봐.

대답이 없자

선호 (다시 문을 두드려보는) 교수님..? 안에 계십니까?

대답이 없고.. 선호, 핸드폰을 다시 걸어본다.
〈유진우〉 신호음만 가고 꺼져 있고.
선호, 다시 병준에게 전화를 걸어본다.
〈차병준 교수님〉 신호음만 가고 계속 안 받고.
선호, 표정에 퍼뜩, 어제의 기억이 떠오르고..

씬/32 회상 - 선호의 사무실 (밤)

선호, 창밖을 보며 시름에 잠겨 전화를 걸고 있는.
신호음이 가다가 병준이 받는다.

병준 (E) 여보세요.
선호 교수님 접니다. 어디십니까.

씬/33 회상 - 병준의 차 안 + 선호의 사무실 (밤)

병준, 직접 운전하며 블루투스로 받고 있는.

병준 병원에 가보고 오는 길이다.
선호 수진씨는 좀 어떤지
병준 당장 죽지는 않겠더라.
선호 아.. 네 다행입니다. (한시름 놓고)
병준 ....
선호 근데 진우는 아직도 연락이 안 됩니다. 무슨 일이 생겼나 봅니다 아무래도..
병준 체포되는 거보단 행방불명이 나을 수도 있다.
선호 네..?
병준 어쨌든 수습할 시간을 벌었잖니.
선호 (순간, 어떤 의미인지, ..??)
병준 ......
선호 회사로 오십니까..? 뵙고 얘기를..
병준 내가 볼일이 있어서. 나중에 다시 연락하마. (끊는)
선호 아 네.. (끊고 뭔가 찜찜한)

씬/34 호텔 스위트룸 앞 (밤)

회상에서 돌아오며 선호, 신호음만 계속 가는 핸드폰을 끊는다.
점점 더 좋지 않은 예감에 초인종을 급히 몇 번 더 누르다가,
갑자기 도로 엘리베이터로 뛰어가는

씬/35 호텔 로비 (밤)

선호, 초조해서 도로 내려와 리셉션으로 급히 가는

호텔직원 (인사하며) 안녕하세요.

선호 (바로 지갑에서 명함을 꺼내며) 안녕하십니까. 도움이 좀 필요해서요.

씬/36 동네 마트 (밤)

민주가 각종 고기와 야채 등을 잔뜩 사서 계산대에 올려놓은.

여주인 어유 뭘 이렇게 많이 사 가니?

민주 우리 오빠가 돌아왔거든요

여주인 응?

민주 (환해져서) 오빠가 1년 만에 돌아왔어요. 죽은 줄 알았는데.

씬/37 희주 집 거실 (밤)

영심, 흥분해서 국을 끓이고 냉장고를 열어 있는 대로 재료를 다 꺼내면서 통화하느라 정신이 없는.

영심 (사촌과 통화 중인) 왔대니까 글쎄. 30분도 안 됐어, 아 글쎄 멀쩡하게 왔어~ 지 발로 비행기 타고 왔대~ 이게 꿈인가 생신가 싶다니까 나는 그냥 죽은 줄로만 알았지~ 뭐를 하고 다녔는지 말도 안 해 입이 붙었는지~ 근데 그게 지금 중요하냐? 나중에 듣든지, 일단 살아 돌아왔으니까 됐지

민주, 심부름한 마트 봉지를 들고 헐떡거리며 들어오는

민주 할머니 고기 사 왔어!

영심 (갖고 오라고 손짓하며) 니 오빠 뭐하나 좀 봐라~

민주 네에 (올라가고)

영심 왔으니까 다행이지만 하여튼 내가 저놈의 자식 땜에 제 명에 못 죽는다니까~ 아니 멀쩡하게 살아 있으면서 왜 전화 한 통을 안 하냐고~ 손가락이 썩어 문

드러졌어? 저눔 쉬키가 저렇다니까 글쎄~ 원래 저런 놈이여 스페인에서도 얼마나 내 속을 썩였는지 (좋아하다 욕을 하다 혼자 난리인)

씬/38 희주 집 세주 방 (밤)

침대와 책상, 옷장만 있는 방.
나머지 세주 짐들은 아직 풀지 않은 채로 박스째 놓여 있고.
세주, 침대에 멍해서 고개 숙이고 앉아 있고 상범과 민주가 옆에서 말을 시켜보고 있는.

상범　그동안 어디 있었던 거냐? 그렇게 찾아도 흔적도 없었는데?
민주　오빠 우리 집 좋지? 대따 좋지?
세주　.......
민주　이 집 되게 비싼 집이야~ 우리 이제 부자거든~
상범　세주야? 야 임마 말 좀 해봐~ (툭 치며) 반갑지도 않냐?
세주　.....
민주　근데 오빠 1년 전이랑 똑같지 않아?
상범　응?
민주　머리도 옷도 완전.. 집 나갈 때랑 똑같아.
상범　(표정, 새삼 보니 그렇고) 그런가..?
희주　(옷을 들고 막 들어오는)
상범　근데 왜 연락을 안 한 거냐? 어디 있었는데? 야.. 우리는 진짜 니가 죽은 줄 알고
세주　인던..
상범/민주　어? / (?)
희주　(표정)
세주　(혼잣말처럼 중얼) 인던에 있었어.. 연락할 수가 없었어..
상범　인던이.. 어디야?
민주　그게 뭔데?
세주　있어.. 게임 속에.. 나만 알아.. 너무 위험해서.. 그래서 숨어서..

상범/민주 (??)

희주 (표정)

세주 (갑자기 퍼뜩) 내가 안 죽였어..! 내가 죽인 게 아냐..

희주 (....!)

상범 어..?

세주 (아직 1년 전 상황에서 벗어나지 못하고 생각이 거기에 머물러) 마르꼬는 내가 죽인 거 아니야.. 난 아무 짓도 안 했어. 진짜야..

민주 (놀라) 오빠 누구 죽였어?

세주 난 아니라구!!!

상범/민주 (표정)

희주 (...! 얼른 세주를 막아서며) 다들 나가 있어. 할머니한테 씻고 내려간다고 해.

상범/민주 (표정)

희주 나가 있어 좀.

씬/39 희주 집 2층 거실 (밤)

상범과 민주가 떠밀리듯 나오는

민주 오빠가 사람 죽여서 숨어 있었던 거야?

상범 ..... 내려가자. (말 막고 끌고 가는)

씬/40 희주 집 세주 방 (밤)

세주 난 아냐..

희주 (문을 잠그고 서서) ....

세주 난 안 죽였다구... (눈물이 뚝 떨어지는)

희주 (와서 옆에 앉아 손을 잡으며) 그래 알아. 알았어. 나중에 얘기해.
니가 죽이지 않은 거 알아. 걱정하지 마.

세주 (불안해 어린애처럼 흐느끼고) 걔가 날 죽이려고 했어.. 칼로 찔렀다구.. 그래

서 난 도망친 거뿐인데.. 근데 계속 나를 쫓아다니잖아.. 총을 쏘면서

희주 그래 알아.. 누나가 다 안다구. (눈물을 닦아주며) 넌 잘못 없어.

세주 근데 사라졌어.. 그래서 나왔어..

희주 (표정)

세주 누가 퀘스트를 깼나 봐.

희주 (....!)

세주 누가 깨주기만 기다렸거든.. 그게 누구지...?

희주 (표정) 니가.. 몰라..?

세주 (고개 젓는)

희주 그 사람이 어디 있는지 몰라...?

세주 난 몰라.. 그게 누군지..

희주, 기대했던 희망이 사라져가며... 표정에..

진우 (NA) 세주가 돌아오며 나의 외롭고 긴 여정은 마침내 끝이 난다.

씬/41 호텔 스위트룸 앞 (밤)

선호, 초조하게 서 있고 호텔 직원이 카드로 방문을 여는.

선호 고마워요. (바로 들어가는)

씬/42 호텔 스위트룸 거실 (밤)

선호, 두려운 기분으로 들어오면 아무도 없다.
그러나 테이블 위에 있던 과일들이 다 쏟아지고 쿠션들도 리모컨도 바닥에 떨어져 있고 어수선한 분위기이고..

선호 (불길한) 진우야...? (두리번거리며)

선호, 조심스레 침실로 향하는

씬/43 호텔 스위트룸 침실 (밤)

선호, 들어오면 진우가 맞았던 수액이 뽑혀서 걸려 있고..
침대는 비어 있고 침구가 흐트러져 있다.
침탁에 있던 스탠드는 바닥에 떨어져 깨져 있고.... 무슨 일이 있었음이 분명한.
선호, 점점 더 불길한 예감에 떨며..
반쯤 열려 있는 욕실로 향하는...

선호　진우야..?

씬/44 호텔 스위트룸 침실 욕실 (밤)

선호, 조심스레 들여다보다가 표정이 변하는.
무언가를 보고, 선호, 굳어지는 표정에..
F.O – F.I

씬/45 성당 앞 (아침)

14회 56씬 中
진우, 성당 앞으로 오는.
문이 열리면서 성당에서 새벽 미사를 마친 신자들이 몇몇 나오고.
진우, 모두 나올 때까지 기다렸다가 성당 문을 열고 들어가는

진우　(NA) 이제 단 하나의 이야기만이 남았다.

씬/46 성당 (아침)

14회 57씬 中
엄숙하고 조용한 성당 안. 불만 켜져 있고 아무도 없다.
맨 뒤편 의자에 앉아 있는 진우, 십자가를 물끄러미 보고 있다가..
손을 들어 천천히 성호를 긋는..

진우 (NA) 나의 마지막 이야기.

성호를 긋고 나자 문자 벨이 진동으로 울리는.
진우, 양주인 줄 알고 확인하려다 멈칫.
수진에게서 온 메시지고.
수진의 목소리와 함께. 〈미안해요.〉
진우, ...! 순간 묘한 불길한 예감에 휩싸이고.
진우, 잠시 망설이다가 전화를 걸어보려는데 이때. 기타 선율이 들려오는.
진우, 멈칫하며 고개를 들면 어느새 엠마가 십자가 아래, 제단 앞에 나타난.
진우, ...!
진우, 엠마에게 다가가는.
엠마의 손이 파티마의 손과 똑같은 걸 눈으로 확인하고.

진우 ...... 안녕 엠마.
엠마 (연주하며 천천히 고개를 들고 진우를 바라보고)
진우 ......
엠마 (기타를 멈추고) 안녕.
진우 오랜만이야.
엠마 (미소) 오랜만이에요.
진우 줄 게 있어.
엠마 혹시 천국의 열쇠를 갖고 있어요?
진우 맞아.

엠마 보여줘요.

진우 (주머니에서 꺼내자 빛나는 천국의 열쇠가 손에 생겨나는)

엠마 (미소) 내가 찾고 있던 거예요.

진우 (....!)

엠마 나한테 줄 수 있어요?

진우 원한다면.

엠마 (파티마의 손과 똑같이 생긴 오른손을 내민다)

진우 .... (천국의 열쇠를 조심스레 건네는)

엠마 (천국의 열쇠를 받자마자)

갑자기 손과 열쇠 주변으로 빛이 생겨나면서.
〈천국의 열쇠가 파티마의 손에 전달됐습니다〉
〈master의 비밀 퀘스트를 완료했습니다〉
진우, ...!!
이어서 엠마의 손에 있던 기타가 갑자기 사라진다.
진우, 표정.
〈퀘스트 보상 : 새로운 master가 되셨습니다〉
엠마, 천천히 진우를 응시하며 일어나는..
진우, 표정
엠마, 미소를 머금고 진우를 마주보다가..
갑자기 천국의 열쇠를 두 손으로 잡더니 확 잡아 빼자, 열쇠는 칼집이었고, 송곳처럼 뾰족하고 날카로운 단검이 드러나는.
진우, ...?!
진우, 뭐라 말하기도 전에 엠마, 바로 진우의 심장을 그대로 찔러버리는.
진우, ...!!!
진우의 심장에 단도를 꽂은 채로 표정 변화도 없는 엠마.
진우, 충격에 꼼짝도 할 수가 없고...!
메시지가 눈앞에 뜬다.
〈엠마가 버그를 삭제하는 중입니다〉
진우, ...!!

씬/47 성당 앞 (아침)

경찰차들이 속속 앞에 도착한다.
문이 열리고 형사와 경찰1, 2, 3, 4, 5가 내리는

씬/48 성당 (아침)

심장에 칼을 찔린 채로 엠마와 대치 중인 진우,
생명력 쭉쭉 줄어들면서 열쇠에서는 계속해서 빛이 나고
〈버그를 삭제 중입니다 잠시만 기다려주세요〉
진우, 사력을 다해 칼을 꽂은 엠마의 손을 잡고 버티며 뒤로 물러나는.
간신히 엠마의 손에서 칼을 뺏으며 진우, 심장에 칼이 꽂힌 채로 뒤로 비틀거리며 물러나다 바닥에 쿵 쓰러진다.
바닥에 누운 진우, 고통에 숨을 쉴 수도 없고,
엠마는 표정 없이 내려다보고만 있고
〈엠마가 버그를 삭제하는 데 실패했습니다〉
〈엠마가 게임을 리셋 하는 데 실패했습다.〉
진우, ...!!
엠마, 스르륵 사라지는.
진우, 표정
이때 밖에서 누군가 오는 기척이 들려오고..

씬/49 성당 앞 (아침)

경찰들 일부는 옆문으로 후다닥 나눠 뛰어가고,
형사와 경찰1, 바로 문을 열고 들어간다.

씬/50 성당 (아침)

형사와 경찰들, 우르르 들어오다가 멈칫,
이미 텅 비어 있는 성당. 진우는 없고.

형사 없잖아?

들어오던 경찰들, 다들 멈칫.
형사가 손짓하자 도로 다들 튀어 나가는

씬/51 성당 앞 (아침)

성당 주변으로 나와 찾기 시작하는 경찰들

씬/52 성당 뒤편 (아침)

제단 뒷문을 통해 심장에 칼이 꽂힌 채로 비틀거리며 나오는 진우.
뒤에서 경찰이 '여기 문 열려 있어! 저쪽!' 하며 찾는 소리가 들려오고.

씬/53 골목길 (아침)

사력을 다해 겨우겨우 도망치는 진우.
이때 갑자기 눈앞에 군인이 나타난다.
진우, ...! 총을 꺼내는 동시에 군인도 총을 쏘고,
동시에 맞으면서 동시에 쓰러지고.

씬/54 상가 건물 앞 (아침)

진우, 비틀거리다가 군인이 또다시 나타나자, !!!
이때 진우 뒤에서 어느새 정훈이 나타나 먼저 총을 쏘는..!
진우, ...!! 군인, 총을 맞고 멈칫하는 사이에 진우, 바로 옆의 식당 건물의 문을 열고 들어간다. 동시에 군인, 정훈을 타겟으로 바꿔 훨씬 좋은 총으로 정훈에게 마구 쏘아대는. 정훈, 쓰러지고..

씬/55 상가 건물 안 (아침)

진우가 유리문을 닫자 군인이 들어오려다 멈칫하고, 못 들어오고 유리문 밖에 서서.
진우, 비틀거리며 공용 화장실로 간다.
문을 밀자 열려 있고, 쓰러지듯 들어가고

씬/56 상가 건물 화장실 (아침 - 오후)

더럽고 낡은 화장실.
진우, 들어오자마자 바로 바닥에 쓰러지는.
아직도 검은 심장에 꽂혀 있고 생명력은 계속 빠르게 줄어들고 있고..
생명력 거의 바닥나는 순간,
진우, 바닥에 누운 채 칼을 잡고 사력을 다해 잡아 뽑는다.
엄청난 고통과 함께 칼이 확 뽑히면서...!
진우, 흐려지는 의식 속에서 열쇠를 든 채 보는..
〈버그를 삭제할 수 없습니다〉
〈원인을 알 수 없는 오류가 발생했습니다〉
〈로그아웃 됩니다〉
진우, ... 열쇠를 쥔 채 그대로 의식을 잃는..
누군가 깨우는 소리에 다시 눈을 뜨면 여주인이 들여다보고 있고..
다시 의식을 잃었다가 눈을 뜨면.. 주치의가 청진기를 대고 살펴보고 있는.

진우, 다시 정신을 잃고..

씬/57 주치의의 차 안 (오후)

차 뒷좌석에 널브러져 쓰러져 있던 진우, 귓가에 들리는 뉴스 소리에 다시 눈을 뜨는. 주치의, 라디오 뉴스 들으며 운전하고 있는
라디오에서 나오는 아나운서의 목소리, 점점 또렷하게 들려오며

아나운서 (E) 이수진씨는 바로 응급실로 이송되었으나 현재 위독한 상태로 알려졌습니다. 고 차형석씨의 부인 이수진씨는 소아과 전문의로 유진우 제이원 전 대표의 첫 번째 부인이기도 합니다. 2014년 유 전 대표와 이혼하고 같은 해 차씨와 재혼하였으며 슬하에 1남이 있고..

진우 뭐라고요...?

주치의 (놀라 돌아보고, 얼른 라디오 끄며) 어 대표님, 정신 드세요?

진우 수진이가... 뭐라고 했어요 지금..?

주치의 아.. (곤란한) 그분이요. 약을 먹고 자살 시도를 하셨답니다.

진우 (....!) 죽은 겁니까..?

주치의 아니요.. 근데 위독하신가 봅니다.

진우 (표정)

주치의 근데.. 어떻게 된 겁니까? 전화 받고 너무 놀라서..

진우 (멍해지며)

핸드폰에 찍혔던 수진의 문자가 떠오르고.
〈미안해요.〉
진우, 절망하며 눈을 감는..

씬/58 호텔 스위트룸 침실 (밤)

진우, 다시 정신이 들었을 때는 침대에 누워 있고 이야기하고 있는 병준과 주

치의의 모습이 보이고.. 다시 정신을 잃는..

씬/59 호텔 스위트룸 거실 (밤)

병준, 생각에 빠져서 뒷짐을 지고 서성이고 있고..
주치의, 왕진가방을 들고 현관 앞에 서서

주치의 그럼 가보겠습니다. 무슨 일이 있으면 바로 연락주십시요.
병준 가봐요.
주치의 (인사하고 나가는)
병준 ......

주치의, 문을 닫고 사라지자 병준, 멈춰 서서..
진우가 누워 있는 방을 새삼 보는..

씬/60 회상 몽타주

C#1 고속도로 (낮)

병준이 직접 운전하고 있는.
톨게이트를 빠져나와 서울로 향하는 병준의 차.

선호 (E) 일단 서버는 닫았습니다. 교수님 올라오셔도 안전합니다.

C#2 양주의 사무실 + 병준의 차 안 (낮)

14회 85씬에서 이어지는 상황.
양주, 모니터 앞에 앉아 있고 선호, 소파에 앉아 통화 중이다.
병준, 운전하며 통화 중인

병준 진우는 지금 어디 있어?
선호 (괴로운) 모릅니다. 사라졌습니다.
병준 사라져..?
선호 사라졌습니다. 전화도 끊겼고 접속도 끊겼고, 어디로 갔는지 모르겠습니다.
병준 (.....!)

C#3 병원 응급실 (14회 75씬 中)

의식 불명으로 누워 있는 수진을 지켜보는 병준.
의사, 옆에 서서

의사 다행히 고비는 넘긴 거 같습니다.
병준 ......
의사 간호사가 빨리 발견해서 천만다행이죠.
병준 (심정 복잡한, 어쩔 수 없이) 다행이군..

C#4 병원 응급실 앞 (밤)

병준, 변호사와 사람들이 없는 쪽에서 조용히 얘기하는

병준 ...... 유서가 혹시 있나?
변호사 유서는 없는데, 마지막에 유대표 앞으로 메시지를 남긴 모양입니다.
병준 (....!!) 무슨... 메시지...?

C#5 수진의 진료실 (아침)

이미 수진은 응급실로 실려간 후.
경찰이 남아서 책상 위의 핸드폰을 집어 드는

변호사 (E) 경찰에 넘어가서 아직 파악이 안 됩니다.

C#6 병원 응급실 앞 (밤)

병준 (....! 표정에)

C#7 병준의 연구실 (12회 22씬 C#14 中)

병준 너는 창녀다.
수진 (...!)
병준 지성과 교양을 다 갖고 있는 여자처럼 굴지만 니가 창녀랑 다를 게 뭐냐?
수진 (턱이 파르르 떨리는)
병준 어울리지도 않는 자리에서 우아한 척 그만하고 이제 내려와라.
내려올 방법을 모르겠다면, 내가 알려주마.

C#8 대학교 강의실 (12회 56씬 中)

진우 제가 경찰에 증명할 게 없다고 확신하셔서 이 모든 준비를 하셨겠지만, 전 제가 게임의 피해자라는 걸 너무 쉽게 증명할 수 있습니다.
다만 그 결과는, 제이원의 파산이겠죠.

C#9 병준의 별장 거실 (15회 10씬 中)

선호 진우가 도망쳤답니다. 경찰한테서요.
병준 (.....!)
선호 결국엔 체포되겠죠. 체포되면 어떡하실 겁니까?
병준 ......

C#10 경찰서 여자 화장실 + 병준의 별장 거실 (14회 1씬 C#16 中)

유라 개털로 이혼하고 쫓겨나줬더니 나를 아주 물로 봤나 본데 더 건드려봐 어디! 오빠만 골로 보내는 게 아니라 너도 아주 작살을 내버릴 테니까! 나한테 무은 위증을 강요했는지 다 불어버릴 거야! 니가 며느리 재산 뺏으려고 무슨 짓을 꾸몄는지!!

병준 (...!) 지금 뭐라고 했나...?

유라 (악에 받쳐) 내가 못할 줄 알고? 난 어차피 바닥에서 올라온 인간이야 너같이 지킬 거 많은 위선자랑 다르다고!! 알겠어?!

C#11 병준의 별장 거실 (15회 10씬 中)

선호 누군가는 이 상황을 책임져야 합니다.

병준 .....

선호 교수님과 제가, 책임져야 합니다.

C#12 병원 복도 (밤)

병준, 홀로 서서 회상에서 돌아오며..
폭풍처럼 몰려오는 전방위 압박에 병준, 엄청난 두려움이 몰려오는..
살면서 이런 두려움을 느껴본 적은 없는.
병준, 이마에 식은땀이 맺히고 손이 떨리는데 이때 핸드폰이 울린다.

병준 (보고.. 받는) 여보세요.

주치의 (E) 교수님 안녕하세요 저 최정혁입니다.

병준 네. 무슨 일이요?

주치의 (E) 상의드릴 일이 있어요. 제가 혼자선 판단이 안 돼서...

병준 뭐를...?

주치의 (E) 유대표님 일인데요..

병준 (?!!)

C#13 회상 - 병준의 차 안 + 선호의 사무실 (15회 33씬 中)

선호 근데 진우는 아직도 연락이 안 됩니다. 무슨 일이 생겼나 봅니다 아무래도..

병준 체포되는 거보단 행방불명이 나을 수도 있다.

선호　네..?

병준　어쨌든 수습할 시간을 벌었잖니.

선호　(순간, 어떤 의미인지, ..??)

병준　......

선호　(E) 회사로 오십니까..? 뵙고 얘기를..

병준　내가 볼일이 있어서. 나중에 다시 연락하마. (끊는)

바로 눈앞에 호텔이 보인다. 병준, 호텔로 바로 들어서는..

씬/61 호텔 스위트룸 거실 (밤)

회상에서 돌아오며...
병준, 뒷짐을 지고 서성거리고 있는데 이때, 뒤에서

진우　(E) 왜 오셨습니까.

병준　(...! 돌아보는)

진우, 주삿바늘 뽑아버리고 문가에 나와 서 있는.
낯빛은 창백하고.. 주치의가 갖다 놓은 목발을 다시 짚고 서 있는

진우　왜 올라오셨어요. 서울은 위험하다고 했었는데요.

병준　서버를 닫았다고 해서 왔다.

진우　서버를 닫았다고 안전한 건 아닙니다.

병준　설마.. 니 옆에 있으면 지켜는 줄 거 아니냐? 내가 죽게 내버려두진 않겠지.

진우　...... 수진이는요?

병준　(...!)

진우　수진이는 어떻습니까?

병준　(시선 외면) 아마 죽을 만큼 약을 먹지도 않았을 거다.

진우　(표정)

병준　(냉소적으로) 걔는 늘 우물쭈물 아니냐. 이쪽도 저쪽도 결정을 못하고 일생

우물쭈물. 죽음 앞에서도 우물쭈물했겠지.

진우 ......

병준 너는 어떻게 된 거냐?

진우 ......

병준 다들 니가 퀘스트를 깬 줄 기대하던데. 왜 여기 누워 있어?

진우 퀘스트는 깼습니다.

병준 그런데.

진우 다른 문제가 생겼어요.

병준 무슨 문제?

진우 아주 곤란한 문제요.

병준 (.....?)

진우 저와 교수님의 삶에 관한 문제요.

병준 그게 무슨 뜻이냐..?

진우 말씀드렸잖습니까. 저희는 이제 같이 살고, 같이 죽는다고요. 동맹이니까요.

병준 (표정)

진우 그래서.. 함부로 결정할 수 없어서 고민입니다. 같이 죽을지, 같이 살지.

병준 난 지금 니 말을 이해를 못하겠다.

진우 (농담처럼) 결국 교수님과 제가 문제라는 거죠. 현실에서도, 게임 속에서도. 우리는 말썽만 일으키는 버그 같은 존재죠. 모든 걸 정상으로 돌리려면 우리가 먼저 없어져야 되는.

병준 (표정)

진우 (더 이상은 설명 못하겠고)

병준 ...... (약간의 기대도 사라지며 좌절감이) 결론은.. 결국 니가 수습할 수 없다는 거구나.

진우 교수님의 수습부터 필요합니다.

병준 (표정)

진우 재수사 문제는 알아서 수습하실 줄 알았는데 점점 더 커질 줄은 몰랐습니다.
교수님이 먼저 수습을 하시면, 저도 하죠.

병준 유라 짓이다..! 내가 시킨 게 아니야..!

진우 유라와 손을 잡은 건 교수님이시죠. 어떤 여자인지 잘 아시면서도요.

병준　(....!)

진우　모르고 당한 게 아니니까 억울해하시면 안 됩니다.

병준　어떻게 수습하라는 거냐 지금 이 상황을?

진우　기자회견을 하세요.

병준　(....!)

진우　수진이가 저렇게 죽게 둘 순 없습니다. 모두 교수님이 만들어낸 거짓 아닙니까? 며느리가 너무 미워서, 며느리한테 간 재산을 빼앗아 오려고요.
기자회견을 해서, 그 사실을 밝히시고 재수사는 마무리하세요.

병준　.....!

진우　아니면 제가 제 발로 경찰서로 가겠습니다.

병준　(표정)

진우　구속돼서 조사받는 거보단 기자회견이 깔끔하고 명예로울 겁니다.

병준　.......

진우　(병준이 대답을 안 하자 와서 테이블에 있는 호텔 메모지와 펜을 내밀며) 여기에 자필로 쓰시는 겁니다. 처음부터 끝까지 뭐가 잘못됐는지.

병준　.......

진우　호텔이니 마침 잘 됐죠. 아래층에서 기자회견을 하시면 됩니다.
다 쓰시면 제가 기자들한테 연락을 하죠. 앉으세요.

병준　......

진우　(단호한) 앉으세요.

병준　...... (털썩 앉는)

진우　이제 쓰세요. 수진이가 죽기 전에 수습하시는 겁니다.

병준　(기막히고 참담해 길고 긴 한숨) ......

진우　......

병준　(눈물이 맺히는) 마음이 아프다..
우리가.. 도대체 왜 이렇게 된 거냐...?

진우　(12회 66씬의 병준의 대사를 따라 하는) 그게 누구 탓입니까?

병준　(표정)

진우　.......

병준　(펜을 드는)

진우　(지켜보며 서 있는데)

병준　(몇 자를 쓰다가 내려놓고 머리를 감싸는)

진우　........

병준　(갑자기) 전화 한 통만 하자.

진우　(냉소) 변호사랑 상의하시게요?

병준　내 인생이 막 쓰레기통에 처박히는 참인데, 아무렇게나 쓸 수 있겠냐?

진우　......

씬/62　호텔 스위트룸 손님용 욕실 (밤)

병준, 문을 닫고 들어와 어쩔 줄 모르고..
마음의 결정을 못 내리고 번민으로 시선 불안하게 흔들리다가..
결국 핸드폰을 건다.
변호사가 아닌 〈오영식 이사〉 이름으로 거는. 신호음이 가더니

이사1　(E) 네 교수님.

병준　지금 어디에 있나..?

이사1　(E) 회사에 있습니다.

병준　..... 아까 내가 말한 거..

씬/63　호텔 스위트룸 거실 (밤)

진우, 창가에 서서 기다리고 있는.
담담해 보이나 눈빛은 흔들리고 있고..

씬/64　회상 - 성당 (아침)

15회 46씬 中
엠마, 진우의 심장을 그대로 찔러버리는.

진우, ...!!!
메시지가 눈앞에 뜬다.
〈엠마가 버그를 제거하는 중입니다〉

씬/65 호텔 스위트룸 거실 (밤)

진우, 생생하게 떠오르는 그 순간의 충격에서 벗어날 수가 없고.
이어서 연이어 떠오르는 장면들.

씬/66 회상 - 성당 (아침)

15회 48씬 中
바닥에 누운 진우, 고통에 숨을 쉴 수도 없고,
엠마는 표정 없이 내려다보고만 있고
〈엠마가 버그를 삭제하는 데 실패했습니다〉
〈엠마가 게임을 리셋 하는 데 실패했습니다〉

씬/67 회상 - 상가 건물 화장실 (아침)

15회 56씬 中
진우, 겨우 심장에서 칼을 뽑자, 천국의 열쇠 설명이 뜨는
〈특수 아이템 : 천국의 열쇠〉
〈용도 : 모든 버그를 삭제〉

씬/68 호텔 스위트룸 거실 (밤)

진우, ... 이어서 희주의 생각이 떠오르고..

씬/69 회상 - 택시 안 (밤)

14회 37씬 中
진우, 희주를 택시 태워 보내며

진우 걱정하지 마요. 멀지 않았어요.
희주 (너무 불안하고)
진우 이제 끝이 보여요. 빠르면 내일 새벽?
희주 (표정)
진우 아침에 집으로 갈게요. (미소)

씬/70 회상 - 번화가 (밤)

14회 38씬 中
멀어지는 택시. 차창으로 돌아보고 있는 희주가 보이고..
멀리서도 희주가 울고 있는 걸 느낄 수 있고..

씬/71 호텔 스위트룸 거실 (밤)

영원히 어떤 결정도 할 수 없을 거 같은 고통스런 기분이 드는..
진우, 잠시 서 있다가 문득 돌아보는.
병준이 한참 동안 나오지 않고 있는 걸 깨닫고..
진우, 욕실로 향하는

씬/72 호텔 스위트룸 손님용 욕실 (밤)

병준, 문을 잠가 놓고 뭔가 기다리고 있는

진우 (노크하며, E) 교수님?

병준 ......

진우 (E) 뭐하십니까?

씬/73 호텔 스위트룸 거실 (밤)

진우, 손잡이를 돌려보는데 잠겨 있고.
진우, ...! 퍼뜩 불길한 예감.
이때 갑자기 자동 로그인이 되는.
〈3495번째 로그인 하셨습니다〉
진우, ...?!

씬/74 호텔 스위트룸 손님용 욕실 (밤)

병준의 눈에도 로그인 메시지가 뜬다.
〈2번째 로그인 하셨습니다〉
병준, ...!!!

씬/75 호텔 스위트룸 거실 (밤)

진우, 뭔가 싫어 돌아보다가 탕!!! 바로 총에 맞으며 뒤로 비틀...!
테러리스트1, 2, 3이 거실에 나타난다.
진우, ...!! 바로 권총을 빼 드는데
이어서 테러리스트4, 5, 6, 7, 8, 9, 10이 거실을 가득 메우는
진우, ...!
동시에 진우를 향해 총구를 겨누고

진우, 표정.

씬/76 호텔 스위트룸 손님용 욕실 (밤)

병준, 바짝 긴장해 문가에 서 있는데 갑자기 밖에서 탕탕탕탕!! 요란한 총소리가 들려온다. 병준, ...!!!!

씬/77 회상 - 병원 복도 (밤)

병준, 주치의와 통화 중이다.

병준 스위트룸 몇 호라고?
주치의 (E) 2020호입니다.
병준 알았어요. 곧 가지. (끊고) ...... (어찌해야 할 바를 모르다가 뭔가 생각이 난 듯, 표정 묘해지는) .....!

씬/78 회상 - 제이원 회의실 + 병원 복도 (밤)

이사1, 노트북 앞에 놓고 혼자 뭔가 보고 있는데 핸드폰이 울리자 받는다.

이사1 네 교수님. 아직 회사입니다. (하다) 박대표님이요? 아니요 저 혼자입니다.
병준 (낮게) 부탁할 게 하나 있어서
이사1 네 무슨... (하다) 아 테스트요..? 그럼 크라운 호텔 주변만 열면 됩니까?
병준 이따 내가 전화하면 바로 가능하겠나?
이사1 준비는 시켜놓겠습니다. 그런데 박대표님한테 보고를..
병준 박대표는 지금 정신이 없으니까 놔두지. 내가 나중에 설명할 테니까.
이사1 아.. 네에.. (하고) 고레벨들만 배치하면 됩니까?

씬/79 호텔 스위트룸 손님용 욕실 (밤)

밖에서 엄청난 총격음이 계속해서 귀를 찢을 듯 들려오자
병준, 샤워부스 안으로 들어간다. 문을 닫고 서서...
엄청난 총격음이 계속되는 동안 병준, 샤워부스에 서서 두려움에 질린, 동시에 고통스런 표정으로....
총격음이 한참을 계속되다가 갑자기 멈춘다.
병준, ...!
몇 발이 더 간헐적으로 들리다가 완전히 조용해지고.
갑자기 적막이 감도는...
병준, 표정.

씬/80 호텔 스위트룸 거실 (밤)

테러리스트들의 시신이 바닥에 뒹구는 부분 컷들.
테이블 위에 있던 물건들 다 떨어져 있고...
피가 대리석 바닥에 흥건한 부분 컷..

씬/81 호텔 스위트룸 손님용 욕실 (밤)

병준, 샤워부스 문을 열고 나와 문가에 가서 귀를 기울이는...
밖에서는 아무 소리도 들리지 않고...

병준 진우야...?

조용하다.

병준 진우야...? 무슨 일이냐..?

조용하고

병준 .... (떨리는 손으로 핸드폰을 건다) 여보세요.
이사1 (E) 네 이사님.
병준 서버... 닫지.

씬/82 호텔 스위트룸 거실 (밤)

테러리스트들 사라지는 부분 컷들.. 바닥의 피도 사라지고..
병준, 욕실 문을 열고 조심스레 나온다.
총격전의 흔적이 전부 사라진 거실.
물건들과 진우의 목발만 떨어져 있고 진우는 보이지 않고.
침실 문이 활짝 열려 있자, 병준 표정.

씬/83 호텔 스위트룸 침실 (밤)

쫓겨서 침실로 간 듯. 침구도 다 떨어져 있고..
병준, 들어와 보고.. 열려 있는 욕실이 눈에 보이고..

씬/84 호텔 스위트룸 침실 욕실 (밤)

병준, 들여다보고 표정.
진우, 구석 변기 옆에 구겨지듯 쓰러져 있는.
병준, ...!!!

병준 진우야...?
진우 (꼼짝도 안 하고)

병준 (갑자기 눈물이 앞을 가리고) ......! (막상 그 모습을 보자 가슴이 찢어질 듯, 회환이 한꺼번에 몰려와 다가가려다 멈추고) .....! (떨며 돌아서는)

씬/85 호텔 스위트룸 거실 (밤)

병준, 비틀거리며 나와서 황급히 자기가 글을 쓰던 종이를 구겨 주머니에 넣는. 눈가는 눈물에 젖어서...

병준 (중얼중얼) 너는 쇼크로 죽은 거다.. 경찰에 쫓기면서.. 양심의 가책 때문에.. 괴로워하다가... 나는 자수를 권유하려고 찾아왔지만... 넌 끝까지 거부했어.. 그게 팩트야.. (광기에 차 독백처럼 중얼거리며 현관으로 가는)

병준, 현관으로 가서 문을 열려는데 이때. 뒤에서 갑자기 천둥소리가..!
이어서 〈알함브라 궁전의 추억〉 기타 선율이 귓가에..
병준, ...?!
〈적이 나타났습니다〉
병준, 순간 소름이 쫙 끼치는.. 돌아보고 표정.
피투성이의 형석이 검을 들고 서 있다.
병준, ...!
형석, 번쩍거리는 번갯불 속에 검을 치켜들고 다가오는.
병준, ...!!! 황급히 막 문을 열고 나가려는데 형석이 더 먼저 다가오며 뒤에서 검을 내리치는.
병준, 등을 베이고 비명을 지르며 쓰러지고...!
형석이 다시 검을 치켜들자 병준, ...!!!

씬/86 호텔 스위트룸 침실 (밤)

병준, 피를 흘리면서 비틀거리며 도망치는.. 형석, 다시 쫓아온다.

병준 오지 마라..! 오지 마..!!

형석 (다시 다가오고)

병준 (!!!)

황급히 침대를 건너려다 침대에서 굴러 떨어지고, 형석의 검이 침구를 내리꽂고...! 병준, ...!!!

씬/87 호텔 스위트룸 침실 욕실 (밤)

병준, 피투성이가 되어서 욕실로 쫓겨 들어오는.
진우는 여전히 구석에 쓰러져 있고..
병준, 샤워부스로 가려다가 다시 검에 찔리며 바닥에 쓰러진다.
어느새 생명력 거의 안 남은.

병준 (기어가면서 사정하듯) 이러지 마라.. 니 애비다..

형석 (다시 다가오고)

병준 나는 니 복수를 해주려고 그런 거야..

형석 ....

병준 (최후의 눈물이) 형석아...

형석의 칼이 번쩍하고, 병준, ...!!!
F.O - F.I

씬/88 호텔 스위트룸 거실 (밤)

15회 42씬 中
다음 날. 선호, 두려운 기분으로 들어오면 아무도 없다.

선호 (불길한) 진우야...? (두리번거리며)

씬/89 호텔 스위트룸 침실 (밤)

15회 43씬 中
선호, 들어오면 진우가 맞았던 수액이 뽑혀서 걸려 있고..
침대는 비어 있고 침구가 흐트러져 있다. 침탁에 있던 스탠드는 바닥에 떨어져 깨져 있고.... 무슨 일이 있었음이 분명한.
선호, 점점 더 불길한 예감에 떨며 반쯤 열려 있는 욕실로 향하는...

선호 진우야..?

씬/90 호텔 스위트룸 침실 욕실 (밤)

15회 44씬에서 이어지는
선호, 조심스레 들여다보다가 표정이 변하는.
샤워부스에 몸이 반쯤 걸친 채로 바닥에 쓰러져 있는 병준.
진우는 안 보이고.

선호 (..!!!!) 교수님...?

불러도 미동조차 없고..
선호, 떨며 가서 건드려본다. 이미 차갑게 굳어 있고.
선호, ...!!! 놀라 주저앉는.
공포에 질린 눈을 뜬 채, 죽은 병준의 모습에...
F.O – F.I

씬/91 호텔 스위트룸 침실 욕실 (밤)

다시 15회 87씬에서 이어지는.
죽은 듯 쓰러져 있던 진우, 바로 옆에서 들리는 병준의 고통스런 비명소리에 퍼뜩. 눈을 뜨는. 이어서 조용해지고.
고개를 들기도 힘든 진우의 눈앞에 메시지가 뜬다.
〈동맹을 잃었습니다〉
진우, ...?!
무슨 일이 일어났는지 안 봐도 알 거 같은, 동공이 흔들리고...
두려움을 느끼며 겨우 움직여 고개를 들어 보고 표정.
형석이 바닥에 쓰러진 병준의 앞에 서 있는 게 보이고..
진우, ...!
형석, 아버지를 죽이고 물끄러미 내려다보다가 고개를 돌려 진우를 발견한다.
진우, ...
형석, ...
형석, 방향을 바꿔 진우를 향해 오자 진우, 누운 채로 힘겹게 떨며 총을 쏘는.
형석, 총에 탕!! 맞으며 그대로 쿵 쓰러지고.
셋 다 욕실 바닥에 널브러진 채로...
진우, 쓰러져 일어날 힘도 없어 누운 채로 보면.. 이미 병준은 죽은 듯 보이고..

진우 (믿을 수 없어, 불러보는) 교수님...?

병준은 대답이 없고.
병준이 죽었음을 알고 긴 한숨을 내쉬며 허탈해 눈을 감고..
바닥에 처참하게 쓰러져 있는 셋의 모습 한참..
잠시 후, 형석의 이미지는 사라지고...
진우와 죽은 병준만 남은. 진우, 벽에 기대앉아 있다.
죽은 병준을 바라보고 있는 진우, 하염없이 눈물이 흐르고...
잠시 후, 눈물도 멈춘 진우, 멍하니 앉아 있다가...
갑자기 비틀, 일어나는

씬/92 호텔 스위트룸 거실 (밤)

목발을 주워 들고 방을 나가는 진우..

씬/93 호텔 엘리베이터 앞 (밤)

디졸브로
진우, 엘리베이터 앞에 서서..

진우 (NA) 갑자기.. 희주가 기다리고 있을 거라는 생각이 들었다.

문이 열리자 바로 들어가는

씬/94 도로 + 택시 안 (밤)

디졸브로..
깊은 밤의 도로를 달리는 택시.
창밖을 내다보고 있는 진우,

진우 (NA) 오로지 그 생각만이 들었다.

씬/95 번화가 (밤)

택시, SPA 매장 앞에 서는.
진우, 택시에서 내리고 택시는 떠나는..
진우, 매장 뒤편으로 향하는

진우 (E) 차는 어디 있어요?
희주 (E) 뒤에 주차장에요.

씬/96 SPA 매장 뒤편 (밤)

진우, 매장 뒤편으로 와 주머니에 있던 차 키를 꺼내 누르자
길가에 주차되어 있던 희주의 차, 불이 켜지고.
진우, 희주의 차에 타는... 바로 출발하는..

씬/97 희주의 차 안 (밤)

진우, 운전하며 희주의 집으로 향하는 컷컷.

씬/98 주택가 골목길 (밤)

희주의 차, 희주의 동네로 진입하는..

씬/99 희주 집 앞 (밤)

희주의 차가 와서 서고.. 진우, 시동을 끄고 내린다.
진우, 집 앞으로 다가오며 올려다보면 2층 희주 방에 불빛이 보이는..
진우, ...

진우 (NA) 역시 기다리고 있다.

씬/100 희주 집 희주 방 (밤)

스탠드 불 켜놓고 침대에 쪼그리고 앉아 있는 희주.
연락이 올까 싶어 핸드폰을 손에 꼭 쥐고...

씬/101 희주 집 앞 (밤)

진우, 대문으로 다가가.. 초인종을 누르려다가 멈칫.
진우, 갑자기 망설여지는..

씬/102 희주 집 희주 방 (밤)

희주, 한숨 내쉬며 핸드폰만 만지작거리고 있고..

씬/103 희주 집 앞 (밤)

진우, 초인종 앞에 서서 벨을 누르려던 손을 결국 거두고..
희주 방을 다시 올려다보는..

씬/104 희주 집 희주 방 (밤)

희주, 아무 기척도 못 느끼고 그냥 앉아서...

씬/105 희주 집 앞 (밤)

진우, 불 켜진 창을 하염없이 바라보는 모습 오래...

씬/106 희주 집 희주 방 (밤 - 새벽)

희주, 침대에 모로 누운 채로 밤을 샌.
어느새 창밖이 밝아오고 있는..
시계를 보면 6시가 넘었고.. 희주, 한숨을 쉬며 일어난다.

씬/107 희주 집 거실 (새벽)

아직 식구들 모두 잠이 든 새벽.
희주, 아침 준비하러 조용히 내려오는.. 주방 불을 켜고..

씬/108 희주 집 마당 (새벽)

배달 우유를 가지러 나오는 희주.
대문 앞까지 나와 우유를 꺼내다가.. 희주, 뭔가를 보고, ...?!
바닥에 차 키가 놓여 있는.
희주, ...?? 차 키를 주워서 보고 자기 키인 걸 깨닫고..!!

씬/109 희주 집 앞 (새벽)

희주, 나와 보면 희주의 차가 맞은편에 주차되어 있는.
희주, ...?!! 문을 열어보자 진우는 없고 비어 있는.
희주, 진우가 왔었다는 걸 깨닫고 두리번거리지만 진우는 없고.
희주, 골목 끝까지 뛰어가 보는

씬/110 성당 앞 (새벽)

조용한 새벽의 성당.
성당 앞으로 목발을 짚고 걸어오고 있는 진우.

씬/111 주택가 골목길 (새벽)

희주, 숨이 차게 뛰어와 두리번거리지만 사방 어디에도 진우는 없고..
희주, 울음이 터지는

씬/112 성당 (새벽)

조용하고 엄숙한 성당 안.
문 앞에 서 있는 진우.
멀리 십자가가 보이고...
진우, 뭔가를 본 듯 목발을 옆에 기대놓고 천천히 다가가는 모습에..

진우 (NA) 나의 이야기는 여기서 끝난다.

- 第15회 끝 -

16회

씬/1 호텔 전경 (밤)

씬/2 호텔 스위트룸 앞 (밤)

15회 41씬 中
호텔 직원이 카드로 방문을 여는

선호 고마워요. (바로 들어가는)

씬/3 호텔 스위트룸 침실 (밤)

15회 43씬 中
선호, 들어오면 진우가 맞았던 수액이 뽑혀서 걸려 있고..
침대는 비어 있고 침구가 흐트러져 있다. 침탁에 있던 스탠드는 바닥에 떨어져 깨져 있고.. 선호, 점점 더 불길한 예감에 떨며.. 반쯤 열려 있는 욕실로 향하는

씬/4 호텔 스위트룸 침실 욕실 (밤)

15회 90씬에서 이어지는
선호, 조심스레 들여다보다 표정이 변하는
샤워부스에 몸이 반쯤 걸친 채로 바닥에 쓰러져 있는 병준.
진우는 안 보이고.

선호 (!!!) 교수님...?

불러도 미동조차 없고. 선호, 떨며 가서 건드려본다.
이미 차갑게 굳어 있고.
선호, ...!!! 놀라 주저앉는.

씬/5 호텔 스위트룸 거실 (밤)

현관문을 열어주고 거실에서 기다리던 호텔 직원이 침실로 들어가는

씬/6 호텔 스위트룸 침실 욕실 (밤)

직원이 불쑥 들어오는

직원 별일 없으십니까? (하다 보고 !!!!)
선호 (넋이 나가 주저앉아 있고)
직원 어, (후다닥 와서 들여다보고) ??!!
선호 ......
직원 (차갑게 굳어 있자 기겁을 하는) 어...!!
선호 (겨우) 구급차 좀 불러줘요..
직원 도.. 돌아가신 거 아닙니까...?

선호 어쨌든 불러요..

직원 (!!!) 어 네.. (사색이 되어 뛰어나가는)

선호 (뒤늦게 오열이 터지는)

씬/7 호텔 앞 (밤)

구급차와 경찰차가 서 있고.. 경찰차, 무전 하는

씬/8 호텔 스위트룸 거실 (밤)

선호, 얼굴 감싸고 넋이 나가 소파에 앉아 있다.
그 뒤로 구급대원들이 이동침대를 들고 침실로 들어가고, 호텔 직원들이 서서 전화하고 수군거리고... 이때 선호의 비서가 핸드폰 들고 오는

비서 대표님.. 오이사님 전화신데요.

선호 나중에 한다고 해..

비서 급한 일이시라고..

선호 ..... (받는)

비서 (멀리 가고)

선호 여보세요.

이사1 (E) 대표님? 차교수님이 돌아가신 게 진짭니까?

선호 ......

씬/9 제이원 회의실 + 호텔 스위트룸 거실 (밤)

이사1, 충격받고 당황해 서성거리며 통화 중인

이사1 지금 들었습니다. 어떻게... 이런... 아니 어떻게..

선호 .... 급한 일이 뭐야..?
이사1 (일그러지며) 그게.. 사실은 제가 대표님께 보고를 안 드린 게 있습니다..
선호 (....?)
이사1 하.. 말씀드렸어야 하는데, 교수님이 하시겠다고 해서요
선호 내가 모르는 게 또 있어...?
이사1 어제 밤에 교수님이 저한테 전화를 하셔서 서버를 열어달라고
선호 (?!)
이사1 호텔에서 게임 테스트를 할 일이 있다고 하셔서
선호 그게 무슨 소리야...?

씬/10 호텔 스위트룸 앞 (밤)

선호의 비서와 다른 직원과 경찰이 한쪽에서 이야기 중인데 선호, 급히 나오는.
선호, 경황없이 엘리베이터로 가는데 비서가 쫓아오는

비서 대표님. 경찰이 몇 가지 질문이 있다고
선호 나중에 얘기한다고 해.
비서 어디 가세요?
선호 수습 좀 하고 있어. (엘리베이터 문이 열리자 급히 들어가는)
비서 대표님..?

문이 바로 닫히는.

씬/11 호텔 엘리베이터 (밤)

선호, 손잡이에 의지하고 떨며 서 있는 모습에..

이사1 (E) 교수님이 한 10분만 서버를 열었다 닫으라고 하셨습니다. 그래서 시키는

대로 했는데요.. 나중에 다시 전화를 드렸더니 유대표님이 받으시는 겁니다.

씬/12 회상 - 호텔 스위트룸 침실 욕실 (밤)

15회 91씬에서 이어지는
진우와 죽은 병준만 남은.. 진우, 벽에 기대앉아 있다.
죽은 병준을 바라보고 있는 진우, 눈물도 멈춘 채 멍하니..
이때 넘어지면서 바닥에 떨어진 병준의 핸드폰이 진동으로 울린다.
진우, 그저 보고만 있는데 핸드폰 울리다가 멈추고...
잠시 후, 진우, 비틀 일어나는

씬/13 회상 - 제이원 회의실 (밤)

이사1, 노트북 보며 있다가 핸드폰이 울리자 보는.
〈차병준 교수님〉 뜨자 전화를 받는

이사1　네 교수님. 확인차 전화드렸습니다. 어떻게 테스트는..
진우　(E) 나예요.
이사1　네? (하다 놀라) 어..! 유대표님...? 어 전 교수님이랑 같이 계신 줄 몰랐습니다.. (어리둥절) 아 네, 서버 닫았습니다, 아뇨 박대표님한테는 보고하지 말라고 하셔서 (하다) 네...? 다시 열어요..?

씬/14 회상 - 호텔 스위트룸 침실 욕실 (밤)

진우　(병준의 전화를 들고 병준의 시신 옆에 서서) 내가 아직 못 끝낸 일이 있어서.

씬/15 회상 - 호텔 스위트룸 거실 + 제이원 회의실 (밤)

선호, 전화로 듣고 있는

선호 (?!) 유대표가 부탁했다고?

이사1 네. 그래서 서버를 다시 열었다 닫았었습니다.

선호 그게 언제야?!

이사1 오늘.. 새벽 6시부터 7시까지 한 시간 동안이요.

선호 (....!)

이사1 (난감해 울 것 같은) 무슨 일입니까..? 교수님은 왜 돌아가신 겁니까?

선호 (무슨 일이 있었는지, 알 것 같은, 표정에)

씬/16 희주 집 세주 방 (밤)

15회 40씬에서 이어지는
희주의 표정으로 이어지며

세주 누가 퀘스트를 깼나 봐.

희주 (....!)

세주 누가 깨주기만 기다렸거든.. 그게 누구지...?

희주 니가... 몰라...?

세주 (고개 젓는)

희주 그 사람이 어디 있는지 몰라..?

세주 난 몰라... 그게 누군지..

희주 (표정)

세주 그게 누군데...?

희주 (기대했던 희망이 사라져가며... 표정에)

씬/17 희주 집 욕실 (밤)

세주, 낯선 표정으로 어색하게 서 있고 희주, 수건 갖다 놓으며

희주　(침착하려 애쓰며) 얼른 씻고 내려와. 누나 상 차릴게.

세주　......

희주　(미소, 문을 닫으려는데)

세주　그게 누구야?

희주　(멈칫, 보고)

세주　누가 퀘스트를 깼어?

희주　......

세주　(집착처럼 묻는) 누군데..?

희주　(결국) 유진우..

세주　(? 어리둥절) 유진우...?

희주　그래.. 유진우.

세주　유진우가 내 퀘스트를 깼다구? 그 사람이 내 게임을 했어??
난 유진우 얼굴도 본 적 없는데

희주　니가 그 사람을 불렀잖아. 그라나다로.

세주　(표정)

희주　니가 전화했다며.

세주　.....!

희주　니 전화 받고 우리 집에 찾아와서 (더 말을 못 잇는, 눈물이 날 거 같고)

세주　(표정)

씬/18 회상 - 바르셀로나 / 기차역사 앞 (밤)

1회 27씬 C#1, 2 中
세주, 진우에게 전화하던 장면이 펑 떠오르는

진우　(E) 여보세요.

세주　(!!) 저.. 혹시 유진우... 유진우씨 핸드폰 아녜요?

진우　(E) 네 전데요. 누구시죠?
세주　아... 안녕하세요... 대표님..

씬/19 희주 집 욕실 (밤)

세주, 바로 어제 같은 1년 전의 기억이 떠오르며..

세주　(!!) 내 전화 받고 유진우가 우리 집에 왔다고..?
희주　그래 왔었어..
세주　진짜로..? (믿기지 않는 듯) 그래서..?
희주　(표정)
세주　유진우가 와서 어떻게 됐어?
희주　(표정)
세주　무슨 일이 있었는데...?
희주　무슨 일이 있었냐구...?
세주　(짐작조차 못하고 보자)
희주　(순간 아무 말도 안 나온다, 그 많은 일들을 어떻게 말할 수 있을지, 표정에)

씬/20 회상 몽타주

C#1　그라나다 / 호스텔 앞 (1회 1씬 C#18 中)

호스텔 앞에서 처음 만난 진우와 희주

진우　혹시 방 있습니까?
희주　(호기심에 찬 표정에)

C#2　그라나다 / 호스텔 주방 (1회 54씬 中)

싸우는 진우와 희주의 짧은 컷

진우 당신은 한마디로 양심이 없어, 나도 사업하는 사람인데 말이죠, 당신 같은 얼치기 장사꾼들을 내가 가장 참을 수가 없거든 안일하고 게으르고, 최소한 방을 빌려주고 돈을 받겠다는 의지가 있으면 뭐 하나는 내놓을 게 있어야 될 거 아냐? 뭘 내놓을 게 있어? 꼴랑 이 라면 하나? (라면 집어던지고)

희주 (놀라 움찔)

C#3 그라나다 / 호스텔 601호 + 기차역 플랫폼 (2회 26씬 中)

진우에게 전화로 다다다 반격하는 희주

희주 있죠, 짝퉁 신발에 짝퉁 시계 차고 짝퉁 가방 끌고서 스크래치 난다고 유난 떨고, 굳이 이런 데 와서 싱글 룸 찾고, 고객 서비스 찾고, 100조짜리 프로젝트 운운하면 있어 보일 줄 아세요? 더 없어 보이거든요! 솔직히 나이도 있으신데 그 허세가 좀 불쌍하시네요!!

C#4 그라나다 / 카페 알카사바 (3회 36씬 中)

희주, 진우에게 진심으로 감사하며

희주 지금 입금됐어요! 확인했어요..!

진우 그래요? 축하해요.

희주 아 진짜.. 너무 감사합니다.. (진심을 담아) 너무 감사드려요 정말.. 전 처음에 100억 얘기하실 때 또 농담하시는 줄 알았거든요.. 근데 진짜로.. (울컥) 어떻게 감사를 드려야 될지.. 그 돈을 정말 다 받아도 되는지도 모르겠고..

C#5 그라나다 / 호스텔 로비 (5회 12씬 中)

계단에서 떨어진 진우, 꼼짝도 않고 희주를 등지고 웅크린 채.

희주	..... 대표님....? (떨며 다가가 진우의 얼굴을 확인하고) ....!!!

C#6 그라나다 / 병원 건물 뒤편 (5회 64씬 中)

빗속에 쓰러진 진우, 벽에 기대 희주를 확 끌어당기는...!
희주, 넘어지듯 품에 안기고...!

진우	(속삭이듯) 잠깐만, 그냥 있어요.
희주	왜요..?
진우	잠시만...
희주	(표정에)

C#7 그라나다 / 별장 침실 (6회 54씬 中)

땀에 젖어 누워 있던 진우, 희주가 일어나자

진우	(희주의 팔을 잡는)
희주	(돌아보고)
진우	어딜 가요...?
희주	잠깐만요 (하는데)
진우	옆에 있어요.
희주	(표정)

C#8 그라나다 / 별장 침실 (8회 1씬 C#29 中)

진우, 잠시 눈을 뜨자 암체어에 앉아 지켜보던 희주, 따뜻한 미소로 보고..

C#9 그라나다 / 기차역 플랫폼 + 열차 객실 (6회 89, 91, 92씬 中)

기차를 쫓아 뛰어가는 희주. 창밖으로 내다보는 진우.
희주, 결국 주저앉아 울음을 터뜨리고

C#10 희주 집 앞 (7회 64씬 中)

우산을 쓴 진우, 돌아보자 희주, ...!!!

진우 오랜만이에요.
희주 (표정)
진우 (미소)

진우, 우산을 들고 희주 쪽으로 오는.
불편한 진우의 다리가 눈에 들어오고 희주, ...! 순간 마음이 무너지는

C#11 기타 공방 (7회 엔딩 씬 中)

희주 어떻게... 이러실 수가 있어요...? 저는 진짜 대표님을 믿었는데.. 저는 정말 인생의 은인이라고만 생각하고... 감사하고 진짜 걱정했고... 그렇게 떠나버려서 너무 마음이 아팠다구요.. 1년 내내 계속 생각했는데 (눈물이 앞을 가려 말을 못 잇고)
진우 나를.. 너무 믿지 말라고 했었죠.
희주 (표정)
진우 나 별로 좋은 사람 아니라고. 나중에 후회할 거라고 얘기했었는데.
희주 (표정)

C#12 희주 집 희주 방 (8회 26씬 中)

희주 근데 왜 오셨어요?
진우 .....
희주 오늘 오신 이유가 뭐예요..?
진우 글쎄.. (하다 툭) 보고 싶더라고요.
희주 (....!)

C#13 레지던스 호텔 거실 (11회 61씬 中)

희주 꼭 생일을 애인하고 보내야 하는 거면, 그냥 애인 해주면 되잖아요.
진우 .....!
희주 그게 뭐 어려워요...? 사실 내가 너무 아깝죠. 안 그래요?
진우 ......
희주 (미소)

C#14 한강 공원 (11회 엔딩 씬 中)

진우 증명해봐요.
희주 (표정)
진우 나를 믿는다는 걸 증명해봐요.
희주 그걸.. 어떻게 증명을 해요...?
진우 모르겠어요? 어떻게 증명하는 건지?
희주 (뭐라 하려는데)
진우 (바로 키스하는)
희주 .....!!

C#15 희주의 차 안 (14회 19씬 中)

희주, 운전하면서 진우가 총에 맞는 걸 목격하고, ...!!!!

C#16 SPA 매장 피팅룸 (14회 30씬 中)

희주 (갑자기 끌어안는다)
진우 (표정)
희주 (잠시 품에 얼굴을 묻고 체온을 느끼며 무사함에 안도하는) ....

C#17 SPA 매장 피팅룸 (14회 81씬 中)

진우 (희주 팔을 잡아끌고 나가려다 멈칫, 돌아보는)

희주 (.....?)

진우 (문을 닫으며 갑자기 키스하는)

희주 (.....!)

C#18 택시 안 (14회 37씬 中)

희주를 택시 태워 보내는 진우.

진우 이제 끝이 보여요. 빠르면 내일 새벽?

희주 (표정)

진우 아침에 집으로 갈게요. (미소, 차 문을 닫는)

차창으로 지켜보는 진우가 보인다. 마지막 모습이 될까 두렵고...

C#19 희주 집 희주 방 (15회 100씬 中)

스탠드 불 켜놓고 침대에 쪼그리고 앉아 있는 희주.
연락이 올까 싶어 핸드폰을 손에 꼭 쥐고

C#20 희주 집 앞 (15회 105씬 中)

진우, 불 켜진 창을 하염없이 바라보고 서 있다.

씬/21 희주 집 욕실 (밤)

희주의 표정으로 돌아오고..
세주의 말 한마디에 잊을 수 없을 기억들이 순식간에 스쳐 지나가고..

희주 (눈물이 앞을 가리는)

세주　(....?)

희주　니가 없는 사이에 무슨 일이 있었냐구...?

세주　누나 왜 울어..?

희주　(눈물이 펑펑 쏟아지는)

세주　(표정)

씬/22　성당 부근 (밤)

회사 차가 와서 서는. 기사가 나오기도 전에 선호가 바로 내린다.
선호, 성당을 향해 뛰어가는

씬/23　성당 앞 (밤)

선호, 성당으로 급히 향하는 모습에

이사1　(E) 유대표님이.. 마무리를 아직 못했다고 하시더라구요.
그게 무슨 뜻인지는 저도 잘..

디졸브 되며..

씬/24　성당 앞 (새벽)

조용한 새벽의 성당.
성당 앞으로 목발을 짚고 걸어오고 있는 진우.
진우, 성당 문을 열고 들어가는

씬/25　성당 (새벽)

15회 엔딩 씬과 같은 장면.
조용하고 엄숙한 성당 안, 비어 있고.
진우, 문을 열고 천천히 들어온다. 문이 닫히는 소리가 적막 속에 울려 퍼지고.
멀리 십자가가 보이고...
꼼짝도 않고 복도에 서서 서버가 열리기를 기다리고 있는 진우.
잠시 후, 밖에서 천둥소리가 들려오더니 기타 소리가 시작된다.
진우, ...

씬/26 성당 앞 (새벽)

어둠 속에 천둥 번개와 폭우가 쏟아지는..

씬/27 성당 (새벽)

십자가 아래, 형석이 검을 들고 나타난다.
진우, ... 목발을 옆의 의자에 기대놓고 천천히 다가가는.
어느새 다리는 다시 멀쩡해지고.
형석, 검을 들고 진우를 향해 오고...
진우, 권총도 검도 없이 그대로 형석을 향해 다가가는
형석, 진우를 향해 오며 칼을 치켜드는데 진우의 손에 어느새 천국의 열쇠가 생겨나고. 열쇠를 잡아 빼자 단검이 드러나는.
형석이 검을 내리치려는 순간, 진우, 천국의 열쇠로 먼저 형석의 심장을 퍽 찌르는..!
형석, ...!!! 칼을 치켜든 채 충격받아 움찔하며 동작 멈추고.
〈버그를 삭제 중입니다〉
진우, 칼을 심장에 꽂은 채 힘으로 버티며... 형석, 꼼짝도 못하고,
형석, 경련을 일으키며 칼을 떨어뜨린다. 칼, 바닥에 떨어지고..
형석의 생명 바, 빠르게 줄어드는

씬/28 성당 (밤)

디졸브로... 성당으로 들어온 선호. 아무도 없고.
선호, 들어오며 두리번거리며 찾는데 진우는 안 보이고..
선호, 바로 로그인을 한다. 눈에 빛이 나더니..
〈145번째 로그인 하셨습니다〉
다시 두리번거리나 진우는 보이지 않고, 선호, 복도로 걸어가다가, 멈칫.
발치에 뭔가가 있다.
선호, 내려다보면.. 한 줌의 검은 재가 소복이 쌓여 있다. 신비로운 빛이 돌고..
선호, ...??
선호, 꿇어앉으며 가까이 들여다보자 메시지가 뜬다.
〈삭제된 버그1의 잔해입니다〉
선호, ...?!

씬/29 성당 (새벽)

형석의 심장에 단도를 꽂고 삭제 중인 진우.
형석, 진우를 원망의 눈빛으로 쳐다보는 듯...
진우, ...
형석의 이미지 서서히 바깥쪽부터 가루가 되며 사라지기 시작하는...
애증이 담긴 듯한 형석의 마지막 눈빛도 곧이어 허공에서 사라지고..
순식간에 온몸이 가루로 변하면서 바닥에 떨어지는.
형석이 사라진 허공에는 진우가 손에 쥔 천국의 열쇠만 남고.
〈버그를 삭제했습니다〉
〈천국의 열쇠 : 1개의 버그를 삭제〉
진우, ...
검게 변한 형석의 재, 바닥에 소복하게 쌓이고..

씬/30 성당 (밤)

선호, 바로 그 자리에 서서 형석의 잔해를 들여다보고 있다.
선호, 손으로 재를 만져보자.. 신비로운 빛이 감돌면서
〈버그1 정보 : Dr.Cha 레벨 3〉
선호, ...!!!!
〈버그1 생성일 : 395일 전, 삭제일 : 17시간 전〉
선호, 형석의 잔해라는 걸 깨닫고... !
선호, 잠시 말을 못 잇고... 멍하니 있다가 시선에.. 저 멀리 바닥에 쌓인 검은 재가 또 보이고... 선호, ...!!
선호, 일어나 비틀거리며 다가가는

씬/31 성당 (새벽)

진우, 권총으로 어둠 속에 나타난 적들을 향해 쏘고 있다.
그사이 이미 쓰러진 테러리스트 몇이 성당 바닥에 쓰러져 있고.
마지막 테러리스트를 총으로 막 쓰러뜨리는데 메시지가 뜬다.
〈동맹이 나타났습니다〉
진우, ...!
나타나길 기다리고 있었던, 뒤를 돌아보자 어둠 속에 병준이 서 있다.
진우, 표정.
병준, 죽을 때의 차림으로 피에 물들어 한없이 초라하고 외로운 모습으로..
진우, 권총을 도로 넣고 천국의 열쇠를 들고 병준에게 다가가는
무기도 없이 힘없이 서 있는 병준에게 다가간 진우, 결국 참고 있던 눈물이 흐르기 시작하는...
진우, 무기력하게 서 있는 병준의 심장을 칼로 찌른다.
〈버그를 삭제 중입니다〉
병준, 대항도 없이 그냥 진우를 무기력하게 쳐다보며....
생명력은 단숨에 바닥나고..

형석이와 같이 가루로 변하기 시작하는...
병준, 순식간에 재가 되어 바닥에 떨어진다.
진우, ...
〈버그를 삭제했습니다〉
〈천국의 열쇠 : 2개의 버그를 삭제〉
진우, 이어서 뒤를 돌아보는...

씬/32 성당 (밤)

선호, 그사이 병준의 흔적 앞에 와 있다.
〈삭제된 버그2의 잔해입니다〉
선호, 표정.
〈버그2 정보 : tester_103 레벨 2〉
〈버그2 생성일 : 3일 전, 삭제일 : 17시간 전〉
선호, ...!!

씬/33 성당 (새벽)

뒤를 돌아본 진우.
좀 떨어진 곳에 정훈이 총을 들고 서 있다.
진우, ...
정훈, 유순하고 충직한 표정으로 서서...
진우, 천국의 열쇠를 들고 정훈에게 다가가는
정훈, 피할 생각도 없이 서 있고..
진우, 정훈의 바로 앞에 다가가고...
마지막 인사를 하고 싶지만 할 말이 없다.
눈물 젖은 채 미소를 지어 보이지만 정훈은 반응이 없고...
진우, 긴 한숨을 내쉬며 칼을 정훈의 심장에 꽂는.
정훈, ...!!!

〈버그를 삭제 중입니다〉
가장 천천히 생명 바가 줄어드는 정훈.
칼에 꽂힌 채로도 원망도 없는 순한 눈으로 진우를 바라보다가..
서서히 가루로 변해가는..

씬/34 성당 (밤)

선호, 구석진 곳, 정훈의 잔해 앞에 서서..
〈삭제된 버그3의 잔해입니다〉
〈버그3 정보 : 시티헌터 레벨 50〉
〈버그3 생성일 : 25일 전, 삭제일 : 17시간 전〉
선호, ... 현기증을 느끼며 앞에 보이는 의자에 털썩 주저앉는다.

씬/35 성당 (새벽)

선호가 앉아 있는 그 의자에 진우, 앉아 있는....
진우의 발밑에 정훈의 잔해가 소복하게 쌓여 있고..
셋의 피가 묻은 천국의 열쇠를 본다.
〈천국의 열쇠 : 3개의 버그를 삭제〉
진우, ...
잠시 후, 기타 소리가 다시 울려오는..
돌아보면.. 제단 앞에 기다리던 엠마가 나타난.
진우, ...
진우, 천천히 일어나.. 정훈의 잔해와.. 쓰러져 있는 테러리스트를 지나치며 엠마에게 가는..

씬/36 성당 (밤)

의자에 멍하니 앉아 있는 선호. 이때 핸드폰이 울린다.
내려다보면 〈정희주〉 이름이 뜨고. 선호, ...

씬/37 희주 집 앞 + 성당 (밤)

세주가 돌아온 기쁨도 잠시, 다시 초조하고 불안해진 희주, 눈물 닦으며 선호가 오길 기다리며 집 앞에 서 있다.
신호음이 가다가 선호가 받는

선호 (E) 여보세요.
희주 네 저예요. 오신다고 해서 기다리는데 안 오셔서요..
선호 아.. 일이 좀 생겨서요.
희주 (!) 무슨 소식이..
선호 아니요. 진우는 아직..
희주 (심장이 철렁 내려앉는)
선호 진우가 새벽에 여기 있었던 거 같아서 왔는데.. 여기에도 없네요.
희주 (!) 거기가 어딘데요?
선호 성당에.. (하다 뭔가를 보고 말을 멈추는)
희주 성당에요..?
선호 (십자가 아래를 뚫어지게 쳐다보는)

선호의 시선을 따라가면... 십자가 아래, 바닥에 뭔가가 보인다.
선호, 설마 하며 일어나는..

희주 여보세요...?
선호 (핸드폰을 손에 든 채 불안하게 다가가는)

십자가로 다가가는 선호의 시선에 또 다른 한 주먹의 재가 보이고.
선호, ...!
다가가서 확인하기가 두렵고...

희주　(두려운) 여보세요...? 듣고 계세요...?

선호　(표정)

씬/38 성당 (새벽)

디졸브로...
바로 그 자리, 엠마의 앞에 와서 서는 진우.
엠마는 여전히 기타를 연주하고 있고..

진우　(잠시 보다가) 안녕 엠마.

엠마　(기타를 연주하다가 고개를 들고 진우를 바라보고)

진우　.....

엠마　(기타를 멈추고) 안녕.

진우　(미소, 눈물에 젖어 있고)

엠마　힘들어 보여요.

진우　이제 다 끝났어.

엠마　천국의 열쇠를 왜 가져갔어요?

진우　.....

엠마　나한테 줬으면서.

진우　두려워서.

엠마　.....

진우　죽고 싶지 않아서.

엠마　(말없이 오른손을 내미는)

진우　......

엠마　이제 나한테 맡겨요. (손을 내밀고 기다리는)

진우　...... (열쇠를 천천히 엠마에게 건네는 모습에서)

씬/39 성당 (밤)

디졸브로..
진우가 서 있던 자리로 다가간 선호.
소복하게 쌓인 재가 바닥에 있고.
선호가 불안한 표정으로 들여다보자... 메시지가 뜬다.
〈삭제된 버그4의 잔해입니다〉
선호, 표정. 손을 재에 갖다 대자...
〈버그4 정보 : zinu 레벨 100〉
선호, ...!!!!
〈버그4 생성일 : 394일 전, 삭제일 : 16시간 전〉
선호, 표정에

씬/40 희주 집 앞 (밤)

희주 (초조하게 듣고 있는) 여보세요..? 듣고 계세요?

씬/41 성당 (밤)

선호, 황망해 대답도 못하고 그 자리에 주저앉아... 핸드폰을 놓치며.
십자가 아래 진우의 검은 재, 클로즈업되며..
그 옆의 핸드폰에서 희주의 목소리 멀리 들려온다.

희주 (E) 무슨 일이에요...? 대답 좀 해주세요..!

씬/42 도로 (밤)

디졸브로...
희주의 차가 달리고 있다.

씬/43 희주의 차 안 (밤)

희주, 운전해 성당으로 향하고 있다.
희주, 마음 불안해 급히 운전하는 모습 컷컷컷..

씬/44 성당 (밤)

선호, 머리 감싼 채 멍해서 판단도 못한 채 진우의 재 옆에 그냥 앉아 있다.
이때 문이 탕 열리는 소리에 고개 드는.
희주가 헐떡거리며 들어오는

선호 (.....!)
희주 (땀에 젖고, 겁에 질려, 불안해 이미 눈물이 흐르고 있고) 어떻게 됐어요...?
선호 (표정)
희주 아까 무슨 말씀을 하려다가...
선호 (뭐라고 말을 해야 할지 모르겠는)
희주 뭘 찾으셨어요...?
선호 (벌컥) 오지 마요.
희주 (가다가 멈칫)
선호 밖에서 얘기하죠. (얼른 옆에 벗어뒀던 안경을 찾아 쓰는)
희주 (태도가 이상하자, 시선으로 선호의 옆에 재를 발견하는) 그게 뭐예요..?
선호 (.....!)
희주 (너무 두려운) 그게... 뭐죠..?
선호 (표정)
희주 (보지 않아도 이미 알 것 같은 불안감을 느끼며, 떨며 다가가는데)

이때 갑자기 희주의 눈앞에 메시지가 뜬다.
〈리셋을 시작합니다〉

희주, 멈칫.
선호의 눈에도 같은 메시지가 뜬다.
〈리셋을 시작합니다〉
갑자기 옆에 있던 진우의 재, 공중으로 휘날리는...
선호, ...!
동시에 희주의 동선, 복도에 있던 형석과 병준의 재도 휘날리며 솟구치고..
희주, ...!
구석에 있던 정훈의 재도 회오리바람을 일으키며 휘날리고...
이어서 바닥에 쓰러져 있던 테러리스트들도 재로 변하기 시작한다.
선호, 놀라서 일어나고...
희주, 표정.

씬/45 성당 앞 (밤)

총을 들고 모여들던 테러리스트1, 2도 재로 변해 공중에 흩어지기 시작하고..

씬/46 골목길 (밤)

총을 들고 서성이던 군인1, 재로 변해 흩어지고...

씬/47 번화가 (밤)

SPA 매장 앞을 거닐던 군인2, 3도 재로 변해 흩어지는..
행인들, 전혀 모르고 그 옆을 지나가고..

씬/48 성당 (밤)

잔해들이, 회오리를 일으키다 공중에 흩어지면서 사라지고...
이어서 갑자기 성당 안, 모든 사물이 사라지며 하얗게 변하기 시작하는..
희주, ...!!! 선호, ...!!!

씬/49 연구센터 (밤)

모니터를 보고 있던 연구원1, 2, 3, 4, 갑자기 하얗게 변한 모니터를 보고 놀라는

연구원1/2 어 이게 뭐야? / 왜 이래?
양주 (들어오다가) 왜? (놀라) 뭐냐?
연구원1 갑자기 프로세스들 리셋 되고 있어요!

씬/50 성당 (밤)

희주, 선호의 눈에 성당의 모든 것들이 하얗게 지워지고..
둘만 남는

씬/51 연구센터 (밤)

연구센터, 놀라서 부산스러운

연구원1 맵 리소스 파일들 다 삭제되고 있는데요?
연구원2/3 kr 리전 삭제되고 있어요! / 리전 매니저도 리스타트 됐어요!
양주 아 씨 백도어야 뭐야?

씬/52 성당 (밤)

하얀 빛 속에 놀라 서 있던 선호, 희주.
잠시 후 빛이 사라지면서 다시 성당의 모습으로 돌아오기 시작한다.
십자가부터 다시 하나씩 생겨나더니 원래의 그 모습으로 돌아오는...
선호, ...!!!
희주, ...!!!
모든 것이 순식간에 원상태로 돌아오고.. 적막 속에 둘만 서 있는...
희주, 표정에..
F.O – F.I

씬/53 선호의 사무실 (낮)

선호, 검은 양복 차림으로 책상 의자에 앉아 있다.
멍해서 모니터를 보고 있다가..
디졸브로 선호, 모니터 앞에서 이메일을 쓰고 있다.
〈수신인 : 유진우〉 앞으로 제목을 쓰는.
〈진우야 나다〉

선호 (E) 진우야 나다. 니가 과연 이걸 읽을지, 실낱같은 희망으로 보내본다.

씬/54 회상 – 장례식장 앞 (아침)

병준의 영정사진과 그 뒤를 따르는 관. 선호도 관을 든 사람 중 하나고..

선호 (E) 오늘 교수님 발인을 마쳤다.
타살의 어떤 증거도 없어 조사는 마무리되었고..

씬/55 회상 - 연구센터 (낮)

16회 51씬 中
하얗게 변한 화면을 보며 당황한 연구센터 직원들 모습에

선호 (E) 이게 다행일까? 모든 기록이 리셋 되어 게임과 죽음이 연관된 어떤 흔적도 안 남았다.

씬/56 연구센터 + 제이원 회의실 (낮)

심각하게 회의 중인 양주를 포함한 연구원들 모습과...
난상토론 중인 이사진들 모습 교차되며.
선호, 회의실에 앉아서 이사들이 떠드는 걸 묵묵히 듣고만 있다.

선호 (E) 리셋의 이유도 아무도 모르고 있어. 물론 나도 말해줄 수 없고.
1년간의 모든 노력이 날아갔지만, 대신에 해결할 수 없던 문제도 사라졌다.

씬/57 진우의 사무실 (밤)

선호, 진우의 방에 홀로 서서..

선호 (E) 나는 깊은 고민에 빠져 있다.
다시 처음부터 시작해야 할지 여기서 멈춰야 할지.

진우의 명패를 내려다보며..

선호 (E) 너라면 어떡하겠냐?
이 고민을 누구와 얘기해야 할지 모르겠다.

씬/58 번개가 치고 비가 내리는 하늘 인서트 (낮)

선호 (E) 진우야 나다.

씬/59 희주 집 세주 방 (낮)

선호, 문을 열고 들어오는.. 밖에서는 천둥 번개가 요란하고..

선호 (E) 오늘 니가 그렇게 찾던 정세주를 만났다.

선호, 들어오면 세주는 없고...

선호 정세주..? (두리번거리다 없자 나가려다 다시 돌아보는)

옷장 문 사이로 낀 세주의 머리카락이 보이고..
선호, 옷장 문을 열어보면 세주, 공포에 떨며 옷장 안에 쪼그리고 앉아 있는

세주 (흠칫 놀랐다가 선호인 걸 보고, ...!)
선호 (당황스런) 니가 세주니...?
세주 (표정)
선호 여기서 뭐해..?
세주 .....
선호 반갑다. 나는 제이원에서 왔는데
세주 (떨며) 문 닫아요..
선호 (표정)
세주 다 끝난 줄 알았는데 하 씨 또... 시작이야...!
선호 뭐가..?
세주 천둥 번개가요 또...! 또 시작이잖아..! (옷장 문 급히 닫으려 하는)
선호 (!! 막으며) 진짜로 오는 비다.

세주　(?!)

선호　진짜 비고 진짜 천둥 번개야. 게임이 아니야. 버그는 없어 이제. 다 없어졌어.

세주　(두려움에 떠는 표정에)

선호　(E) 세주는 당분간 치료가 필요한 상황으로 보인다.

씬/60 희주 집 거실 (낮)

선호, 착잡한 기분으로 내려오는. 상범이 소파에 앉아 있다가 일어나며

상범　만나보셨어요? 상태가 별로 안 좋아서..

선호　네. 다음에 다시 오죠. 실례했습니다.

선호가 현관으로 가고 상범이 배웅하는데
이때 계단으로 세주가 내려오는

세주　(불안한) 유진우를 아세요?

선호/상범　(돌아보는)

세주　제이원에서 왔다면서요..

선호　(!) 그래. 알아. 잘 알지. (기대에, 다가가는) 너 뭐 아는 거

세주　그 사람... 아마 죽었을 거예요.

선호　(표정)

상범　(놀라) 야 무슨 소리냐?

세주　엠마 칼에 찔려서요. 삭제됐을 거예요.

선호　(....!)

세주　(눈물이) 근데 난 정말 몰랐어요 다들 죽었을 줄, 나는, 나는, 그럴 줄 알았으면 유진우한테 전화 안 했을 거예요, 퀘스트도 안 보냈어요, 도와달라고 안 했어요,

선호　(표정)

세주　(우는) 나는 누나가, 유진우랑 어떤 사이인지도 몰랐다구요, 그래서 말해준 건데,

선호　(..!) 지금 이 말을 누나한테 했다고?
세주　(울며)
선호　엠마가 진우를 죽였다고 말했어...?
세주　(눈물 닦으며 끄덕이는)
선호　(!) 누나 지금 어디 갔니?

씬/61 성당 (낮)

선호　(E) 그리고 희주씨는..

비에 젖은 채 문을 열고 들어오는 희주.
희주, 혼이 나간 사람처럼 떨며 물을 뚝뚝 흘리며 복도를 걸어가고..
희주, 십자가 앞까지 그대로 가는..
엠마도 없고 진우의 흔적도 이미 사라진 곳에 서서...

씬/62 회상 몽타주

C#1　레지던스 호텔 거실 (12회 72씬 中)

희주, 엠마의 앞에 서서 내려다보며...

C#2　선술집 (13회 58씬 中)

희주　정의의 문에 얽힌 전설이 있어요. 천국의 열쇠와 파티마의 손이 맞닿는 날에 비로소 문이 열리고 성이 무너진다고
진우　(?!) 잠깐만, 뭐라고요? 열쇠...?
희주　네. 천국의 열쇠요.

C#3　선술집 (13회 62씬 中)

희주　무슨 도움이 됐어요...?
진우　도움이 됐냐고요...?
희주　네.. 난 별거 아니라고 생각했는데
진우　(미소) 이제 나만 잘하면 되겠네요.

C#4　희주 집 세주 방 (낮)

세주, 침대에 쪼그리고 기대 있는.. 희주, 그 앞에 서서

희주　뭐...?
세주　(겁에 질린 표정으로) 그 사람도 버그였으면.. 죽었을 거야.. 엠마한테.
희주　(표정)
세주　엠마가 천국의 열쇠로 죽였을 거야.
희주　그게.. 무슨 말이야....? (떨리는) 죽여...?
세주　내가 그렇게 만들어놨거든... 엠마가 버그를 보면 심장을 찔러 죽이게.
희주　(....!!)

씬/63　성당 (낮)

희주, 무슨 일이 일어난 건지, 도저히 믿을 수가 없고...

희주　(중얼거리는) 내가 무슨 짓을 한 거야...? (넋 나간 사람처럼) 아니죠...? 그거 아니죠...? 그럴 리가 없잖아요.. (울먹, 두리번거리며) 어디 있어요...?

진우는 대답이 없고.

희주　(덧없이 찾아다니며 불러보는) 어디 있어요...? (눈물이) 대답 좀 해봐요...! 어디 있어요?! (울음이 터지는) 아침에 온다고 했잖아요..!

희주의 목소리 공허하게 울려 퍼지고..

씬/64 성당 앞 (밤)

상범이 뛰어 들어가는

씬/65 성당 (밤)

상범이 들어와서 두리번거리다가 희주가 제단 아래에 쓰러져 있는 걸 발견하는

상범 희주야?!! (급히 뛰어가는)

상범, 탈진해 쓰러진 희주를 일으키며 깨워보는.

상범 얌마? 야 희주야?!!

씬/66 희주 집 거실 (밤)

상범, 정신 잃은 희주를 업고 들어오고 영심과 민주가 놀라서..

영심/민주 (달려들고) 얘가 왜 이러냐? / 언니?!

씬/67 희주 집 희주 방 (낮)

침대에 누워 링거 꽂고 멍하니 누워 있던 창백한 희주, 갑자기 일어나는...
주삿바늘을 갑자기 빼고 비틀거리며 나가는

씬/68 성당 (낮 - 밤)

희주, 그 옷차림 그대로 성당에 와서 또 서 있는.
창백한 얼굴로 희망도 없이 두리번거리며...
디졸브로...
희주, 십자가 아래 진우의 잔해가 있던 그 자리에 앉아 있는.
목표도 희망도 없이 막연히 기다리고 앉아서 고개 떨구고..
흐느끼는 듯 어깨가 흔들리고..
희주, 다른 옷을 입고 다시 들어오는... 좀 침착해진..
십자가 아래 다시 서서 실낱같은 희망으로 다시 찾아보고...
디졸브로..
희주, 의자에 앉아 기도를 드리고 있는..
디졸브로..
다른 옷을 입고 다른 자리에 앉아 기도를 드리고 있는 희주.

씬/69 도심 여름 풍경 (낮)

선호 (E) 진우야 나다.

씬/70 선호의 사무실 (낮)

반팔 입은 선호, 메일을 쓰고 있는.
선호, 더 이상 쓸 말이 없는.. 깜박이는 커서를 두고 잠시 있다가...
〈뭐하냐 임마. 보고 싶다.〉
전송하고 나서... 수신 확인하는.
같은 제목의 수십 통의 메일, 모두 〈읽지 않음〉으로 뜨고.
선호, 긴 한숨을 내쉬며... 의자에 기대는..

씬/71 성당 (낮)

여름 원피스를 입고 천천히 들어오는 희주.
디졸브로..
희주, 멍하니 뒷자리에 앉아 있는 모습 오래..
F.O – F.I

씬/72 웨딩홀 일각 (낮)

포토존. 사진기자들이 잔뜩 모여서 누군가가 나타나기를 기다리고 있는.
누구를 기다리는지 전혀 알 수가 없고.
자막 - 1년 후
잠시 후, 기자들, 마구 사진 찍기 시작하는..
화려한 웨딩드레스를 입은 유라가 도우미 도움받으며 포토존으로 들어온다.

기자들 고유라씨! 결혼 소감 한마디 해주시죠! / 기분이 어떠세요?!
유라 (올라가며) 네 좋습니다. 떨리네요.

포토존에서 부케를 들고 포즈 잡는 유라의 모습, TV 화면으로 바뀌며

씬/73 연예 프로 스튜디오 (밤)

리포터 네. 배우 고유라씨가 오늘 서울 모 성당에서 비공개 결혼식을 올렸습니다.
아름다운 신부의 모습, 잠시 보시죠.

씬/74 방송 화면

유라, 포토존에 서서 마이크를 들고 이야기 중이다.

유라 힘든 시간이었고.. 고통의 나날이었습니다. 그사이에 어느새 제게 다가와 힘을 준 남편에게 고마움을 느낍니다. (눈물 글썽거리며) 이제 행복하고 싶어요. 잘 살겠습니다. 지켜봐주세요.

리포터 (E) 고유라씨는 인터뷰 도중 눈물을 보이기도 했는데요.

씬/75 연예 프로 스튜디오 (밤)

MC 고유라씨가 지난 1년간 많은 일을 겪지 않았습니까?

리포터 네. 그랬죠. 고유라씨는 지난해 전 남편 유 모씨 관련 경찰 조사 진술이 문제가 되어 무고죄로 고소를 당했고, 그 뒤로 오랜 재판을 거쳐 유죄가 확정되면서 연예계 잠정 은퇴 선언을 했었죠.

〈방송 화면 인서트〉

고개 숙인 채 경찰에 끌려들어가는 유라 모습에

리포터 (E) 지난 9월에는 만취 음주운전 사고로 물의를 빚기도 했습니다.

리포터 그러나 오늘, 결혼식과 함께 새로운 삶을 다짐했습니다.

MC 신랑은 어떤 분입니까?

리포터 60대 초반의 재미교포 사업가로만 알려져 있습니다.

MC 아~ 네 알겠습니다. (살짝 비꼬듯) 남편분들이 모두 참.. 재력가들이시군요. 고유라씨, 행복하시길 빕니다.

씬/76 신부 대기실 (낮)

유라, 핸드폰을 들고 화가 잔뜩 나서 씩씩.. 영준을 앞에 두고

유라 애 둘 딸린 게 왜 기사에 벌써 나냐구!!! 나이까지 다 나왔잖아!!

영준 내가 냈냐? 지들이 알고 낸 걸 어떡하라구?

유라 막으라고 했잖아!! 돈 보고 결혼한다고 벌써 악플 좀 보라구!

영준 그럼 니가 뭐 보고 결혼하냐?

유라 (표정)

영준 (실실 웃는) 아니 니가 뭐 보고 결혼하길래 화가 나?

유라 이 씨 진짜..! (부케 던지는)

씬/77 대학교 소강당 (낮)

선호, 두리번거리며 들어오면 이미 행사가 진행 중인.
대학교 총장이 단상 앞에서 이야기 중이다. 점잖게 차려입은 관계자들이 서서 듣고 있는. 뒤에 〈차병준 장학재단 출범식〉 현수막이 걸려 있고.

총장 마지막으로 사회 혁신과 교육에 일생을 헌신한 차병준 교수님의 깊은 뜻을 이어주신 며느님, 이수진 원장님께 감사드리면서 마이크를 넘기겠습니다.

한쪽에 서 있던, 정장 차림의 수진이 단상으로 간다. 모두 박수치고...

수진 (원고를 읽는) 아버님께서 갑작스레 영면하신 지 어느새 1년이 흘렀습니다. 바로 오늘, 아버님이 평생 연구에 매진하셨던 이 자리에서 아버님의 유산을 뜻깊은 일에 쓸 기회를 주신 한국대학교 측에 감사드립니다.

선호 ......

수진 제가 기억하는 아버님은 늘 원칙과 진실을 강조하셨던 분이었습니다.
그리고 그 무엇보다도 명예를... (하면서 잠시 사이)

선호 ......

수진 (살짝 냉소가 흐르는) 중요하게 생각하셨고요. 아버님께서 살아 계셨다면 지금 이 자리를 몹시 기뻐하셨으리라 확신합니다. 생전 아버님께서 목숨처럼 지키셨던 (강조) 그 명예를 위해.. 남은 저희들은 앞으로도 노력하겠습니다.

씬/78 대학교 건물 앞 (낮)

수진과 선호, 이야기하며 차로 오는

선호 (듣다가 멈칫) 전부 다 재단에 기부하는 겁니까?
수진 네 전부 다요.
선호 아니.. (하다 농담처럼) 아이도 생각해야죠?
수진 제 아들한테 아버님 유산 10원도 물려주고 싶지 않아요.
선호 ...... (심정은 이해가 가고)
수진 그 사람은.. 잘 있나요?
선호 누구요? (하다) 진우 말하는 거예요?
수진 네.
선호 ..... 난 모릅니다.
수진 설마 박대표님한테도 연락을 안 했겠어요?
선호 안 했어요.
수진 (....!)
선호 아직도 아침마다 핸드폰을 확인합니다. 혹시나 연락이 왔나 하고.
수진 (당황) 정말 소식을 모르세요..? 다들.. 해외 도피 중이라고
선호 해외 도피 중이길 간절히 바라고 있어요. 그게 차라리 낫죠.
수진 (...?) 그게 아니면요..?
선호 (한숨) 세상에서 그냥 삭제됐을까 봐요. 허무하게.
수진 (표정)

씬/79 공원 광장 (낮)

겨울의 공원 풍경들 컷컷이 지나가고.
카메라, 조깅하는 한 남자를 쫓아가면.. 숲을 지나 광장으로 뛰어가던 남자, 한 무리의 사람들을 보고, ???? 표정으로 지나가는

2, 30대의 남1, 2, 3, 4, 5, 여1, 2, 3이 추운 날씨에 동동거리면서 광장 여기저기 삼삼오오 흩어져 서 있다. 뭘 하고 있는 건지 알 수 없는.

씬/80 직장 사무실 (낮)

나란히 컴퓨터 앞에서 일하던 직장인 남1, 2, 시계를 보고 점심시간이 다 되어가자 벌떡 일어나는. 이어서 다른 책상의 직원들도 하나 둘 일어나 슥 나가는

씬/81 공원 광장 (낮)

흩어져 서 있던 사람들, 모두 렌즈를 끼고 있다. 각자의 눈에 빛이 나더니.
순식간에 각자의 손에 다양한 검이 생겨나는.
맞은편에 검을 든 검객들 일당이 나타난다. 10명 정도 되는.
〈동맹전을 시작합니다!〉
사람들, 바로 와...! 하며 검객들을 향해 무기를 들고 우르르 달려가고
자전거 타고 산책하던 사람들, 쳐다보며 지나가고

씬/82 버스 정류장 앞 (낮)

검을 들고 공원을 향해 달려가던 직장인1, 갑자기 눈앞에 검객이 나타나자

직장인1 아 씨!! (움찔 놀라며 버럭)

직장인1, 바로 검을 꺼내 싸우기 시작하는
정류장의 시민들, 허공에서 휘적거리는 꼴을 보고 뭔가 하고 보고
그 앞에 광고판에 제이원의 AR 게임 출시 광고가 붙어 있다.

대학생1, 2가 맞은편에서 검을 들고 소리를 지르며 미친 듯이 도망가고.
그 뒤로 자객들이 쫓아간다. 시민들, 표정에

기자 (E) 제이원의 증강현실 게임 넥스트가 출시된 지 보름 만에 서울의 거리 풍경이 완전히 바뀌고 있습니다.

씬/83 공원 광장 (낮)

기자, 한쪽에서 마이크 들고 리포트 중이다.
여기저기서 허공에 대고 허우적거리는 일동의 모습이 보이고..

기자 여기는 여의도 공원입니다. 제 뒤에 보이는 시민들의 모습이 보이십니까? 마치 허공에 대고 춤을 추고 있는 것처럼 보이기도 하지만, 사실 지금 스마트렌즈를 끼고 증강현실 게임을 즐기고 있는 중입니다.

씬/84 샌드위치 점 화장실 (낮)

화장실에 줄을 서서 기다리는 유저들.
검이 내려오면 가져가고, 또 검이 내려오면 가져가고,
녹슨 철검을 가져가려는 1레벨 유저들로 북적거리는.
새치기하는 사람 때문에 '왜 끼어들어?' 밀치며 실랑이도 일고

씬/85 샌드위치 점 (낮)

똑같은 검을 들고 줄줄이 나가는 유저들.
그 옆에 테이블에 앉아 샌드위치 먹는 사람 위로 〈생명력 +100〉 숫자가 뜨고

기자 (E) 개발 단계부터 초미의 관심사였던 이 게임은 지난 12월 1일, 서울과 스

페인 그라나다에서 첫 출시되자마자 폭발적 반응을 얻고 있습니다.
출시 첫날에 사용자가 1만 명을 돌파했으며

씬/86 전자제품 상가 (낮)

스마트 렌즈를 사려고 서 있는 사람들이 판매대에 몰려 있고.

기자 (E) 게임을 위한 하드웨어인 스마트 렌즈의 판매량도 폭발적으로 늘면서

씬/87 주식 시황판 (낮)

기자 (E) 제이원의 시가 총액은 지난 열흘 동안 무려 250퍼센트 폭등했으며 현재까지 연일 상한가 행진 중입니다.

씬/88 편의점 앞 (낮)

사람들이 황급히 편의점으로 들어서는
나오는 사람들은 죄다 음료수를 마시면서 나오고.
편의점 유리문에 〈게임 아이템 판매! 생명수를 득템 하세요!〉 붙어 있는

기자 (E) 게임 협력 제휴를 맺은 업체들도 덩달아 매출 신장으로 싱글벙글입니다.

씬/89 편의점 (낮)

사람들이 냉장고를 열고 같은 음료수만 미친 듯이 꺼내가는 컷컷.
마지막 음료수 하나를 여대생과 중년남이 한꺼번에 집자 중년남이 확 뺏어가는. 여대생은 등에 화살통을 메고 있다.

여대생 아저씨! 뭐하는 거예요 내가 먼저 집었는데~
아저씨 (듣지도 않고 따서 마셔버리는)

〈충전되었습니다〉 중년남의 머리 위로 〈생명력 +500〉 뜨고,

여대생 아 진짜! (화나) 여기 생명수 다 떨어졌어요! 더 없어요?
직원 갑니다. 가요 비키세요. (새 음료수 박스를 들고 들어오는)

편의점 계산대 앞에서 모두 음료수만 줄줄이 계산하고 있고.
편의점 안팎에서 음료수 마시고 있는 사람들의 머리 위로.
〈충전되었습니다〉 〈생명력 +500〉 연달아 계속 뜨고.
다 마신 사람들은 무기를 들고 바로 어디론가 뛰어가는

기자 (E) 그러나 폭발적 인기만큼 사회적 부작용도 만만치 않아 보입니다.

씬/90 CCTV 영상 모음

C#1 골목길에서 한 남자, 혼자 뛰어가다가 전봇대에 머리를 부딪치며 넘어지고.

C#2 허공에 칼질하며 계단 내려오다 넘어져서 구르는 남자의 영상 나오고

기자 (E) 지난 보름간 게임에 몰두해 길거리에서 크고 작은 사고를 당한 부상자들이 속출하자

씬/91 정부 관계자 인터뷰 영상 (낮)

정부 관료, 기자들 앞에서 브리핑 중이다.

정부　구체적인 법규와 대책 마련을 고민 중이며... 새로운 문화 현상에 대해 정부 차원에서의 진지한 접근을 해야 한다는 논의가 진행 중으로..

기자　(E) 게임 구역과 시간을 철저히 제한해야 한다는 국민 청원이 빗발치자 정부도 부랴부랴 대책 마련에 나섰습니다.

씬/92　제이원 일각 (낮)

선호, 기자회견 중이다. 〈박선호 제이원 대표〉 자막이 뜨고.

선호　적응 단계의 혼란을 최소화하기 위해서, 4차로 이상의 도로변, 학교 주변, 10층 이상의 고층건물을 게임 존에서 제외하였습니다. 또한 시간제한도 고려하고 있습니다. 정부와 협의하에 12시부터 2시까지 점심시간, 그리고 저녁 6시 이후에만 접속을 할 수 있도록 하여.. 게임이 시민들의 일상생활을 해치지 않도록..

기자　(E) 증강현실 열풍이 사회 전반에 어디까지 영향을 미칠지 귀추가 주목됩니다.

씬/93　기타 공방 (낮)

요란한 뉴스 풍경과 대조적으로 조용한 공방.
희주가 대패질하는 소리만 사각사각 들리고. 땀을 흘리며 기타를 만들고 있는 희주의 여러 컷컷컷. 집중하고 있는 모습, 세상일을 전부 잊은 사람처럼..
이때 문이 열리고 영심이 들여다보는

영심　점심 안 먹냐? 차려놨는데 왜 안 와?

희주　(몰두해 있다가 돌아보고)

영심　너 약속 있다며? 먹고 나가야지.

희주　아.. (시계를 그제야 보고) 맞다.. 참. (놀라 앞치마를 얼른 벗는)

씬/94 거리 (낮)

코트 입은 희주, 카페를 향해 걸어가고 있는.
이때 게임을 하는 듯, 급히 뛰어오는 유저1이 희주를 툭 치고 지나가는

유저1 어 죄송합니다! (하더니 적을 만난 듯) 어어억! (혼자 공중에 대고 휘젓는)
희주 ....

희주, 게임 하며 멀어지는 유저1을 보다가.. 다시 걸어가는
카페에 다다를 때쯤 눈이 조금씩 내리기 시작한다.
희주, 고개를 들고 올려다보는.
어느새 또 눈이 내리는 계절이 되었고.. 희주, ...

씬/95 카페 (낮)

희주, 창가에 앉아 눈이 내리는 풍경을 내다보고 있다.
지나가던 연인, 눈을 보며 좋아하며 머리 털어주고 팔짱 끼고 지나가고..
희주, 물끄러미 그걸 보고 있는데 문이 열리고 선호가 들어온다.

선호 희주씨!
희주 (돌아보고)
선호 (웃으며 눈 털며 오는)
희주 (일어나는)
선호 잘 지냈어요? 오랜만이에요. (악수 청하는)
희주 네. 안녕하세요. (미소, 악수하고)

커피 마시고 있는 희주와 선호.

희주 엄청 바쁘시죠? 대박 났다고 뉴스에 매일 나오던데요

선호　이제 안 바쁩니다. 다음 달에 퇴직해요.
희주　네에? 왜요...? 지금 제일 바쁘실 땐데
선호　겨우 여기까지 버틴 거예요. 내 책임 때문에. 이제 푹 쉴 겁니다.
희주　은퇴하실 때가 아니시잖아요.
선호　너무 외로워요.
희주　(....!)
선호　(웃으며) 너무 외로워서 더 못해먹겠더라구요.
희주　...... (이해할 거 같고)
선호　그래도 희주씨가 좀 나아 보여서 좋네요. (농담처럼) 데이트 좀 하고 그래요?
희주　데이트요?
선호　데이트도 하고 그래요. 한참 좋을 나이에 기타만 만들면서 세월 보내요?
희주　(피식)
선호　내가 괜찮은 놈 소개시켜줄까요?
희주　아니요.
선호　진짜 괜찮은 놈 몇 놈 있는데. 리스트 뽑아서 보내줄 테니까 골라봐요.
희주　....... (대답 안 하고 커피만 마시고)
선호　(보다가) 희주씨. 진우는 포기해요 이제.
희주　(고개 드는)
선호　포기합시다. 나는... 이제 포기하려고요.
희주　(.....!)
선호　.......
희주　(말을 못 잇겠는, 눈물이 나올 거 같아 고개 숙이고 커피만 마시고)
선호　(안쓰럽게 보다가) 동생은 잘 지내요?
희주　(겨우) 네.. 많이 나아졌어요. 밖에 다니기도 하고요.
선호　사실은 세주 때문에 연락했어요.
희주　네?
선호　이제 세주도 일해야죠. 언제까지 그 좋은 머리를 썩히려구요.
희주　(표정)

씬/96 희주 집 거실 (밤)

밥 먹고 있던 영심, 민주, 상범, 희주 말에 모두 놀라서.
세주, 냉장고에서 음료수 꺼내 마시다가 보고.

영심 회사?
희주 제이원에서 세주한테 회사를 차려주고 싶대요.
영심 회사를 차려준다는 게 뭐냐?
상범 세주가 사장인 회사?
희주 응. 자회사를 만들어주겠대. 세주가 혼자 마음껏 연구할 수 있는
영심 아니 왜? 저놈한테 왜 회사를 차려줘?
희주 세주가 천재니까요.
민주 (어이없어) 대박.
희주 넌 어떡하고 싶어?
세주 ......
희주 니가 만든 거잖아. 다들 니 도움이 필요하대.
세주 (아무 말도 안 하고)

씬/97 제이원 사옥 로비 (밤)

세주, 로비에 서 있다. 희주, 안내 데스크에서 출입증을 받고 있고.
세주, 거대한 로비와 지나다니는 직원들을 낯선 듯이 두리번거리면서..

씬/98 연구센터 (밤)

양주 및 연구원들 모니터 앞에서 바쁘게 연구하고 있는데 선호가 세주와 희주를 데리고 들어오는

선호 여기 잠깐만! (손뼉 치는)
연구원들 (모두 돌아보고)

선호　인사들 해요. 우리 넥스트의 개발자가 드디어 오셨습니다.

연구원들　(.....!)

선호　(소개하는) 정세주씨.

연구원들　(모두 쳐다보고) ......

세주　(시선에 당황해)

희주　(작게) 인사해.

세주　.... (쭈뼛거리며 고개 숙이는데)

연구원들　(갑자기 동시에 박수를 치며 우와~~ 환호하는)

세주　(?!!)

연구원들　(일어나서 박수치는 사람도 있고, 휘파람을 불고, 진심으로 박수치며 존경심을 표하는 표정들이고)

선호　(희주에게) 다들 보고 싶어 했어요. 다 세주 팬이에요.

희주　(생각지도 못한 환영에 감격스럽고)

세주　(놀라고 얼떨떨한)

씬/99 양주의 사무실 (밤)

양주, 신이 나서 세주를 잡아끌고 들어오는. 희주 따라 들어오고

양주　들어와, 들어와,

세주　(쭈뼛거리며 들어오고)

양주　와 일단 악수 좀 하자 (세주 손을 잡고 악수를 신나게 하는)

세주　(표정)

양주　우리가 그동안 통화만 하고 얼굴은 처음 보잖냐, 그치? 내가 최양주야, 반갑다 와 씨! 앉아, 나 너한테 물어보고 싶은 게 얼마나 많았는데, 아 맞아 사진도 찍어야 되는데, 어 사진, (급히 핸드폰 찾자)

희주　(웃으며 핸드폰 꺼내며 오는) 제가 찍어드릴게요.

양주　오 네!

희주　서보세요. (하고 뒤로 가는데)

세주　누나도 찍어.

희주 왜?

세주 (옆에 찰싹 붙은 양주를 낯가림하며) 누나도 같이 찍어.

삼각대 세워놓고 셋이 서는, 양주 지나치게 세주에게 친한 척.

희주 찍을게요. 하나 둘 셋! (리모컨으로 누르고, 찰칵 사진 찍힌다)

양주 (후다닥 가서 핸드폰 사진 확인하며) 오, 잘 나왔어 잘 나왔어, 인생 샷! 이거 사내 게시판에 올려도 되죠? 오 오~ (엄청 좋아하고)

세주 (호들갑이 얼떨떨한)

희주 (미소) 세주야.

세주 (돌아보는)

희주 얘기해. 누나 밑에 내려가 있을게.

씬/100 제이원 사옥 앞 (밤)

건물을 나오는 희주.
진우는 없고 이제는 세주가 일하게 될 사옥 건물을, 묘한 기분으로 올려다본다.
희주, 긴 한숨 쉬고 걸어가는 모습에...

씬/101 카페 (밤)

카페 문을 열고 들어오는 희주.
희주, 커피를 주문하려고 줄을 서 있는...
이때 바로 앞자리에 앉아 있는 대학생인 남자 유저1, 2의 말이 귓가에 들려오고.
유저2는 칼 연습하듯 손을 휘둘러보고 있는.

유저1 아 진짜라니까

유저2 뻥 까고 있네. 어떻게 유저가 총을 쏴?

유저1　아 진짜 총을 쐈다니까.

희주　(게임 얘기를 하고 있자 시선 흘끔, 보고 다시 시선 돌리는)

유저2　야 랭킹 1위가 지금 25레벨이야, 총은 50레벨 넘어야 살 수 있고. 출시한 지 며칠이나 됐다고 50레벨 넘는 유저가 있냐?

유저1　아 내가 봤다니까...! 장난 아니게 잘 쏜다니까.

희주　(...? 다시 돌아보는)

유저2　NPC겠지.

유저1　유저라니까? NPC가 왜 나를 도와주냐? 정호도 봤대 나만 본 게 아냐.

유저2　아 됐어. (음료수 마시는데)

희주　(이때 테이블에 끼어들어) 뭐라고요?

유저1/2　(움찔 놀라서 쳐다보는) 네...?

희주　(생기 없던 표정, 갑자기 상기되며) 지금.. 뭐라고 하셨어요?

씬/102　양주의 사무실 (밤)

양주　(혼자 신이 나 수다) 내가 가장 절망적이었던 순간이 말이지, 리셋 됐을 때, 눈앞에서 싸그리 싹 다 없어져버리는데, 와 내가 그때 그냥 포기하고 회사 나가려고 했거든, 엠마한테 그런 기능을 숨겨놨을지 누가 알았냐? 그런 줄 알았으면 내가 벌써 엠마를 지워버렸을 텐데 나 혼자 애지중지하다가 완전 뒤통수를 맞아서 (하는데)

세주　(그 말이 나오자 불쑥) 근데 그거요, 인던이 있을 수 있거든요.

양주　응?

세주　인던이요.

양주　인던이 뭐?

자막 - 인던 (인스턴트 던전) : 특정 유저만 사용하는 외부 개입이 차단된 독립 공간

세주　원래 제가 마스터만 인던을 만들 수 있게 해놨거든요. 위기 상황에서요.

양주　(....?)

씬/103 회상 - 그라나다 / 야간열차 복도

9회 9씬 C#32 中
피를 흘리며 문을 기어 나와 겨우 문을 닫는 세주.
세주, 비틀거리며 일어나는

세주 (E) 저도 인던에 숨었었어요. 기차역에서

씬/104 회상 - 그라나다 / 기차역 플랫폼

9회 9씬 C#33 中
세주, 혼미한 정신으로 내리는데 갑자기 플랫폼의 풍경이 스르륵 지워지며 하얗게 변하는.. 세주, 털썩 쓰러지는데 바닥도 풍경도 다 사라지고..

세주 (E) 원래는 적의 눈을 속이는 그런 용도인데.. 근데 그땐 진짜였어요.

씬/105 회상 - 그라나다 / 기차역 플랫폼

9회 9씬 C#33 中
진우가 서서 두리번거리는데 바로 그 앞에 세주가 쓰러져 있다.

세주 (E) 누구 눈에도 안 보이고.. 같은 공간에 있는데 다른 차원처럼요.
진짜 리얼 인던인 거죠.

씬/106 양주의 사무실 (밤)

양주 그게 뭔 소리냐?

세주 못 믿겠죠.. 나도 지금도 안 믿겨요.
그치만 아무리 생각해도 그때는 진짜로 그랬어요.

양주 (표정)

세주 다 리셋 되어서 확인은 못하지만 혹시.. 유진우 그분이 마스터였으면요...
내 퀘스트 보상이 마스터 권한이었거든요, 그러니까 마스터였을 수도 있어요,

양주 (....?)

세주 그럼.. 혹시 몰라서요, 나처럼, (잠시 사이) 어딘가 있을지도

씬/107 카페 (밤)

유저1 총을 들고 있어서 적 NPC인 줄 알았는데 나를 도와주는 거예요.
그럼 유저잖아요?

희주 (.....!)

유저1 근데 유저 아이디가 없더라구요? 그래서 뭔지는 잘 모르겠어요.

희주 (표정, 희망으로 빛나면서, 목소리 떨리는) 어디서.. 만났어요...? 그 사람...?

씬/108 카페 앞 (밤)

희주, 카페 문을 열고 뛰어나와 달려가는 모습에

씬/109 회상 - 카페 앞 (낮)

눈이 내리는 카페 앞. 선호가 회사 차 앞에서 희주와 헤어지며.

선호 그럼 동생이랑 한번 얘기를 해보고 연락.. (하는데)

희주 그런데 대표님. 전 포기 안 해요.

선호　　(표정)

희주　　전 아직 기다리고 있어요.

선호　　포기해요. 진우는 죽었어요. 아니, 삭제된 겁니다.
아니 뭐든, 이제 안 돌아와요.

희주　　돌아올 거예요. 그게 언제든. (눈물이 글썽) 돌아와요. 전 믿고 있어요.

씬/110　회상 - 한강 공원 (밤)

11회 엔딩 씬 中

진우　　세상에 누구 하나라도 나를 믿어준다고 하면, 나는 안 떠나요.

희주　　(....!)

진우　　나를 아직도 믿어요? 나를 믿는다고 말해줄 수 있어요?

희주　　믿어요.

씬/111　제이원 사옥 앞 (밤)

달려온 희주, 급히 택시를 찾는.
택시 한 대가 끽 서자 택시를 바로 타고, 택시 떠난다.

씬/112　택시 안 (밤)

희주, 갑자기 흥분으로 손이 떨리고 심장이 두근거리는
퍼뜩, 가방을 뒤지는.. 가방 안에서 뭔가를 찾는. (렌즈 케이스)

씬/113　서울 랜드마크 부근 (밤)

차들과 건물 야경들로 화려한 도심의 랜드마크.
택시가 서고, 희주, 택시에서 내린다. 저 눈앞에 랜드마크가 보이고, 희주, 그리 가기 위해 행인들 사이로 뛰어가는 컷컷. 차들이 지나다니는 도로로 막혀 있고.
희주, 길을 건너가기 위해 횡단보도에 서서 초조한.. 그러나 눈빛은 희망과 흥분으로 빛나고..

희주 (E) 세상 누구도 안 믿어도 상관없어요.

이때 신호등이 바뀌자 희주, 바로 건너가는.

희주 (E) 그치만 나는 믿어요. 우리가 다시 만날 거라고.

횡단보도를 건너가는 희주의 눈에서 갑자기 빛이 생겨나며.
〈첫 번째 로그인 하셨습니다〉

씬/114 서울 랜드마크 부근 (밤)

검을 든 유저3, 4, 5가 그 아래에서 검을 든 자객들하고 붙고 있는.
유저3, 4, 5 형편없이 밀리다가 혼비백산 도망가고 넘어지고 하는데 이때 탕 탕 탕!!! 총소리가 연달아 나면서 자객들 셋, 순서대로 뒤로 넘어지는.
유저들, ...???? 놀라서 돌아보면 랜드마크 아래 서 있는 누군가가 보이고.
권총을 들고 서 있는 남자의 실루엣, 마치 진우처럼 보이고.
카메라, 빠르게 그리 향하는데 실루엣은 어디론가 가는
카메라, 지나가는 버스에 가렸다가 다시 비추면 어느새 실루엣은 없고.
이어서 어디선가 들려오는 탕 탕!..!! 총격 소리와 함께 암전되며.

〈끝〉

작가 인터뷰

✦ 송재정 작가의 드라마는 늘 "이전에 이런 드라마가 있었어?"라고 할 만큼 상상력과 치밀한 구성에 놀라게 된다. 송재정 작가에게 '드라마'란 무엇인가?

나의 상상과 꿈을 실현하는 공간.

✦ 이번 작품 〈알함브라 궁전의 추억〉은 AR 게임을 소재로 잡았다. 이 소재를 선택하게 된 이유가 궁금하다.

사실은 〈W〉가 끝난 후 나만의 타입슬립 3부작 중 마지막 편을 구상 중이었다.
〈인현왕후의 남자〉가 과거에서 현재로 온 남자,
〈나인〉이 현재에서 과거로 간 남자의 이야기였다면
〈알함브라 궁전의 추억〉은 미래에서 현재로 온 남자의 이야기로 쓸 생각이었다.
천둥 번개가 치고 비가 쏟아지던 날 묵고 있던 호텔에 찾아온 낯선 방문객에게
총을 맞고 쓰러지는 장면에서 시작하는 시놉시스를 쓰기 시작했으나
자꾸 망설여지는 부분이 있었다.
이 남자의 인생에 대해선 수많은 영감이 떠올랐는데
타입슬립이라는 소재가 영 당기지 않았다.
스스로 너무 지겨웠다고 해야 되나.
그렇게 진도가 안 나가 방황하던 중 우연히
당시 한창 이슈였던 핸드폰 AR 게임(포켓몬 고) 열풍 뉴스를 보게 되었고,

증강현실이 뭔지도 잘 모르던 때라 호기심에 앱을 깔아 며칠 해봤다.
그러고 나서 작품 방향을 AR 게임으로 완전히 바꿨다.

✦ AR 게임이라는 소재를 다루기 위해 엄청난 사전 조사, 연구가 필요했을 것 같다. 어떤 과정을 거쳐 드라마에 녹여냈는가? 드라마를 위해 게임을 직접 해보기도 했는지, 어떤 게임을 좋아하는지도 궁금하다.

이런 AR 게임이 아직 현실에 출시된 적이 없기 때문에
내 머릿속에서 AR 기술과 기존의 RPG 게임을 하나로 묶어야 했는데
그 과정이 조금 어려웠을 뿐 사전 조사와 연구가 그다지 많이 필요하지는 않았다.
AR이라는 개념만 제대로 이해하고 나자, 그다음부터는 내 상상력의 영역이었다.
아직 제대로 된 AR 콘텐츠가 전무한 상황이었고
이런 AR 게임이나 스마트 렌즈가 나오지도 않았다.
내가 리서치한 건 근미래에 기술적으로 이런 게임과 렌즈가 출시 가능한지
정도였는데 10년 이내에 상용화 가능한 기술이라는 걸 확인한 다음에는
무한 상상으로 이야기를 시작했다.

게임은 워낙 내게는 친숙한 분야여서 따로 공부할 필요는 없었다.
두 살 터울 오빠가 있는데 어렸을 때부터 오빠한테 이끌려서 반강제로(?)
전자오락에 입문해 어지간한 장르의 게임은 일찌감치 섭렵한 과거가 있다.
20대까지는 게임을 굉장히 즐겼는데 너무 바빠진 데다
게임을 한번 시작하면 대본을 못 쓸 거 같아 어느 순간 끊었다.
좋아했던 게임은 〈시드 마이어의 문명〉 〈대항해 시대〉 〈심시티〉 같은 종류였다.

게임이라는 게 아예 하지 않는 사람들에게는 굉장히 낯선 세계지만
이 세계만의 정해진 틀이 있기 때문에 몇 개의 게임을 하다 보면 곧 파악이 되고,

모든 게임이 그 틀 안에서만 변형, 변주되기 때문에 금세 익숙해진다.
이번 드라마는 게임을 전혀 하지 않는 시청자를 주 대상으로 생각했기에
모든 게임에 적용되는 그 기본 틀 이상을 보여주지 않기 위해
아주 기초적인 개념까지만 보여주면서 낯설음을 최소화하려 노력했다.
퀘스트, 레벨업, 동맹, 적, 무기점, 특수 아이템.
그보다 복잡한 개념까지는 가지 않으려고 했다.

✦ 게임에 사용되는 스마트 렌즈에 대한 궁금증이 무척 크다. 2회 진우의 기자회견 내용을 보면 스마트 렌즈는 정식 시판이 이루어지지 않은 상황인데 형석과 세주, 마르꼬 등은 어떻게 게임을 한 것인가?

정식으로 출시는 안 됐지만 이미 시제품을 관련 업체나 행사에서
테스트용으로 많이 뿌린 상황이다.
형석은 라이벌 회사니까 당연히 일찌감치 입수해서 시험 중이었을 거고,
세주도 제이원이 발표한 렌즈 기술을 기반으로 만든 게임이니까
제품 발표 초기 단계에 이미 입수했을 것으로 설정했다.

✦ 여느 드라마와 달리, 게임 속 세상이라는 또 하나의 세계가 존재한다. 작가의 상상 속 AR 세상을 영상으로 구현해내기 위해 제작진과 어떻게 소통했는지 궁금하다. 대본을 쓰며 상상한 그대로 표현되었다고 생각하는가?

촬영 전에 감독님과 이야기를 하면서 사실 걱정은 많이 되지 않았다.
감독님이 대본을 보며 머릿속에 떠올린 그림이 내 상상과
거의 일치했기 때문에 처음부터 신뢰가 있었다.
그런데도 사전 시사로 1회를 먼저 보고 깜짝 놀랐다.

내 상상보다 덜한 게 아니라 그보다 훨씬 더 멋진 그림이 나왔다.
1회 광장에서 게임을 시작하는 첫 장면을 보고 정말 흥분했다.
우리 드라마의 가장 중요한 가치는 1회 그 시퀀스에서 이미 증명되었다고 생각한다.
세계 최초로 증강현실 게임을 드라마에서 구현했고,
그 지점에서 완벽하게 성공했다.
대본이 아닌, 그걸 현실화해낸 제작진의 공이다.

✦ 드라마의 시작점, 즉 마법이 시작되는 곳이 왜 스페인, 그라나다, 알함브라 궁전이었나?

수많은 인기 RPG 게임이 중세 유럽에서 변형된 판타지 세계를 배경으로 한다.
〈반지의 제왕〉이나 〈왕좌의 게임〉을 생각하시면 된다.
수도사의 검 같은 무기와, 기타를 연주하는 엠마,
갑자기 하늘에서 날아오는 시타델의 매가 정말 존재할 것 같은 세계.
게이머들에게는 유럽의 건축물과 의상과 무기가 고향처럼 익숙한 세계이기 때문에
최대한 그와 비슷한 느낌을 주려고 했다.
이 낯선 드라마가 처음부터 어느 정도의 현실감을 깔고 가려면
서울이 아닌, 게임 세계와 닮은 비현실적인 공간이 필요했다.
그래서 부득이 유럽 로케를 하게 된 것이다.
시청자들이 어느 정도 게임 세계에 적응이 되었으리라고 생각한 후에,
서울로 무대를 옮기고 현대 무기를 쓰기 시작했다.

유럽 중에서도 스페인 그라나다였던 이유는,
애초에 음악을 모티브로 한 타임슬립물을 구상 중이었을 때
그 제목을 〈알함브라 궁전의 추억〉으로 지었었다.
기타 소리가 타임슬립의 매개체였는데,
그때의 제목과 선율이 게임 상황에도 어울릴 거 같아 끌고 왔다.

✦ 작품에서 회상 신을 기가 막히게 활용한다. 단순히 과거의 장면을 재소환하는 것이 아니라 조금씩 변형된 장면을 계속 섞어주는데, 극의 몰입감과 미스터리한 분위기를 고조시키고자 하는 작가만의 의도인지 궁금하다.

나름으로는 최대한 신을 아끼고 효율적으로 풀기 위한 장치였다.
주요 회상이 두 가지가 있다.
형석과 관련된 진우의 과거 인물관계.
그리고 세주의 실종과 관련된 이야기.

이것에 관련된 실마리를 조금씩 풀어가는 이야기 구조인데,
사실 과거의 이야기에 분량을 너무 많이 할애할 수가 없었다.
진전해야 할 현재 이야기도 많아서.
과거 장면을 계속 재소환하는 걸 지겹다는 분들이 많으셨는데,
작가 입장에서는 이미 시청자들이 본 장면에서 이어지면서 이야기를 푸는 게
더 많은 동선과 설명을 줄일 수 있다는 이점이 있다.

✦ 매 작품마다 신선하고도 독특한 소재로 놀라운 상상력을 발휘해왔다. 기사마다 '독창적인 송재정 월드' '송재정의 탄탄한 세계관'이라는 표현이 등장한다. 그래서 묻고 싶다. 송재정의 세계관, 송재정 월드는 무엇인가?

나도 잘 모르겠다, 그것이 뭔지.
내가 의도하고 그런 이야기를 만든 게 아니라
만들어놓고 났더니 그런 말을 하시는 거다.
이런 소재와 이런 이야기에 꽂혀서 그걸 정신없이 써놓고 나면,
내가 썼기 때문에 어쩔 수 없이 반복되는 어떤 세계관과 패턴이 있는 모양이다.
지나 놓고 생각해보면 어떤 일관성이 보이기도 한다.

그런데 딱히 의도나 추구하고 싶은 나만의 세계가 있는 것은 아니다.
문득 어떤 주인공이나 어떤 이야기가 떠오르면, 열심히 받아 적기 시작하는 거다.

✦ 이번 작품에서 특히 기억에 남는 장면, 곱씹게 되는 대사, 애정이 가는 인물이 있다면?

개인적으로 마음에 드는 회차는 14회와 15회이고,
중간 부분 대본이 아직 나오지 않은 상태에서
해외 로케 때문에 대본을 먼저 뽑아야 했던
9회와 10회가 가장 난관이었던 것 같다.

대본보다 훨씬 더 강렬하게 표현되어서 인상적이었던 장면은
1회 진우가 광장에서 처음 게임을 시작하던 시퀀스,
6회의 별장 부분 전체와 기차역 이별,
10회에 지하 던전에 나타난 서비서 신 등이 기억에 남는다.

대사는.. 진우의 내레이션에 중요한 메시지들을 많이 담아 놨고,
그 부분을 배우의 목소리가 정말 훌륭하게 전달했다고 생각한다.

애정은 물론 모든 인물에게 다 갖고 있는데,
본의 아니게 악역(?)이 되어버린 상범을 가장 안타깝게 생각한다.
평범하게 살아온 상범의 입장에서는 진우를 의심하고 싫어할 수밖에 없는 상황인데
스토리가 진우의 시점 위주로 가다 보니 악역처럼 인식이 된 거 같다.
배우가 연기를 너무 잘해서이기도 하고.

✦ 〈알함브라 궁전의 추억〉을 통해 시청자들에게 전하고자 하는 메시지가 있다면? 잘 전달

되었다고 보는가? 제작진과 배우, 또 시청자들의 반응을 보면서 어떤 생각, 어떤 기분이 들었을지 궁금하다.

애초에 두 가지 욕심이 있었는데 하나는 새로운 소재를 정착시키고 싶은 욕심이다.
특히나 우리나라 드라마에서는 과학적 소재가 성공한 사례가 거의 없어서
이게 비록 과학의 탈을 쓴 판타지 드라마이지만 그럼에도 불구하고
과학기술의 세계에 조금이라도 대중적으로 다가가는 시초가 되었으면 했다.

두 번째는 디지털 시대를 배경으로 고전적 영웅 신화를 재현하고 싶었던 욕심이다.
이 이야기는 애초에 그리스의 영웅 신화를 바탕으로 시작했다.
진우는 〈오딧세이〉의 오디세우스와 같은 인물이다.
오디세우스는 현실의 전쟁과, 인간관계의 갈등과 사랑,
동시에 항해 중에 겪는 신화적 사건들로 수많은 세월 고난을 겪는데
진우에게도 비슷한 설정을 주었다.
현실 인간관계의 갈등과 암투, 거기에 게임 속에서 겪는 마법 같은 고난까지.
진우가 말도 안 될 정도의 가혹한 고난과 사랑의 좌절,
인간관계의 딜레마와 아이러니를 통해 영웅이 되어가는 과정을 그리고 싶었는데,
이야기가 잘 전달되었는지는 나도 잘 모르겠다.

다만 영상과 소재를 통해 보여드리고 싶었던 것은 이미 충분히 잘 전달된 것 같다.
내가 대단한 시청률을 보장하는 작가가 아님에도 불구하고
제작사와 방송사가 기꺼이 많은 제작비를 투자해주신 것은,
조금 더 새로운 영역을 개척해보라는 응원의 의미가 아닐까 싶다.
게임 시장은 우리나라는 물론이고 전 세계적으로
방송 콘텐츠 시장과는 비교할 수 없을 만큼 어마어마하게 큰 시장이고
엄청난 인구의 게임 유저들이 있다. 그럼에도 불구하고
드라마나 영화에서는 신기할 정도로 낯선 세계이고

제대로 성공한 사례도 거의 없었다.
이 드라마를 통해 AR 게임이라는 새로운 소재와 영역이 어느 정도 성공하고
자리 잡는다면 그 자체로 대단히 의미 있는 성과라고 생각한다.
이런 생소한 도전에 기꺼이 동참해주신 제작진과 배우분들께도
말로 표현할 수 없는 감사를 드린다. 굉장히 외롭고 고단한 작업이었는데,
그분들 덕에 굉장히 즐겁기도 했다.

✦ 또 어떤 이야기로 우리들을 놀라게 할지 궁금하다. 차기작으로 준비하거나 구상하고 있는 것이 있다면?

아직 아무 계획도 없다.
방송이 끝난 후에 모든 것을 열어놓고 생각해볼 참이다.
꼭 드라마가 아닐 수도 있다.